诛仙

典藏版

萧鼎 · 著

【伍】

中国华侨出版社

北京

图书在版编目（CIP）数据

诛仙. 5 / 萧鼎著. — 北京：中国华侨出版社，
2016.1（2019.8重印）
　ISBN 978-7-5113-5945-2

　Ⅰ. ①诛… Ⅱ. ①萧… Ⅲ. ①长篇小说－中国－当代
Ⅳ. ①I247.5

中国版本图书馆CIP数据核字（2016）第007884号

诛仙. 5

著　　者：萧　鼎
责任编辑：黄　威
封面设计：天行云翼·宋晓亮
排版制作：刘珍珍
经　　销：新华书店
开　　本：710mm×1000mm　1/16　印张：20　字数：348千字
印　　刷：嘉业印刷（天津）有限公司
版　　次：2016年7月第1版　2019年8月第4次印刷
书　　号：ISBN 978-7-5113-5945-2
定　　价：45.00元

中国华侨出版社 北京市朝阳区静安里 26 号通成达大厦 3 层　邮编：100028
法律顾问：陈鹰律师事务所
发 行 部：(010) 82068999 传真：(010) 82069000
网　　址：www.oveaschin.com
E-mail：oveaschin@sina.com

如发现图书质量问题，可联系调换。质量投诉电话：010-82069336

目录

第一百七十六章
逃亡

诛仙古剑没有动弹，在那个瞬间，大家都屏住了呼吸，场面安静得可怕。

没有声响，没有轰鸣，鬼厉看上去势若千钧砸下的噬魂魔棒打在诛仙古剑之上后，却突然间像是落入棉花堆中一般，悄无声息了。

怒喝声起，林子尽头身影跃动，青云门众长老身形逐一现出，风驰电掣般赶了过来，但只望见场中那柄诛仙古剑竟握在鬼厉手中，登时人人脸色大变。片刻之后，青云门的人越来越多，在这等混乱时候，谁也顾不上原先那些禁令，都纷纷冲进了这个原本是青云门的禁地。其中就有小竹峰文敏与大竹峰等人，他们一看到鬼厉在场，也是脸色大变。文敏等小竹峰诸女子随即看到陆雪琪无力地倒在一旁，连忙赶了过去，将陆雪琪扶起。

像是被众青云门人惊扰，触动了什么，在万众瞩目下的那柄诛仙古剑，虽然还握在鬼厉手中，但不知怎么，它的剑刃本身，却发生了变化。

原本古朴而略显粗糙的、非石非玉的剑刃之上，在那道裂开的细痕口上，因为刚才鬼厉猛力的一击，此刻看去，竟赫然又扩大了几分。只是此刻从那道细痕口内，开始隐隐泛起幽幽的红色光芒，仿佛就是刚才吸噬进去的那些鲜血活了过来，在剑刃深处，开始缓缓鼓荡。

一如原本平静的大海，渐起波澜，酝酿着无可匹敌的风暴，笼罩天地！

沉默，沉默……谁都看到了诛仙古剑的变化，却谁也不知道该怎么办，幻月洞府前悄无声息，所有人都屏息以待。

也不知，是谁的心在悄悄悸动。

鬼厉觉得口有些干渴，下意识地想松开诛仙。可是下一刻，他已发现，自己周身的气力似乎在瞬间完全消失了。一种曾经熟悉却遥远的感觉，在体内重新泛起，而这种感觉，本是他的敌人所恐惧的。

他体内精血缓缓沸腾鼓荡，竟开始有向外奔流的趋势，而去向正是他手中紧握的诛仙古剑。他似乎明白了什么，竭力想要松开诛仙古剑，但手中无力，而诛仙古剑此刻仿佛就如一个苏醒的恶魔，紧紧抓住了他，不肯放他而去。便是他右手上的噬魂魔棒，此刻竟也紧紧吸附在了诛仙古剑的剑刃之上。

诛仙古剑剑刃上那道细痕之中，红光渐渐由淡转浓，与此同时，就像是鲜血流过血管一般的诡异，从那个细痕处，细微的血色开始扩散，从细痕的两边，向着剑刃的两端迅速流淌过去。古朴的剑刃慢慢地被血红色所掩盖。

所有人都怔住了，包括那些见多识广的长老。此刻，谁都知道有些不对劲，可是又没有人知道到底出了什么事，应该怎么办才好。

而那柄诛仙古剑，仿佛根本无视人们的种种担心，一直进行着自己的蜕变，幽幽的血色，终于染红了全部的剑刃，一柄原本古朴的剑，此刻已经变作怪异而诡秘的血红之剑。剑光幽红，缓缓流转，几如重生的恶魔之眸，缓缓醒来，注视着周围事物。

场中气氛像是凝固了一般，直到那个握着诛仙的男子，突然爆发出一声撕心裂肺般痛楚的嘶吼。

"啊……"

那声音凄厉至极，众人几乎都被吓了一跳，注意力顿时都集中到了鬼厉身上。只见鬼厉面色惨白，全身颤抖不止，脸上、手上没有被衣物遮盖的皮肤，竟然开始迅速地萎缩下去，渐渐变得枯干，而与此同时，诛仙古剑上响起了怪异的轻啸声音，红芒越来越亮，眼尖的人已然看到，鬼厉握着诛仙古剑的左手上，隐隐有红丝被诛仙古剑吸入了剑刃之中。

这场面诡异至极，哪里还有一分半点青云门光明正大的正道气派，在场之人不禁愕然，却没有人动一下。

除了陆雪琪。

那个女子原本无力地靠在师姐文敏的怀里，但此刻不知怎么，突然挣扎起来，竟似欲向鬼厉和那柄诛仙古剑扑去。文敏大惊，连忙拉住，陆雪琪挣扎了几下，身体终究无力垂下，面上焦急万分。她向周围望了望，却颓然闭上了嘴，倚靠在一脸关心的文敏师姐怀里，眼光深深地望向那个男子。

原来，辗转反侧、千思万念、痛断心肠之后，竟是眼睁睁看着他在自己眼前，这么悲惨地死去吗？

她泪流满面！

终于是再也管不了那周身之外其他人的目光了。

诛仙古剑之上的红光已经越来越盛，而与之相反的，鬼厉的情况却越来越是危急，现在任谁也看得出来，在诛仙古剑的"神威"之下，这个妖魔邪道，正道的心腹大患已经到了垂死的边缘，也许，这也是神剑通灵，施法除妖吧！

许多人的心中这么想着，却全然不愿去想这个想法到底合不合情理！

鬼厉自然不会想到也没那个工夫去想其他人此刻心中的念头，此时此刻，他正挣扎于鬼门关前，诛仙古剑上的吸噬之力越来越大，甚至对他来说，已经大过了他年少时候在大竹峰后山遇见噬血珠时的情况。只不过此刻他的修为早已非当年那个少年可比，这才苦苦支撑到了现在。然而，他自己也明白，自己是再也支撑不了多久了。

诛仙古剑上诡异的吸噬之力与当年噬血珠的妖力颇为类似，但又有不同之处：与噬血珠相比，此刻变作魔剑的诛仙之力更大；而且与当年噬血珠吸噬鲜血不同，诛仙古剑在吸噬血气的同时，将鬼厉体内修行多年的真元之气也同样吸噬了过去。

此刻，在鬼厉的眼中，眼前的诛仙古剑散发着血红色光芒，隐隐似一个恶魔张开血盆大口狞笑着，马上要将他吞噬进去。

就这样完结了一生吗？

在即将陷入昏迷的前一刻，他脑海中闪过这个念头。

一股暖气，轰然而起，从他心口迸发而出，乃纯阳气息，直散入经脉之中。他全身一震，脑海中片刻清醒，一声大吼，竭尽一生修行，提劲贯出。脑海中如电闪雷鸣，《天书》三卷转眼闪过，面上青、金、红三气同时腾起，虽然不甚亮，却重获生机。

大梵般若横亘心脉，佛门真法固守，纵是诛仙古剑竟也为之顿了一顿，便趁这片刻喘息，太极玄清道为路，鬼厉右手瞬间粗大了一倍，暗红光芒疾驰而过，从手臂转眼注入噬魂魔棒之中。然而就在他欲反扑逃生之际，诛仙古剑那股吸噬妖力已再度攻破大梵般若，顷刻间鬼厉周身麻痹，再也动弹不得，而脑海之中的那丝清明，也再一次暗淡了下去。

此刻，在旁人看来，鬼厉的脸色枯干，已与死人相差不远了。宋大仁等往日与张小凡有些交情的人，纷纷都转过头去，不忍再看。

便在这个时候，看似大局已定了，鬼厉手中的那支噬魂魔棒却突然亮了起来：玄青光芒缓缓鼓荡，如沉眠中缓缓醒来，顶端的那枚噬血珠，道道妖异红色血丝，再度亮起，而珠子深处，竟是前所未有地，在玄青光芒与血丝之下，泛起了金色的佛门万字符。

佛、道、魔三门真法，竟在此时此刻，赫然真正在鬼厉临死时刻奋力一击中，融为一体。

噬血珠越来越亮，怪异却绚烂的光芒闪烁不停，随后，整支噬魂魔棒都亮了起来，像是在呼喊什么。片刻之后，从噬魂和诛仙古剑的接口处，再度发出了一声闷响。

人们这个时候才重新注意到，原来除了鬼厉的左手，他右手握着的噬魂也是一直接在诛仙之上，没有掉落下来。

噬血珠上的异光越来越亮，三色异芒轮转，低沉如远古魔神祇吟诵般的声音，缓缓散发了出来："呜……呜……呜……"

一道红气，晶莹剔透，首先从诛仙古剑那道剑痕之上，被生生吸了出来，融入噬魂魔棒之中，在噬血珠内翻滚着，似乎还在反抗。但很快就可以看出，它被噬血珠内的奇异气息所收服，缓缓转化作了淡淡红色，一小半被噬魂同化，多半却是通过噬魂魔棒，重新输入了鬼厉体内。

这怪异的变化一开始就再也没有停止下来，从诛仙古剑中不停地吸噬着红气，随着吸噬的红气越来越多，得到增强的噬魂光芒也越来越盛。而重新得到补充的鬼厉面色也渐渐恢复，面容肌肤之上也渐渐从枯干恢复原状，更奇异地显露出一种隐隐的温润之色。

诛仙古剑之上的红芒从极盛时的耀眼，到此刻却对噬血珠的吸噬无计可施，慢慢暗淡了下来，而噬魂魔棒则越发光亮。周围青云门众人，此刻多半人都看出情况不对，现在分明是鬼厉这个妖人不知道暗中又施展了什么妖术，诛仙古剑竟然有些抵挡不住的样子。

一阵骚动喧哗过后，人群之中，忽地数人叱喝声起，同时有几道法宝异光向鬼厉打了过来。鬼厉此刻正全心全意与诛仙古剑对抗，哪里还顾得上周围动静，竟是一点反应也没有。片刻之后，这几道法宝全数结结实实地打在了鬼厉背上。

鬼厉身躯大震，气血翻涌，喉咙一甜又是一口鲜血喷了出来，正吐在诛仙古剑之上。诛仙古剑本来已经沉暗下去，陡然间这鲜血一喷，赫然红光一闪，竟又有强盛之势。鬼厉感同身受，身后重创已顾不上，体内却已感觉到诛仙古剑那怪异至极的吸噬之力突然又盛。

他心中如电闪雷鸣，明白此刻当真就是生死一线，若让诛仙重新得势，只怕自己再无反击机会，就要落得个被吸噬干枯的下场了。念及此处，他狂吼一声，再也不顾一切，用尽全身力气、一身修为，以刚刚领悟三门真法一体之神通，奋力击去。

周遭众人也不见鬼厉有何动作，只看他硬生生受了数人法宝之击，口喷鲜血，诛仙古剑红光一阵摇曳。眼看似乎就要亮起的那一刻，鬼厉与诛仙之间突然迸发出一声巨大轰鸣，中间伴随着数声骨裂断折之声，鬼厉整个人竟是被巨大莫名之力生生打了出去，如离弦之箭，划过众人头顶，远远落入远方树林之中。

青云门众人一时震骇莫名，竟都怔在原地。半晌之后，突然有人醒悟过来，喝道："快追，绝不能让那个妖人跑了！"

一语提醒众人，登时无数人向着鬼厉落下的方向追踪而去。在场人都看得明明白白，鬼厉分明是在和诛仙古剑的斗法中受到重创，此刻正是追杀此人的大好时机。

眼看着周围人纷纷腾空而起追踪而去，只有大竹峰、小竹峰众人木然待在原地：宋大仁等人不追不是，追又不忍；而文敏等人那边却是一阵惊呼，原来陆雪琪已然昏了过去。

在小竹峰诸女子手忙脚乱救护陆雪琪的时候，突然，在混乱至极的喧哗声中，一声极细小的声响传了出来。

这声音虽然细小，但不知怎么，竟仿佛如细针般锋锐，刺进了在场每一个青云门弟子的心间。那是断裂的声音，从他们身旁的诛仙古剑上传来。

所有人的脸上突然都失去了血色，仿佛那一声轻响，竟是这世间末日的回音。他们缓缓转头，似乎这个动作竟然要耗费他们全部的力气。

在所有人目光的注视下，那柄传说中的诛仙古剑，安静地倒插在地面石板上的诛仙古剑，从古朴的剑刃上那道已经扩大的细痕之中，再一次地发出了一声细小的碎裂声。

裂痕慢慢地变大，缓慢却势不可当地向四周延伸，在古朴而曾经神圣的剑刃上蔓延，直到，诛仙古剑再一次地发出呻吟："啪！"

那么清清脆脆的一声，半截剑刃连着剑柄，掉落在地上，而另一半剑刃，依旧倒插在土地里面。

刹那间，所有的人都呆住了，脑海之中全数空白……

诛仙！

诛仙古剑！

断了……

朗朗乾坤，青天白日，突然间天际竟是一声巨雷，轰然而响。转眼间只见四方风云滚滚而来，天地迅速变色，黑云低垂，聚集在青云山头。

狂风大起，飞沙走石，伴随着风雨突至，雷电轰鸣，天地咆哮，狂风暴雨，一时竟是瓢泼而下。

这苍穹天地，竟仿佛也在痛哭一般！

天地恸哭，神剑断折！

冰冷的雨水打在脸上，如刀割一般，寒意森森，全身都似冻僵了一样。鬼厉在林子之中，忍不住低低哼了一声。

瓢泼大雨，已经下了整整一个时辰，却丝毫没有任何减弱的趋势，虽然还在白日，但此刻天际黑云低垂，笼罩青云，竟如深夜一般，伸手不见五指。

也幸好如此，鬼厉重伤之身，依靠这突如其来的狂风暴雨，才能暂时躲避开青云门的追杀。只是那一场与诛仙古剑的诡异对决，特别是最后一击，诛仙古剑的反噬之力真是势不可当，硬生生杀入他体内，将他胸口半数肋骨尽数击断，此刻断骨刺入心肺，饶是他修行深厚，却毕竟还是肉体凡胎，每走一步，便疼得他直冒冷汗，口中咝咝作响。

此刻，鬼厉真想不顾一切地躺在地面之上好好昏睡过去。只是脑海内最后一丝理智不断地告诉他，一定要走，以他和青云门的恩怨以及他现在一副残破身躯，一旦被青云门弟子发现，只怕除死无他。

而对他来说，却终究还有不能死去的理由！

所以他强忍着，缓缓挣扎着向前跑去，离得青云山远一些，便更安全一分。

大雨如注，疯狂倒向这个人世间，仿佛要用这苍天之水来洗涤人世丑恶。鬼厉大口喘息着，每一次呼吸，都在黑暗的雨夜里，吐出淡淡的白气。寒意笼罩着他，身后远处是越来越近的人声，带着杀意。

很明显地，虽然鬼厉竭力向前逃去，但重伤之躯，远远没有背后搜寻的人来得迅速。只是青云山密林深深，天色又暗无天日，这才暂时没有被发现。鬼厉心中明白，如此这般，终究是不免的。

他脚下一个趔趄，似绊到了一根树枝或是藤蔓模样的事物，身形不稳，向前倒去。慌乱中他伸手乱抓，幸好抓到了身旁一棵小树，这才好不容易稳住了身子。但是这番折腾，剧烈动作之下，胸口剧痛深入骨髓，几乎连气也喘不上来了，更不用说逃命。

背后的人声陡然接近，仿佛在这大风大雨之中，竟仍有什么人听到了异声，竟是有许多人的脚步声向鬼厉方向搜索了过来。

鬼厉心头一凉，但终究不愿束手就擒，只是此刻纵然拔腿逃命，也绝不能逃脱追捕，他一狠心，把双眼一闭，整个人悄无声息地滑到泥泞不堪的地面之上，脸面向下，埋入了泥浆之中。黑暗里，他仿佛就是一堆被这个狂风暴雨般世界所遗弃的一堆烂泥。

脚步声，喧哗声，缓缓会聚了过来，许多人都在纷纷喝骂，同时不停用手中法宝猛力敲打着周边树木荆棘。劲风掠过，不知有多少人蜂拥而来。

鬼厉扑在地上，一动不动，心仿佛也停止了跳动，在黑暗里，静静等待着命运的宣判。

天地不仁。

也许万物皆为刍狗吧……

风雨正狂！

第一百七十七章
黑 衣 人

狂风暴雨，依旧没有止歇的样子。

在黑暗中，星星点点的亮光扫过，那是青云弟子手中的法宝，借助着法宝微光，在风雨之中搜索着。此处已经是接近青云山后山外围的地方，密林森森，古树丛生，植物茂密至极，加上天气极坏，天际电闪雷鸣，雷声隆隆，不时就有一道裂空闪电从天际打了下来，落在林中，往往就生生劈开了一棵树木，委实惊心动魄。

在此天地之威面前，功力稍差一点的青云弟子，都忍不住为之心悸。而在一片黑暗之中，那点点光亮，看上去似乎就如颤抖的萤火虫一般，飞舞不止，只照亮了身边小小地方。

"轰隆……"

天际黑云上，又是一声惊雷，地面上的人们只觉得耳中嗡嗡而鸣，不禁骇然失色。搜索鬼厉到现在已经过去了两个时辰，但依然没有找到鬼厉的任何踪迹，许多人心中都开始嘀咕：该不是让这个妖人给跑了吧？

其实想来也不无道理，鬼厉身为魔教鬼王宗副宗主，一身道行自是出神入化。虽然众人亲眼看到两个时辰之前似乎被诛仙古剑所伤，但谁又知道他伤得到底有多重呢？只要不是重伤到垂死的地步，想必鬼厉也必定有能力悄悄潜走吧。

这种想法在许多青云弟子的脑海中暗自回荡，只是师长在背后催促责骂，终究不敢放弃，只得继续搜寻。殊不知，就在他们前方不远的黑暗深处，鬼厉正是受了几至垂死的重伤，无力逃走，正抱着最后一丝侥幸匍匐在地面泥泞之中。

黑暗的微光里，忽有人大声喝道："停下，所有人都停下！"

此人声音在黑暗中远远传了出去，就连天际惊雷，竟也不能压过他的声音，显然是个道行极深的前辈。鬼厉一动不动地趴在地面上，任凭雨水打在身体之上，听到这个声音感觉竟有几分熟悉，却一时想不起此人是谁。

不过显然周围的青云弟子对此人极为尊敬，几乎就在他呼喝声传出的同时，所有青云弟子立刻都停住了脚步，站在原地，不再说话。风雨之中，原本喧闹嘈杂的搜索突然迅速静了下来，只有树林丛中，不知谁的喘息声音隐隐传来。

风雨愈急！

似有人在细细倾听什么。

鬼厉只觉得一股寒意陡然间浸入了心肺之间，全身冰凉，竟有种毛骨悚然的异样感觉。仿佛这异样的安静，竟比刚才那大声呼喊搜索时，更令人畏惧。

过了片刻，忽然有个声音轻声道："父亲，怎么了，莫非你听到什么了？"

鬼厉心头一振，这个声音他却是十分熟悉，那是他曾经的好友——曾书书。片刻之后他便知道此刻指挥的那个长老是谁了，正是风回峰首座曾叔常，也就是曾书书的父亲。而这一片搜寻的青云弟子，多半也是风回峰的弟子了。

曾叔常享名已久，果然并非寻常人物，在这风雨嘈杂之中，竟仍能听到鬼厉发出的一点异声，只是此刻在他面前这片阴暗丛林，伸手不见五指，除了风雨竟更无一点消息了。便是连他自己，也不禁有些怀疑刚才听到的那一声轻微之声，不知是自己听错了，还是这许多人一起搜寻，惊动了什么动物跑开所致。

沉吟片刻之后，曾叔常在黑暗中皱了皱眉，一挥手，道："众弟子分开，排作一行，相隔不可超过三尺，向前慢慢搜索过去，不能漏下一点空隙。"

鬼厉心头一惊，如此细密搜索，他根本没有机会逃生。正在他心惊时，只听曾书书的声音微含焦虑，道："父亲，这林子如此之大，你在这里派这么多弟子如此密集搜寻，那其他地方岂不是搜索不到？"

曾叔常淡淡道："我自有道理，你不必多言，快去。"

曾书书在黑暗中怔了一下，不敢再多言，只得转身前行。黑暗中，一时间竟无人说话，但见得光亮点点，在风雨中缓缓前行，渐渐变作一条长蛇，慢慢推进。

不知怎么，这片树林中的气氛突然变得有些诡异：刚才那阵喧哗时候，反而无人畏惧，此刻这般寂静，却让人有点发毛。

因为道行和法宝的缘故，青云弟子手中的那些法宝微光不能照射很远，亮度也颇为有限，只是他们彼此相连，缓缓推进，很快地，距离鬼厉隐身地方，只有不过两丈距离了。

"等等！"

突然，曾叔常高声喝了一句，数十个分布在附近的青云山风回峰弟子同时停住脚步。曾书书吃了一惊，走到父亲身旁，借助着法宝微光，只见曾叔常面上竟赫然满是凝重之色。

"怎么了，父亲？"

曾叔常目光深邃，直视前方黑暗深处，但目光所至，并非鬼厉隐身之地，相反，是望向平行前端遥远而幽深的密林深处。

那最深的黑暗里，仿佛什么都没有，又仿佛充盈着无数妖影鬼魅，在风雨间嘶吼狂舞。

"有些不妥……"微光之下，曾叔常面上的皱纹仿佛突然变得深刻起来，眼中竟有些疑惧。但他毕竟不是凡人，多年修行之下心志坚定，冷哼一声之后，已是下了决定。

"铮"，一声轻啸，众人为之一惊，曾叔常竟然是祭出了随身仙剑，剑芒呈现银白，在黑暗风雨中吞吐闪烁，明亮耀眼，与周围那些青云弟子的截然不同。

但见他沉默片刻，大声道："我走前面，你们不变，依然按刚才所说，成一行搜索，但须跟在我身后一丈之处，不可靠近。"

众人此刻多少都知道事情有些不对，但有曾叔常在，众人心中也算是有了主心骨。当下只见曾叔常面容凝重，持剑走在了队伍前方，而周围众人依旧如故，只是与前面曾叔常保持了一丈距离，不敢靠近。

这个奇怪的队伍，就这般继续缓缓前行着。

奇异的气息，仿佛在这个风雨之夜的密林中，轻轻地弥漫着……

"呜……呜……"

似风雨呼啸，又似野兽咆哮，可是猛然惊心处，却发现仿佛是自己的心跳。

那心竟似跳得越来越快了！

曾叔常一张老脸倒映着仙剑上的豪光，越发沉重。前方树林深处，隐隐传来神秘的敌意，虽然感觉上有些模糊，似乎连是否是敌人也无法确定，但他心中这一波一波袭来的诡异心悸，仍然令他无法轻视。

那种感觉，许久不曾有了。还记得上一次的时候，仿佛已经是百年之前，他和田不易等几个人，一起跟随着掌门万剑一师兄冲入蛮荒，直捣魔教老巢时的场景。时光悠悠，原来转眼间已经过了这么久了……

却不知，英年早逝的万师兄现在可投胎了没有？

这般古怪的念头突然在他脑海中冒了出来，连他自己也不禁有些意外与好笑。他深深吸气，振作了一下精神，不知怎么，今天真的有些不同往日啊！

"轰隆！"

又是一记惊雷猛然炸响。天地之威，一时震动天地，仿佛脚下大地，竟也随之颤抖了几下。几乎就在同时，苍穹之上一道闪电撕裂长空，破云而出，降落下来。

如天之利刃，斩向人间！

众人为之骇然，众弟子心动神驰，有些竟不能自持。忽有一人光顾着仰望苍穹，脚下一绊，竟是跌了一跤，气急之下，差点怒骂出来。不料他回头观望时候，赫然只见在天际电光照耀之下，自己面前竟是一个泥泞不堪的身躯，一动不动地扑在地下。

"啊！"声音凄厉，陡然响起，"这，这里……"

"咯"，一声闷响，那个弟子的呼喊声突然中断。但就是这片刻工夫，已然惊动了所有人，瞬间都转身扑了过来。

一道黑影从地面上飞腾而起，但还不等他站稳，身子却已经是晃了几晃，几乎就要跌倒。顷刻间十数道法宝已经夹带着风雨打了过来。

鬼厉心头冰凉，但终究不愿束手待毙，咬牙向前飞奔。不料才走几步，胸口一阵剧痛，竟是坚持不住，一头栽了下去。

而身后众人群中一阵欢呼，当先数个青云弟子已然赶了上来，伸手就向鬼厉抓去。

便在这个时候，突然间，密林深处的黑暗似乎陡然膨胀，如异兽无声厉啸，黑暗深处赫然有光芒一闪而过。

曾叔常在一旁双眼瞬间放大，即刻扑前，同时厉声喝道："众弟子退下，快！"

众青云弟子还没反应过来，只见曾叔常赫然已独身一人扑进了前方黑暗深处。本来曾叔常手中仙剑光芒耀眼，但他只身进入那团黑暗之中后，竟然再也看不到他的仙剑光芒，只听见怒喝声、呼啸声不停传来。

正在青云弟子们不知如何是好的时候，从前方黑暗中激射出一道诡异身影，向着鬼厉倒地的地方，也是青云弟子这里飞了过来。借助着那点点微光，只见这个身影全身黑衣包裹，只露一双眼睛出来，精芒闪烁。

青云弟子纷纷大声叱喝，拔剑冲上。不料此人道行竟是极高，也不见他伸手施展法宝，却是径直空手向最靠近的一个青云弟子抓去。

那青云弟子虽惊不乱，手中仙剑法宝一剑斩下，那黑衣人一声不吭，视若无睹，抓势不变，赫然在众人眼前，硬生生将那仙剑抓在了手中。众人大惊，还不及反应过来，只见那人用劲一抖，与他交手的青云弟子已经飞了出去，而那柄仙剑居然是被此人抢夺了过去。

此人道行之高，强悍至极。前方黑暗之中，曾叔常怒喝连连，却似乎被人缠住，竟然无法分身前来相救。这诡异之夜，竟不可思议地有许多神秘高手埋伏此处。

虽然来敌道行极高，但这些人俱是出身青云门，并非寻常弟子。惊骇之下，却无一人跑走，反而纷纷御起法宝，扑上前来。

那黑衣人似乎有些焦急，手中加劲，那把抢夺而来的仙剑顿时光芒大盛，远过于刚才在那个年轻弟子手中的光景。但见光华闪动，风声厉啸，一道宏大光环，竟是在半空中轰然斩下，直直向众人劈了下去。众青云弟子纷纷呐喊，叫声一片，俱退步迎敌。不料那人声势虽大，却不过乃虚张声势，一招逼退众人几步，更不缠斗，直接抱起了无力垂在地上、不知是不是已然死去的鬼厉，向后方黑暗处疾飞而去。

青云众人又惊又怒，惊的是这个横里杀出的神秘人道行如此之高，怒的是到手的鬼厉竟又被抢了去。鬼厉乃青云门心腹大患，又因为和青云门素有渊源，青云门上下早就有心除去此人，此番半路被劫，哪里忍得下这口气，当下纷纷追了上去。

才追了一半，忽听一声呼啸，亮芒闪起，从黑暗中激射而来。众人眼中竟仿佛这剑芒都似向自己射来一般，连忙顿住身子迎敌。只有曾书书赶到飞起，一剑拨去，但觉得手心大震，不由自主地退了一步。但是来剑却也被他打得改了方向，直冲上天，须臾之后倒坠下来，"噗"的一声倒插在泥泞之中，正是那柄被抢去的仙剑，兀自嗡嗡作响。

而这一耽搁，那个黑衣人已然如鬼魅一般，抱着鬼厉迅速没入了前方黑暗之中。而黑暗里激烈缠斗的曾叔常，此刻也突然大吼一声，暗处有人闷哼一声，血光乍现。

众人大惊，也不知道到底是曾叔常受伤还是伤了敌手，师恩深重，此刻也顾不上那么多，纷纷向前扑去。只是他们才到半路，曾叔常身影已从暗处闪了出来，落在地上，拦住了他们，看他身形，虽然闪动无碍，脚下却还有几分踉跄，同时大口喘息。这片刻工夫的激斗，对他来说，似乎竟是极大的消耗。

他喘息稍定，即刻低声道："前头敌手道行极高，而且人数不少，你们不可造次！"

曾书书等年轻弟子都是心中一寒，万万想不到在这个地方，竟会遇见如此情况。曾叔常盯着前方那团黑暗，沉声道："诸位是什么人，为什么要管我们青云门的事？以诸位道行，必定非无名之辈，何不见面说话！"

风狂雨急，电闪雷鸣，却不知怎么，密林深处的那团黑暗竟然浓郁如斯，如化不开的墨一般。

没有人回答曾叔常的问话，只有风雨声和众青云弟子的喘息声，曾书书悄悄走上一步，低声道："父亲，他们是什么来路？"

曾叔常微微摇头，压低声音道："他们故意掩饰自己身份，施展的都不是本身道法，一时看不出来。"说着皱了皱眉，提高声音大声喝道："诸位还不现身吗？"

这声音在密林中远远回荡开去，但终究还是没有人回答，曾叔常忽地变色，跺脚道："糟了，中计！"

说着，飞身扑上，仙剑豪光大放，这一次却是直射四周，再无阴影笼罩，显然那些人已全部退走。来如风，劫人即走，显然是早有计谋，盘算好的。

曾叔常长叹一声，落下身形。曾书书一边指挥其他弟子继续向周围搜索，一边低声问曾叔常道："父亲，怎么了？"

曾叔常面上浮起一丝失望之色，随之叹道："刚才交手虽然仓促，但我隐隐感觉这些人所用的并非魔教道法。再说魔教中人若救鬼厉，也不用躲躲藏藏。可是，那又是什么人物要救这个妖孽呢，而且人数不少，道行这么高？"

说罢，他眉头紧皱，深思不已。曾书书默然无语，回头向前方望去，只见密林森森，前途一片黑暗，哪里看得到什么东西？

却不知道，劫走鬼厉的，又是些什么人？可是不管怎么样，曾书书向前走去，悄悄这般对自己说道：总比落在青云门手中好吧……

他这般想着，在这个风雨之夜，深深密林中，他脑海里仿佛又回忆起了十年之前，在青云山通天峰初次见到鬼厉时候的模样。

许久，他在黑暗中叹息一声，继续向前走去。不管未来怎样，现在总是要继续前行的。

未知的密林另一端，黑暗深处，另有一个诡异的黑色身影远远眺望着曾叔常这一群人，正是鬼先生。

他此刻眼中目光似也惊疑不定，看上去也十分迷惑，深思之下，仍不得其解。许久之后，眼见这些青云弟子搜索范围越来越大，但明眼人一看即知，这已经是放弃的前兆，如此搜索，这偌大密林，哪里还能找得到人？

果然，不过一会儿，曾叔常的声音已经再度响了起来："罢了，你们都回来吧。"

青云众弟子显然是巴不得听到这句话，纷纷都走了回去。鬼先生在远处看着场中曾叔常点数众人，随即转身，带领众弟子向青云山方向走去，逐渐消失在了这个密林之中。

他缓缓从黑暗处现身走出，目光却飘向远方，望着那群神秘黑衣人所去的方向，深深凝望。

风雨中，似有个声音低低道："竟然还有人对他感兴趣……"

第一百七十八章
禅室

惊雷、闪电、狂风、暴雨，似乎一直都在耳边呼啸不停，脑海中那般混乱，浑浑噩噩，似乎已经分不清自己到底是谁了。只是在剧烈的痛楚中，感觉着一阵阵风雨从身旁掠过，向着某个未知的地方而去。

身旁似乎有人在说话，那话语声音颇为陌生，听来有几分焦灼，隐隐听到："他好像有点不对劲，你快看看。"

一只冰凉的手在他身上游动查看，片刻之后愕然道："他怎么伤得这么重？"

旁边那人怒道："废话，他在那诛仙剑下，你以为……"

后面的话他再没有听清了，因为这时一阵眩晕袭上他的脑袋，差点就昏了过去。在迷糊之间，他只隐约感觉天际依然在轰鸣，惊雷阵阵。

身旁的人似吃了一惊，连忙查看，那手上冰凉的气息，令他稍微清醒了片刻，听见那人急道："糟了，他额头火烫，怕是发了高烧……"

原来自己还发烧了吗？

这是鬼厉最后一个想法，之后，他再一次昏了过去，没有了知觉。

一阵轰鸣，把他从无意识的情况下唤醒，第一个反应，他以为那还是天际炸响的惊雷。只是不知怎么，虽然人清醒过来，眼前却仍是一片黑暗，他拼命想睁眼看看四周，却愕然发现，自己的眼皮竟还是闭合着，睁不开眼。

随后，一阵剧痛传来，却不是从他重伤的胸口，而是从喉咙间。他下意识地动了动嘴，嘶哑而轻微地叫了一声："水……"

周围仿佛没有人，只剩他独自无助地躺在地上，喉咙中的干渴感觉越来越厉害，就如火烧一般。他的嘴唇轻轻动了动，不知哪来的力气，微微移动了身子，而脑海中的意识，似也更清醒了一些。

"啊！"突然，旁边传来一个声音，这声音与往常不同，却仿佛有几分熟悉，说话声调中带着几分惊喜，道："你醒了！师兄，快过来，他醒了……"

周围猛然安静了一下，片刻之后有个脚步声迅速接近，走到鬼厉面前。鬼厉挣扎着再次想要睁开眼睛，但不知怎么，这一次，他全身的气力都完全消失了，只模模糊糊望见了两个人影蹲在自己身旁，而在人影的背后，似乎还有几个黑影。至于这些人的面容，他却是一个也看不清楚。

"水……"他再一次地低声说着。

这一次，周围的人听懂了："快，拿水来，快点。"

脚步匆匆，来往奔走，须臾之后即有人跑来，随即一只冰凉的手将他的头小心扶起，一个碗般的东西靠在了他的唇边。

清凉的水，接触到他干裂的嘴唇，鬼厉脸上肌肉动了动，费力地张开口，将水一口一口喝了进去。那清水进入喉咙，如甘泉洒入旱地，立刻缓解了那火燎一般的痛楚。

鬼厉心头一松，一阵倦意上来，竟是再度昏睡了过去。

旁边的人都吃了一惊，立刻有人过来给鬼厉按脉，片刻之后方松了口气，道："不碍事的，他是伤势太重，又兼发烧，体力消耗殆尽所致，眼下并无性命之忧。"

此言一出，周围人影似乎都松了口气。随后，似乎有人看着鬼厉，轻轻叹息了一声。

这一睡去，又不知过了多长时间。其间，鬼厉醒过数次，但无不是片刻清醒之后又立刻昏睡过去，印象中，他只记得身旁始终有人守候。

恍恍惚惚中，他看到了许多人：年幼时的父母，天真美丽的师姐，刻骨铭心的碧瑶，若即若离的陆雪琪……还有许多许多人，都一一在身前闪烁而过。有一次，他甚至觉得自己看到了十年前天音寺的法相、法善师兄弟，正坐在他身边为他诵经念佛。

他那时苦笑了一下，但是连他自己也不知道，他的这个苦笑，脸上是否能够表现出来，或许，终究也只是一场梦幻罢了。

就像是，这一场颠倒的人生，如梦如幻！

何必为我诵经呢？

诵经，又有什么用呢？

在鬼厉片刻清醒的时候，他在脑海中这般悄悄想过，然后，他又昏了过去。

"咚……咚……咚……"

仿佛是回荡在天边的低沉钟声，悠悠传来，将他从深深梦魇中唤醒。那沉沉钟声，由远及近，缓缓地，竟似乎敲入了他的心底。

第一次，他竟没有睁开眼睛的冲动。他就这么安静地躺着，不去想不去管，自己身处何方，身外是何世界。

大千世界，此刻却只剩下了阵阵低沉的钟声。

"咚……咚……咚……"

钟声悠扬，仿佛永远也不会停下，就这般一直敲打下去。他侧耳倾听着，呼吸平缓，全部精神竟都融入了这平缓的音色里，再也不愿离开。

多久了，他竟是第一次这般心无挂碍地躺着？

有谁知道，背负重担的日子，该是怎样的一种痛苦？

只是，这个小小天地，终究也是不能持久了，一阵脚步由远及近，向他处身之地走来，打乱了他的思路。

那本是敲打在心间的钟声，陡然间似乎离他远去，一下子远在天边。

默然，叹息……

他缓缓地，睁开眼睛。

佛！

这竟是他第一眼所望见的。

一个斗大的"佛"字，高悬屋顶。这个佛字由周围一圈金色花纹团团围住，然后顺着外围，一圈圈精雕细刻着五百个罗汉神像，又形成一个大圈。诸罗汉皆一般大小，但神态身形尽数不同，排列成行，端正无比。然后，在大圈外围是蓝底黑边的吊顶，比中间佛字圈高出两尺，其上画风又有不同，是正方形方格，每方格一尺见方，金色滚边，内画有麒麟、凤凰、金龙、山羊等佛教吉祥瑞兽，这些图案，却是每个方格中一样的。

虽然对雕刻建筑并不在行，但只看了一眼，鬼厉便知道此乃鬼斧神工一般的手笔。房顶上，这一片围绕佛字的内圈之中，垂下两个金色链条，倒悬着一盏长明灯，从下向上看去，大致是三尺大的一个铜盆，里面想来是装满松油的。

鬼厉皱了皱眉，又转头向四周看去：只见此处倒像极了一间寺庙内的禅房，房间颇为宽敞，四角是红漆大柱子，青砖铺地，门户乃桐木所做，两旁各开一个窗口，同样使用红漆，看上去十分庄重。一侧墙壁上悬挂着一幅观音大士手托净水玉露瓶图，下方摆着一副香案，上有四盘供果，分别为梨子、苹果、橘子、香橙；供果之前立着一个铜炉，上面插着三炷细檀香，正飘起缕缕轻烟，飘散在空气之中。

而另一侧的墙边，便是鬼厉所在。此处摆着一张木床，古朴结实，并未有更多装饰。想来是出家人并不在意这等东西，房间也是一般简朴，除了上述东西，便只有摆在中间的一张圆桌，周边四张圆凳。桌凳一律都是黑色，桌上摆放着茶壶、茶杯，乃朴素瓷器。

也就在这个时候，脚步声已经到了门外，这间禅房的门"吱呀"一声，被人从外面推开了，一个人迈步走了进来。鬼厉向他看去，不禁怔了一下，却是一个从未见过的陌生的年轻小和尚，手里托着木盘，上面放着一个新的水壶。他走进来却也没有向鬼厉这边看来，而是直接走向房间中的桌子，将桌子上的茶壶与手中木盘上的那个掉换了一下。

"你……是谁？"鬼厉开口问道，但是才说了一个字，突然便觉得喉咙疼痛，虽然没有上次自己昏迷时那般剧烈的火烧火燎，但也极不好受，声音也顿时哑了下来。

不过虽然如此，却也把那个小和尚吓了一跳，立刻转身看来，还险些把手上的木盘给打翻了。

"啊，你醒了？"那小和尚似是颇为惊讶，但眼中却有喜色，笑道，"那你等等，我立刻叫师兄他们过来看你。"

说着，他就欲向门外跑去。鬼厉冲着他的背影，嘶哑着声音问道："小师父，请问一下，这里是何处？"

那个小和尚回头一笑，面上神情颇为天真清秀，微笑道："这里？这里是天音寺啊！"

天音寺！

鬼厉一下子呆住了，如被惊雷打中。那小和尚一路小跑跑开了，想来是去叫人的，只剩下鬼厉一脸木然地躺回床上，心中混乱无比。

天音寺……

他心头惊疑不定，但不知怎么，却另有一番苦涩之意从内心深处泛起。

天音寺……天音寺……普智……

远处隐隐传来说话的声音，同时有脚步声向这间禅房传来，有人似低声向那个小和尚问些什么。那个小和尚显然年纪不大，天真活泼，笑声不断地回答着。

不知怎么，听着那些问答，鬼厉竟一时出了神，不去想现在自身处境，也不想往日仇怨，此时此刻，他突然竟无端端羡慕起了这个平凡的小和尚。似他这般天真活泼的样子，或许还不知人世有苦楚仇恨吧？

年少无知，却反而是我们这许多年来，感觉最幸福的日子吗？

脚步声戛然而止，就在门外，有人对小和尚道："你就不用进去了，不如你现在就去后院通报给方丈大师，就说张小凡施主已经醒来了。"

小和尚笑道："也好。不过法相师兄，你可是说好了要教我修习大梵般若了，这可不能反悔。"

门外那人笑道："小家伙，恁地贪心，快去吧，我答应了你，自然不会反悔。"

那小和尚显然是十分高兴，呵呵一笑，蹦蹦跳跳去了。木门开处，吱呀声中，仿佛有人在门外停顿了一下，深深呼吸，然后，走了进来。

果然是法相。跟在他身后的，还是那个高高大大的和尚法善。

一身月白僧衣，白净脸庞，手中持着念珠，法相的模样，仿佛这十年间没有丝毫变化。只见他缓缓向鬼厉躺着的木床走来，待走到床铺跟前，眼光与鬼厉视线相望，两个人，一时竟都没有了话语。

房间的气氛，一时有一些异样。片刻之后，法相嘴角露出一丝微笑，双手合十向鬼厉行礼道："张施主，你醒来了？"

鬼厉眼角抽搐了一下，忽地冷冷道："我不姓张，那个名字我早忘了。"

法相面容不变，只望着鬼厉，过了一会儿轻声道："用什么名号自然是随你自己的意思。只是，你若连姓也不要了，可对得起当年生你养你的父母？"

鬼厉脸色一变，哼了一声，却没有再说什么，转过头去，不再看他。

法相也没有怪他的意思，他与法善二人，看着这个被天下正道唾弃的魔道妖人的时候，眼神中竟完全是和善之意。法善从背后圆桌旁边搬过两把椅子，放在床边，低声道："师兄请坐吧。"

法相点了点头，在椅子上坐下了，看向鬼厉，道："你现在感觉如何？"

鬼厉不用他问，其实早就暗中查看过自己身体：原先胸口被重创至骨折的肋骨已经完全被接好，此刻用厚厚绷带绑住，显然是帮助固定着；至于肩上、身上那许多皮外伤，也一一都被包扎完好；伤口中虽然不时传来痛楚，但隐隐亦有清凉之意传来，显然伤口上敷了极好的伤药，才有这等疗效。

法相见他没有回答，也不生气，微笑道："你昏迷的时候，我已经帮你把断骨接好，其他皮外伤并不严重，只是你内腑受了重创，非得细细调理方能完好，也亏得你身体强壮，否则纵然修行深厚之人，在那样重伤之下，只怕也不免……"

他顿了一下，又道："刚才我那个小师弟也和你说了吧，此处便是天音寺，你在这里除了我们寺中少数几个人，天下无人知晓，所以很是安全。你只管在这里好生养伤就是……"

鬼厉突然打断了他的话，直视他的双眼，道："是你们救了我？"

法相脸上的笑容僵了一下，似乎有些犹豫，回头与法善对望了一眼，法善低头，轻轻念了声佛号。

法相转回脸，不再犹豫，点了点头，道："是。"

鬼厉哼了一声，道："别告诉我你们不知道，你们这般举动万一被青云门知道，那会是什么局面。"

法相淡淡道："我自然知道。"

鬼厉冷笑道："既然如此，你为什么还要背着师长来救我这个魔教妖人？"

法相向他看了一眼，不知怎么，目光中却有些异样。鬼厉皱眉道："你看什么？"

法相笑了笑，道："你怎么知道，我一定是背着师长来救你的？"

鬼厉一怔，道："什么？"

法相悠然道："青云门当年七脉诸首座皆非寻常人，个个有不凡之处。风回峰首座曾叔常亦是其中之一，当日与他一战，要缠住他且短时间内不可暴露我门道法，这等功力，我自问还做不到。"

鬼厉盯着法相，注视良久，法相坦然面对，微笑不改。许久，鬼厉忽然闭上了眼睛，不再看法相。法相点了点头，道："你重伤未愈，还是需要多加休息才是。"

鬼厉闭着眼睛，忽然道："你们为什么要救我？"

法相沉默了片刻，淡淡道："这个问题，我不能回答你。"

鬼厉深深吸气，道："为什么？"

法相低声诵了一句佛号，道："你也不必着急，等过几日你伤势大好了，自然会有人告诉你。"

鬼厉睁开眼睛，皱眉道："谁？"

法相嘴角动了动，似又犹豫了一下，但终于还是道："告诉你也无妨，便是我的恩师，天音寺方丈普泓上人！"

鬼厉一时怔住了！片刻之后，他看法相那张脸庞，料知是再也问不出什么了，干脆长出了一口气，埋头躺下。

远处钟声悠扬，又一次幽幽传了过来。

"咚……咚……咚……"

第一百七十九章
俗世佛堂

晨钟，暮鼓，日复一日，仿佛永无止境。

每一天都仿佛与昨日一模一样，有人感觉枯燥，有人便觉得心安。悠悠岁月，或长或短，本在人的心间。

一转眼，鬼厉已在天音寺待了多日，听着清晨钟声，傍晚沉鼓，从寺内不知名处每日准时响起，默然度日。也不知怎么，才几日工夫，他却仿佛已经融入这奇异的环境之中，每日里沉默寡言，只是怔怔出神。

他此刻正值壮年，虽然受伤颇重，但一来身体年轻，二来本身修行高，再加上天音寺对他意外地大方，有什么好药俱不吝啬，都往他身上使用。以天音寺的地位名声，寺里的好药，自然放到天下也是一等一的，药效迅速发挥，他一身伤病，竟是好得极快了。

不过数日，他已经能够下床勉强行走，只是走路时候，胸口依然剧痛，没走几步，便喘息不止。不过饶是如此，也已让前来看望他的法相等人非常欢喜，赞叹说往日从未见过恢复如此之快的人物，看来不出一月便可完全康复了。

鬼厉平日里与他们也是淡淡相处，偶尔交谈，双方对彼此之间这种对立的身份俱是避而不谈，似乎此刻在法相等天音寺僧侣眼中，鬼厉不过是他们好心救治的一个普通人而已，而不是他们甘冒天下之大不韪，从青云门手中硬生生抢夺下来的魔教妖人。而鬼厉再也没有问起天音寺众人为什么要救他的问题。

时日就这般悠悠而过，鬼厉的身子一天一天好了起来。这几日，他已经能够比较轻松地下地走路，有时晨钟暮鼓响起的时候，他便会拉把椅子，打开窗户，坐在窗边，侧耳倾听。似乎这天音寺里的钟声鼓声，对他来说，竟是另有一番韵味。

在他养伤的这段日子里，天音寺中僧人只有法相与法善常来看望他，其他僧人都没有过来，更不用说普泓上人等普字辈神僧了。而因为养伤的缘故，鬼厉也从未出过这个房间，除了偶尔打开窗户向外眺望。展现在他眼前的，也只不过是一个小小庭院，红墙碧瓦，院中种植的几株矮小树木而已。

只是对鬼厉来说，这样一个普通朴实的小院子，竟是有几分久违的熟悉感。从他打开窗户的那一天起，虽然没有表露，但是在他心中，却已是立刻就喜欢上了这个地方。

朝听晨钟，晚听暮鼓，这般平静悠闲的岁月，不过短短时日，竟已让他割舍不下，沉醉不已了。

有谁知道，在他心中，曾经最大的奢望，不过就是过着这样平静的日子吧……

须弥山，天音寺，那广大恢宏的殿宇庙阁中，那一个陌生偏僻的角落小小庭院里，就这样住着，住着，住着……

"吱呀"，木门一下子被推开了，法相走了进来，向屋内扫了一眼，随即落到躺在床上的鬼厉身上。鬼厉闭着眼睛，也不知道是不是睡着了。

法相微微一笑，转身合上门扉，向鬼厉道："今日觉得怎样，胸口还疼痛吗？"

鬼厉身子动了动，缓缓睁开眼睛，向法相看了一眼，淡淡道："你每次来都要问这句话，也不觉得烦吗？"

法相微笑摇头，目光一转，却是走到另一侧墙下，那幅供奉着观音大士神像图前，从供桌上拿起三炷细檀香，放在旁边一支细烛上点着了，然后插在了那个铜质香炉之中。

轻烟袅袅升起，飘散到半空中，那幅观音大士像突然变得迷蒙起来，空气中也渐渐开始飘荡着淡淡的檀香味道。

法相合十，向观音大士拜了三拜。这才转过身来，看了鬼厉半晌，忽然道："你不过来拜一拜吗？"

鬼厉怔了一下，不由自主地向那幅画像望去：面前图像之中的观音大士面容慈悲，端庄美丽，一双慧眼细长，眼角轻挑，似乎正望向世间万物，而此时此刻，正似慈悲一般地望着自己。

他心中一动，却随即冷笑道："我拜她做甚？她若果然有灵，我往日里祈求上苍与诸天神佛那么多次，也不见他们发过慈悲！"

法相看了他良久，鬼厉坦然而视，嘴角依然挂着冷笑，丝毫没有退悔的模样。半晌，法相长叹一声，转过身来，却是对着观音大士佛像低头拜去，口中轻轻念念有词，也不知说些什么。

鬼厉在他身后看着他的模样，冷笑不止。

法相行礼完毕，转身过来，面上慈悲之色渐渐消去，换上了平和微笑，道："我看你今日气色不错，而且最近身体也大致恢复了，不如我们出去吧。"

鬼厉闻言一怔，道："出去，去哪里？"

法相微笑道："去你想去的地方，见你想见的人。"

鬼厉眉头一皱，随即扬眉道："怎么，难道是普泓上人他……"

法相点头道："正是，恩师听说你身体恢复，十分欢喜，让我今日过来看看，若你身体并不疲乏的话，可以相见。不知道你意下如何？"

鬼厉注目法相良久，忽而笑道："好，好，好！我等这一天等了许久了！我自然是要见他的，莫说身体好了，便是当日重伤在身，只要他愿意，我爬也要爬去见他。"

法相合十道："施主言重了，请随我来。"

说罢，他前头领路，鬼厉也随即跟上。不过在即将走出这个房间的时候，他突然又回头看了看挂在墙壁上的那幅观音大士神像图，在袅袅轻烟里，观音大士慈眉善目，微微含笑，似乎也正凝视于他。

鬼厉眉头一皱，哼了一声，却是立刻转身，再不回头，径直去了。只剩下细细檀香的袅袅轻烟，在他身后空空荡荡的房间里，轻轻飘荡。

走出院落，是一个长约两丈、宽四尺的通道，两侧都是红墙，有两人多高，顶上铺的是绿色琉璃瓦片，通道尽头是一个圆形拱门。走近拱门时，便隐隐听到外头传来一阵声响。

那声音颇为奇怪，乍一听似乎是庙内僧人诵读经书的声音，但其中却还夹杂着其他怪声，有一些本是在鬼厉想象中不该出现在此处的，如村落妇人聚在一起聊天谈话，又或信众高声礼佛，更还有些孩童啼哭声音隐隐传来。

这等怪声，又怎么会出现在号称天下正道三大巨派之一的天音寺中呢？

鬼厉心头惊疑不定，向法相看去。却只见法相面容不变，在前头带路，向着拱门走了出去。鬼厉皱了皱眉，定了定神，也随之走了出去。

门外豁然开朗，但见白玉为石，坪铺为场，石阶层叠，九为一组，连接而上至大雄宝殿，竟有九九八十一层之高。而玉石雕栏之间，只见殿宇雄峙，极其高大，殿前十三根巨大石柱冲天而起，高逾十丈，殿顶金碧辉煌，八道屋脊平分其上，雕作龙首形状，每一道屋脊飞檐龙首之前，赫然雕刻着十只吉祥瑞兽，形态各异，栩栩如生。[1]

---

[1] 殿宇飞檐上雕刻瑞兽，是中国古代独有的建筑规制，有极细致的划分规则，在数目上从皇帝到官员到普通人家，俱有详细规定，不可逾越，否则就是不敬治罪，足可杀身灭族。屋顶有十只瑞兽的建筑，自古以来，全中国仅有一处，便是故宫太和殿上，天下独此一家。此处乃是虚构，诸位读者笑看就是。

而殿下种种雕刻华丽精美，更是远远超过了世人想象，非等闲人可以制作。在大雄宝殿之后，两侧、前方，俱是一间连着一间的高耸殿堂，其间或是广场相接，或是小路蜿蜒相连，有的直接便是连在一起，层层叠叠，蔚为壮观。

这建筑的雄伟华丽，也的确令人惊叹不止。但此时此刻，最令鬼厉惊愕的竟不是这些，而是这等佛教庄严圣地之上，竟是有无数凡人穿梭不停：无数人手持香火，跪拜礼佛，台阶广场，殿里殿外，香火鼎盛得难以想象。

偌大的一个天音寺，在天下正道中拥有崇高地位的天音寺，竟如同一个凡间普通寺庙一般，开放给无数世俗百姓烧香拜佛。

鬼厉从来没有想到这个，刚才的那阵阵怪声他明白了，但是眼前的这一切，他却更是糊涂了。自小在青云山上长大，他早就习惯了所谓的仙家风范，仙山仙境，原是只有修道人才能拥有的。在青云山上，哪里曾见过一个普通百姓上山来烧香求愿？

他转头向法相看去，愕然问道："这……"

法相微微一笑，道："今日正好是初一，所以人多了一些。虽然本寺香火旺盛，但平日也没有这许多人，只是每逢初一、十五，附近方圆数百里的百姓，都有过来拜佛的习俗。"[1]

鬼厉摇了摇头，迟疑了一下，终究还是问道："不是，我是觉得奇怪，你们怎么会让百姓进来烧香拜佛？"

法相对鬼厉会问这个问题似乎在意料之中，点了点头，做了个这边走的姿势，然后带着鬼厉向大雄宝殿后面走去，边走边道："其实早先天音寺也和青云门等门派一样，并不对俗世开放，只是我恩师普泓上人接任方丈之后，与另三位师叔一起参悟佛理，发大愿心，说道：'佛乃众生之佛，非吾一人之佛也。'于是便决定开山门接纳百姓。"

说到这里，法相停住脚步，回身指向那通向大雄宝殿的无数台阶之路，道："你看到那条长长石阶了没有？"

鬼厉点了点头，道："怎么？"

法相合十道："那是当年一位师叔看到山路陡峭，百姓虽有心礼佛，却有许多身体虚弱者行动不便，竟不得上山还愿，遂用大神通，以一人之力，费十年之功，在原

---

[1] 初一、十五烧香拜佛，在佛教流传广泛的中国颇为盛行，或称法事，或称佛会。从北京的雍和宫到南方福建乡村的小庙，大多如此。从小看着外婆烧香长大，到现在依然如此，动笔写时，念及此处，不禁感叹。

本险峻的山路上硬生生开辟出了这一条佛海坦途，做了此等功德无量的善事。"

鬼厉不由得肃然起敬，面色也端重了起来，道："竟有这样了不起的前辈，请问他的名号？"

法相看了他一眼，意外沉默了片刻之后，低声道："那位师叔名号普智，已经过世十数年了。"

鬼厉的身子猛地僵硬，像是"普智"这二字如晴天惊雷，生生打在了他的脑海之中，直将他震得心神俱裂。

法相看了看鬼厉变幻不定，忽而悲伤、忽而愤恨的脸色，长叹一声，低声道："罢了，我们走吧，方丈还在等着我们呢。"

鬼厉木然地跟随着法相走了过去，只是他原本轻松的步伐，此刻已经变得沉重无比。走了数丈之后，他突然又面色复杂地回头，只见远远的地方，无数人穿行在那条石阶之上：老人、男子、妇人、孩子，一个个脸色虔诚地从石阶上走过，口中念诵着佛号，仿佛他们走了这条路，便是离佛祖更近了一些。

鬼厉脸上表情复杂难明，一双手握成拳又缓缓松开。半晌之后，终究还是缓缓转头，向前走去。正在前方等候的法相合十念佛，却也并不多说什么。

两人一起去了，只把这无数信众与那条沉默的佛路，留在了身后，留在了人间。

此处原是人间，已非仙家佛境了。

走过了大雄宝殿，后面仍然有长长一串殿宇庙堂，天音寺毕竟是名门大派，气派非普通寺庙能相提并论。法相一路带着鬼厉向后走去，却没有在其中任何殿宇楼阁停留，径直向后山走去。

鬼厉一路跟在法相身后，一言不发，心事重重，对周围那些华丽精美的建筑，竟是都视而不见了。

到了最后，法相带着他竟然走出了天音寺后门，走上了一条通向须弥山顶的小山路。鬼厉这才皱了皱眉，道："怎么，普泓上人他不在寺里吗？"

法相点了点头，道："不错，虽然本寺对世俗开放，乃功德无量之举，但出家人毕竟需要清静，恩师与几位师叔俱是爱静之人，向来便住在山顶小寺之内，我们一般也称呼为'小天音寺'。"说罢，他微微一笑，露出两排洁白牙齿。

鬼厉默然点头，也没有再说什么，跟随着法相向须弥山顶走去。

须弥山虽然比不上青云门通天峰那般高耸入云，但也决然不低。刚才他们出来的天音寺已是在半山之中，但他们此番向上行去，足足走了半个时辰，这才看到了小天音寺的牌匾。

从外面看来，小天音寺果然称得上一个"小"字，进出不过三进的院子，与半山之上那座恢宏的天音寺相差甚远，但此处却距离俗世遥远。但见周围苍松修竹，密密成林，山风吹过，松动竹摇，说不出的清幽雅意，与山下的热闹相比，却又是另外一番滋味。

鬼厉大伤初愈，走了这许多路，额头已然微微见汗，当下住脚暂且休息。回头望去，只遥望见半山里天音寺中香火丝丝缕缕飘荡起来，便是这么老远，竟也看得清清楚楚，其间隐隐人声，说不出的虔诚庄严之意。

鬼厉遥望半晌，怔怔出神，也不知道在想些什么，许久方转过身来，法相点了点头，带着他走进了小天音寺。

这里的建筑比山下简单多了，他们二人穿过当中佛堂，向右拐了两个弯，走入后堂，便是三间清净禅室。法相走上前去，向着中间那间禅室门口，朗声道："师父，张小凡施主已经过来了。"

禅室中立刻响起了一个苍老却和蔼的声音，道："请进来吧。"

法相回头，向鬼厉做了个请的手势，鬼厉犹豫了一下，便向那间房子走了进去，只是看法相却住脚停在外面，似乎并没有一起进去的意思。

走入禅室，鬼厉向四周看了一眼，只见这禅室中朴实无华，一切摆设与自己在山下养伤的那间禅室竟几乎一模一样。而当今天下正道巨擘，天音寺住持方丈普泓上人，正盘坐在禅床之上，手中持着一串念珠，面含微笑地望着他。

"你来了。"普泓上人声音平和，微笑道。

不知怎么，面对着这位神僧，鬼厉原本有些动荡的心怀，竟很快就平复了下来，深深吸了口气，他点头道："是。"

普泓上人仔细地打量着他，从上到下都细细看过，眼中闪烁着异样的慈悲与光芒，手中的念珠也轻轻转动，半晌道："你应该是有话要问我吧？"

鬼厉立刻点头，道："不错，我很奇怪，天音寺为何要冒着与青云门翻脸的危险救我，还有，你们为什么……"

他话问得着急，说话声音极快，但只问到一半，却是不由自主地停了下来，只见普泓上人伸出右手停在半空，却是阻挡了他继续说下去。

鬼厉不解，有些迷惑地望着普泓上人。普泓上人低首诵了一句佛号，下了禅床，站了起来，对着鬼厉道："在你问我之前，我先带你去见一个人吧。"

鬼厉一怔，道："见人？是谁？"

普泓不答，只向外行去。口中缓缓道："这个人想见你很久了，而且我知道，你也一定很想见他。"

鬼厉愕然，却下意识地跟了上去，不知怎么，他的手心出汗，心跳竟突然加快，仿佛在前方，竟有令他恐惧的存在。

法相一直安静地站在禅室之外，看见普泓上人这么快就带着鬼厉走了出来，他脸色也没有什么变化，只向后退了一步，站在一旁。普泓上人向他看了一眼，点了点头，也不说话，就带着鬼厉向另一个方向走去。那是这个三进院子之中，最后的一个小院，靠着一堵山壁。

第一百八十章

苦海难渡

平实的小院和外面那进院落一样，简简单单靠着山壁的一间屋子。中间一条小路青砖铺成，通向房门，两旁都是草丛，只是看上去似乎并没有人认真打理，许多地方已经生了野草。与外面禅室不同的是，这间屋子的房门上，还挂着一块颇为厚重的黑色布帘，而除了这个门户，屋子上似乎并没有其他窗户之类的出口。

鬼厉望着这间平凡而普通的小屋，喉咙中一阵干渴，双手却是不由自主地握紧了。他向普泓上人望去，却只见普泓上人的脸上，竟也是十分复杂的神情，似惋惜，似痛苦，一言难尽，而他也一样，正望着那间小小门户怔怔出神。

一时间，竟无人说话。周围一片寂静，只有身旁野草丛中，不知名处，传来低低的虫鸣声，不知道在叫唤着什么。

良久，普泓上人轻轻叹息一声，道："我们进去吧。"

鬼厉脸上的肌肉抽搐了一下，低声道："好。"

普泓上人缓缓走上前去，伸手拉开了布帘，"吱呀"一声，推开了房门。

来自门户上的转子的幽幽声响，沉重而凄凉，也不知道有多少时日没有人推开这扇门了。

一股寒气，陡然从屋内冲了出来。尽管鬼厉还站在门外，但被这股寒气一冲，以他这等修行，竟然还是忍不住打了个寒战。这小小屋子当中，竟仿佛是天下至寒之地一般。

鬼厉皱了皱眉，有些犹豫。便在这个时候，普泓上人的声音从布帘后头传了出来，道："张施主，进来吧。"

鬼厉深吸一口气，一甩头，伸手掀开布帘，大踏步走了进去。

布帘缓缓落下了，房门再一次发出"吱呀"的凄凉声音，轻轻合上。小小院子里，又一次恢复了平静，法相从前方慢慢走了过来，望着那间平实无华的小屋，口中轻轻念佛，却是弯腰拜了一拜，脸上神情肃穆而庄重。

布帘放下，木门合上，因为没有窗户，屋子里登时一片黑暗。

刺骨的寒意，瞬间从四面八方涌了过来，似乎无数冰冷钢针，要刺入肌肤一样。鬼厉大病初愈，一时又打了几个冷战，不过他毕竟不是凡人，体内真法运行，便慢慢适应了过来。饶是如此，寒意虽无法入体，但那股刺骨冰冷，依然极不好受。

这须弥山上的小屋，竟似比极北冰原苦寒之地更为寒冷。

鬼厉心中惊愕，正在惊疑不定的时候，只听见自己身前普泓上人口中低低叹息一声，道："师弟，我们来看你了。这个人，你想见很久了吧！"

他的声音低沉而有异样的情怀，房间内的寒意突然竟是又冷了几分，几乎可以将人的血液都冻结成冰了。然后，一缕微光，微微的银光，缓缓从普泓上人与鬼厉的前方，小屋尽头处，亮了起来。

那光芒轻盈如雪，先是一缕绽放，随后在光线边缘处又慢慢亮起另一道银白微光，却又与之靠近，融为一体。接着一道一道的微光先后亮起，逐渐看出，是一个一尺见方左右的圆盘形状。

那光芒柔和，纯白如雪，光线升不过一尺来高，尽头处竟似乎化作点点雪花，又似白色萤火，轻轻舞动，缓缓落下，几如梦幻。

随后，那缕缕光线，缓缓融合，渐渐明亮。鬼厉与普泓上人只听见这屋中突起一声轻啸，清音悦耳，那白光大盛，瞬间散发光辉，照亮了整间屋子。

那一个瞬间，普泓上人低首诵念佛号。而鬼厉，却在顷刻间，只觉得全身的血都冻住了，再也感觉不到一丝一毫的暖意，甚至于，他自己的心跳也似乎在瞬间停顿了下来。

他只是如一根僵硬的冰柱般站在那里，呆呆地望着那光芒深处，脑海中再也没有一丝其他的想法，只回荡着两个字：普智！

幽光如雪，灿烂流转，从一个纯白如玉的圆盘上散发出来，同时冒着森森寒意。而在那一尺见方的圆盘之上，赫然竟盘坐着一个人，正是改变了当年张小凡一生命运、让如今的鬼厉刻骨铭心的人——普智。

远远看去，普智面容栩栩如生，虽然肌肤看上去苍白，并无一丝一毫的生气，但仔细观察，竟没有任何干枯迹象。甚至于，他依然是当年那个张小凡记忆中慈悲祥和的老和尚，竟没有丝毫改变，只是在神色之间，多了一丝隐隐的痛苦之色。

但普智的身体不知怎么，竟是比原来缩小了一半之多，也正因为如此，他才能盘坐在那个纯白寒玉盘上。想来这屋子之中寒气袭人，却又并未看见有堆放冰块，多半是应在这件异宝上。而普智遗体能保持这么久，多半也是这异宝之功。

只是，鬼厉脑海之中却再也想不了这么许多，那个端坐在玉盘之上慈悲祥和的僧人，却分明是深深镂刻在心底，十数年来，竟没有丝毫遗忘。

是恨吗？

是恩吗？

他脑海中时而空空荡荡，时而如狂风暴雨，雷电轰鸣，千般痛楚、万般恩怨，竟一时都泛上心间！

那个慈和的僧人，是救了他命的人，是教他真法、待他如子的人；可是也正是这个看似慈悲的僧人，毁了他的一生，让他日夜痛楚，如坠地府深渊……

恩怨纠缠，本以为只在心间，却不料今时今日，竟再见了他的容颜。

鬼厉心神激荡之下，竟是有些站立不住，头晕目眩，身子向旁边倒去。便在此时，一只温和带着暖意的手从旁边伸来，扶住了他，同时一股熟悉的气息，佛门真法大梵般若，从那个手心传来，浑厚无比，将鬼厉心头冲盈激荡的血气缓缓平复下来。

"阿弥陀佛，张施主，你不要太过激动，保重身体要紧。"普泓上人平和的声音，从旁边轻轻传来。

鬼厉如从梦中惊醒，一咬牙，深深呼吸，放开了普泓的手，重新站直了身体，然而，他的眼神，却从来没有离开过普智的脸庞。微光中，普智祥和的脸上，那丝痛苦神色，仿佛更是深邃了。

普泓上人在一旁，仔细地端详着鬼厉，在他眼中，这个年轻人此刻痛苦的脸庞在微光中变幻着。此时此刻，鬼厉仿佛再也不是那个名动天下的魔教妖人，而只是他眼中一个痛苦的凡人，就像是，多年前的那个少年。

他轻声叹息，目光沉沉，转头向前方普智看去，缓缓走上前，凝视着普智的脸，低声道："师弟，你生前最后遗愿，做师兄的已经帮你做到了，师兄无能，当年救不了你。恶因出恶果，自债须自偿。这是你当年自己说的，愿你早日放下宿孽，投胎往生。阿弥陀佛！"

他合十对着普智遗体，行了一礼，然后径直向外走了出去。将出门的那一刻，他淡淡道："张施主，我想你也是想和普智师弟单独待一会儿吧。我在前面禅室之中，你若有事，过来找我即可。"

鬼厉没有说话，对此似乎充耳不闻。此刻他的眼中，只有那个微光中的普智僧人了。

普泓上人叹息一声，拉开门掀开门帘，走了出去。屋子之中，一片寂静。

鬼厉慢慢地、慢慢地移动脚步，一点一点向普智走了过去。他像是在恐惧什么，有些不知所措，明明他曾经那般切齿痛恨，可是为什么这个时候，他心头竟是涌出无限伤悲？

那个人，安静地坐在那里，没有丝毫的生气，却又仿佛一直在等候什么的样子，甚至在他带着痛苦之色的脸上，似乎更有一份渴望与期待。

鬼厉慢慢走到他的身前，盯着普智，双手慢慢握紧，指甲都深深陷入了肉里，可是最后终究还是松开了。他像是失去了倚靠，一身无力，就这般，悄无声息地跌坐在地上，坐在普智的身前，一言不发。

微光闪烁，照耀着普智和他，两个人的身影！

光阴，在这间屋子里停顿了，时而倒流，时而跳跃，但终究不改的是两个人的心灵。

纵然是一颗还在跳动，一颗已经寂静！

"咚……咚……咚……"

晨钟，再一次地敲响，回荡在须弥山的每一个角落，悠悠扬扬，将人从梦境中唤醒，却又有种能将人从凡尘俗世里带走的滋味。

须弥山顶，小天音寺，寂静禅室之外，响起了敲门声音。

普泓上人扬眉，随即微微摇头，叹息了一声，道："是法相吗？进来吧。"

法相应声而入，走过来向普泓上人行了一礼，看他脸上，却似乎有一丝担忧之意，道："师父，已经整整过了一日一夜了，张施主他到现在还没有出来。"

普泓上人摇了摇头，道："宿世孽缘，一世情仇，哪里是这么容易看得开，放得下的！"

法相合十，低声道："是。"随即皱眉，向普泓上人道，"师父，我是担心小屋之中有'玉冰盘'在，虽然可以护持普智师叔法身不朽，但至寒冰气，却对常人大大有害。而且张施主他重伤初愈，又是心神大乱痛楚不堪，万一要是落下什么……病根，我们如何对得起普智师叔的临终交代？"

普泓上人淡淡道："无妨，我昨日已用大梵般若护住他的心脉，再加上他本身修行，寒气虽毒，料想已无碍。"

法相听了，这才松了口气，合十道："原来如此，弟子也放心了。"

普泓上人点头，同时向法相看了一眼，道："我看你对这位张施主十分关怀，虽然有当日你普智师叔临终交代，但于你自己，似乎也对他另眼相看吧。"

法相微笑道："师父慧眼，的确如此。"说着他似回忆起往事，叹息一声，道，

"不瞒师父说，自当年与张施主初次见面到如今，已十年光阴匆匆而过。十年来，弟子佛学道行或有小进，于人生一世却如婴儿行路，几无变化。唯独这位张施主，观他这一生，惊涛骇浪，波澜起伏，大悲大苦，恩怨情仇，佛祖说的诸般苦痛，竟是让他一一尝尽了。"

普泓上人微微动容，合十轻念了一句佛号。

法相又道："弟子也曾在夜深未眠之时，想到这位张施主，亦曾以身相代，试想这诸般苦痛发生在弟子身上。可惜弟子佛学终究不深，竟是怖然生惧。佛说肉体皮囊，终究不过尘土而已，唯独这心之一道，重在体悟。每每念及此处，想起张施主一生坎坷，如今竟尚能苦苦支撑，弟子委实敬佩。"

说到此处，法相突然神色一变，却是向普泓上人跪了下来。普泓上人一怔，道："你这是为何？"

法相低声道："师父在上，弟子修行日浅，于佛法领悟不深，偏偏对张施主这样人物苦于心魔，委实不忍。愿请恩师施大神通，以我佛无边法力，度化点拨于他；以佛门慈悲化他戾气，使他脱离心魔苦海。这也是大功德之事，上应天心仁慈，下也可告慰过世的普智师叔。师父慈悲！"

说罢，他双手伏地，连拜了三拜。

普泓上人摇头叹息，长叹道："痴儿！痴儿！你可知你这般言语，反是动了嗔戒。再说了，非是为师不愿度化此人，而是他多历艰难，一生坎坷，时至今日早已经是心志坚如磐石，非寻常人可以动摇其心。正所谓佛在人心，众生皆有佛缘，将来沦入苦海，抑或回头极乐，全在他心中一念，我等并无法力可以施加于他了。"

法相缓缓站起，低首合十，面上不免有失望之色，但还是低声道："是，弟子明白了。"

普泓沉吟片刻，道："你还是到后面小屋里去看看他吧，虽然屋内寒气应该没事，但以他现在的身子，一日一夜水米不进，总也不是好事。"

法相应了一声，定了定神，向屋外走去。正拉开门想要出去时，突然只见门外竟站着一个人，阳光从背后照了进来，那人面孔一片阴影，一时看不清楚面容。

法相吃了一惊，向后退了一步，这才看清竟是鬼厉不知道什么时候来到了这屋外门口，悄无声息地站着。一日一夜不见，鬼厉看去似乎并没有什么倦容，但脸色已然变得十分苍白，一双眼中满是血丝，怕是这一夜都未曾合眼。

看到是法相的时候，鬼厉嘴角动了动，慢慢向着法相点了点头。法相怔了一下，合十还礼。鬼厉随即慢慢走了进来，站在普泓上人的对面。

普泓上人依然和昨天一样，盘坐在禅床上，手中持了念珠，不断转动着。看见鬼厉欲言又止，他却也不奇怪，淡淡对法相道："给张施主搬把椅子。另外，你也坐下吧。"

法相答应一声，拖了把椅子过来给鬼厉坐了，自己也坐在一旁。

普泓上人沉默了片刻，道："你现在有什么话要问我的，只管问好了。"

鬼厉目光似乎有些游离不定，仿佛他的心境到现在还没有平复。半晌之后，才听他低声道："你们天音寺为什么要救我？"

普泓上人合十道："凡事有果皆因有因，施主有今日坎坷境遇，多是天音寺普智师弟当年种下的恶果。既如此，天音寺便不能见死不救。"

鬼厉哼了一声，道："你们这么做，也不怕青云门和你们翻脸？"

普泓上人微微一笑，道："怕。"

鬼厉听了他如此直白，倒是吃了一惊，道："那你们还……"

普泓上人摇头道："天音寺与青云门世代交好，历代祖师都有训斥，不可随意毁坏。所以我才令他们将一身用黑衣包裹，不露痕迹将你抢了回来。"

鬼厉冷笑道："青云门中高手如云，万一你们要是暴露踪迹了呢？"

普泓上人淡淡道："我令他们藏匿踪迹，是为两派和气着想，不愿正道两门横生枝节，这才行此卜策。但若果然意外，那也没什么，为救施主你，说不得也只好翻脸了。"

鬼厉盯着普泓上人，沉声道："你们到底为了什么，要这般不顾一切地救我？"

普泓上人这一次，却沉默了下去，鬼厉却也没有追问，只是盯着他。良久之后，普泓上人长叹一声，道："你想不想知道，当年普智师弟垂死之际，挣扎回到天音寺之后直到过世的那段事情？"

鬼厉身子一震，一时竟说不出话来。看他眼中痛苦之色，仿佛是内心中又是一番惊涛骇浪。最后，他低声说道："想。"

不知怎么，他的声音有些嘶哑。

第一百八十一章
孽缘

"那是十几年前的事情了，可是却好像发生在昨天一样，一点都没有淡忘。"普泓上人的声音平和，缓缓地飘荡在屋子之中，他开始慢慢述说往事。

"我记得很清楚，那是一个阴天。那一天从早上开始，我就觉得心绪不宁，却又说不上到底哪里不对，连做功课时都忍不住分心了。这种情况很少见，我自己也不知道是为了什么，所以那时心情不是很好。

"就这样，一直到了傍晚，耳边听着暮鼓响起，眼见天色渐渐暗了，我才好了一些。那个时候，我不过觉得多半是我修行不够，不能静心。不料就在那天色将暗未暗的时候，突然，我听到天音寺寺门处传来一声尖声呼喊……"说到这里，普泓上人转过头，看了看法相。

法相点头道："是，那时正是弟子巡视山门，突然间在寺院门外不远处有个人昏倒在地，弟子连忙过去查看，不想……竟然是普智师叔。"他叹了口气，道，"当时普智师叔神志不清，面容极其憔悴，只是脸颊之上却不知怎么，一片通红。直到后来我才知道，那是普智师叔为了暂时续命，服下了奇药'三日必死丸'的缘故。"

鬼厉听到此处，怔了一下，这药丸当真是闻所未闻，忍不住问了一句："什么是'三日必死丸'？"

普泓上人道："这种奇药并非用于正途，据说是昔年魔教之中一个名号叫作'鬼医'的怪人，异想天开调制出来的。听说只要服了这种药丸，纵有再重的伤势，此药也能激发本身潜力，让你多活三日，并在这三日之中，可以保持正常人的体力。只是一旦三日过后，此药却又变成了天下间第一剧毒之物，便是身体完好之人，道行修为通天，也敌不过这奇药，必死无疑。所以才取了这种古怪的名字。"

鬼厉默然无语，普泓上人接着道："当时我们自然不知道这么多，只是我接到法相徒儿急报之后，一时大惊失色。普智师弟天赋聪慧，道行深厚，在我天音寺中向来都是出众的人物，竟想不到会变成这般模样。当时我立刻让人将他抬了进来，在禅室救治，可是他一直昏迷不醒，体内气息散乱，非但是中了剧毒，同时也被道行极高的人物击成重伤，竟是到了油尽灯枯的地步……"

普泓上人说到此处，虽然事情已经过去了十余年，但他面上仍然现出黯然惨痛神色，显然当年这段往事，对他的打击很大。

"那个晚上，我竭尽所能救治普智师弟。但是任我用尽灵药，耗费真元，竟都不能使普智师弟清醒过来，眼看他气息越来越弱，我当时心中真是痛楚不堪。难道我这个师弟，竟是就这样不明不白地死了？他身体受到如此重创，便是早几日死了也不意外，只是他竟然强自支撑回天音寺，自然是要在临死之前，有什么话要对我们说，又或是有什么要紧之事，一定要对我们有所交代。"

普泓上人说到这里，长叹一声，沉默了下来，似乎在他脑海之中又浮现出当年那段日子。过了半响，法相在一旁低声咳嗽一声，轻声道："师父，当年我一直都陪在你和普智师叔身边，不如接下来的事情，由我来代为叙述吧。"

普泓上人默然点头，不再言语。

法相咳嗽一声，接着说了下去："当年我一直陪在师父身边，看着师父与普方师叔等人竭力救治普智师叔，但都毫无效果，也是心急如焚。普智师叔往日待我极好，只恨我道行浅薄，竟不能为他做些什么。不料，就在我和师父、师叔等无计可施的时候，那日深夜，普智师叔竟然自行醒转过来了。"

"啊……"鬼厉一扬眉，口中轻微发出了一声低低呼喊，随即他迅速控制住了自己，面色再次平静了下来。

法相看了他一眼，继续道："当时正是我值夜守护普智师叔，大惊大喜之下，我立刻将师父和普方师叔叫了过来。虽然已经过去十几年了，但是我到现在还记得，普智师叔那个晚上一脸颓败，但面颊之上，竟是如欲滴血一般赤红，实在是可怖。

"见到普智师叔突然好转过来，师父与我们都十分欢喜，虽然看上去普智师叔面色古怪，但一时也顾不了那么许多。当时师父他老人家正想询问普智师叔到底发生了什么事，怎么竟伤到如此地步。不料……不料普智师叔一看见师父，他、他……"法相顿了一下，竟是要定了定神。这时，房间中一片寂静，普泓上人闭上双眼，口中轻轻念诵佛号，手中念珠轻持转动，鬼厉则是凝神细听。

法相不知怎么，面色有些难看，但终于还是继续说了下去："普智师叔清醒之后，一直比较安静。不料当师父闻讯赶来之后，他一见到师父，突然之间，仿佛受了什么刺激一般，整个人都抖了起来，竟是一下从床上坐了起来。

"我和师父以及普方师叔都是大吃一惊，只见当时普智师叔面色殷红如血，一双眼只紧紧盯住师父他老人家，伸出他一只枯败干槁的手，向着师父。师父他立刻快步走了过去，握住了普智师叔的手掌，正想问话的时候，普智师叔竟然……"法相面上闪过一丝犹豫之色，向普泓上人看了一眼，普泓上人面色不变，依旧是那般闭目合十的样子。

法相微一沉吟，接着说道："普智师叔握住师父的手，突然之间，他像是完全崩溃，竟然如同一个孩童一般，靠在师父身上号啕大哭起来……"

"什么？"鬼厉听到这里，竟是一时忘情，愕然站了起来，盯着法相。在他心中，那个普智神僧不管干过什么事情，但在他的印象中，哪里会是如此模样？

法相叹息一声，道："当时我们三人一时也被吓得呆了，手足无措，都不知普智师叔究竟怎么了，竟是如此失常。可是看普智师叔模样，竟是一副悔恨不已、痛不欲生的神情，我们又不知如何是好。当时只记得普智师叔对着师父道：'师兄，师兄，师弟该死，竟是犯下了滔天罪孽，纵万死，也不能偿补万一了！'"

鬼厉面上眼角猛地抽搐了一下，却没有说出任何话语。

法相声音低沉，缓缓又道："当时我心中震骇之情，委实是无以复加，而看师父、师叔的模样，显然也是如是想法。只是当时情况，普智师叔神态痴狂，几近疯癫，我们无可奈何，只得好言相劝，希望他先好好歇息，有事等身上伤好了再说。

"可是普智师叔却坚持不允，并说他为了回天音寺见诸人一面，已经服下了三日必死丸，不出一日夜，他必然死去。临死之前，他却有极重要之事告知师父、师叔，并有大事托付。若不听他所言，他便是死了，也不得安心。

"我们听到此处，都是又惊又急，但在普智师叔面前，我们终究无法，只得任他说来。本来我还以为普智师叔重伤之下，只怕神志不清，谁知他这么一说，竟是说出了如此一个大逆佛心人伦、罪孽无边的恶事来。"

普泓上人低低叹息一声，合十念道："阿弥陀佛！"

法相听了，亦合十行礼诵佛，然后看向鬼厉，望着他渐渐变得铁青色的脸庞，接着道："普智师叔紧紧拉着师父的手，一面述说，一面老泪纵横，我们几个人在旁边听了，却是越听越惊，几至毛骨悚然。普智师叔言道：他为了实现自己佛道参悟一体的愿望，在数日之前再度上了青云山拜见青云门掌门道玄真人，表明自己看法，可惜被道玄真人相拒。失望之下，他信步下山，来到了青云山下一个小村子之中，那个小村子名字叫作'草庙村'……"

"啪"一声闷响，几乎同那"草庙村"三字同时响起，却是鬼厉手扶桌子，心神激荡之下，竟是硬生生将桌子一角给掰了下来，捏成粉末，从他手掌间细细撒了下来。

法相向那个桌子看了一眼，在心中暗自叹息，但口中仍是继续说道："当日普智师叔走进草庙村，在村子后头一间破败小庙之中暂时歇息，无意中看到一群少年打闹玩耍。只是其中有两个少年吵闹之后，少年任性，差点做出丧命的憾事，幸好普智师叔及时出手，算是救了其中一个少年。"

鬼厉面上神情再度变幻，拳头紧紧握紧，一双眼中，却是明显出现了痛苦之色。

"普智师叔本来也并未将这件小事放在心头，只是当时天色惨淡，似有风雨将临，便打算在那间破庙中休息一夜再走。不料就在那天晚上，便出了事……"

鬼厉的头，深深埋了下去，再不让其他人看到他的脸色。

回忆如刀，像是深深砍在了他的心间，血如泉涌，不可抑制！

法相的声音缓缓回荡着："是夜，普智师叔突然从禅定中惊醒，发觉竟有一个黑衣妖人潜入草庙村中，意图掳走一个资质极好的少年。普智师叔自不能坐视不理，便出手将那少年救下，但事情诡异，不承想那黑衣妖人恶毒狡猾，竟是以这少年作为幌子，其目的反是普智师叔。他在那少年身上暗伏天下剧毒'七尾蜈蚣'，一举毒伤普智师叔，随即趁普智师叔心神大乱，又以魔教妖法重创普智师叔。也就是到那个时候，普智师叔才明白，原来这个黑衣妖人的种种毒辣手段，是为了普智师叔身上封印的那枚大凶之物'噬血珠'。"

鬼厉的肩头动了动，却没有抬起头来，衣袖之间，隐隐传来噬血珠上熟悉的冰凉气息……

千般滋味，万种情仇，一起涌上心头。你，又是怎样的感触？

他默然无言，只是全身绷紧，不由自主地，轻轻发抖……

"虽然那妖人手段阴险狠毒，但普智师父毕竟道行极深，虽是重伤之身，他老人家依然用佛家之大神通，与那妖人力拼之下两败俱伤，虽然自身重伤垂死，却仍然成功将那妖人惊走。只不过在这个过程中，普智师叔却愕然发现，那人竟然懂得青云门道家真法异术，显然与青云门有很大关系。

"在普智师叔与那妖人斗法之时，不知道是什么缘故，白天里他救了性命的那个少年，竟然也悄悄来到了破庙之中，几番激斗之下，那孩子受了波及，昏了过去。斗法之后，普智师叔虽将那黑衣妖人惊走，但他也已经油尽灯枯，重伤垂死，不得已吞服下了昔年偶然得到的一枚三日必死丸续命。

"他老人家一来自知必死，心神已乱，再不能平静处事；二来又忧虑那妖人日后必定要折返回来杀人灭口，他虽然并不惧怕，但这草庙村里众多村民，却只怕难保不被那穷凶极恶的妖人屠戮，如此岂非他犯了滔天罪孽。他本有心向青云山求救，但那个妖人却分明与青云山有极深渊源，万一上山之后一个好歹，自己丧命不怕，岂非又误了众多性命？"

法相面色凄凉，似乎也为当年普智所处之绝境而伤怀，叹道："普智师叔多年之前，曾在天下游历，在西方大沼泽无意中收服了天下至凶异物'噬血珠'，他老人家禀上天仁慈之心，以佛门神通大法将此凶物镇压，日夜携带身上，以免其祸害世人。只是这噬血珠凶戾之气实乃天生，虽然佛法护体，竟还是悄悄侵蚀了普智师叔的神志。只是平常有佛法护持，看不出来而已。

"当日，普智师叔面临绝境，自知必死，而他一生佛道参悟的宏愿更是要化为泡影，不由得心神激荡而大恸，不料，就在那看似绝境之中，他老人家竟……竟是异想天开一般，想到了另外一条异路，来实现他的宏愿。"

鬼厉的呼吸，慢慢急促起来了。

法相停顿了一下，慢慢道："普智师叔竟然想到私下传授一个少年天音寺佛门无上真法大梵般若，然后想办法让这个少年拜入青云，如此一来，即可实现他一生宏愿。当时他对佛道参悟之事耿耿于怀，一念及此，便仿佛抓住救命稻草一般，再也不肯放弃，随后他权衡之下，便选择了那个被他救了性命的少年，传了他大梵般若的真法口诀，同时对他交代了不可对外人泄密，将他一生心愿，都放在了那少年身上。"

"嘿，嘿嘿……嘿嘿嘿……"鬼厉极度压抑的笑声，在他低垂的脸上流淌出来，带着几分凄凉，几分苦涩，更有几分哽咽。

也不知道他是嘲笑普智，愤恨不已，又或是怨怒苍天，自叹命运。

法相待他笑声过后，面上浮现出一丝黯然，接着道："诸事安排妥当之后，普智师叔施法让那个少年重新睡去，此刻因为三日必死丸的效力，他体力已经渐渐恢复，原本打算就此离去，在三日之中赶回天音寺，交代后事。不料就在这个时候，他突然想起，青云门收徒甚严，而他所选那位少年又并非千年一逢的奇才佳质，细细想来，青云门竟是未必能够将这个少年收入门下的。

"眼见平生最大心愿又要落空，而自己离死不远，普智师叔心神大乱，加上他重伤之后，佛法修行已然大损，远不如平日。他体内那股被噬血珠侵蚀的戾气，便就在此时此刻发作了出来，终于作出了无可挽回的罪孽。

"普智师叔心神动荡之时，被那股戾气所袭，头脑混乱之中，一心只知道冥思苦想如何完成自己的心愿。在他胡乱思索之中，竟然想到只要那少年成了孤儿，而且是发生了极大的事故，因为在青云山下的缘故，青云门必定不会坐视不理……"

普泓上人面上忽然露出悲伤神色，手中念珠转动速度陡然加快，口中佛号也诵念不止。

"于是……"法相的声音，此时此刻竟有些颤抖起来，"普智师叔竟然想到了该、该、该如何让这个孩子成为孤儿，好让他拜入青云门下。那个时候，他已完全丧失本性，尽数被噬血珠妖力戾气所控，终于，他慢慢走入草庙村中，开始……开始杀人；而见到第一处鲜血之后，他已然完全控制不了自己，凶性大发，竟然将草庙村中二百余人，尽数屠戮殆尽，犯下了这滔天罪孽！"

"够了，不要再说了！"突然，鬼厉大声喊了出来，猛地站了起来，已经是泪流满面。

"不要再……说……了……"他声音嘶哑，竟是哽咽不能成声。

法相默然，缓缓低下了头。禅床之上，普泓上人睁开了眼睛，慢慢下了床，走到鬼厉身边，伸出手轻轻抚慰鬼厉肩膀，低声道："孩子，你想哭想骂，尽管哭骂出来吧。不过当日之事，你终究还是要听完的。"

鬼厉泣不成声。

普泓上人低声道："等到普智师弟他恢复神志，大错已然铸成，站在尸山血海之中，他整个人如五雷轰顶。一世功德修行，尽付流水不说，害了这许多无辜之人，如此滔天罪孽，几乎令他撕心裂肺。就在那浑浑噩噩之中，他神志不清地赶回了天音寺，见到了我，所言并非其他，却是向我说明一切，言明他所犯罪孽，痛悔之余，恳求我看在百年师兄弟一场的分儿上，为挽回他罪孽万分之一，日后不管怎样，只要你有困境，必定要尽力救助。"

鬼厉竭力抑制自己的感情，但竟是无可奈何，数十年从未哭过，一直坚强如铁的男子，此刻竟是化作泪人。但见他牙齿紧紧咬住嘴唇，深深陷了进去，嘴角更缓缓流出一丝鲜血，竟是心神过于激荡之下，咬破了嘴角所致。

普泓上人面色怅然，道："普智师弟他交代了这些之后，毒性发作，终于是圆寂了。在他弥留之际，交代说他的遗骸不要火化掩埋，就用玉冰盘镇护住，留这残躯，希望日后那个叫作张小凡的少年万一得知真相，便请他来到此处，任凭他处置这罪孽无尽之躯。鞭笞亦可，挫骨扬灰亦可，天音寺一众僧人，皆不可干预，以偿还他罪孽千万之一。"

鬼厉猛然抬头，普泓上人直视他的双眼，面色凝重而肃穆，缓缓道："我所说的，你明白了吧。当日师弟遗愿，我已替他完成了。如今如何处置，便随你的意思就是。后院那间小屋之中，你意欲如何，只管过去便是。"

鬼厉牙关紧咬，目光深深，盯着普泓上人。不知怎么，普泓上人竟不愿与他对望，慢慢移开了目光。鬼厉喘息声音越来越大，胸口起伏，面上神情更是瞬息万变，忽地，他似下了什么决心，霍地转身，大步走了出去，听他脚步声，赫然是向最后那间小屋走了过去。

法相面色大变，惊道："师父！"

普泓上人缓缓摇头，面上有说不出的沉痛之意，低声道："随他去吧，那也是你普智师叔最后遗愿。世事多苦，又有几人能看得开呢？阿弥陀佛……"

他轻轻合十，默默诵念，房间之中，瞬间寂静下来。

静得可怕！

第一百八十二章
化解

悠悠晨钟，沉沉暮鼓，须弥山沐浴在缥缈云气之中，从初升的旭日到傍晚的残阳，天际风云变幻，白云苍狗滚滚而过，时光终究不曾为任何人而停留。

天音寺雄伟壮丽，雄峙于须弥山上，仿佛一位慈悲的巨人望着世间，无数的凡人在清晨从四面八方会聚而来，对着佛庙殿堂里的神像顶礼膜拜，诉说着自己的心愿，企求着神明保佑。千万人来了、会聚，万千人散了、离别，一日复一日，从来不曾改变聚聚散散般的岁月。只有那庙中神佛金身神像，殿堂前不灭明灯，袅袅烟火，看尽了世事沧桑。

鬼厉，又或是当年的张小凡，再一次进入普智神僧法身遗体所在的那间小屋，又过去了一日一夜，在这期间，那个小屋之中没有丝毫的动静。普泓上人到屋外小庭院中，驻足良久之后，又在叹息声中离开。只有法相自从鬼厉进入那个房间之后，就一直站在屋外庭院之中，出人意料地耐心守候着。

谁也不知道，法相为什么要站在这里，但是包括普泓上人在内，其他天音寺的僧人都没有开口向他询问。而法相也一直就这么孤单而坚持地站着，似乎在等待着什么。

残阳如血，映红了西边天际的晚霞，远远望去，云彩的边缘上似还有一层细细的金光，十分美丽。天地美景，其实本在身边，只在你看与不看，有心与否。

法相眺望远方晚霞，怔怔出神，站了一日一夜的他，清秀的脸上似乎没有丝毫疲倦之意，反是清澈目光之中，闪烁着深邃智光。

"你在看什么？"突然，一个声音从他身边响了起来，法相陡然一惊，从自己思潮中醒来，却见是普泓上人不知道什么时候又来到这个庭院里，正站在自己身旁，微笑地望着自己。

法相合十答道："回禀师父，弟子正眺望西天晚霞，忽有所悟，乃至出神，不知师父到来。"

普泓上人微笑道："区区俗礼不必在意，倒不知你从那西天晚霞之中，所悟何来？"

法相微一沉吟，道："弟子在此站立一日一夜，夜观繁星而日见青天，至此刻繁华消退旭日西沉，只残留些许余光照耀西天。不觉得心头竟有悲伤，人生如此，光阴如此，天地万物尽数如此，弟子一时竟不知生在这天地之间，如此渺小似沧海一粟，生有何意？"

普泓上人点头道："你果然有过人之智，徒儿。这天地万物，皆有其本身命数所在，是以虽千变万化，终有其不可违逆天命之道。你能从这日升日沉间领悟到这一层道理，已经是很了不起了。"

法相恭恭敬敬向普泓上人行了一礼，道："多谢师父夸奖，弟子不敢当。只是弟子虽然稍有所悟，心头之感却反而更大。弟子不解，既然天命已定，万物终究凋谢，这无数世人忙碌一生，纠缠于人世恩怨情爱，却是为何？我佛说普度众生，众生亦皆可度化，但众生却未必愿为我佛所度，这又为何？难道佛说西天极乐世界，无怨无恨无情无欲，竟不能吸引这芸芸众生吗？弟子愚昧，请师尊指点。"

说罢，法相低下头去，合十念佛。

普泓上人注视法相许久，缓缓点头，面上露出一丝笑容，却没有立刻回答，反是看向法相刚才所眺望之西天晚霞，注目片刻之后，道："你刚才所看的，可是这西天晚霞？"

法相道："是，弟子见这时光飞逝，旭日西沉，光阴不再，心头悲伤困惑，所以请问师父。"

普泓上人微笑道："再过片刻，这残阳就要完全落山了，到那个时候，便是连这晚霞，也是看不到的。"

法相微感困惑，不知普泓上人所言何意，只得应了一声，道："不错。"

普泓上人淡淡看着西天天际，只见那残阳缓缓落下，天空中越来越暗，暮色渐临，淡然道："夕阳无情，挽留不得。但是明日一早，你是否还能看到这初升之日呢？"

法相身躯一震，心头若有所动，一时竟不能言语，面上有思索之色。

普泓上人回头看着法相，面上淡淡一笑，再不言语。

天色渐渐暗了下来，夕阳终究完全落山。过不多时，只见一轮明月缓缓从东天升上，月华如水，耀耀清辉，洒向人间。

夜幕中，月光下的天音寺清幽安宁，虽不复白日里繁华热闹，却另有种静默幽清的美丽。

而须弥山顶小天音寺里，那个小小庭院之中，师徒二人一言不发，安静地站在庭院里，在轻轻吹过的山风中，静静地站着。

也不知过了多久，只看到月近中天，安静的小院之内，忽然传来一阵轻笑声。

法相面有喜悦之色，踏前几步，走到小院正中，仰天望月，只见月华耀眼，直洒在他月白僧袍之上，直如霜雪一般。

法相大笑，旋转过身来，向一直微笑站在旁边的普泓上人跪下，合十行礼道："多谢师父指点，弟子悟了。"

普泓上人眼中满是欣慰之色，此刻望着跪在身前的徒儿，纵然他早已是修行到了宠辱不惊的境界，脸上也一样浮现出真心欢喜的神情。他伸手轻轻抚摸法相头顶，连说了三字，道："好！好！好！

"你天资聪颖，世所罕见，但更紧要的却是你对佛学佛理，另有一层慧心。当年我们四个师兄弟中，其实是以你普智师叔最为聪慧，可惜他虽聪明，却是走错了路，耽误了佛学，妄求什么长生，终于落得一个不堪下场。你今日能悟，是你之福，亦是我天音寺之福啊。"

法相一怔，抬头向普泓上人望去，道："师父，你这话是什么意思？弟子不大明白。"

普泓上人摇了摇头，先是伸手将法相搀扶起来，然后面上喜悦之色渐渐淡去，淡淡道："这些年来，为师日夜耽于俗务，以至于佛学体悟，停滞不前，偏偏枉当这俗世虚名，半世争斗，竟无法舍去。当年你普智师叔去世之后，为师便有隐世之心，无奈门下无人，面对这祖师基业，虽是身外之物，但终不能轻易舍弃。如今有了你，为师便可放心去了。"

法相大惊，面容失色，刚刚站起的身子登时又跪了下去，急道："恩师，你这是什么话？！天音寺如何离得开你？！何况弟子也要日夜陪伴恩师左右，聆听教诲。但求恩师万万不可舍弃弟子与天音寺众而归隐啊！"说罢，他叩头不止。

普泓上人失笑，随即叹息一声，将法相拉了起来，叹道："痴儿，痴儿，天下岂有不散之筵席？不过为师归隐之事并非急迫，非一时可达成，你也不必着急，总得将一切安顿妥帖，我才能放心。"

法相眼含泪光，但终究知道普泓上人退隐之心已是不可阻挡，好在如恩师所说，虽有心却还未见急迫，待日后有机会，再好好相劝恩师就是了。想到这里，这才含泪止住，站在一旁。

普泓上人仰首看天，只见月光通透，凄清美丽，他眺望良久，忽然道："我们进去看看那位张施主吧。"

法相一怔，道："什么？"

普泓上人淡淡道:"是非曲直,恩怨情仇,不管如何,终究是要有个结果的。"说罢,他不再多言,向着那间小屋走去,法相慢慢跟在他的背后,看着那扇越来越近的门户,不知怎么,心里竟有些紧张起来。

一日一夜了,在那其中,面对着普智师叔,鬼厉到底干了些什么?

他,又会干些什么呢?

答案,在他们掀开布帘推开木门,轻轻走进屋子的那一刻,出现在他们面前。

空空荡荡的屋子里面,依旧闪烁着玉冰盘那银色的光芒。

什么都没有发生!

普智法身,依旧盘坐在玉冰盘上。而在他的对面,鬼厉,又或是张小凡,盘膝坐着,背对普泓上人和法相,默默凝视着那微光之中的普智面容。

普泓上人深深呼吸,正想开口说话,忽然感觉身后动静,转头一看,却是法相轻拉他的袖袍,看见普泓上人转过头来之后,他以目示意,却是向着鬼厉身下。

普泓上人转头看去,不禁眉头一皱:只见这屋中一切都未见变化,唯独在鬼厉盘坐之地面上,周围三尺范围之内青砖地面尽数龟裂,密密麻麻的细缝爬满了他周围地面,越靠近他的身躯,细缝就越是密集,在他身前一尺范围之内时,所有的青砖已经不再龟裂,而是完全成为粉末状。

这一日一夜里,谁也不知道在鬼厉身上究竟发生了什么,或许,永远也不会有人知道。

普泓上人缓缓走到鬼厉身前,向他身前地面看了一眼,用平和的声音,道:"施主,你已经在这里待了一日一夜,可想清楚了?"

鬼厉慢慢地将目光从普智法身上收了回来,看向普泓上人。普泓上人心头一振,只见鬼厉面容惨白,容颜疲倦,虽是在这里不过坐了一日一夜,却仿佛面有风尘沧桑,已经历了人世百年。

普泓上人合十,轻轻诵念道:"阿弥陀佛!"

鬼厉缓缓站起身来,但起身之际,忽地身体一颤,竟有些立足不稳。法相与普泓都是眉头一皱。法相正想上前搀扶的时候,鬼厉却已经重新站稳了身子,深深吸气,然后再一次站直了身体,面对着普泓上人。

一看便知他身体虚弱,但不知为何,此刻的他,却仿佛如须弥山一般魁梧坚忍。

"大师……"他的声音有些沙哑。

普泓上人合十道:"是,张施主有何吩咐?"

"亡者入土为安,你将他……普智师父的法身火化安葬了吧!"

普泓上人与法相同时身体一震，望向鬼厉。片刻之后，普泓上人长叹一声，似唏嘘不已，低声道："施主你看开了吗？"

鬼厉惨然一笑，向盘坐在微光之中的普智望了一眼，面上肌肉绷紧又放松，缓缓道："我与这位大师当年不过一夜之缘，却曾经跪拜在他身前，心甘情愿地向他叩头，唤他'师父'。他救过我，也害了我，但无他便无我，死者已矣。我虽不是佛门弟子，也素知佛家最看重转生，他临死也不肯入土，可知他心中悔恨……"

冰凉的气息，隐隐约约从他手边散发了出来，普泓上人与法相几乎同时都感觉到了，那一股澎湃的诡异妖力："噬血珠妖力戾气之烈，这些年来我深有所感，也明白当年情由。"说到这里，鬼厉慢慢转过身去，向着门外走去，不时发出一两声咳嗽。

普泓上人与法相同时在他身后，对着他的背影合十念佛。普泓上人随即道："张施主宅心仁厚，感天动地，老衲在这里替过世的不肖师弟普智谢过施主了。老衲谨遵施主吩咐，稍后就行法事火化师弟法身，加以安葬。只不知在此之前，施主可还有什么交代吗？"

鬼厉此刻已经走到了门口，手向着门扉伸去，但片刻之后，他停顿了下来，整个人好像僵在那里。普泓上人和法相都不知他的心意，一时都只看着他，没有说话。

鬼厉缓缓转过身子，又一次看到了那张苍老而微带痛苦的脸庞。这张容颜，他一生不过见到两次，十数年岁月光阴，刹那间全涌上心头，最后，却终究只剩下了那个风急雨骤的夜晚，他在自己面前慈祥平和的笑容。

他是鬼厉，又或是张小凡，谁又知道呢？

又有谁在乎？

"噗！"

那个男子，就在那门口处，向着那个盘坐在微光玉冰盘间，一世痛苦的法身遗骸，一如当年那个少年般，跪了下来，端端正正地磕了三个头。然后，他抬头，肃容，面上有深深不尽的伤痛之意，道："师父……"

…………

静默一片！

"师父，您……安息吧！"

他低声说道，然后站起身子，再不多言，转身打开门扉，走了出去。

修行如普泓、法相，一时也愕然无言，只看着鬼厉走出了这间小屋。一片静默中，法相叹息一声，道："他、他实在是有大智大慧，大仁慈悲心啊！真是世间奇男子，阿弥陀佛……"

普泓上人转过身子，看着普智法身，半晌，合十道："师弟，你终于可以安……咦？"

普泓上人一声微带讶异的惊呼，令法相也吃了一惊，连忙顺着普泓上人的目光看去，顿时也是身躯为之一震，满面诧异之色。

只见盘坐在玉冰盘上的普智法身，此刻赫然已经发生了变化：在点点如霜似雪的银白微光中，普智法身竟然如沙石风化成粉，一点一点化为细微得肉眼几乎难以看见的沙尘，徐徐落下，而在他苍老的容颜之上，不知怎么，原有的那一丝痛苦之色竟然化开不见，反似露出了一丝欣慰笑容。

眼看这风化速度越来越快，法智的整个身躯即将消失，普泓上人眼角含泪，合十道："师弟，师弟，你心愿已了，师兄亦代你高兴。从今后佛海无边，你自己保重吧。"

普智法身迅速风化，终于尽数化作白色粉尘，在玉冰盘散发出来的银白色微光中，缓缓落下。也就在这个时候，玉冰盘随着那些粉尘落下之后，法宝陡然豪光大盛，紧闭的小屋之中，竟是突然有种莫名之力，吹起了风。

冥冥远处，仿佛有佛家梵唱，幽幽传来。

玉冰盘光辉越来越亮，小屋中风速也越来越快，普泓与法相二人的僧袍都被刮得猎猎作响，二人相顾骇然。突然，玉冰盘上发出一声轻锐呼啸，豪光暴涨，无数粉尘浸在霜雪一般的微光中，向着四面八方飞扬出去，轰隆巨响，即刻迸发！

"轰！"

尘土飞扬，随即被巨大耀眼光辉盖过，这个小屋四周的墙壁瞬间被玉冰盘奇异光辉摧毁，再不留丝毫痕迹，只见月华高照，清辉如雪，倒映这山巅峰顶。寂寂人间，竟有这般奇异景象！

玉冰盘在一片豪光之中，从原地缓缓升起，在这异宝旁边，银白色的粉末飞尘飞舞，若有灵性般追随而来。原来的屋外庭院里，鬼厉默然站在其中，仰首看天，满面泪痕。

玉冰盘自行飞来，绕着鬼厉身体飞舞三圈，最后停留在鬼厉面前。

鬼厉凝视着点点烟尘，紧咬牙关，几乎不能自已。

随后，在那个几乎凝固的光辉里，天上人间凄清美丽的夜色中，玉冰盘发出一声轻轻声响，如断冰削雪，清音回荡。在鬼厉的面前，这天地异宝同样化为无数粉末烟尘，在月光下闪闪发亮，如缤纷落雪，灿烂夺目。

远处，山风吹来，无数烟尘随风飘起，在半空中飘飘洒洒，被风儿带向远方，终于渐渐消失不见了……

第一百八十三章
阴霾

青云山，大竹峰。

青云之战结束到现在，已经过去了很多天，曾经风云突变的战场，也渐渐宁静下来，所有争战的痕迹，都在人们打扫的过程中，悄悄地被抹去。

那一日中，不知道有多少人失去了朋友、亲人，通天峰上，更是不知堆积了多少尸骸，从山顶直到山脚，几如传说中的地府冥狱一般。

或许是因为幸运，人丁最是单薄的大竹峰一脉在此次大战之中，没有死去一名弟子，不过却几乎是人人挂彩，就连因为要开启天机印而留守大竹峰的田不易，也显得十分疲倦。众弟子中，以二弟子吴大义、四弟子何大智两人伤势最重，过了这些时日仍还在卧床静养，但幸运的是都未伤筋动骨，并不会对他们的修行造成阻碍。经过田不易亲自诊断确定无事后，便在大竹峰上安心静养了。

只是虽然在刚刚一场生死决战中险胜兽神而挽救了天下苍生于浩劫，但大竹峰一脉上下，看上去气氛却显得十分沉闷。众弟子数日里来一直高兴不起来，就连田不易连日来也是眉头紧锁。

这一日清早，田不易便被掌门道玄真人派遣弟子过来召到通天峰议事。中午回来之后，但见他一张圆胖脸上，阴阴沉沉，眉头拧在了一起。

午时前后，田不易下令让所有大竹峰的弟子都到守静堂来，便是还在卧床的吴大义与何大智，田不易也让人将他们搀扶到守静堂中，坐在一旁。

一向比较冷清的守静堂上，顿时热闹起来，田不易妻子苏茹也站在他的旁边，她依然那样美丽，只是左手上缠上了白布绷带，自然也是在那一场大战之中受了伤。

田不易负手在守静堂上来回走了几趟，向或坐或站成一排的众弟子看了一眼，低沉声音道："今天我叫你们来，不为别的，还是为了那柄诛仙古剑的事情。"

众弟子面色凝重，却并没有多少人露出惊愕神色，显然众人心中多半都已经猜到了。田不易与身旁苏茹对望一眼，又看了看众弟子，道："今早掌门真人又叫我过去，而与我一起过去的，只有你们小竹峰的水月师叔。至于说什么，你们大概也都可以想到，就是诛仙古剑损毁一事，你们无论如何也要保密，绝不能泄露半点风声出去。"

大竹峰众弟子面面相觑，最后大弟子宋大仁咳嗽一声，道："师父，你老人家也是知道我们几个的，如此关系重大的事，我们是宁死也不会对外说一个字的。"说到这里，他迟疑了一下，看向田不易，压低了声音，道，"师父，且不说你和师娘已经三番五次提醒了我们，单是掌门真人和通天峰那边，已经是第四次如此传话过来了。莫非……莫非他们不信我们，连师父和师娘也不相信了吗？"

田不易眉头一皱，忽地大声喝道："大胆！你是什么东西，居然敢对掌门真人与师长们妄自猜度！"

宋大仁脸色一变，低头道："是，弟子知错了。"

苏茹站在一旁，叹息一声，走过来打圆场道："好了，好了，这些都是掌门真人那里吩咐下来的话。而且诛仙古剑损毁一事，关系重大，也难怪掌门师兄他对此紧张，所以多问几次，多交代几次也是应该的。"

田不易把头拧到一旁，没有说话。宋大仁等众弟子都低头道："弟子知道了。"

苏茹向众弟子逐一看了过去，柔声道："我知道你们几个人心中颇有些委屈，觉得掌门真人与诸位师长不能相信你们，其实说到底，这些都还是由于事关重大，不得已罢了。前番大战之后，我们青云门在天下正道中声望空前之高，将其他所有同道都压了下去。可是说穿了，这一切都是因为掌门真人在通天峰上，用诛仙与兽神一场恶战，将其击败所换来的。我们青云门能有今日一切，这柄诛仙神剑的分量不用说，我想你们也和我一样清楚。"

苏茹说到此处，凄然一笑，道："可是万万没有想到，这柄神剑竟然会……"她顿了一下，似乎要定定神，才能继续说话，道，"当日在幻月洞府之外，除了随后赶来的掌门真人与几位长门师伯，在场的只有大竹峰一脉弟子与小竹峰几个女弟子目睹了神剑损毁。所以为了本门的声誉以及在天下间的声望，掌门真人那边顾念多些，多次叮嘱，也是应当。你们都不要往心里去，只需记得将此事永远藏在心中就好了，知道了吗？"

宋大仁等人对望一眼，齐声道："弟子知道了。谨遵师父、师娘之命。"

苏茹转头向田不易看去，田不易眉头皱着，胖脸上神情依旧十分沉重，似乎完全没有因为苏茹这般话而有所宽慰，只伸出手向着众弟子挥舞一下，道："你们师娘说的这些，你们都好好记住了。好了，下去吧。"

宋大仁等行了礼，转身一起下去了，吴大义、何大智等行动不便的，也有宋大仁、杜必书等帮忙挽扶。很快地，一众人都走了出去，只剩下田不易与苏茹站在守静堂上。

苏茹看着田不易越发阴沉的脸，慢慢走到他的身边，低声道："怎么了？是不是掌门师兄又发脾气了？"

田不易淡淡哼了一声，道："他又不是只对我一个人发脾气。便是连水月那样的人，他竟然也一样骂了，我又算什么？"

苏茹一惊，讶道："什么，掌门师兄他竟然连水月师姐也骂了？"

田不易脸上浮现出一丝焦躁之色，踱步的速度明显快了起来，眉头也皱得更紧了。

苏茹看他神情，颇为担心，但又不知道该说什么才好，只得道："你也别太担心了，掌门师兄他是一时太过焦虑，所以才……"

田不易猛然抬头，大声打断道："他若是当真太过焦虑，便是骂我一千遍一万遍，我也不在乎！"

苏茹低头，但是又迅速抬起，面上有惊愕之色，追问道："你刚才说什么？"

田不易口中咕哝不止，快步在守静堂中来回走着，面上神情越来越焦躁不安，更隐隐有一丝担忧之色。苏茹担心更甚，急道："你到底什么意思？快点说啊。"

田不易走到苏茹面前，停下脚步，沉默了片刻，沉声道："这些日子以来，道玄师兄多次召我和水月前去，反复叮嘱要门下弟子千万保守秘密，这原本无可厚非。但近几次来，我看道玄师兄已经越来越不对劲了。"

苏茹怔了一下，道："不对劲，这是什么意思？"

田不易皱眉道："在以往，你可曾记得道玄师兄轻易骂过人吗？"

苏茹默然，良久摇头道："掌门师兄道行高深，品行端厚，喜怒不形于色，哪里会轻易生气骂人。"

田不易点头道："不错，便是如此了，连你也知道这一点。但是此番大战之后，道玄师兄他性子似乎大变，越来越急躁。这几次将我与水月唤去，叮嘱一下也就算了，却偏偏每次开始都和颜悦色，到最后竟然不知为何，都是因为一点点莫名其妙的小事就大怒起来，或辱骂，或迁怒，总之……"

他摇了摇头，慢慢抬眼向苏茹看去，迟疑片刻，走近苏茹跟前，压低了声音道："我怀疑，道玄师兄他在与兽神大战之中已经被诛仙剑的剑灵戾气反噬，所以才……"

苏茹脸色一变，急道："住口。"说着快步走到守静堂外，向左右张望一眼，确定无人之后，走回来对田不易低声道，"此乃我青云门秘事，你、你可不能随口乱说！"

田不易叹息一声，道："此事关系何等重大，我如何敢信口胡言？但前番大战之中，道玄师兄为求必胜，不顾我再三劝阻，强开历代祖师封印青云七脉灵气之天机印，使诛仙古剑威力大增。只是我每每念及前代祖师留下遗命，备言这诛仙古剑戾气太烈，杀气逆天，似为不祥之物，便无法视若等闲。我今日回来时，在通天峰与水月分别，虽然我二人向来不和，但临别时相望，却和平常不同。我料那水月，必定心中也是和我一样想法的，只是此事太大，我们二人都不敢说出来罢了。"

苏茹沉默许久，语声微涩，道："虽然如此，但说到底还在诛仙古剑之上。如今诛仙已毁，掌门师兄就算不幸受害，但一来没有源头，二来他道行通神，只要时日一久，多半也会渐渐醒悟过来，自行化解！"

田不易面上沉重之色丝毫不见减退，淡淡道："希望如此了，否则，他身为青云之尊，万一有个好歹，这青云门上下……真不知道该如何收场了。"

苏茹想了想，随即无奈叹息，颓然道："罢了，这也不是我们如今可以管得了的事，你也不用太过烦恼。还有一事，我一直想问了，诛仙古剑损毁之后，怎么处置的？"

田不易沉吟了一下，道："此事我也曾向一位知情的长门师兄打听过，听说当日道玄师兄当场训示所有人不得外泄之后，立刻将断成两截的诛仙剑拾起，同时走入幻月洞府，并不许任何人再进入幻月洞府禁地之中。所以时至今日，谁也不知道那柄诛仙古剑到底怎么样了？或许，还有希望修好？"

田不易自顾自说了最后一句，却随即摇头苦笑，显然连他自己也不相信这样的事。苦笑两声，他随口道："那剑我们是顾不上了。今天去通天峰，除了挨了一顿莫名其妙的臭骂之外，倒还听说了一件怪事。"

苏茹一怔，道："什么怪事？"

田不易耸了耸肩膀，道："说来你也不会相信，前番大战，战死了多少弟子、长老，如今在通天峰玉清殿上公祭。可是我们那位道玄师兄在玉清殿上每日不过露那么一回脸，便不见踪影，反而是天天跑到后山祖师祠堂那里为人守灵，你说奇怪不奇怪？"

苏茹一呆，讶道："守灵，祖师祠堂那里怎么了？莫非是哪位前辈长老过世了？"

田不易摇了摇头，冷笑道："哪里是什么长老？我听几个长门小弟子偷偷议论，其实是一个数十年来看守、打扫祖师祠堂的老头，不知怎么恰好在那天死了。怎么死的，也没人知道，只知道道玄师兄知道此事之后，一时呆若木鸡，一时却暴跳如雷，听说不知怎么还失魂落魄了数日，后来他竟然坚持将这个老头的灵位放进了祖师祠堂。但是最奇怪的是，他放进祖师祠堂里面的那个灵位牌上，竟然是一片空白！"

苏茹越听越是糊涂，心中更是惊愕不已，摇头道："这、这、这究竟是怎么了？难道掌门师兄他真的、真的有些糊涂了吗？"

田不易冷笑，道："他有没有糊涂没人知道，反正有人劝过他，他却执意不听。

而且放着玉清殿上那些弟子灵位他不去好好看看，反是跑去祖师祠堂里看着那个空白灵位发呆。这样下去，我看这个青云门，迟早要出事，迟早要毁在他的手上了……"

苏茹默然无语，半晌之后，幽幽叹息一声，向着守静堂外看了出去。只见这寂寥午后，外面也是空空荡荡，只有远处青天蔚蓝。

山风吹过，隐约传来了后山的竹涛声，却不知怎么，反更增添了几分寂寞之意。

青云山，通天峰，后山祖师祠堂。

这里一如往日般寂静肃穆，高大的祠堂依旧耸立，周围树林青翠如故，仿佛前些日子在青云山上发生的惊天动地的大战，对这里一点影响也没有。

除了少了一位打扫的老者，还有那昏暗的神案上，无数牌位之间不起眼的一个地方，多了一个陌生而空白的灵牌。

林惊羽默默跪在那个空白灵位之前，披麻戴孝。面前放着一个火盆，桌子上供着两根白烛，三炷细香，袅袅轻烟，轻轻飘起，不久便融合在其他供奉的香火之中，再也分不开了。

林惊羽面有悲伤之色，嘴唇紧紧抿着，木然跪在地上，将手中一沓纸钱慢慢投入面前的火盆里，看着它们渐渐卷曲变黄，渐渐化为灰烬，然后再慢慢投入新的纸钱。

其间，他不时抬头望向那个空白灵位，将这个老者灵位放入祖师祠堂，是青云门掌门道玄真人独自坚持的，其他长老都不同意。只是青云门掌门向来权重，加上道玄真人一举击败兽神之后，声望更是一时无两，众人见他坚持不退，也只得随他。

只是虽然此事出乎林惊羽意料，但接下来的事，却更令他惊讶：道玄真人竟然将一个空白灵位放入了祖师祠堂。为此，林惊羽甚至大着胆子向前来祭拜的道玄真人询问，不料道玄真人只是淡淡地反问了一句，便将林惊羽驳了个哑口无言："那你可知道他的名号？"

林惊羽目瞪口呆，他虽然追随这神秘老者修行十年，但关于这位前辈的身份，老者却从来也不对他吐露半点，此刻要让林惊羽说出什么来，他却真是无计可施了。只是看道玄真人的模样，显然是多少知道一些这位老者的事情，但他却无意吐露。林惊羽虽然心中疑惑，但终究不敢对掌门真人太过放肆，只得默然退下。反正在他心中，这位老人虽然牌位是空的，但音容笑貌却刻在他的心中了，丝毫也不曾消退。

前山公祭，他也曾去参拜过。只是他始终觉得，那里有无数弟子祭拜，可是这位前辈，虽然身怀绝世之学，却这般静悄悄地离开人世，他无论如何也要为他送终。而道玄真人似乎也默许了他来这里，为这位老者清理后事。并且他以掌门之尊，不顾门下众多弟子惊愕目光，时常来到这祖师祠堂内看望这位老者空白的灵位，由此引起众多猜测，这却是林惊羽管不了的。

此刻，他背后突然又响起了一阵脚步声。数日来，林惊羽已经将这脚步声听得熟了，一听便知道乃是道玄真人。

他起身回首，低声道："掌门。"

道玄真人缓缓走进了祖师祠堂。

祠堂里灯火昏暗，虽然林惊羽一直待在这里，却也一时看不清道玄脸色，只模糊看见道玄身影，站在阴影之中，默然向着他身旁那个空白灵位看来。

不知怎么，林惊羽看着那个黑暗中模糊的影子，突然觉得有些不对劲，但是到底哪里不对，他却又说不出来，只是没来由地觉得一阵心跳，隐隐有些紧张。

"他，还好吗？"道玄真人终于开口说话了，他的声音显得颇为低沉，有些沙哑，又似在隐隐使力，压抑着什么一样，和以往他的口吻大不一样。

林惊羽心头更是疑惑，但还是回答道："弟子日夜为前辈守灵，按时焚香，不曾怠慢。"

阴影中的那个人影动了一下，缓缓道："他有你如此尽心为他送终，也不枉他教诲你十年了。嘿嘿……"他笑声冷冷，在这个昏暗的祖师祠堂里竟增加了几分阴森之意，"也不知若是我死了，又……"

他突然住口，似乎觉得自己说错了话，林惊羽自然也不敢多话，垂手站在那里。祖师祠堂里陷入了一片静默，片刻之后，道玄真人道："你先出去一下吧，我有些话，要单独对他说。"

林惊羽怔了怔，应了一声，道："是。"说着，迈步走了出去。

一走出祖师祠堂，站在阳光空地之上，林惊羽登时觉得精神一振，这才发觉，刚才在那个祠堂里面，竟仿佛有种压抑的感觉。

他在这祠堂周围空地上走了一圈，等了小半个时辰，却仍不见道玄真人出来，正奇怪时，回头却看见一个背影消失在前方那条通向幻月洞府的小路上。自大战结束后，幻月洞府再次成为禁地，能进去的，自然只有道玄真人一人了。

林惊羽向那里张望了几眼，摇了摇头，回身走回了祖师祠堂里。他走到那个空白灵位之前，只见那灵位之前，重新插上了三炷细香，而前方地上火盆里，似乎又多了许多灰烬，似乎是什么人在这里又烧了一些纸钱似的。

林惊羽寻思片刻，缓缓抬头，只见那空白牌位依旧安静地站在那个僻静的角落中，沉默着……

第一百八十四章
无字玉璧

悠悠钟声，又一次在须弥山上回荡，宣告着新的一天的开始。

初升朝阳，从东边天际探出一个小小光晕，将第一缕阳光洒向人间。清晨山路之上，已经有许多百姓沿着山路台阶向那座雄伟的寺庙行去，他们手中多半提着香烛供奉，满面虔诚。其中有一些人还带着孩子一起前来朝拜，孩童天真，在这山路上反而并不觉得疲惫，许多的少年都跳跃跑动着，一副兴高采烈的模样。

晨雾将散未散，流连在天音寺外，空气中有些潮湿润气。早起的僧人们都已经做好了清晨必要的早课，此刻都在打扫庭院，将昨夜掉落的树叶轻轻扫在一旁。

整座天音寺内，此刻显得肃穆而宁静，沐浴在淡淡的山风里和随风吹过的，那若有若无的树叶芳香。

那钟声飘荡，指引着山下之人，也盘旋在寺庙之中，唤醒了沉睡的人。

他从睡眠中，缓缓醒来。

有多久，没有这么安心地入睡，平静地醒来？便是在睡梦之中，他也安宁无比，连梦寐也没有，只是沉眠，安静地沉眠。

原来，这竟是如此令人幸福的感觉。

他默默聆听着悠扬钟声，仿佛那声音飘荡的地方不是屋外广阔天地，而是在他心里，甚至他有一种感觉，这钟声，原是为他一人而响的。

直到，钟声渐渐平息，他才缓缓起身，拉开房门走了出去，仰首，扩胸，深深呼吸。

山间湿润的气息涌入他的心间，他的脸上慢慢浮现出少见的满足神色，真想就这么一直站了下去，只是此刻，却有个声音从庭院门口处传了过来："张施主，起来了吗？"

鬼厉转头看去，只见法相面带微笑，正站在门口不远地方望着他，便点了点头，道："早啊。"

法相向他身上打量两眼，微笑道："施主经过这一段时日静养，身上的伤势大致痊愈了，只是俗语说'大病初愈，反复三分'，施主还是要自己注意些。须弥山地势颇高，早晚不比俗世地界，寒气很重，施主自己小心。"

鬼厉点头道："多谢关心，我记下了。另外，不知道今日方丈普泓上人可有空暇，我希望能拜会大师，打扰片刻。"

法相笑道："如此甚巧，我就是奉了师命，特地来请张施主用过早膳之后前去相见的。"

鬼厉怔了一下，道："怎么，方丈大师莫非有什么事情找我？"

法相道："这个小僧就不知道了。不过想来也是要问一问施主你伤势是否康复了吧。"

鬼厉沉吟片刻，道："既然如此，在下稍后就过去拜见方丈大师好了。"

法相合十道："施主不必着急，适才方丈还特地叮嘱，不可催促施主。恩师他老人家还是在山顶小天音寺禅室之中，施主稍后若有空暇，尽管自己前去就好。"他淡淡一笑，道，"天音寺中，只要施主愿意，所有去处施主都可前往，不需顾忌。"

鬼厉心中一动，向法相看去，法相这一番话隐约大有深意，似乎已将他当作了天音寺自己人看待。或许，在这些天音寺僧人心中，曾经拜倒在普智座下的他，终究也算是天音寺中的一分子？

法相转身退了出去。鬼厉望着他的背影，默然片刻，随即走回了自己的那间禅房。

踏上山顶的那一刻，鬼厉还是忍不住微微顿住了自己的身子，对他来说，这里委实是一个令人心旷神怡的地方。朝阳之下，小天音寺朴实无华地坐落在前方，低低墙壁，小小院落，哪里还有那一个夜晚惊心动魄的痕迹？

回首，眺望，远处天音寺内又传来了隐约人声，香火繁盛，一派热闹景象。或许，这些安宁生活的人们，反而是更快乐的吧。

他默然转身，向小天音寺走了进去。很快地，这里独有的寂静笼罩了过来，偌大的院落之中，仿佛只有他的脚步声在回响。

走到了那间禅室门口的时候，鬼厉停住了脚步，下意识地向这个院子的后方看了一眼：那里的小径被墙壁遮挡，但仍然可以看到向后延伸的去向，只是这个时候，那个最后的小院里，只剩下了一片空白。

就好像，人赤裸而来，赤裸而去。

他敲响了禅室的门，很快，室内传出了普泓上人平和的声音："是张施主吗？快请进吧。"

鬼厉淡淡应了一声，推门走了进去。屋中此刻，只有普泓上人一人盘坐在禅床之上，面露微笑望着走进来的鬼厉。

鬼厉向普泓上人点头道："大师，我听法相师兄说，你有事找我？"

普泓上人反问道："不错。不过听说张施主也正好有事要与我商议是吗？"

鬼厉沉吟了片刻，点头道："是，其实也不是什么大事，主要是在下在此已打扰多日，眼下伤势好得差不多了，实不敢继续叨扰。"

普泓上人微笑道："张施主这是哪里话。"

鬼厉摇了摇头，道："当日青云山下，大师等已救了我一命，此后在这里，大师更助我解开心结，在下实是感激不尽。只是在下终究乃是魔教中人，长此下去，未免有伤贵寺清誉。"

普泓上人正色道："张施主，有一句话，老衲不知当讲不当讲？"

鬼厉道："大师请说。"

普泓上人点了点头，道："既如此，恕老衲直言，观张施主面相气色，断断不是穷凶极恶之徒，身沦魔道，不过乃是命数使然，绝非张施主之过。而且张施主与普智师弟有这么一段凤缘，便是与我佛有缘，更是与天音寺有缘。只要张施主愿意回头是岸，天音寺自当竭力庇护，莫说是青云门，便是天下正道一起来了，敝寺也丝毫不惧。佛说，度人一次便是无上的功德，小施主既是有缘之人，何不放下俗世包裹，得到这清净自在，岂不甚好？"

说罢，他神情切切，望着鬼厉。

鬼厉自是想不到普泓上人会说出这么一番话来，一时反是呆住了。这些时日来他在这天音寺里，心境与往日截然不同，大是平和舒坦，以他本性，却是极喜欢如此的。只是他终究还是有放不下的事物。

他默然良久，这才缓缓抬起头来，向普泓上人深深行了一礼，道："在下知道，大师乃真心对我，意欲点化愚顽。无奈我乃俗世男儿，随波浮沉，在那俗世之中，更有无数牵挂，却是割舍不下。大师好意，恕在下无法接受了。"

说罢，他长叹一声，便欲转身走开，普泓上人却开口道："施主慢走。"

鬼厉道："大师，还有什么事吗？"

普泓上人脸上掠过一丝思索之色，缓缓道："施主心若磐石，老衲也不敢勉强。不过若施主愿意的话，敝寺有一个请求，还望施主成全。"

鬼厉微感讶异，道："什么事，方丈大师但说无妨。"

普泓上人望着他，道："当年普智师弟落得如此下场，虽然乃是自作孽，罪不可恕，但究其根源，那大凶之物噬血珠却是逃脱不了干系。而如今普智师弟已然过世，但此凶物却依然还在施主身上，侵害施主啊。"

鬼厉默然片刻，道："大师的意思是……"

普泓上人合十道："张施主不必多心，老衲并无其他恶意。只是这噬血珠内含凶烈戾气，害人害己。当年普智师弟过世之后，十数年老衲痛心疾首之余，未尝不念及此处，得上天垂怜，竟是想出了一个法子，或可克制这噬血珠一类凶物戾气的方法来。不知张施主可愿意一试吗？"

鬼厉为之变色，噬血珠虽然威力无穷，但那股戾气却是在这十数年间，不知让他吃了多少苦头，便是连性子，似也渐渐被它改变。有时他亦曾想到普智当初的情景，想到万一自己也被这戾气所控的局面，忍不住冷汗涔涔而下。只是此事自然不可对外人道，他虽然担心，却也并无良方，不料今日突然听见普泓上人如此说了一番话，正击中他内心最担忧之处。

鬼厉思索许久，才慢慢道："方丈大师竟有这等良方，不知如何处置？"

普泓上人面色肃然，道："此法其实简单，说白了，不过乃是以我佛神通佛力，无边慈悲，来降解这世间一切戾气罢了。在我天音寺后山有一处'无字玉壁'，高愈七丈，光滑似玉，传说当年天音寺祖师即是在那无字玉壁之下悟通佛理，由此开创我天音寺一脉的。"

鬼厉眉头一皱，不解这与噬血珠戾气有何关系。只听普泓上人接着道："只因那处地界，正是我须弥山山脉之中，佛气最是肃穆祥瑞之处，只要张施主在那里静坐一段时间，老衲再率领一众僧人在玉壁周围结'金刚环'法阵，如此祥瑞之气大盛，或可对侵蚀小施主体内的噬血珠戾气有所缓解，亦未可知。"

鬼厉身子一震，不曾料到普泓上人目光如此独到，竟可以看出自己体内气脉紊乱。他寻思片刻，决然道："大师好意，在下不敢不从。既如此，在下就在那无字玉壁之下坐上几日。只是此事之后不管如何，在下便当告别而去了。"

普泓大师合十点头，微笑道："施主放心就是，敝寺绝不敢阻拦施主离去。"

鬼厉点了点头，转身走了出去。普泓上人望着他背影消失，叹息一声，自言自语道："师弟，你在天有灵，当保佑这个孩子才是……"

普泓上人口中所说的无字玉壁在须弥山后山之中，鬼厉本也以为应该甚是好找。

不料当日准备妥当，跟随前来带路的法相、法善师兄弟两人向后山行去，竟然走了大半个时辰也未见踪影。

鬼厉心中有些诧异，却也没说出来。倒是法相想来细心周到，看鬼厉脸上隐有诧异之色，料到一二，便笑道："张施主，你可是在想这无字玉壁为何如此之远？"

鬼厉既被他问到，索性也不隐瞒，道："敢问师兄，这无字玉壁究竟所在何处，是如何而来的？"

法相边走边笑道："这说起来倒是话长了。无字玉壁何时出现，自然是无人知晓，只知道千年之前，天音寺创派祖师还是个行脚僧人的时候，四方云游，有一日不知怎么，误入须弥山崇山峻岭之间，竟是迷了路，再也无法走出去了。无奈之下，祖师便在这山林之间乱走，也是天生佛缘，竟然被他看到一片光滑如玉一般的石壁。那个时候，祖师已经饥渴难耐，困倦不堪，便歇息在这玉壁之下了。"

法相说到这里，顿了一下，鬼厉忍不住追问道："哦，后来如何？"

法相面前的山道小径上现出一条分岔路口，法相向左边一引，却是带着鬼厉向着一条下坡的路上走了过去，同时口中道："传说那位祖师在那无字玉壁之下坐了三日三夜，不知怎么，竟然从最初的饥渴难耐渐渐入定，进入我佛门之中大圆满之境地，三日之后，他竟在这无字玉壁之下顿悟了佛理。此外，更传说……"法相转过头来向鬼厉神秘地一笑，道，"更传说，那位祖师也就是在那无字玉壁之下，竟领悟出了我天音寺世代相传下来的无上真法大梵般若，由此奠定了天音寺一脉在天下修道中的地位。"

鬼厉呆了一下，摇了摇头，颇觉得这个天音寺祖师传说实在有些滑稽，听来不实之处极多，竟有些荒唐的感觉。本来他对普泓上人这次施法，隐隐还有些期望，但如今听法相这么似讲故事一般地说了一下，反倒让他有些丧气，不禁暗自叹了口气。

法相细心，将鬼厉面上神情变化看在眼里，只是微笑带路，也不言语。至于跟在他们身后高高大大的法善和尚，从来都是闷声不响的样子，更是没有说话。

三人顺着山路又走了小半个时辰，在崇山峻岭间曲折前行，不知不觉已将天音寺远远抛在身后，再也看不见了。鬼厉倒是没有想到天音寺后山山脉地势居然比想象中要广大许多，但见得峰峦叠翠，山风徐来，一路上或奇岩突兀，千奇百怪；或有断崖瀑布，从天而落，轰鸣之声不绝。

这一路走来，只觉一时心胸开阔，看着身边远近美景，一时也不觉得烦闷了。

忽听见身前法相道："前头便是了。"

鬼厉吃了一惊，向前看去：却只见前方依旧是山路蜿蜒，路旁一边是茂密树林，另一边生着杂草荆棘，三尺之外便是一个断崖处，哪里有什么他们口中所说的高逾七丈的无字玉壁？

"敢问师兄，这玉壁是在何处？"

法相微笑，向前走了几步，来到那断崖之上，回首道："便在这里了。"

鬼厉走到他的身旁，站在断崖之上，举目望去，只见这断崖之下雾气弥漫，如波涛翻滚，涌动不息，似是一个山谷模样。而远处隐隐望见有模糊山影，却都在十分遥远的地方。

鬼厉凝神思索，回头向法相道："莫非是在这山谷之中？"

法相笑道："便是在你我脚下了。"

鬼厉一怔，法相已然笑道："我们下去吧。"说着纵身跃下，法善也随即跟上，鬼厉站在断崖之上，沉吟片刻，也跃了下去。

噬魂在雾气之中，闪烁起玄青色的光芒，慢慢笼罩着鬼厉，护持着他，缓缓落下。

这里的雾气似乎有些奇怪，似浓非浓，只是如丝一般纠缠在一起，任凭山风吹拂，也不见半分散去的样子。在下落的过程中，鬼厉注目向山壁看去，却只见眼前白雾一片，竟然不得望见。

他心中惊疑，便催持噬魂，向山壁方向靠近了些。只见片片雾气如云层一般散开，在眼前向两旁滑了出去，正在他凝神时刻，陡然间，他竟看见身前冒出了一个人影。

鬼厉心头一振，连忙止住身形，凝神看去，这一惊却更是非同小可，只望见身前竟是赫然站着一个和自己一模一样的鬼厉，一脸惊诧地望着自己。

那人目光深深，面容上竟有了沧桑之色，手边竟也同样持着一根噬魂魔棒。就在鬼厉震骇时候，突然间如天外传来一声梵唱，晨钟暮鼓一般，重重地回响在他耳旁。

随着这声梵唱，一股庄严之力瞬间从脚下未知名地界冲天而起，如洪涛巨流直贯天际，而周围雾气登时席卷过来，将那个人影吞没，一会儿便消失不见了。鬼厉但觉得心头一痛，体内那股冰凉之气竟然不催自动，仿佛对这股佛气极端排斥一般，自行抗拒了起来。

鬼厉惊愕之下，又觉得体内除了这股蠢蠢欲动来自噬血珠的妖力之外，似乎受此地佛气影响，自身修行的大梵般若竟也有不甘之意，腾跃而起，倒有欲和噬血珠妖力决一雌雄的意思。

还未开始，自身体内竟有如此巨大的变化，此处地界之气，当真匪夷所思。鬼厉心中震惊，一时竟忘了刚才在雾气之中看到的怪异人影，只是催持自身修为，护住心脉，缓缓落了下去。

很快地，雾气渐渐稀薄，脚下景色顿时清晰起来：一面小小石台，颇为光滑，周围有三丈方圆，树木稀疏，围坐着数十位天音寺僧人。虽看上去这些僧人所坐位置或远或近，并无规矩顺序，但其中似暗含密理，淡淡佛力流转其中，竟是隐隐成了一个阵势。

鬼厉又仔细看了几眼，忽觉得有些眼熟，仔细想了想，便想起了是一个古拙字体，佛门万字符的模样。

鬼厉很快就落到了地上，放眼看去，只见法相、法善二人此刻都已经坐在众僧人之中，默然合十，低眉垂目，再不向他观望一眼。而在众僧人之首，正是天音寺方丈普泓上人，坐在他左边下首的，鬼厉也曾见过，是当日在青云山上大发神威的普方神僧。倒是坐在普泓上人右边下首的一个僧人，看上去颇有些古怪，鬼厉以前从未见过，但看他面容枯槁，脸色焦黄，竟仿佛是将死之人的气色，而苍老模样，更远远胜过了普泓上人。只不知道这位是谁，但能够与普泓、普方两大神僧平起平坐，显然也是天音寺中了不起的人物了。

鬼厉也不多言，向普泓上人低头行了一礼，普泓上人合十还礼，微笑道："张施主来了。"

鬼厉点头道："是，但不知方丈大师要在下如何？"

普泓上人一指那处平台，道："无他，张施主只需安坐在那石台之上，调息静心，坐上几日即可。"

鬼厉点了点头，回头向那石台看了一眼，随即又抬头向四周望了望。只见头顶浓雾弥漫，却哪里有什么传说中无字玉壁所在？不禁问道："请问方丈大师，那无字玉壁何在？"

普泓上人微笑道："再过片刻张施主便能看到了。"

鬼厉一怔，点了点头，转过身来正要坐到那石台之上。忽地天上隐隐一声锐啸，似风声，似兽嚎，穿云透雾而来，紧接着一束耀眼光辉，竟是从浓雾之中撕开了一道裂缝，射了下来，正照在鬼厉身上。

鬼厉倒退一步，抬头望去，只见山谷之间异声隆隆，似奔雷起伏；那片浓雾之海陡然起了波涛，从原本轻轻涌动之势变作巨浪，波澜起伏；随即出现越来越多的缝隙，浓雾也越来越薄，透出了一道又一道、一束又一束的光辉。

面对这天地异象，鬼厉注目良久，只见浓雾终于飘散，光辉洒下，瞬间天地一片耀目光芒，竟是让所有人都无法目视。过了片刻之后，才渐渐缓和下来。

鬼厉再度睁开双眼的时候，身躯一震，赫然望见了那传说之中的无字玉壁。

就在他的身前，那看上去小小石台之后，断崖之下，一片绝壁如镜，竟是笔直垂下，高逾七丈、宽逾四丈，山壁材质似玉非玉，光滑无比，倒映出天地美景，远近山脉，竟都在这玉壁之中。而鬼厉与天音寺众僧人在这绝壁之下，直如蝼蚁一般微不足道。

与天地造化相比，人竟渺小如斯！

鬼厉默然，良久方长出了一口气，一言不发，走到那平台之上盘膝坐了下去，也不再看周围众人，深深呼吸，随即闭眼，就那么一动不动地坐着。

普泓上人向鬼厉端详良久，转过头来向身后众僧人看了一眼，点了点头。

数十位天音寺僧人，包括普泓上人、普方神僧与普泓上人身边那个神秘老僧，还有法相、法善等人，一起合十诵佛。

数十道淡淡金光，缓缓泛起，隐约梵唱声音，似从天际传来！

突然，金光大盛，只见众僧人所坐之奇异法阵阵势之中，金芒流转，佛气庄严，众僧人所散发金光越发炽烈耀眼。片刻之后，但听得震耳轰鸣之声大作，一个金光灿烂辉煌之大"佛"字现于法阵之上，缓缓升起。

梵唱越来越是响亮，天地一片肃穆，只见那金色佛字越升越高，慢慢到了半空，竖立了起来。在天际阳光照耀之下，越发不可逼视。

仿佛是受到佛字的激发，那一片绝壁之上，原本光滑的玉壁缓缓现出了佛字倒影，但并非如寻常镜面模样，而是从一小点缓缓变大，渐渐散出金光，慢慢现出那佛字模样。而在无字玉壁之上映象变大的时候，半空之中的那佛字却似乎暗淡了下来。

很快地，无字玉壁之中的佛字已经几乎大到超过了半空之中那个真的佛字，只见此刻整个无字玉壁金光灿烂，伴随着梵音阵阵，熠熠生辉。突然，玉壁之上透出了一缕淡金色佛光，缓缓射出，笼罩在安坐的鬼厉身上。

鬼厉身躯动了一下，面上依稀露出一点痛苦之色，但并没有睁开眼睛，而是忍耐了下来。很快地，他面上痛苦之色便消失了，安坐着一动不动。

无字玉壁上射出的佛光淡淡，没有什么变化，只见金辉缓缓闪动，说不出的庄严之意。而周围的天音寺僧人同样也是面容不变，低声诵佛，他们法阵之上的光辉也一般缓缓流转，支撑着天上那个佛字。

时光流转，就这么悄悄过去了……

三日之后，无字玉壁上的那个佛字依然没有丝毫变弱的趋势，倒射出的淡淡佛光，仍旧笼罩在鬼厉身上。鬼厉面容平静，似乎这三日对他而言，完全没有改变，还是和三日之前刚到这里一般，周围普泓上人身后，众天音寺僧人所持法阵虽然没有变化，但众人脸上都有了隐隐疲惫之色。

普泓上人从入定模样慢慢睁开双眼，向依然平静安坐的鬼厉看去，半晌低低叹道："痴儿，痴儿，终究还是放不下吗？"

说罢，他轻轻摇头，叹息不止。

坐在他左边下首的普方神僧淡淡道："我们这般辛苦，布下了佛门伏魔大阵，一是要为他降解噬血珠戾气，更为要紧的，却是想化解他的心魔。但他心门紧锁，心魔难去，纵然是噬血珠戾气化解，又怎知他日不是一样成魔？我等今日所为，只怕反是助纣为虐了！"

普泓上人皱眉，脸色沉了下来，道："师弟，这年轻人与我天音寺有极深渊源，无论如何我们也不能轻言放弃，你何出此言？"

普方面色变了变，合十道："师兄教训的是。我并非对这年轻人有所成见，实是想到当年……当年我们师兄弟生离死别的模样，心头悲伤，实不欲再看到他再走上邪路。小弟失言，请师兄责罚。"

普泓上人面色缓和下来，道："我何尝不是和你一个心思，不然也不会设下这伏魔大阵，意欲以佛家真法大能，度化于他。可是就在这无字玉壁之下，他似乎也……"

他话说了一半，突然间原来寂静安宁而肃穆的山谷中凭空发出了一声巨响，整座无字玉壁竟然是微微颤抖了一下，登时半空之中与无字玉壁里面的佛字都是摇摇欲坠。

普泓上人等天音寺众僧人大惊失色，一时骇然，连忙催持真法，不料鬼厉面上突然现出痛苦之色，这三日来一直被佛法压制的噬魂猛然亮了起来，一股黑气瞬间布满他的脸上。

普泓上人不曾料想到这噬血珠妖力竟如此顽强，三日三夜镇伏之后，竟尚有余力反抗，正欲再度呼唤众人支撑法阵，鬼厉却已经再也忍耐不住。

半空中佛字轰然而散，鬼厉在佛字之中仰天长啸，状如疯癫，而后又是一声长啸，腾空而起。回头向无字玉壁上望去，只见那无字玉壁里竟是多了道道暗红异芒，金光红芒，争斗不休。

就在那光芒乱闪、异象纷呈的时候，天际忽然一声惊雷，天地瞬间暗淡下来。

四方风云滚滚而来，在无字玉壁光滑壁面之上，从上到下，一点点，如深深镂刻一般，现出了一排大字，除此之外，更有无数金色古拙难懂的字体，如沸腾一般在玉壁金光红芒间闪烁跃动，令人眼花缭乱。而那一排大字却分明清楚，赫然正是：天地不仁，以万物为刍狗！

第一百八十五章
天刑

那无字玉壁之上，竟然出现了无数金色古拙字体，此等怪异之事，包括普泓上人在内的所有天音寺僧人都未曾见过。只见那玉壁之上，时而瑞气升腾，时而又暗红闪烁，庄严肃穆的金光夹带着诡异莫测的红光，给人喘不过气来的感觉。

鬼厉在半空之中，仰天长啸，状似痛楚，但目光随即移到那无字玉壁之上，凝望着那无数翻腾起伏摇摆的字体。在他身体周围，噬魂的怪异光芒越来越亮，从他体内散发出来的妖力，也随之越来越盛。

甚至连众天音寺僧人，都感觉到有一股前所未有的冰凉气息，从半空中鬼厉身上传过来，笼罩在他们周围。经过这三日三夜的佛门法阵锤炼，似乎噬血珠的妖力非但没有减弱，反而被完全激发出来了一般，空前强大。

值此风云变幻的关头，普泓上人面色也天际风云般变幻不止，颇有些举棋不定。身旁普方却有些着急了，他望向天空里沐浴在玄青光芒之中的鬼厉，眉头紧皱，对着普泓上人大声叫道："师兄，现在怎么办？"

普泓上人长吸一口气，决然道："此人乃普智师弟传人，更是他一生心血所在，我们不可不救。"

话音刚落，普泓上人一声令喝，重新盘膝坐好，口中诵佛，梵唱之声隐隐又起。随即，在他身后众天音寺僧人看见方丈施法，纷纷跟上。片刻之后，一片庄严肃穆的金色光芒，从天音寺众僧人之中再度泛起。

只是此时佛光金芒，却与前三日那度化鬼厉的佛门法阵不同，在庄严之中少了几分慈悲，却多了几分肃杀。反观半空之中的鬼厉，似乎根本没有注意到脚下地面之上渐渐泛起的金色光芒，他此刻的精神都似被无字玉壁上闪烁的文字吸引了。

任谁也不会想到，甚至此刻在无字玉壁之下天音寺众僧人也一样都无法明白，在无字玉壁之上，在这个佛家最受敬仰的地方，此刻闪烁出来的，赫然竟是传说中的魔教经典《天书》第四卷！

天道茫茫，世事多变，谁又能料知几分？

天音寺僧人们日夜礼佛，对此仍是不能知悉；鬼厉历经坎坷，人世沧桑，同样也不能知晓！

只是此时此刻的鬼厉，哪里还想得到这么多，他本能地被这些闪烁异芒的文字吸引住了。那起伏跳动的字句，将他往昔独自艰辛修习《天书》异术的各个断裂处、不解处都一一展现，如行人面对无数断崖绝壁，正彷徨之际，突然间断崖有路、激流生桥，这是何等的大欢喜！如何还能分心旁顾？

一时间，修行中众多艰深晦涩之处，豁然开朗。从十年之前空桑山万蝠古窟滴血洞内看见《天书》第一卷总纲开始，十年岁月已如潮水般逝去，这个凌立在天际风云之间的男子，第一次感觉到，那与天地共呼吸却又万物皆忘的感觉。

喘息，深深喘息！

从头到脚，身体每一处都似要爆炸开一般，无数纷繁怪啸杂音，将他团团围住。体内种种气息如沸腾一般，似巨浪波涛，汹涌澎湃。噬血珠妖力冰凉，玄火鉴纯阳之气则炽烈难当；太极玄清道平和中正，大梵般若肃穆如山；还有从身躯各处泛起，鬼厉过往修行的三卷《天书》异术真元之气，更是势不可当。

天地变幻，造化玄奇！

乌云之下，半空中那个人影散发出来的异光在越来越暗的天幕下越发光亮，直有逆天之势。天际雷声隆隆，隐隐有电芒蹿动，似天心已然震怒。云层之中，狂风大作，云幕慢慢开始旋转，就在鬼厉上方，渐渐现出巨大旋涡的模样。

而鬼厉，目光仍然被吸引在无字玉壁之上，对身外之事恍若不知。

便在此刻，地面上梵唱之声大盛，肃穆金光冲天而起，登时将半空之中的鬼厉笼罩其中。这金光集结了数十位天音寺僧人修行之力，岂是寻常，顿时将鬼厉身上散发出的妖力异光压了下去。

金光一起，笼罩鬼厉之后，天际雷鸣电闪之威势似乎受到了牵制，慢慢弱了下去，天幕之上原本缓缓成形的那个诡异巨大旋涡，也渐渐有消退之势。

普泓上人眺望苍穹，缓缓松了一口气，忽然听他身旁那个枯槁老僧冷冷道："此人一身修行，竟引发了'天刑厉雷'，可知妖气之盛，天亦不容。方丈不顾一切救护于他，只怕未必是对的。"

普泓上人脸色一变，转头向他看去，那枯槁老僧冷然对望，普泓上人一时竟是说不出话来。其实以普泓上人这等修行，如何感觉不到鬼厉身上透出的阵阵诡异肃杀妖力，绝非正道之术，自己今日所为，真不知是对是错。只是一想到当年含恨去世的普智师弟，还有前几日鬼厉面对普智法身遗骸的大慈悲行为，深受感动的普泓上人就无法弃之不顾。

此刻普泓上人默然无语，半晌之后正欲说话，忽然身旁传来一阵骚动，不少人轻呼出声，同时法阵之中亦传来诡异气息，他连忙抬头望去，顿时脸上变色。

原来原本在天音寺众僧共同催持的佛法大阵镇压护持下，鬼厉身上的妖力已经被硬生生压了下去，尽数包裹在金光法阵之中。天际那神秘风云找不到对象，也正在慢慢消散。不料此刻，鬼厉身上被镇压到微弱至极的道道光芒，突然间再度明亮起来，而其中汹涌之势，竟似更胜从前。

"轰隆"，一声惊雷，赫然在天幕之中炸响。

狂风猎猎，雷声之中，鬼厉再一次仰天长啸，周身光芒闪烁，青、红、金、赤流转不止，最后缓缓汇聚融合，竟是转化为最简单之黑、白二气，只是这黑、白二气也颇为古怪，时而尽数为白，时而尽数为黑，变化莫测，但其力之庞大，却是所有天音寺僧人都感觉到了的。

半空之中，凝结着数十位天音寺僧人法力的金光法阵，竟然有些抵挡不住鬼厉身上新生真法的冲击，慢慢减弱下来。与此同时，天幕中风云滚滚，巨大的旋涡再度现身，而且此番速度更胜从前，急速成形，压在鬼厉上方。

从地面向上空望去，只见那云层旋涡之中，电芒疯狂蹿动，雷声隆隆，更有怪异绝伦的"咝咝"怪啸之音，如狰狞大口，正欲择人而噬。

地面之上众僧人脸上此刻大都泛起了痛楚之色，维持这金光法阵已经越来越吃力，此刻不但鬼厉在法阵之中抗击金光，天幕之上，那神秘旋涡之内，竟也有一股不可抵御的大力，紧紧抵触着金光法阵。

腹背受敌的金光法阵，光芒迅速减弱下去，普泓上人等一众人尽皆惊骇，便在此刻，但见天际轰然雷鸣，从那旋转不休、深不见底的旋涡深处，一道粗大电芒自天穹轰然击下，打在了金光法阵之上。

巨响声中，普泓上人等所有天音寺僧人身躯大震，修行稍低的僧人纷纷面现潮红，有的已然吐出鲜血。金光法阵摇曳闪动，终于颓然散开，化于无形。

普泓上人心头烦闷，身为阵法住持的他所受震动极大，但此刻他心神都在半空之上，焦急之下，竟是站了起来。

金光法阵既散，鬼厉再也没有压制，身上压力瞬间消散，但觉得周身为之一轻，体内新生之真元气息片刻周转，生生不息，竟是无比畅快。

　　然而，还不等他有所动作，惊扰天心的他，只望见天际黑云深深之处，滚滚天雷轰鸣声中，一道光柱从天而下，势不可当，直欲贯穿天地一般，轰然击下，正是向他而来。

　　所过之处，炽烈无比，光柱周边哧哧之声不绝于耳，竟将周边所有事物都熔化了。而鬼厉面对的，便是这天地巨威，避无可避，躲无处躲……

　　眼看鬼厉就要被巨大光柱击得粉身碎骨之时，众僧人都不忍再看，纷纷转过头去，闭上眼睛，普泓上人更是心头伤痛，无论如何也想不明白，自己本是好心要度化鬼厉，希望能化解他身上戾气，怎么却变成这个结果，引发了这道传说之中的"天刑厉雷"！

　　难道，上天竟真的容不下这个男子吗？

　　光柱转眼即至，还未及身，鬼厉已面容惨白，在巨响和狂风之中张口大呼，却任何声音也没有传出来，一切尽数被湮没在那天地巨威之中。只见他在天地神威笼罩之下，七窍流血，面上凄厉绝望，便是往日一直忠心护持他的噬魂魔棒，此刻面对天刑，竟也被压制得暗淡无光了。

　　一切，仿佛都将结束！

　　巍巍苍穹，仿佛也传来幽幽挽歌，回荡天际。

　　突然，鬼厉身后原本已经渐渐暗淡的无字玉壁，似是感应到了什么，无数闪烁的字体再度闪烁起来，尤其正中那十个大字，"天地不仁，以万物为刍狗"，更是发出了刺目耀眼之烈芒，看那势头，竟是隐隐带着一丝不可一世的桀骜气息。

　　就算是，面对着无数世人顶礼膜拜的苍天，那仿佛永不可战胜的天刑，玉壁之上的光芒，竟也不曾有丝毫的退缩！

　　无字玉壁之上的光芒在瞬间亮到了极点，仿佛最灿烂的星火瞬间被点燃，再没有人能望见其中光景。那仿佛疯狂一般的光芒，顷刻间铺天盖地地冲来，从下往上，将鬼厉全身尽数罩住，而同时，更有巨大无匹的光辉，冲天而起，那无尽气势，竟是直冲着天际那神秘的巨大旋涡而去。

　　"轰！"

　　"轰！"

　　"轰隆！"

　　…………

　　天幕苍穹，雷声震耳欲聋，声声都似有裂天之威，如被激怒了一般，瞬间，那威势无比的天刑光柱移动了几分，离开了鬼厉身子，正劈在无字玉壁冲天而起的那桀骜不驯的光辉之上！

两股炽烈光柱，在天地之间轰然对撞，地面山脉尽数震动，无数巨岩石壁纷纷开裂，雷声隆隆之中，万兽哀嚎，如人间末日到来。

那天地间，不可直视的耀眼光辉！

天地凝固，似就在那么一刻。

无字玉壁之上，原本光滑如镜的石壁，从正中，"噗"的一声脆响，裂开了一个小口，随即无数细缝从这个中心处向四面八方延伸开来，越来越大。终于，在纷纷扰扰的尖啸声中，一声轰然巨响，这块巨大的山壁乱石飞走，颓然倒塌！

天际，巨大的光柱缓缓散去，低沉的黑云似乎得到了发泄，狂风渐渐止歇，雷声也慢慢停了下来。随后，天地仿佛一下子回复了平静，黑云渐渐散开，那平和的天空，渐渐亮了起来。

一个身影，从半空中缓缓落下，正是鬼厉。此刻他血流满面，昏迷不醒，而护持他的，却是那淡淡的神秘光辉，在他身体落地之后，摇曳几下，终究是轻轻散了去，再不见丝毫踪影。

天音寺众僧人目瞪口呆地望着面前这败落了的无字玉壁，望着在天刑之中竟然侥幸逃生的鬼厉，一句话也说不出来了。

这一睡，仿佛又是悠远的沉眠。

仿佛在这其中，有许多人在身边走来走去，十分繁忙，又有人在身边说话，声音时大时小，似乎有的时候，竟还有人争吵的样子。但是更多的时候，还是安静。

他在平淡的沉静中，也不知睡了多久，隐约里有些感觉，却终究没有醒来。

或许，这般沉眠下去，反而是他内心深处的渴望吧！

脚步声响起在门外，禅室之中的法相向外看了一眼，连忙站了起来，对着门外走进来的普泓上人合十行了一礼。普泓上人点了点头，向仍然睡在禅床上的鬼厉看了一眼，低声道："他还好吗？"

法相点头道："从那日回来之后，张施主就一直这么昏迷不醒。只是他气息缓和，并无异象，而且周身也无其他伤势，按理说早就应该醒来了，但不知怎么，就是这么昏睡不醒。"

普泓上人沉吟片刻，道："他侥幸在天刑厉雷之下逃生，已是极其幸运了。想那天刑乃万年难见之天威，不想竟会发生在他身上，难道……他真的是天亦不容的妖孽吗？"

法相脸色一变，悄悄向普泓上人望了一眼，只见普泓上人面色凝重，但并无其他异色，这才将突然悬起的心悄悄放了回去，低声道："师父，是不是几位师叔又和你争论了？"

普泓上人苦笑了一声，却没有说话。

法相默然。

半晌过后，普泓上人缓缓道："无字玉壁乃我天音寺圣地至宝，更是祖师流传下来的佛迹，此次毁于天刑，都是因我私心之过。我已决意在张施主醒来之后，便向众僧辞去方丈之位，从此面壁参悟佛理，以赎我的罪过。"

法相脸色大变，惊道："师父，你、你怎么能如此说，这不是你的错啊。"

普泓上人摇了摇头，道："你几位师叔说的是对的，我感念张施主化解普智师弟法身怨灵戾气，所以妄自决定，不自量力欲以佛门圣地佛法度化于他。由此引来天刑，毁坏玉壁，实乃我的罪过。只是……"

他说到此处，却是微微一笑，对法相言道："只是我却不曾后悔，你可知道为何？"

法相沉默摇头。

普泓上人微笑道："那日之中，天刑劈下，这张施主本无幸免之理，但无字玉壁却是自行将他救了下来。虽然此间事为何如此，我等俱不知晓，然而玉壁通灵，必然是有不愿见张施主死在天刑之下的理由。既然玉壁尚且如此，可见我并非做错了。所以毁坏玉壁固然是我的错，我也要为此请罪，但老衲心中，却一点不曾后悔。"

法相咬牙，抬头叫了一声，道："师父……"

普泓上人拍了拍他的肩膀，含笑劝慰了几声，走到鬼厉床前向他细细看了几眼，点了点头，道："看来他气色已经大好了，不出意外，我料他就在这几日便可醒来，你要好生照看于他。"

法相合十道："师父放心就是。"

普泓上人点头，又看了鬼厉一眼，转身便要走出门去。

就在他要踏出房门那一刻，忽地，禅床之上的鬼厉身子动了一动，口中发出了一声低低呻吟。

法相身子一震，喜道："师父，他好像醒过来了。"

普泓上人大喜，疾步走了过来，坐在鬼厉床沿。在师徒两人的目光注视之下，鬼厉的双眼轻轻动弹，终于缓缓睁开了眼睛。

第一百八十六章
难度

　　和往常无数的日子一样，悠扬的晨钟又一次敲响，回荡在须弥山脉之间，在薄雾山风里回荡着。它穿过了无数光阴岁月，而且还将在未来的日子里日复一日地回荡下去。

　　晨光之中，鬼厉负手而立，侧耳倾听。

　　他微微合上双眼，仿佛那钟声悠扬回荡，要细细品味。此刻的鬼厉，虽然容貌没有什么变化，但看上去竟有种焕然一新的感觉，他的气度、神态比之往昔，多了一分从容，少了一分戾气。

　　或许，当真是佛法法阵起了作用？

　　在鬼厉醒来之后，天音寺众僧人之中，许多人心中都产生了这样的疑问。

　　前日，鬼厉再度醒来之后，普泓上人等已为他细细看过，他身体并无大碍，就连受到重击之后的些许震荡痕迹似乎也在鬼厉身上消失。普泓上人欣喜之余，为了以防万一，还是留鬼厉在天音寺中多住几日，鬼厉却也没有推辞，便在天音寺中住了下来。

　　这几日来，鬼厉比往常更加沉默寡言；而对于他这个竟然触怒上苍降下天刑的人物，天音寺僧人也多半回避，只有普泓上人和法相等人不曾顾忌什么，时常过来看他。而鬼厉自己似乎没有注意到身外的人事，足不出户，只是每日晨钟暮鼓响起的时刻，他会走到小院中，静静倾听着。

　　"咚！"

　　最后一声钟声，带着连绵不绝的余音，盘旋在天音寺上空许久，终于化为虚无。鬼厉这才缓缓地睁开眼睛。

　　沐浴在天音寺的晨风中，他体内的气息却在安静的外表之下充盈鼓荡，好似整个人都要飞起来了一般。天音寺僧人们不会知道这些，但鬼厉自己，却是心中明白的。

　　在那无字玉壁之上意外出现的，竟是传说中魔教经典的《天书》第四卷。旁人或许不明白，但他却是这世间唯一一个修行了《天书》前三卷的人物，一眼便看出那是自己修道之途中梦寐以求的关键的第四卷。

往昔修行中无数看似不可逾越的难题，此时此刻，他都已经掌握到了关键处，摆在他眼前的，已经是一条康庄大道，坦途无限。甚至于在他心中还有这般感觉，这条路走下去，自己必定是很顺畅的，或许，他还能窥视到某些往日所不敢奢望的境界。

便是在他感叹和怀念往事的时候，竟有了一种超脱的感觉，像是到达了一个新的境界，重新回到过往。

只是不知为何，在他的心中，在这般大好的情况下，还隐隐有着一丝失落，不知如何形容，那若隐若现的念头，始终缠绕在他的心头。

鬼厉伫立许久，没有人知道他在想什么，也没有人进来打扰他。直到他突然转身，数日来第一次走出了这间小小庭院。

离开这个院子的时候，他没有回头看上一眼。

顺着脚下的台阶，他缓缓走去，据说这一条路，曾是那位僧人为了弘扬佛法，立大心愿，用大神通所造的。如今，无数人依旧行走在他所造的路上，却又有几人知道，他已灰飞烟灭了。

这条路上，层层石阶朴实无华，脚踏上去，平实的感觉缓缓传来。在前几日那一场天地变色、地动山摇的意外斗法之后，须弥山上的庙宇殿堂都有不同程度的损坏，只有这条平实的山路，没有受到丝毫影响，还是坚实地铺在地面之上，让无数人从它的胸膛上走过。

或许，对于难测的上苍神明来说，这条路同样也是带有某些特殊的情感。

鬼厉不知道，他也不想知道，他走在这条路上，只是默默回想着往事和故人。在回忆中，他慢慢走到了须弥山顶的小天音寺。

门扉虚掩着，这里仍如往常一般宁静，鬼厉缓缓走了过去。门后头，隐约传来了话语声。

他敲了敲房门。

门内声音顿时消失，随即有人似惊疑一般，轻轻"咦"了一声。片刻之后，门扉"吱呀"一声打开了，法相出现在房门后头。

见是鬼厉，法相露出微笑，鬼厉点了点头，道："方丈大师在吗？"

法相微笑着让开身子，道："在，请进吧。"

鬼厉走了进去，只见普泓上人正盘膝坐在禅床之上，同样微笑着望着他。鬼厉向着普泓上人走过去，行了一礼，道："方丈大师。"

普泓上人看着鬼厉走过来的身影，目光从上而下，最后落在他的脚上，忽地点了点头，合十道："想不到这短短时日，施主道行大进，真是可喜可贺！"

鬼厉眉头一挑，没有说话。法相却是微吃一惊，在旁边细细打量鬼厉。

沉默片刻之后，鬼厉向着普泓上人微微低头，道："前几日为了我，损毁了贵寺的圣地无字玉壁，在下心中实在不安。"

普泓上人轻轻摇头，淡然道："小事而已，不足挂齿。"

鬼厉微恓，道："只是那无字玉壁乃是贵寺镇寺之宝，岂非珍贵？"

普泓上人合十道："世事轮转，众生皆没，谁又知得身后之事？今日珍而重之，岂可知他日若何？施主若有心，"他一指窗外，道，"小天音寺外右转有大石，施主去一看，或可知晓佛心道理了。"

鬼厉点了点头，道："是。不过在下今日前来，是想向方丈大师辞别的。"

普泓上人面上并无意外神色，似乎早就料到鬼厉会如此说话，他只是点了点头，道："施主欲去，老衲不敢阻拦。只是在施主离去之前，老衲有几句话，想和施主说一说。"

鬼厉道："大师请说。"

普泓上人道："施主在这段时间之内，劫难重重，却终能一一破解，闯了过来。我看施主心头似有所悟，不知是否？"

鬼厉沉吟片刻，点头道："大师慧眼，在下劫后余生，心中确有感触。回望半生，多有感叹之意。"

普泓上人目光一闪，道："施主是大智慧之人，既已看破，何不看穿这俗世情怀，归入我佛门下？以老衲揣度，施主心中所思所想，不过是一'静'字耳，如何？"

鬼厉默然，良久站起，向普泓上人行了一礼，淡淡道："大师点化于我，在下十分感激，只是在下心头或有所悟，却并非看破世情。于我而言，俗世情怀，却正是割舍不得的。"

普泓上人摇头道："佛曰：色即是空！俗世万物莫不如此，恩怨情仇，美人仇敌，皆是一'色'字而已，困人心志，扰人清静，施主何必太过执着？"

鬼厉仰天呼吸，大笑一声，转身离去，口中朗声说道："大师，错矣。色即是空，那空也是色。你要我看破世情，却不知世情怎能看破？我处身天地之间，恩怨情仇，正是我一生境遇。你要我看穿得清静，却哪里知道，那看穿之后的我，可还是我吗？"

话声渐渐低沉，终于不闻，那个男子已是离开禅室远去了。法相默然许久，向普泓上人道："师父，你几次三番点化于他，可惜……"

普泓上人淡淡道："他悟通道法修行，将来只怕是世间第一的人物。但这样的人物，竟看不破自己的心魔，日后种种，便是看他自己的造化了。"

法相低头，合十念佛，终不再言语。

鬼厉离开了小天音寺，走出寺门时，忽然又停住了脚步，顿了一下，却是向右转去，没走几步，果然望见有一块半人多高的大石倒在地上。

他走到大石跟前仔细看了一遍，却只见石头上斑痕累累，却并无一字一句，亦无人工凿刻之痕迹，竟不知此石有何玄机。

鬼厉皱了皱眉，沉吟片刻，忽地目光一凝，却是被大石上一处给吸引住了。

此大石周身斑驳，显然已经不知经历了多少岁月风刀霜剑，伤痕累累；但在那一处地方，却隐约是一个图案形状，只是年深月久，竟是难以辨认。

鬼厉伸手过去，将石头上尘土轻轻扫开，仔细查看。许久之后，方才认出这原是一枚贝壳形状，只不过年深月久，已经化为石质，与这大石融为一体了。鬼厉随后又细看大石，再也没有找到其他怪异之处。

他的目光，再次回到那枚贝壳之上，莫非普泓上人要他看的，就是这枚普普通通的贝壳不成，这其中，又有什么玄机呢？

他将普泓上人所说的话又回想了一遍，望着那枚贝壳，目光慢慢亮了起来。须弥山山脉高耸，远近千里之内，更无海水深洋，但是这石头，却分明就是须弥山上之物。在千万年前，此处或许是汪洋大海，亦未可知了。

人之一生，比之天地运转、世间沧桑，竟如沧海一粟、须弥芥子了。

只是，他默然无言，转身向着那座静谧的小小寺院行了一礼。转头过来时刻，面上却还是淡然神情。

衣袍挥处，淡淡白光泛起，他的身影化作光芒，飞天而去，渐渐消失在苍穹中。

看穿？

谁又看得穿！

世事沧桑，却怎比得上我心瞬间那顷刻的微光？

青云山，大竹峰。

青云之战已经过去一段日子了，道玄真人因为诛仙古剑的事情紧盯过大竹峰诸人一段时间，又见似乎最近大竹峰众弟子的确十分老实，所以也催得少了。虽然这一次事关重大，但在大竹峰众弟子心中，掌门道玄真人却也实在多虑了。

许久没有受到打扰，大竹峰也渐渐恢复了往日的平静。经过苏茹的查看后，吴大义、何大智二人的伤势也渐渐好了起来。二人可以自由地下地行走，只是还不能干重活而已。

按照往常惯例，打扫众人房间的同时，也要打扫那个僻静角落里已经出走的小师弟的房间。这一日，宋大仁与杜必书二人再次向着那个房间走去。

两人说说笑笑，与往日一般，走进那个院子之中。

但就在此刻，忽地，一道灰色影子赫然在那个原本寂静的小院子中一闪而过。

那灰色影子速度极快，但宋大仁与杜必书都看见了，二人震惊之下，立刻放下手中活计，箭步冲了上去。只是那灰影转眼间便没了踪影，二人找遍整个院子，连房顶上也不放过，却还是没有发现什么蛛丝马迹。

站在庭院中，宋大仁与杜必书面面相觑，宋大仁皱眉道："难道是我们看错了？"

杜必书歪着头想了想，正欲说话，忽地一惊，悄声道："大师兄，你看那边。"说罢，手向宋大仁身后一指。

宋大仁连忙转身看去，顺着杜必书手指方向，原本小师弟的卧室房间里，门扉紧闭，但房门旁边的窗户，不知何时却开了一条小缝。而以往这里并无人居住，窗户自然是关得严严实实的。

宋大仁与杜必书对望一眼，都看到对方眼中的惊疑。宋大仁定了定神，低声道："我们进去看看。"

杜必书不知怎么，竟有些紧张起来，一边点头，一边却又忍不住压低声音对宋大仁道："大师兄，难不成会是……会是小师弟他……"

宋大仁眼角一跳，显然他心中所想，与杜必书差不多，但这个想法连他自己似也感到害怕。或许，当真看到那个如今已经陌生的小师弟，他也不知道该如何面对吧。

手，碰到那扇木门的时候，宋大仁与杜必书又对望了一眼，随后，像是坚定了心志，宋大仁一咬牙，叱喝一声，大声道："什么人？"喝问声中，他猛地推开了门。

几乎是在房门推开的同时，房间中灰影闪过，似是被惊动了一般，从房内的桌子上一下跳到床上，同时转过身来，眼睛滴溜溜打转，对着站在房门口目瞪口呆的两个人，"吱吱吱"地叫了起来。

"小灰！"

宋大仁与杜必书同时叫了出来。

"咕。"

小灰将嘴里的水果吞了下去，又拿起身旁一个山果，一口咬了半个，兴高采烈的样子。大竹峰守静堂上，此刻满地丢的都是小灰啃的水果核，与往昔庄严肃穆的样子相比，颇有几分滑稽。

此刻大竹峰上所有的人都聚集到了此处，连一向脾气不好的田不易看了这个场面，也只是眉头皱了皱，没有发火，只是脸色阴沉，也不知在想些什么。

这十年来，谁都知道，小灰是和那个人在一起，从未分开，此刻小灰却在这里，但那个人呢？

当日在青云山通天峰幻月洞府之前，宋大仁等人亲眼看到鬼厉，也亲眼看到那个曾经的小师弟被诛仙古剑所重创的场面，其后无数人围捕追杀，虽然从那以后，再也没有他的消息，更隐隐听说，他已经被同党救走了。

但是，小灰为什么会在这里出现呢？

小灰出现了，那个人又在哪里？

相同的疑问，萦绕在所有人的心头，让人心中沉甸甸的。而守静堂上，只有小灰肆无忌惮地大口吃着水果。除此之外，却还有一个高兴至极、与周围人截然不同的——大黄。

这条大狗，此刻兴奋至极，根本无视主人阴沉的脸庞，口中"汪汪汪"吠叫不停，绕着小灰趴的桌子转个不停，鲜亮的黄尾巴摇来摇去。还不时两只前脚跃起，趴到桌旁，狗鼻子在小灰身上嗅来嗅去，偶尔还伸出舌头，舔小灰几下。

小灰咧嘴而笑，抓了抓脑袋，随手抓起手边一个苹果，向大黄面前晃了晃，随即向守静堂外面扔了出去。大黄"汪"地大叫一声，立刻跳了起来，四腿飞驰，冲出守静堂，众人一时吃惊，都向外看去：只见大黄居然赶在苹果落地前头，将它在半空之中叼住，同时立刻跑了回来，趴到桌子上，狗牙一松，苹果落在桌子上，滚了几滚。

众皆哑然，田不易更是哼了一声。

独小灰"吱吱吱"笑个不停，显然遇见老狗好友，心情大好，猴子尾巴一卷，从桌子上跳了下来，却是落在大黄宽厚的背上，伸手抱住了大黄的身子。

大黄"汪汪汪"叫个不停，昂首挺胸跑了出去，不知一猴一狗又要去哪里撒野玩耍了。宋大仁向田不易与苏茹看了一眼，站起身子，刚想出去将两只畜生追回来，只听田不易冷冷道："由它们去吧。那猴子在这山上住了多年，既然来了，就不会走的。"

宋大仁应了一声，慢慢坐了下来。

田不易沉默片刻，道："除了这只猴子，你和老六都没看到其他的人影吗？"

宋大仁与杜必书同时摇头，道："没有。"

田不易面色难看，忽地摆了摆手，道："好了，你们出去吧。"

宋大仁等人面面相觑，但是师命如山，终究不敢违抗，只得慢慢退了出去。出去时，何大智心细，向苏茹问道："师娘，这一地果核，可要弟子们打扫一下？"

苏茹还未说话，田不易已经微怒道："明日再说，叫你出去听到没有？"

何大智噤若寒蝉，"嗖"的一下退了出去，转眼不见了人影。

苏茹白了田不易一眼，道："没事你拿他们出气做什么？"

田不易心事重重，来回踱步，忽然抬头对苏茹道："你说老七……那个人，会不会也在附近？"

苏茹沉吟片刻，淡淡道："他那个人，向来是最重感情的，若有心见你一面，也在情理之中。只是以他的身份，多半也不能现身。"

田不易面色一变，一张胖脸上阴晴不定，说不出的怪异。苏茹看了他一眼，叹了口气，道："我知道你心里在担心什么，当日幻月洞府之外，他虽然受诛仙古剑所伤，但毕竟未死，而且传闻不是还有同党将他救走了吗？大仁他们事后向我们禀告的时候，都说到那灰猴并未在他身旁，依我看来，或许是他知晓当时危险，所以故意不带猴子在身边的。而他重伤逃遁之后，猴子流落在青云山山野之间，找不到主人的情况下，自然就是要跑到我们这里来的。"

田不易眉头紧皱，忽地嘴里咕咕哝哝了一声，倒似在骂人一般。苏茹没听清楚，追问道："你说什么？"

田不易却不回答，哼了一声，眉头一展，负手向后堂走去。苏茹看着他的背影，耸了耸肩膀，颇为无奈。正在她转头过来的时候，忽地背后田不易一声低呼，苏茹倒是吃了一惊，连忙转头看去，不禁莞尔。

只见田不易似心有旁顾，走路不看地面，竟是不小心踩上了一枚果核，滑了一下。只是田不易毕竟不是凡人，他何等的修行，只一下就已经稳住了身子，饶是如此，苏茹已经笑出声来。

在妻子面前小小出丑，田不易大感汗颜，一张脸上更是黑了几分，狠狠骂了一句："死猴子，什么时候将你扒了皮，看你再吃！"

说完，头也不回地进了后堂，只剩下满地果核的守静堂上，苏茹微笑伫立。

第一百八十七章

密令

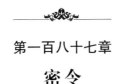

一转眼工夫，猴子小灰已经回到大竹峰上数日了，这段时间似乎根本看不出它已经离开大竹峰十年了，对于这里的一草一木，猴子居然还是那么熟悉。整日里小灰与大黄嬉闹玩乐，东奔西跑，安静的大竹峰上，在这几天里，居然又热闹了几分。

犬吠声与猴子尖细的叫嚷嬉笑声，时时都回荡在大竹峰上，竟是多了几分生气。

清晨，从卧房里三三两两走出来的大竹峰众弟子，望着已经在守静堂外空地上嬉闹奔跑的一猴一狗，都不禁露出了微笑。

何大智笑着回头对众人道："自从当年小师妹出嫁以后，我们这里已经很久没这么热闹了。"

众人纷纷点头，颇有感叹的意思，就在这个时候，忽然听到守静堂那里有人咳嗽了一声，声音大是威严，众人一惊，只见田不易站在那里，连忙上前行礼，拜见师父。

田不易随手挥了挥，算是打发了众人，随即目光也被那大黄和小灰给吸引过去，看了一会儿，哼了一声，道："两只无知畜生，大清早就像疯了似的乱叫，成心不让人睡觉了。"

众弟子怔了一下，只是碍着师尊威严，终究不敢多说。田不易嘴里又骂骂咧咧了几句，大意是白养了这只蠢狗这么多年，末了还是这般没用，居然和一只笨猴打得火热……众人心中好笑，但自是不敢笑出声来。

不料过了片刻，原本在远处玩耍嬉闹的大黄，突然向着守静堂田不易这里大声吠叫起来："汪汪汪、汪汪、汪汪汪……"一迭声狗吠叫的声音在清晨里刺耳至极，而且看大黄狗一脸嚣张，吐着舌头，似乎大有不满，倒像是听见了田不易的咒骂的样子。

众弟子同时暗想，难道大黄已经有了些道行？不然隔了这么老远，就算狗耳再灵，只怕也听不仔细的，不过如果是得道老狗的话，那自然就另当别论了。

众人心中正在揣测，田不易却被气得面孔发红，怒道："反了，反了，如今竟然连狗也敢跳出来大叫大嚷了。老六！"

站在旁边众人之中的杜必书全身一激灵，吓了一跳，连忙站了出来，道："师父，弟子在此，您有什么吩咐？"

田不易似乎怒气冲天的样子，一指远处还在大声吠叫的大黄和小灰处，怒道："今天中午你就将那只蠢狗给我宰了，炖一锅狗肉来吃！"说完，恨恨转身，进了守静堂中。

杜必书呆在原地，冷汗涔涔而下，失声道："什么？师父，这……"

话音未落，田不易已然人影不见，片刻之后，杜必书身后众人"哗"的一声大笑出来，宋大仁等皆笑得几乎岔过气去。杜必书又急又气，道："你们笑什么，这、这可是师父吩咐下来的，我可怎么办才好？"

宋大仁走上前来，收起笑容，虽然眼中仍是满满笑意，但面上却端正了神色，做出一副严肃认真的样子，拍了拍杜必书的肩膀，正色道："师弟，此乃师尊交与你之重大责任，你要好好完成才是。"

杜必书快哭了出来，急道："你骗谁呢你？这里谁不知道师父往日最喜欢的就是大黄，别说宰它了，便是我们扯掉了它一根狗毛，师父也要给我们脸色看。如今这、这、这要是我当真领了师父旨意，回头师父后悔起来，我还活不活了？"

宋大仁呵呵一笑，转头就走，旁边二弟子吴大义走过来，向着杜必书重重点了点头，道："老六，你果然是机灵人物，懂得师父真意，既如此，你便不听师父旨意就是了。"

旁边何大智仰首看天，慢慢走开，口中有意无意说道："不过听说师父最讨厌的就是我们这些做弟子的违拗师命，一旦师父知道老六竟敢当师父的话是耳旁风，这个……"

他笑声随风飘来，人却走得远了，杜必书如热锅上的蚂蚁在原地转来转去，回头一看，只见众人都已经向厨房走了，不禁大声对着那些师兄的背影高声怒道："你们这些没义气的家伙，迟早会有报应的！"

他声音传了过去，也不知宋大仁等人听到没有，只远远地望见宋大仁头也不回，只是伸出右手在半空中挥舞了一下，隐隐地，又似传来他们的笑声……

"笨狗、蠢狗、死狗……"

"汪汪汪、汪汪！"

"什么，你居然还敢对我叫！"杜必书咬牙切齿，对绑在树桩上的大黄骂道，

"就是你多事，害得老子被师父派了这么一个鬼差事。"

临近中午时候，杜必书在众师兄幸灾乐祸的眼光中，这才抓到了满山遍野乱跑的大黄，将他系在厨房门口的树桩上。旁边小灰用尾巴吊在树枝上，似乎也不明白杜必书要干什么，在树上来回摇摆晃荡，看着树下人狗相争。

至于大黄，显然此刻对杜必书没有什么好感，狗脸凶恶，对着杜必书吠叫不止。

杜必书口中对大黄骂个不停，却是决然不敢真如田不易所说将大黄宰了炖狗肉的。只是他这个师父脾气古怪，说不定一会儿出来看到大黄在此，反而迁怒于他。想到这些，杜必书心中着实发愁，不知如何是好。

大黄显然对被拴在树桩上很不满意，狗嘴大开，露出尖利獠牙，对杜必书大声咆哮。杜必书心烦意乱，瞪了大黄一眼，摇了摇头，自言自语道："罢了，罢了，反正算我倒霉，还是先做饭去。希望师父等会儿心情好一点。"

说着，回头向厨房走去，面上愁眉苦脸，不再去理大黄。等他走到厨房里面的时候，大黄的吠叫声还不断传来，但估计是一狗独吠，也没多大意思，很快就安静了下来。

为了讨田不易的欢心，杜必书这顿饭做得那叫一个尽心尽力，当真是专心致志。间中听到厨房外头传来几声大黄的吠叫声，随后又低沉了下去，接着传来的却似乎是低低的"呜呜"声音，杜必书也没放在心上，一门心思炒菜做饭。反正门外此刻诸位师兄和师父师娘都不会到这里来，他乐得清静。

好不容易做好了一桌子好菜，杜必书这才松了口气，拿过毛巾擦了擦汗，走出厨房，不料刚走出来，登时怔住了，只见树桩上空留一段绳索，大黄和小灰却已经不见了踪影。杜必书心中大急，左右张望，都不见猴子、黄狗的踪迹，心想莫不是哪位师兄竟然在这个时候和我开了玩笑？

当下连忙跑向诸弟子所在卧室，一个个打听过去，不料众人都一无所知，有的人还对着他开起了玩笑。只是杜必书此刻哪里还有什么开玩笑的心思，头脑发蒙之下，团团乱转。便在这个时候，忽地远处传来一声狗吠，众人都吃了一惊，杜必书更是第一个冲了出去，仔细辨认一下，竟是从张小凡那个房间里传出来的。

杜必书连忙向那个房间赶了过去，其他大竹峰众弟子也纷纷赶来，进门一看，却只见大黄站在庭院之中，对着天空高声吠叫，而小灰却不见了。

众人抬头望天，只见青天高高，蔚蓝无限，一点异状也没有。宋大仁等人连忙搜索，不料将所有的房间都找了一遍，也没看到小灰的影子。就像来得神秘一样，小灰这只猴子，又一次神秘地失踪了。

不知怎么，在大黄的吠叫声中，众人都若有所失。

那日中午，当杜必书心情忐忑地迎来午饭时，出现在众弟子面前的却只有苏茹一人。众人奇怪，杜必书却是惊喜交集，面上却还是关心备至问道："师娘，师父怎么不来了？"

苏茹白了他一眼，也懒得理他，只淡淡回头向守静堂方向望了一眼，面上有一种奇异神色，过了片刻才道："你师父他……有些心事吧，情绪不好，今天不想吃饭。"

众人一怔，但看苏茹面色，却也不敢多问。

大竹峰上，似乎从此又恢复了往日的平静，除了偶尔大黄对天的吠叫声，似乎什么也没有发生过一样。

一道人影，从青云山脉的深处飘了下来，轻灵、神秘、缥缈，几如传说中山间精怪一样。只是这身影掠到青云山山脚下某处，忽地身形一顿，原本急速的动作在空中发出低低的一声轻啸声音，硬生生停了下来，引得脚下草丛花木"沙"的一声，尽数被风吹得向前方倒去。

赫然是鬼厉。

没人知道鬼厉是从青云山什么地界出来的，小灰却再一次趴在了他的肩膀上，与主人久别重逢，小灰显然十分开心，长长的尾巴卷着，末端还缠在鬼厉一只胳膊上。尤其是不知什么时候，小灰身上那个大酒袋里竟然又鼓了起来，酒香四溢，而小灰对此更是欢喜，搂着那个大袋子爱不释手，不时扒开袋子喝上一口，一副满足的表情。

不过鬼厉显然不会和小灰一样，此刻的他面色淡淡，眼神向四周扫望一眼，只见周围密林森森，一片寂静，只有远处传来隐约的鸟鸣声。

鬼厉忽地冷笑一声，淡淡道："出来吧。"

没有人回答，鬼厉也不再说，只是慢慢转过身子，对着某处安静地站着，过了一会儿，忽有人叹息道："这才几日工夫，不想公子你道行竟然精进如此，当真令人惊佩啊！"

人影一闪，从树林深处走出一个黑衣人来，正是鬼先生。

这个人，仿佛从来都是这般神秘莫测，永远都在让人意想不到的地方出现。

鬼厉看着他，目光淡淡，虽没有十分的厌恶表情表露出来，但显然对此人也不是很有好感，道："你在这里等我，有什么事？"

鬼先生目光游移，先是看了看鬼厉肩头的小灰，尤其在小灰额上第三只眼睛处盯了一会儿，这才向鬼厉看去，道："怎么，副宗主不愿意与我相见吗？"

鬼厉哼了一声，没有说话。

鬼先生点了点头，道："这也随你，不过此次是宗主鬼王前几日传书于我，让我有话转告给你。"

鬼厉眉头一皱，道："什么事？"

鬼先生道："鬼王宗主听说你在青云山幻月洞府前受伤之后，十分关切，明令潜伏中原的众人一定要找到你，并替他传话。如果找到副宗主之后，若副宗主身体抱恙，大可转回蛮荒修养，身体要紧；若天幸副宗主并无大碍，则有一事，还要麻烦副宗主了。"

鬼厉沉默片刻，道："你说。"

鬼先生在黑纱背后，似淡淡一笑，笑声低沉，道："鬼王宗主已然知道，兽神在此次青云大战中败退逃亡。此獠当日诛杀我圣教教众无数，是我圣教不共戴天的仇敌，眼下更是诛杀此獠的千载难逢之机。此番遁逃，必定是逃往他所熟悉的南疆，而教中唯有副宗主对南疆较为熟悉，因此希望副宗主前往南疆追杀，也算是为我圣教做了一件大事。"

鬼厉默然片刻，点了点头，道："好，我去。"

鬼先生微微点头，却忽然又走上前几步，来到鬼厉身前，压低了声音，道："但是此行，宗主特地私下交代我一定要转告你，追杀兽神固然紧要，但最最紧要一事，却还有一件。"

鬼厉一怔，道："什么？"

鬼先生目光闪烁，低声道："宗主交代，兽神身边有一只恶兽饕餮。无论如何，就算被兽神逃脱，但这只恶兽饕餮，却一定要活着捉回来，带回蛮荒。此事关系甚大，副宗主切记，切记！"

鬼厉眉头紧皱，向鬼先生深深望去，道："宗主要饕餮做什么？"

鬼先生站直身子，语调恢复正常，淡淡道："这个，就不是我所能知道的了。"

鬼厉望之良久，忽地转身，头也不回，身形几如闪电一般，瞬间就掠了出去，转眼消失。只留下鬼先生站在原地，望着鬼厉远去的方向，半晌忽地自言自语道："奇怪，他道行为何竟能在短短时日之内，精进到如此地步？

"那一日，救他的那群黑衣人，又是何方神圣呢？"

低低密语，随风飘散，悄悄回荡在密林之中，最终消失。

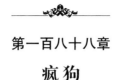

第一百八十八章
疯 狗

那一场兽妖浩劫过后，从北往南，到处都是惨不忍睹的荒凉景色，千里无人烟，百村无人声。北方因为荼毒日短，尚且好一些，越往南走，这般惨烈景象就越是严重。

残垣断壁，败落城镇，比比皆是。甚至于在野外田边空地中，竟然不时还能发现森森白骨，令人触目惊心。风烟萧瑟，一派凄凉，这俗世纷纷，人若草蚁，竟不能掌握自己的命数吗？

许多逃往北方的百姓，在确定这一场浩劫的确已经退却之后，开始缓缓返乡。无限荒凉的大地上，慢慢开始有了人气。只是这一幕中，仍有许多悲凉气息：道路两旁，竟不时出现倒毙于地的尸骸。有些人是被兽妖所害，有些人，却是在这场劫难之后，于回乡途中饥寒交迫，竟命丧异乡。间中，偶尔少许偏僻地方，还残留着小股兽妖，不时有兽妖害人的事件传出。只是小股兽妖虽然仍令人害怕，但已经无法阻挡更多的人返乡的心愿了。

这些苟延残喘的兽妖，事实上也很快就销声匿迹了。因为在返回家乡的无数百姓之中，还有许多正道门下的弟子，一旦哪个地方传出兽妖害人的事情，很快也就被这些正道弟子降伏下去。

当日青云大战，兽神败在诛仙古剑之下，但并未当场毙命，正道中人也不是傻子，魔教知道要落井下石，正道也明白"除恶务尽"！

故众多正道门派纷纷派遣得意弟子，有些小门派更是倾巢而出，若是能有机会擒拿兽神，放眼天下，这功劳声望，岂是等闲？何况兽神是绝世妖人，身边要说没有什么绝世法宝神器的话，连傻瓜也不信。

这种种猜度想法，混在人流中，潮水一般地传散着，向着南方涌来，天下渐渐安宁的背后，却有无数人屏息观望。相比之下，反是俗世中百姓的痛楚，少有人关心了。

随着这股南归的人潮，人群之中跋涉的周一仙、小环与野狗道人，他们的感觉就与旁人不同。

周一仙手上依然还握着那根竹竿，上面还是那块写着"仙人指路"四字的白布，只是原先的白色，在这个兵荒马乱的年头里，竟也黑黄不匀，一眼看去还有几处破洞。虽然凉风吹过，这布幡依旧迎风拂动，但已无半分仙气，而是垂头丧气地破落了。

至于野狗道人，长时间以来，还是一直跟随着周一仙和小环，三个人一起浪迹天涯。不过此刻的他却是用块布包裹住了面容，不为别的，只是在这个时候，周围所有的百姓都对面容稍微古怪一点的人物有些过敏，一不留神多半便被人误会是兽妖一员，如此不免太过冤枉。在经历了几次这样的误会之后，不要周一仙翻白眼或小环自己劝说，野狗道人自己也受不了了，找了块布先将自己的脸围了起来。

在三人之中，小环看上去最为清爽，本来嘛，年轻美丽的少女，自然便是引人注目的。在这个悲痛失落的人海之中，她仿佛是最亮丽的一道风景。

一路之上，与周围人截然不同，她时常保持着笑容，却绝非那种幸灾乐祸的模样，相反，她一直不顾周一仙喋喋不休的劝告，力所能及地帮助着周围那些无助的百姓。

或有人疲乏跌倒，她上前扶起；或有人饥寒，她送之以衣食；或有病弱者，她似乎还会些许医术，上前看望一番；甚至于望见路旁倒地的尸骨，她也会在沉默中走过去，不避腥臭，将之粗粗掩埋，算是一种安慰。

一路而来，风尘仆仆，除了面对病弱死者的庄重，小环脸上竟似乎永远都带着一丝笑容，在这样灰暗的路途上，仿佛是悲天悯人的仙者。周一仙还是那样永远低声唠叨个不停，而野狗道人跟在小环身后，从来没有劝阻过小环一句，小环要做什么，他就抢先去做：掩埋尸骸，他动手挖坑；救助弱者，他亲身负人。一路来，他的眼中，仿佛只有那个清秀少女的身影。小环做什么，他就做什么，纵然这岁月再苦、旅途再累，他也不在意了。

只是，他们终究不是神仙，其他不说了，饥寒百姓那么多，食物只有一点点，便是他们也很快没有了。被迫之下，这一日三人只得暂时离开了队伍，向山野走去，希望能在那山林之中找到些吃的。

浩劫之下，惨状如斯！

周一仙手中持着那支竹竿，看着渐渐暗淡的天色，摇了摇头，叹息道："这年头，真让人活不下去了。"

小环走在他的身边，笑了笑，没有说话。不过这短短时日，她面上虽有淡淡风尘之色，但仍然秀丽如昔，其中还多了几分过往没有的成熟。野狗道人跟在她的身后，高大的影子似和小环纤细的身影重合在一起，被布幡包裹的脸庞，只有一双眼睛闪闪发亮。

此刻他们已经离开大道颇远，置身在一个小山头上，这一夜阴云浓厚，只见几点遥遥星光，却不见有一分月色。周围山野，此刻寂静一片，只有不知名处传来虫鸣声音，时长时短，不知所在。

小环顿住了脚步，像是想起了什么，转头对野狗道人微笑道："道长，现在没有外人，你就把脸上的布取下来吧。包了一日，只怕你都难受坏了。"

野狗道人在黑暗夜色中略显幽亮的一双眼睛闪了闪，慢慢取下了面上的布幔，露出他古怪的脸庞，低声道："呃，其实我没事的……不过你今天又忙了一日，才是累坏了吧？"

周一仙也停住了脚步，向周围张望了一眼，见旁边横倒着一根枯木，赶忙走了过去，一屁股坐在上面，这才伸了一个松口气般的懒腰，然后白了小环一眼，道："是，就她忙，就她慈悲，所以把她爷爷的干粮也送给别人吃了，搞得现在连她爷爷也挨饿。"

小环脸上一红，走过来站在周一仙背后，伸出双手在周一仙肩膀上轻轻捶打，道："爷爷，我们还算好的，可是看那些人，再不吃点东西，真的就没力气走下去，只怕就此丧命了啊。"

野狗道人向左右看了看，道："你们在这里坐一坐，我去林子里看能不能抓到一些野兽，暂时充饥吧。"

小环向野狗道人微笑道："好啊，有劳道长了。"

野狗道人咧着嘴笑了起来，周一仙突然哼了一声，冷笑道："你笑什么笑？而且笑也罢了，偏偏老夫看你笑得怎么那般猥琐，莫非你心里有什么不良念头吗？"

野狗道人吓了一跳，连忙收起笑容，又看了看小环，只见小环略带歉意地看着他，眼神立刻为之一亮，哪里还有丝毫怒气，只当周一仙不存在一般，对小环念了一句，道："那你们等我回来。"说罢，快步走进林子里去了。

周一仙没好气地嘟囔了两句，小环在他身后微嗔道："爷爷，那野狗道长跟我们在一起都这么久了，你怎么还是不给人家好脸色看？再说，这一路上多蒙他照顾我们，而且他又不是坏人！"

周一仙哼了一声，道："你又知道什么是坏人好人了？他跟着我们，还不是为了……"

"爷爷！"小环叫了一声，打断了周一仙的话。周一仙抱怨了几句，就不再说了。

林子中发出"嗖嗖"声响，随即又是一阵扑腾声，半晌过后，一阵脚步快速传来，野狗道人面有喜色，从林子中提了一只野鸟跑了出来。前些日子那一场兽妖浩劫过后，万物生灵尽数涂炭，便是以往山野之中，这些野兽山鸟，似也比往日少了很多，今日还算野狗道人运气好。居然捉到了一只漏网之鸟！

野狗道人兴冲冲地跑回原地，大声道："你们看，我捉到了什么……"突然，他的声音戛然而止，原本的空地之上，竟是空无一人，周一仙与小环，都不见了踪影。

"啪"，野鸟从野狗道人的手中掉落在了地上。

夜风冰凉，寒意似瞬间浸透到骨髓深处，野狗道人的身子竟不知怎么，隐隐有些发抖。他一步一步走上前去，那根横倒在地上的枯木上，甚至还有周一仙刚刚坐下的痕迹。

"他们走了，走了……"野狗道人脑海中一片混乱，一张脸上神情变幻，竟是一副恐惧悲伤的模样。此刻的野狗道人，呆若木鸡，但片刻之后，他忽然身子一震，目光亮了起来，却是看见在那枯木背后，竟有几处凌乱的脚印，而脚印旁边的松软泥土中，赫然是一个比常人大上一倍的巨大足印，前有三趾，绝非人类所有。

野狗道人面色大变，先大喜，随即大惊，便在此刻，远方似传来长嚎之声，声音之凄厉，直如恶狼吠月。野狗道人情不自禁地向后退了一步，但片刻之后，他脸上肌肉微微发抖，忽地大吼一声，整个人向密林深处那嗥叫声处冲了进去，看那模样，却仿佛一条疯狗。

一只疯了一般的狗！

就在野狗道人冲进密林时，黑暗的天幕上，忽地一道白色的光芒，从北方疾驰而来，划过天际，没有丝毫停留，直飞向南方，仿佛流星。而在地面之上，过了一会儿，那道白光还残留天际的时候，一道黑影出现在刚才空地的不远处，仔细看去，全身黑衣蒙面，却是微微喘息，在林子中停了下来，自言自语道："他道行怎会如此精进？真是见了鬼了。"正自休息中，忽然，他似有所感，转头向密林深处看了一眼，只听那密林深处隐约传来打斗声音，黑衣人犹豫片刻，又抬头向天际那道白光望了一眼，摇了摇头，叹息一声。随即身子一闪，如鬼魅一般，闪进了刚才野狗道人冲进去的那个方向。

野狗道人獠牙法宝在手，面色紧张，只不过片刻工夫，他肩头一片暗红，已经挂彩了。在他身前，竟是两只身躯巨大的兽妖，虎头狮身，足有一人来高，野狗道人在它们身前，看上去简直不堪一击。

周一仙和小环此刻赫然在那两只兽妖身后。这两只兽妖似乎在这荒僻之处做了一处窝，里面杂乱无章地堆放了许多树枝草叶，腥臭味扑鼻而来。但最为可怖的是，这里到处散落着死者尸骸，而且除了周一仙和小环外，竟还有七八个活人在这里，看上去不是昏迷不醒，就是骨瘦如柴、惊恐万状。

也不知道这两只兽妖从哪里掳掠来这许多人，但也由此可以想见兽妖浩劫，何等惨烈！

面对这两只身躯巨大的兽妖，野狗道人呼吸急促，凝神戒备。刚才他冲到此处，方看见周一仙与小环，还不等他呼喊，却已经遭到了两只兽妖袭击。交手之下，这两只兽妖竟然非比寻常，力大无穷，竟然将野狗道人的肩头划伤。不过虽然如此，野狗道人毕竟是修道之人，与寻常百姓不同，慌乱之下，他祭出法宝，也同样击伤了一只兽妖，此刻那只兽妖前腿处鲜血淋淋，显然也不好过。

只是这两只兽妖凶厉非常，见到鲜血，非但没有退缩，反而更加死死盯着野狗道人，只是一时顾忌他手中法宝，暂时对峙起来而已。而野狗道人却是心中暗暗叫苦，刚才那次交手，他心里明白，若是一只这样的兽妖，他或可侥胜，但两只一起，他必死无疑。

他或能够转身而逃，但不知怎么，他目光有意无意间望见兽妖身后那一双担忧害怕的眼睛，竟是无法移动脚步独自逃生了。

有些事，难道真的是逃不过吗？

凶残的兽妖咆哮声起，终于是忍耐不住，扑了过来。两道黑影在暗影中掠起腥风，其中伴随着小环的惊叫声。

野狗道人喉头发干，双腿微颤，本能地转身要跑。只是，只是，他的身躯，却赫然是扑了上去，向着那凶厉兽妖，仿佛——

疯狗！

结果顷刻即分，两只兽妖四只爪子几乎同时抓进了野狗道人的身体，而野狗道人的獠牙法宝插进了刚才受伤的那只兽妖的胸腔。

兽妖与野狗道人同时发出了惨叫，小环的惊呼已经变作了哭喊。

鲜血飞溅，野狗道人只觉得周身欲裂，仿佛身子都被撕成了两半，踉踉跄跄地向后退去。慌乱中只看见身躯之上四个血口，那鲜血便如泉水一般涌了出来。

前方，那兽妖吼叫了几声，脚下一软，却是倒在了地上。旁边的兽妖一声哀鸣，竟顾不得追杀野狗道人，而是在那只重伤垂死的兽妖身边，不断用头、用爪子拱动同伴。只是那兽妖伤处，被獠牙直刺入心脏，垂死挣扎了几下之后，头颅颓然倒地，就此死去。

"啪"，一声轻响，却是野狗道人终于也是不支，跪倒在地上，上身几乎被鲜血浸透，一片血红，大口喘息，脸色苍白。

这声响却是惊动了那残留的一只兽妖，眼见同伴死去，这兽妖更加发狂，仰天大吼，獠牙如血，再度扑了过来。

眼看野狗道人就要命丧兽爪之下，忽然间地面一花，一道黄光闪过，几片符纸飘扬，野狗道人竟是不见踪影，兽妖扑了个空。

兽妖一时惊骇，只是不消片刻，忽只听"哎呀"一声，周一仙连着浑身是血的野狗道人居然从天上掉了下来，他手中兀自还抓着几张符箓。

这自然是周一仙施展他的祖传仙法了，适才兽妖偷袭他祖孙二人，变起突然，片刻他们二人已被治住，在兽妖血盆大口之下，二人哪有机会作法。幸好野狗道人头脑发热冲来救人，这才有片刻空隙，本想趁此逃脱，不想野狗道人反而命在旦夕，无奈之下，周一仙只得先行救人。

只是他那几手法术不过是三脚猫功夫，虽然有些类似道家俗称的"五鬼搬家"一类异术，凭空将野狗道人移了开去。但道法才到一半，不知怎么就失了手，结果两人竟是从半空中掉了下来，一时狼狈万分。也幸好摔下来的时候野狗道人是在周一仙身上，不然的话这一摔冲势，只怕就要了他的性命。

不过此刻也轮不到他们想许多了，那兽妖转眼发现，大怒之下，已然再度扑来。周一仙和野狗道人摔得头晕目眩，野狗道人还好一些，但重伤在身，也是躲避不及。无奈何之下，只得束手待毙。他的脸上，悄悄掠过一丝惘然，回头望去，似乎想看到什么？

不料这电光石火的一刻，一个身影猛然冲上，挡在野狗道人和周一仙身前，只听那人口中喊着："爷爷……道长……"

兽妖冰冷利爪尖齿之下，小环那绝望哭泣却沉静的脸庞！

刹那之间，野狗道长只觉得一股热血直冲头顶，全身如滚烫一般沸腾起来，望着那个身影，柔弱而美丽的影子！

"轰！"

一声巨响，两个身影撞在了一起。

小环踉跄地倒在一旁，浑身泥污，只是她根本没有注意这些，回头望去，只见推开她身子的野狗道人扑了上去，和那只兽妖纠缠在一起，将兽妖扑在地上。那兽妖狂怒之中伸出利爪疯狂地在野狗道人背上乱抓乱刺，瞬间血肉横飞；而野狗道人竟然死死抱住兽妖，丝毫没有松手的意思。

　　小环与周一仙此刻俱是面无人色，而在他们身后的众人一时也都吓得傻了。片刻之后，不知是谁大喊一声，所有能走动的人都冲了过去，围着那兽妖，拿起手边所有能拿的器物，没有就用自己的手掌、腿脚乃至牙齿，拼命向那只凶残兽妖身上招呼。

　　那兽妖开始还大声咆哮，拼命抵抗，但过了一会儿之后，它的声音渐渐小了下去，愈见低沉，终于没有声息。众人仿佛也疯了一般，一直拼命地敲打着兽妖身体。

　　直到，周一仙第一个清醒过来，连忙喝止众人，救人要紧，其他人这才慢慢停了下来。而这一松气，瞬间许多人都瘫倒在了地上。

　　小环面上也有几点血迹，但她丝毫不顾，连忙用尽全力拉扯兽妖尸体，想把野狗道人从兽妖身下拉出来。不料拉了半天，兽妖与野狗道人竟然无法分开，小环又惊又急，几乎哭了出来。

　　还是周一仙没有乱了方寸，仔细查看之后，却发现野狗道人的双手竟穿破了兽妖坚韧的皮毛，直穿入胸口之中，嵌在里面，难怪分不开。发现这一点后，周一仙连忙招呼众人帮忙，在其他人的帮忙下，终于将野狗道人鲜血淋淋的两只手从兽妖身体上抽了出来，分开了两个身躯。

　　小环花容苍白，将野狗道人身子放在地上，正欲询问，忽然间面容失色，用手在野狗道人口鼻前一探，登时呆若木鸡！

　　"他……道长他……"

　　周一仙急道："他怎么了？"

　　小环嘴唇微微颤抖，眼眶中盈盈净是泪水，颤声哭道："道长他……他已然断气了。"

　　周一仙一时也呆住了，木然说不出话来。

　　小环哀哀的哭泣声中，黑暗里的微光下，野狗道人那张古怪的脸庞上，那满是痛苦的神色中，却隐隐有几分在痛楚之中扭曲的笑意。

　　他死了，如一条死去了的疯狗！

　　这世上，谁又清醒过？

第一百八十九章
收魂

　　侥幸逃得性命的众人，在歇息之后，留下几句安慰的话，都一一离开了这个血腥地方。这乱世之中，谁的命不是命，谁又管得了谁的命？每日每夜，每个陌生僻静的地方，不都上演着同样一幕幕生离死别吗？

　　周一仙和小环也离开了那里，兽妖的窝腥臭恶心，实在不是人待的地方。他们勉强将野狗道人的尸身从兽妖窝里搬了出来，放在刚刚进入山林的那处空地上。

　　野狗道人的身体，似还是微温的，只是，终究还是缓缓凉了下去。

　　周一仙眉头皱着，坐在一旁，摇头叹息；小环则跪在野狗道人身旁，哽咽哭泣。

　　夜风萧萧，吹动树梢摇晃，暗影中，神秘的黑衣人将刚才的一幕都看在眼中。尽管对他来说，要除去那两只兽妖不过举手之劳，但他的血仿佛是冷的一般，从头到尾都站在黑暗处默默看着。此刻，他的眼神从小环身上打量着，又转移到周一仙的身上。

　　半晌，只听周一仙低声道："好了，小环，他……他毕竟死了，我们找个地方安葬了他，让他入土为安吧。"

　　小环身子抖了一下，哽咽之声更大，忽抬头对周一仙哭道："爷爷，你不是什么都知道吗？不如你想个法子救救他吧？"

　　周一仙苦笑一声，道："我又不是九幽阎罗，更不是天上神仙，这等起死回生的法术我哪会知道？"

　　小环哽咽道："可是道长他是为了救我们才死的。"

　　周一仙叹了口气，目光移到野狗道人脸上，点了点头，道："说起来，我以前也是看错了他，没想到似他这般的人，竟然也会有真情真性。唉，可是现在说什么都迟了。小环，听爷爷一句话，我们好好安葬了他吧。"

　　小环木然，只有脸上泪珠不停掉落下来，一滴一滴，打湿了野狗道人的手心。

　　阴影处，那黑衣人目光闪烁，却并无丝毫伤痛怜悯之色。在他眼中，这世间人情仿佛都是一幕幕话剧一样，只有他在一旁冷冷观看。

周一仙起身，四下查找，只是这荒山野岭的地方，哪里能够找到什么称手的东西。找了半天，他也只能随手扯一根木棍回来，在地上挖了几下，却只不过将少许泥土翻出，如果要挖坑埋人，天知道要挖到什么时候。

难道连好好安葬这一点也做不到了？

周一仙弃棍长叹，脸上少有地出现了一丝沧桑之色。叹息之余，他回头看去，忽然皱起了眉头。只见小环不知何时已经止住了哭泣，擦去脸上泪痕之后，她竟也是找了根木棍，在野狗道人身边打扫起来，将枯叶散枝全部都扫得远远的。

周一仙起初还以为小环料到挖坑艰难，所以是想初步整理一下野狗道人身边的地面罢了。不料越看下去越不对劲，小环将野狗道人身体周围扫出了一个半径五尺左右的圈，便弃了木棍，缓缓走了回来，面色上少了几分悲痛之色，却又多了几分毅然。

周一仙眼见小环似乎脸色不对，向前走了几步，道："小环，你做什么？"

小环低声道："我要救他！"

此话一说，周一仙大吃一惊。便是暗处那黑衣人，身子也为之一震，目光立刻盯在小环身上。周一仙愕然道："你说什么？"

小环声音依旧低沉，但说出的话却十分清楚，道："我要救他！"

周一仙摇头急道："是，小环，我明白你的意思……不，不是这个，我是说，你用什么法子救他？"

小环伸手将野狗道人尸身摆正，却把双手摆出一个颇为奇怪的样子，过肩举起，一手向天，一手掌心握拳，同时口中道："道长他是为了救我们才死的，我、我不能什么也不做。"

周一仙眉头越皱越紧，看着小环接着又把野狗道人的两只脚放直，将右脚放在左脚之下的时候，他的面色更是难看，突然大声道："你是不是疯了，小环，难道你想用'收魂术'？"

小环默然片刻，低声道："爷爷，我只知道这个东西，或许、或许它真的能救人一命？"

"放屁！"周一仙第一次对小环声色俱厉地大声呵斥了出来，"你在胡说些什么？那'收魂术'虽然有收罗魂魄之异能，但此法从来就是旁门异术，凶险难测不说，惊扰游魂，更是大犯幽冥鬼界的禁忌，你不想活了吗？还有，这术法从来都是用在活人身上，气息尚存则魂灵即在，方可施法，对一个死人你怎么做？他气息断绝则魂魄必然散灭，你纵然有这异术，又去哪里找他的魂魄，莫非你要去九幽地府那无穷无尽的鬼魂中去找吗？"

黑暗中，那一双眼眸闪闪发亮，似乎突然发现了什么令他不可思议的事情。

小环眼眶一红，哭道："爷爷，他、他刚死不久，或许魂魄就在附近，还有希望也说不定。再迟上一时半刻，就真的没救了。"

周一仙脸色发白，大步走到小环身前，一把将她拉了起来，沉声道："小环，我告诉你，你不要妄想了。我知道你心里在想什么，当年你凭着自己本事，将你那个金瓶儿姐姐将欲散尽的魂魄给收了回来，但是我告诉你，那次和现在不一样。我再说一遍，这法术是要对活人用的，而且此等鬼道异术，大损阴德，当年你救助金瓶儿一次，便已经自损阳寿一年。如今你要是再乱来的话，对这个死人施法，能否成功难说，你会毁了道行根基，阳寿只怕要去二十年以上。你想清楚了吗？"

最后几句，周一仙几乎是吼着说出来了。小环一时也怔了，她花样年华，说不怕死那是胡扯。只是面对躺在地上的野狗道人，无论如何难以自处，但一想到那恐怖后果，竟仿佛也是喘不过气来一般。

场中的气氛一时僵住了，过了片刻，周一仙放缓了语气，柔声道："小环，命由天定，任谁也改变不了的。想来是老天要野狗道长他今日死的，我们好生安葬了他，也算是对得起他了，好不好？"

小环脸上神色变幻，不时有挣扎表情掠过，许久之后，忽抬头道："爷爷，他的命数不是老天定的。"

周一仙看着小环脸色，心中一沉，干笑了一声，道："什么？"

小环长吸了一口气，决然道："道长的命数，是他自己定的，是他自己不顾一切要冲来救我们，这才不幸过世的。若是他转身离去，这天下哪一处不是他能安身立命的地方？"少女的脸色有些苍白，有些伤悲，低声道，"所以，他是为我们而死的。没有他，我们也早死了，哪里还能在这里谈论什么阳寿？"

她望向周一仙，周一仙不知怎么，却移开目光。"爷爷，我要救他。这术法再凶险，也比不上他刚才为了救我们所遇到的厉害吧？"她斩钉截铁地道。

周一仙知道她心意已决，不能更改，只得仰天长叹。而黑暗中那人，此刻一双眼眸都望在小环身上，闪闪发光，熠熠生辉。

树林之中，此刻正是夜深时候，阴气大盛。

微光里，那一场诡异的术法，慢慢展开。

第一滴鲜血，从小环白皙的胳膊割开的口子之上滴落，缓缓落在野狗道人的身旁，随即，小环绕着野狗道人，让自己的鲜血滴落在周围。看她手腕缓缓摇动，滴落的鲜血在地面上，慢慢形成了怪异的图案。

密林之中，随着那血红图案的渐渐成形，隐隐开始传来鬼哭声。周一仙站在一旁看着，眼角微微抽搐。而在阴影之中观看这一幕许久的那个黑衣人，此刻忽然也皱起了眉头。

这一幕，他竟仿佛在什么地方看过一样！

大巫师……

那黑衣人竟是不由自主地，身子微微发抖了一下！

小环现在所布的血阵，显然与当日在狐岐山大巫师救碧瑶时有几分相似，但在小环绕行一周之后，法阵成形，那黑衣人已然看了出来，小环所布法阵与大巫师当日还是有所区别。别的不说，单是阵法规模便小了许多，或许都是以鲜血为媒，而小环自身一人割脉求血，自然无法与当日大巫师相提并论。

或许也是因为这个原因，小环所布法阵，图腾式样也远比大巫师当日所做简单很多。但饶是如此，一圈下来，小环也已经是摇摇欲坠，面色苍白了。

周一仙一言不发，上去扶住了小环。小环有些虚弱，回头冲他微微笑了笑，然后缓缓在阵法顶端，也就是野狗道人头颅前方三尺处，盘坐了下来。

幽幽密林之中，霍然一声鬼啸凭空而起，瞬间整座树林异啸连连，阴气铺天盖地席卷而来。阴风阵阵，从四面八方吹来，将周围树木吹得摇摆不定，所有的树枝阴影背后，仿佛都有无数冷冰冰的目光注视着这里。

小环面色肃然，缓缓闭眼，白皙双手合在胸口，口中低低念诵着神秘咒语。片刻之后，修长的手掌在胸口处展开，慢慢放下，放进了身前血泊图案之中。

环绕在野狗道人身体周围的鲜血图案顷刻间突然全部亮了一亮，全部的鲜血像是突然得到了生命，在图案之中开始流转起来。与此同时，小环原本苍白的脸色，突然多了几分诡异黑气。

阴风越来越盛，整座密林此刻都似乎暗了下来，只有这法阵之中开始闪亮。活泼流转的鲜血，仿佛是最可口的美味，将无数幽魂吸引了过来。

周一仙越来越担心，他深知这收魂奇术的凶险，试想，寻常人竟要从阴司地府抢夺魂魄，这该是何等凶险的事情。不过小环碍于修行，也不过只在这座密林范围内施法，影响勉强算是不大，想来尚不至于惊动那些鬼力高强的冥界护法，否则一个不小心被盯上了，当真是不堪设想。

只是现在看来，似乎这等样式的阵法，小环也有点吃不消。但见她面上黑气越来越重，身子也开始颤抖起来。要知道此番施法，与当年她救治金瓶儿并不一样，金瓶儿魂魄并未散尽，有此为凭欲收残余魂魄，则好办很多。当日大巫师在狐岐山救治碧瑶，虽然阵法庞大，但其实也多靠异宝"合欢铃"中摄取的碧瑶残留魂魄，这才凭借异术穷尽九幽地府，硬生生将残余魂魄收了回来。但也正是因为如此，大巫师自身油尽灯枯，此外也惊动冥界护法，被冥界鬼力反噬，最终殒命而亡。

而此番小环以粗浅道行，运行这鬼道之中最诡异艰深的奇术，且缺少最关键的魂魄，其难度即便是在这座密林之内的所有游魂之中找寻野狗道人的魂魄，其中凶险，也是难以想象的。

那两只兽妖在这里也不知道害了多少人的性命，也就不知有多少冤魂盘旋此处，未能往生。而小环布下这个阵势，却分明正是要取一魂魄入这身躯之内，这如何不让所有的幽魂为之疯狂？

一时间，风云变色，无数道若隐若现的黑气争先恐后地冲向小环，而小环面上痛苦之色越来越重，面色已完全被黑气笼罩起来了。

看样子，只怕小环坚持不了多久了。但不知怎么，她竟是始终不肯放弃，那么多冤魂鬼气在她身边盘旋，或鬼哭狼嚎，或哀求不休，或凶狠相逼，这世间痛楚绝望所有恶情，都仿佛要刺入她脑海一般。可是小环仍是在苦苦支撑，以她本身残存的一点灵力，在无尽冤魂之海中找寻着。

这一次失败，只怕就再无机会了！

周一仙已经急得满头是汗了，但又不敢惊扰小环，只得满地乱走，唉声叹气。虽然周围都是森森鬼气，而黑暗之中的那个人影，却完全不在乎，相反那些鬼气都似乎有些惧怕于他，离他反而远些。此刻黑衣人的目光，一眨也不眨地望着小环，竟是不由自主地为之点头。许久，他竟是以只有自己听到的声音，低声道："怎么可能，这个年轻女子竟然是对鬼道天赋如此之高的人物……这般情况下，竟然还能苦撑。若有鬼道名师指点，假以时日，那还得了……"

话声中，他竟然也莫名其妙地现出几分犹豫来。

便在此刻，场中小环满是黑气的脸上，突然现出一分喜色，原浸在血泊法阵之中的右手突然伸起，凌空虚抓，随即急放下，抓住了野狗道人的右手。紧接着她将自己左手也从血泊中伸起，照样虚空一抓。突然间，漫天鬼气幽魂一齐放声大啸，似乎全部陷入了不可抑制的狂怒之中，鬼气森森，刹那间黑气笼罩而来，将小环身躯尽数围住。

法阵之外，三丈之内的树木赫然枯萎，仿佛也忍受不住这无边凶恶戾气。

周一仙大惊失色，手足无措，只见小环大口喘息，几次三番想将左手放到野狗道人的左手上去，但无尽黑气将她浓浓围住，鬼啸连连，阴风阵阵，竟仿佛有股大力使她无法按下。而小环面色也越来越是难看，身子颤抖，嘴角渐渐流出血丝来。

眼看着这一场法阵就要玉石俱焚，周一仙大急之下，正欲不顾一切冲过去将小环拉离法阵，虽然不知后果如何，但远离那些鬼魂总是好的。不料他身形还没动，突然一个黑影挡在了他的面前。周一仙大吃一惊，这个时候看去，这个黑衣人仿佛也和周围的鬼魂差不多。

只听那黑衣人沙哑着声音，冷冷道："要想你孙女活命，你就老老实实站在那里别动。"

说罢，黑影一闪，这个黑衣人已经出现在小环和那个奇异法阵的周围，更不多话，只见他手臂连连挥动，从他手中不停飞出黑乎乎的事物，"啪啪啪"破土而入，插在了法阵四周。

那些事物看去黝黑，似铁非铁，但这些东西一旦插入法阵泥土之中后，陡然间法阵内鲜血似受到什么外力影响，奔流速度瞬间快了一倍以上，沸腾一般。一股红色光芒从法阵之上亮起，笼罩在小环身上。

这层红光似乎对周围鬼怪幽魂特别有用，一时之间，幽魂纷纷退避。在红光笼罩之下，小环面色迅速恢复正常，伸在半空之中的左手立刻按下，抓住了野狗道人的左手。

就在小环握住野狗道人手臂的那一刻，只听轻微一声爆裂声音，一股暗红光芒从野狗道人手掌开始，如闪电般向下延伸，转眼遍布野狗道人全身。紧接着，野狗道人全身亮了一亮，片刻之后，又再度暗了下去，恢复了正常。

那一刻，小环勉力睁开眼睛，紧紧盯着面前，野狗道人的头颅，忽地歪了一下，竟是缓缓出了一口气来。

小环大喜，精神一松，眼前忽然一黑，人已昏了过去。

第一百九十章
鬼先生

夜色深深。

已经进了鬼门关却又被侥幸拉回来的野狗道人，此刻身上的几处伤口都已经被包扎好了。看他样子仍然十分虚弱，但躺在地面之上，呼吸微弱却平缓，暂时已经没有性命之忧了。

而救了野狗道人的小环，此刻也是昏睡不醒。她只是耗力过度，并无大碍，在场的另外两个清醒的人心中都明白这一点，倒也没有太多担心。

对于周一仙来说，他此刻所关心的，或者说有所戒备的，反而是刚刚出手救了小环的这个神秘男子。此刻，他已经认出了这个神秘黑衣人，在不久之前他也曾经见过，就是在青云山山脚下的河阳城内，那个义庄之中的神秘男子，不想今日竟然又遇见了此人。

周一仙坐在孙女小环身边，目光不时瞟向那个负手而立的黑色身影。以他的阅历和眼光，自然知道这个人在鬼道这旁门异术之上的修行非同小可，只是当日似乎是敌非友，不想今日黑衣人竟然会出手相救小环。上次相遇时幸好有鬼厉援手，周一仙等三人方才逃脱，此时这般情况，虽然这黑衣人来意不明，但自己这边三人性命，却真是握在他一念之间了。

周一仙在这边心中暗自寻思，那黑衣人，也就是一路暗中追踪鬼厉南下的鬼先生，看似成竹在胸地站在一旁，殊不知心内也颇为踌躇。此番出手救人，实在是大违他平日作风，只是他所修行的鬼道之术，从来都是世人眼中诡异恶毒之邪术，在道、佛、魔三大真法派系与南疆巫法之外，独树一帜。然而，按世俗来说，便是向来名声极差的魔教，其实也是看不起鬼道的。多少年来，鬼道中人几乎都是在一种黑暗中悄然延续，鬼先生能得到魔教鬼王宗宗主鬼王礼遇，实是一个异数，也是另有原因的。

也正是如此，起源神秘莫测的鬼道虽然延续至今，但人丁单薄至极，谁也说不清楚什么时候便断了香火。想想也是，只怕根本没有多少正常人会想到修行这种整日里与阴森鬼界打交道的诡异术法。

鬼先生修行多年，道行之高放眼天下，已是一等一的人物，在鬼道一脉之中，更是无人可及。他向来心性刚硬，这也是修行鬼道异术的结果，不料这一夜突然看到小环以年幼之龄，竟然施展出鬼道之中极高深的收魂奇术，这一惊非同小可：一来震惊于小环这看上去年轻秀美的女子，在鬼道一脉之上，竟似乎有不可思议的天赋；二来更震惊的是，这收魂奇术虽然是鬼道密法，却已失传多年，便是他这个鬼道异术的大宗师、大行家，也是不知道的，但小环竟然使了出来，如何不让他惊心动魄？

当小环强行收魂时，虽然鬼先生不懂收魂奇术，但他于鬼道上是何等造诣，一眼便看出小环虽天赋异禀，但毕竟根基太浅。果然不过一会儿，小环虽然出乎他意料地在无数幽魂中抓到野狗道人的魂魄，但已然激怒无数冤魂戾气，被鬼气反噬，眼看就要丧命。但在这时候，鬼先生竟是无法坐视不理，终于还是出手相救。

他虽然不会收魂奇术，但对付这些普通幽魂，却是绰绰有余，一旦出手，立刻便催持法阵护住小环，也让小环这收魂异术大功告成。事过之后，他却有些犹豫起来，不知接下来如何才好。

场中的气氛，一时便是这么尴尬。直到良久之后，小环身子一动，却是醒了过来，口中轻轻叫了一声："爷爷。"然后睁开了眼睛。

周一仙大喜，连忙将小环扶起，小环脸色疲惫，身体无力，看上去并无大碍。定了定神之后，她立刻转头去看野狗道人，只见野狗道人躺在地上，伤势虽重但呼吸平缓，显然已是活转了过来，小环这才露出笑容。

她目光转回，这才发现周围多了一个黑衣人，不禁怔了一下。随即她也认了出来，此人依稀便是当日在河阳城内的神秘黑衣人，不禁身子一缩，惊道："爷爷，他，他怎么也在这里？"

周一仙扶着小环站了起来，低声道："我也不知道他怎么突然来到此处，不过刚才你施法紧要关头，却是他出手相救，这才让你和野狗道人转危为安。"

小环听周一仙这么一说，登时也想了起来：自己施法到最后关头，毕竟修行不够而被幽魂反噬，眼看要落得一个万鬼噬心的下场之时，手中阵法却突然法力大盛，将身畔所有幽魂都驱赶而去，如此大法方成。看来是这神秘黑衣人所为。

想到此处，小环向鬼先生处慢慢点了点头，道："多谢这位前辈了。"

鬼先生对小环的谢意视若无睹，只是突然寒声反问道："小姑娘，我有几件事，要问你一下，希望你如实答我。"

小环一怔，同时感觉周一仙扶着她身子的手轻轻扯了她一下，不觉犹豫片刻，终于还是道："前辈有什么话，尽管问吧。"

鬼先生点了点头，道："鬼道之术向来秘而不宣，你从哪里修习了这种鬼道术法？"

小环呆了一下，道："鬼道，什么鬼道？"

身后周一仙暗自叹气，前方那鬼先生却是吃了一惊，但看小环脸上惊讶神色，竟不似作伪，她似乎真的不知道这是鬼道术法。沉默片刻之后，鬼先生道："你刚才所施展的收魂术法，其实便是鬼道中极精深的妙法奇术，你不知道吗？"

小环怔怔摇头，道："我、我不知晓的啊。"

鬼先生立刻追问道："那你是从何人处修习了这收魂术？"

小环摇头道："没人教我。"

鬼先生为之一怔，只听小环接着道："这个收魂术是我小时候调皮，在爷爷旧宅之中胡乱玩耍，失足掉进一口枯井，从井壁上发现这些术法的记载的。我当时年纪还小，胡乱学了，这么多年来也只用过一次而已。怎么，前辈你对这个法术很感兴趣吗？"

鬼先生默然无语，良久之后，却是长叹了一声，声音中颇为苍凉，多了一股萧索之意。

小环与周一仙对望一眼，都不知这黑衣人为何突然变得心绪低沉起来。过了片刻，忽听鬼先生在前边沙哑着声音叫了一声："小姑娘，你叫什么名字？"

周一仙眉头一皱，小环却已经答了出来，道："我叫小环。"

鬼先生点了点头，道："我有些话想单独与你说一下，你可以走过来吗？"

周一仙眉头大皱，显然不愿意小环和这个一身鬼气的家伙待在一起。倒是小环没想那么多，念及此人刚才救了自己一命，便点头道："好啊。"说罢，也不顾周一仙暗中阻止，走了过去。

鬼先生看着小环走到跟前，缓缓点头，似乎对这个年轻女子颇为赞许。待小环走近，他慢慢地，似乎在说话的时候也在仔细斟酌着什么，低声道："你可愿意修行这鬼道法术吗？"

小环一怔，一时说不出话来，但看鬼先生黑纱蒙面的后面，一双眼睛目光炯炯，显然并非开玩笑，不觉有些犹豫起来。

鬼先生何等的阅历，仔细看小环的脸色表情，便将她心思猜了八九，当下也不逼她，只道："刚才你施法的时候，面对无数幽魂，你心中是何感觉？"

小环脸上一红，随即又有些发白，低声道："我、我有些害怕。"

鬼先生淡淡道："你害怕也不是什么丢人的事，世人无知，多畏惧鬼怪精魂，却不知鬼魂之说，只是人死之后往生之前的一种罢了。人所惧怕之处，多半乃自心魔而已。"

他一指小环，道："拿你来说，刚才施法时你心有畏惧，虽然仍能施法，但眼前必然有无数幻象，种种狰狞凶暴画面吧？"

小环连连点头，道："是。"

鬼先生哼了一声，道："其实所谓鬼道，最要紧处便是控制心魔，你处之泰然，一切幽魂精怪便不能动你心志。而且你仔细想去，那些幽魂之所以发怒反噬，看上去十分可恶强暴，殊不知他们正如这世间无数人一般，看到一旦有活命逃生、回返阳世的机会，如何能不为之疯狂？"

他负手冷笑道："世间之人，只知鬼物凶残，却不知自己也是一样，岂不可笑？"

小环面上若有所思，缓缓点头。

鬼先生又道："我知道你心思，厌恶鬼道名声，但你刚才却是用鬼道异术，救了那只野狗一命，可见鬼道也并非一无是处。我今日是看你于鬼道一途竟有百年难见之异禀，实在不忍错过，所以有心教你。"说到这里，他淡淡一笑，道，"至于将来如何，便是你发现我行为多恶，要杀了我，也无所谓的。我们鬼道中人，对这些俗礼本就不会看重。"

小环吓了一跳，退开一步。

鬼先生沉默了片刻，目光又在小环面上转了转，只见小环面上十分犹豫，清秀容颜不时皱起眉头。鬼先生也不多话，伸手从怀中拿出一本半指宽厚的黑色封皮无字的书卷丢给小环，小环下意识接住，愕然向他看去。

鬼先生淡淡道："这书中所记的，是我半生修行鬼道的一些领悟，其中诸多法门炼器之法，我自信天下更无与我相提并论之人。你学也好，不学也好，尽在你自己了。"说罢，他转过身子，就欲离开。

小环看着他的背影，下意识喊了一声，道："前辈，等等。"

鬼先生身子一顿，停了下来，道："怎么？"

小环却是滞了一下，半响方道："我、我还不知道前辈你的名号啊！"

鬼先生背对身子，一动不动，过了许久方淡淡道："我传你术法，又不是要你记住我，你好自为之吧。"

说罢，他起身又欲前行，小环面色一急，忽地大声道："这、这……你救我一命，又传我道术，我总得、总得叫你一声师父吧？"

鬼先生身子大震，仿佛身后那个年轻清秀的女子这一席话，对他来说比五雷轰顶还要来得激烈。他毕竟修行极深，很快恢复了平静，慢慢转过身来，黑纱蒙面，谁也看不到他的脸色，但他闪闪发亮的一双眼睛中，任谁也看得出，他此刻不平常的心情。

"你叫我师父？"

小环脸上一红，反有些不好意思起来，讷讷道："这个……这个是我自己想的。如果，如果前辈你不愿意的话，我……"

鬼先生忽然截道："好了，不要说了。"

小环一怔，抬头望去，只见鬼先生深深向小环看了一眼，点了点头，再次伸手到怀中取了一些什物，递到小环跟前，道："看在你唤了我一声师父的分儿上，这个就送给你吧。"

小环低头看去，只见是一沓三角片状黝黑的东西，共七个，每个寸半大小，边缘光滑，材质看不出来。小环犹豫了一下，看了看鬼先生，见他眼色颇为缓和，便伸手接了过来。仔细看去，只见这些三角片在顶端均有个小孔，孔中由暗红丝绳绑在一起。每一块三角片上，正、反两面都有不一样的暗红色神秘图案，有的似烈焰焚烧，有的似猛兽嘶吼，俱不相同。接到手里，只觉得触手冰寒，同时暗含着一股淡淡血腥之气。

身后周一仙眼尖，一眼便看出这些三角片正是刚才鬼先生救小环时所用之物。

鬼先生淡淡道："这东西名唤'血玉骨片'，是鬼道一门之中的至宝。有激发鬼道异法之奇效，原本五层的道行，有了这法宝，至少也能发挥到七层，天赋好一些的话，更能激发出十层功效。"

小环又惊又喜，连连点头；周一仙却在远处大摇其头。

鬼先生凝视小环良久，忽地摇头叹了口气，低声道："我和你算上今晚，不过见过两面而已，竟然……罢了，也是命数吧。他日你修行有成，若有机缘的话，"他仰首看天，道，"你帮我救一个人吧。"

小环一怔，道："救人，谁啊？"

鬼先生默然摇头，似苦笑了一声，道："将来再说好了。"

说着，他霍然转身，似乎再也不想停留，黑色身影如鬼魅一般，瞬间射出，转眼就消失在密林阴影之中。小环呼叫不及，刚张开口就看不见那个黑色身影了。不知怎么，那个黑衣人竟给她一种淡淡的亲切的感觉，小环叹了口气，将手中那串血玉骨片紧紧握住。

旁边周一仙哼了一声，走了上来，将小环手中的血玉骨片拿来仔细看了看，一面一面翻了过去，小环有些不解，道："爷爷，怎么了？"

周一仙冷笑道："你拜的好师父，你知道这东西是什么做的吗？"

小环一怔，道："是什么东西？"

周一仙道："这鬼物是用至阴之人的颅骨碎片炼化而成，其中不知还加了多少生人魂魄，才有这等功效。"

小环呆了一下，接过一看，却怎么也看不出来这是人骨，更像是玉石一类，不由得白了周一仙一眼，道："爷爷，是不是真的啊？这哪里像人的骨头了？"

周一仙顿时气坏了，道："你找了那个像鬼不像人的家伙做师父，便不信我了吗？"

小环吐了吐舌头，将血玉骨片收到怀里，笑道："好了，爷爷，反正将来我用这东西只做好事，不做坏事，不就行了？"

周一仙哼了一声，转身走去，口中兀自道："信你才怪。"

小环嘿嘿一笑，娇媚无限，跟了上去。

第一百九十一章
惊现

野狗道人得知自己一条命是捡回来的之后，更觉侥幸，私下也对自己当时意外的勇敢有些困惑。不过不管怎么样，此番一过，周一仙、小环与野狗道人之间的关系又亲密了一层，毕竟同过生死，周一仙也不像以前那么对野狗道人冷言冷语了，只是指使他干活的时候，还是和从前一样。不过野狗道人毕竟重伤在身，因此更多的时候反是周一仙干得多，如此又惹来他老人家怨声载道。

小环与野狗道人倒还是与从前一样，只是在小环面前野狗道人似更加畏惧起来，与小环说话比以前更加少了。小环虽然觉得很奇怪，但是这一段日子以来，她更多的精神却被吸引到那本看似平淡无奇的黑色封皮的书里去了。

野狗道人以前从未看过小环读这本书，颇感奇怪。但小环从来不说这本书的来历，周一仙也语焉不详，日子一久，他自己也慢慢习惯了。只是偶尔觉得小环的神情，似乎渐渐有些不一样了，但与以前有什么不同，他却又说不出来。

兽妖浩劫，从南疆十万大山中兴起，第一个遭殃的便是南疆大地。

这里的各族百姓所受兽妖荼毒，比起中土来，都甚为深重。十室九空，那几乎是许多村落城镇必然的下场，甚至整个村落山寨无一人幸存，这种情景也不时地出现。

浩劫过后，在南疆残存的小股兽妖，也远比中土来得多。在浩劫中侥幸生存下来的人们，时常还要忍受那些残存兽妖的肆虐侵扰，这生活过得真是暗无天日，水深火热。

鬼厉便是在这样的情形下，再次踏上了南疆大地。

一路之上，他没有发现任何兽神残留的踪迹，倒是有无数正道中人蜂拥而至，其中不乏青云门、焚香谷等名门大派的人物。这些人都发了疯似的，纷纷找寻兽神的下落，但很明显，这些人中谁也没有找到他。

青云一战而败后，重伤逃遁的兽神就仿佛凭空消失了一般，再也没人能够找到他。只是这南疆十万大山始终是他的故居，不管怎样，他都会回来吧？

抱着这个念头，鬼厉再次进入了南疆。与他一起来的，还有无数正道弟子，其中焚香谷一脉算是回归故里，毕竟焚香谷就在南疆；但是其他正道弟子来的目的，自然都不会只是为了帮助南疆百姓除去残存的那些小股兽妖了。

即便如此，这些人的到来，还是让那些原本肆无忌惮的残存兽妖暂时都收敛了起来，毕竟这些正道弟子在力所能及的情况下，也会出手除去这些兽妖。如此一来，南疆各地风气倒是为之一振。

只是无论是谁，都没有在南疆地界上找到兽神的影子，现在唯一的可能，也只有那穷山恶水、诡异神秘的十万大山之中了。

层层叠叠黑色的山脉里，不知还隐藏了多少秘密！

鬼厉在入山之前，先行去了南疆苗族的七里峒。不为别的，就是为了大巫师当日为碧瑶所做的事，他也要过来祭奠一番的。

天水寨、七里峒，这一路过来，原本繁华热闹的景象都不复存在了，一路惨象，甚至连他自以为早已刚硬的心肠，都忍不住为之动容。

究竟为了什么，会有如此一番荼毒天下苍生的浩劫呢？

他自己修行有成，在这股巨涛般的恶潮中置身事外，但是普天之下无数受苦受难的百姓呢？他们又犯了什么错，为什么要承受这般劫难？

回想到天音寺中，无数的百姓日夜向神佛礼拜祈愿；放眼天下，更有数不清的百姓在向上苍神灵顶礼膜拜着。可是大祸临头的时候，又有谁帮了他们呢？

那么，这样的顶礼膜拜还有用吗？

还是说，真的是应了《天书》中贯穿始终的那句神秘的话——

天地不仁，以万物为刍狗？

踏进七里峒的时候，鬼厉便倒吸了一口凉气，这个在他印象中曾经山清水秀的地方，已经残破毁坏得不成样子了。原先连绵云集的房屋，如今都只剩下了残垣断壁，街道上再也看不见往日熙熙攘攘的人群，更不用说那些奔跑玩耍的孩子了。

侥幸保命的百姓不过是十之一二。他们都在残破的房屋之前，绝望而费力地收拾着什么，试图从废墟中找到可以使用的东西，然而，他们所能找到的，却往往是死者的遗骸。

整个七里峒中，弥漫着一股哀伤而颓败的气息。偶尔有几个孩子，竟也是呆呆地站在那里，目光里满是迷茫与恐惧，而且不消片刻，就会有大人从后面出来，将他们重新拉了进去。

鬼厉沿着街道慢慢地走着，很快便引起了一些苗民的注意，他们的眼神中，充满了浓浓的警惕之意。在如此异样的气氛里，就连鬼厉肩头的小灰，似乎也老实了很多，虽然它还是四处张望着。

鬼厉暗自叹息，不愿再多看，便加快脚步，径直向七里峒深处山坡上的那个祭坛走去，他发现越往里走，周围屋舍道路破败得也越是厉害。鬼厉为之默然，似乎隐约看到当日浩劫来临之时，众多金族战士为了保卫圣地而在这里和凶恶的兽妖作殊死的战斗！

甚至空气之中，仿佛还弥漫着淡淡的血腥味道。

在山脚之下，两个年轻的金族士兵拦住了他。鬼厉默默地停下脚步，向他们看去：这两个人，手持长矛，身披铠甲，却只不过是十五六岁的少年而已；就连身上的铠甲，看起来都要比他们的身材宽大一些，也不知道是哪个勇士遗留下来的。

"咕噜几几呼？"一个人用金语问道。

鬼厉听不懂，但多少猜到他会问什么，便也不说话，只是抬头向半山腰间示意看去。他没有用手指，是因为他还记得，金人视这种行为为大不敬的举动。

两个少年怔了一下，对望了一眼，然后其中一个少年似乎是稍长一些，摇了摇头，两个人都没有让开身子。鬼厉心中微感焦灼，却又委实不愿与曾经帮过自己的大巫师族人动手，而且看到这七里峒中的惨象，他更是无法出手。

他沉默许久，在那两个少年眼中的敌意越来越重的时候，他叹息一声，转过身子，便欲离开。

才走出几步，山上忽然传来一阵骚动，他转头看去，片刻之后有一个人从山腰上快步跑了下来，先是用金语对那两个少年说了几句，那两个少年连连点头，站到了一旁，随后，这个看上去四十岁左右的祭司模样的人，用有些蹩脚的中土语言对鬼厉道：

"你……好，大……大……巫师请你上去。"

鬼厉吃了一惊，皱眉道："大巫师？"

那人连连点头，鬼厉深吸一口气，点了点头，跟着那人走上了山坡。

那个山洞依然还在原处，但洞口的建筑和石台，却都已经面目全非，乱石碎裂，滚得满地都是。在乱石之中，有一个年轻的金人，看上去竟不过三十岁，身着大巫师袍，微笑着看着鬼厉走来。

他的眼神，隐隐发亮，仿佛有股热情的火焰在其中燃烧一般，与山下的那些苗人截然不同。

鬼厉走到了他的跟前，那年轻人冲他微微一笑，赫然开口用极流利的中土话道："你好，鬼厉先生，我是南疆金族新一代的大巫师，久仰你的大名了。"

鬼厉怔了一下，点头还礼，还未及说话，那年轻的大巫师已经微笑道："请进吧，我带你去看看上仟大巫师。"

说罢，他头前带路，走进了那依然昏暗的山洞。鬼厉跟在他的身后，也慢慢融进了黑暗中。

山洞里还是一样的黑暗，年轻大巫师的身影在前方微微晃动。不知怎么，鬼厉觉得他有些眼熟，仔细回想之后，才想起来自己上次来到这里的时候，大巫师曾经叫出过这个年轻人。没想短短时日之后，他竟然已经接任了大巫师的位置。

和上次一样，这个年轻的大巫师带着鬼厉来到了山洞深处那供奉着犬神的屋子。巨大的火堆还在燃烧着，发出噼噼啪啪的声响，只是再也看不见那苍老枯槁的身影罢了。

年轻人走上前去，向犬神雕像端端正正地行了一礼，随即从犬神雕像的狗嘴之中，拿出了一个木雕盒子，恭恭敬敬地放在地上，然后对鬼厉道："我们金人有个习俗，历代大巫师去世之后，都要在犬神神像之下，供奉一年，这便是他老人家的骨灰了。"

鬼厉默然，向那个小小木盒望去，整个盒子朴实无华，并不见有丝毫修饰，连所用木料，也是南疆最常见的树木，大巫师就像无数金人一样，安静地长眠于此。

鬼厉屈身，深深行礼。

猴子小灰"吱"的一声，从他身上跳下，自己跑到一边去了。

那个年轻的大巫师按照中土习俗，同样弯腰还礼。然后珍重地将那朴实的木盒托起，再次放入了犬神神像的口中。

两个人在火堆旁，席地而坐，火光倒映在他们眼中，在黑暗中十分明亮。

不等鬼厉问起，这个年轻人已经淡淡说道："我是他老人家在世时候的弟子，而当可怕的灾祸过后，这里所有的长辈祭司们都死去了，所以，我继承了大巫师的位置。"

鬼厉默然点头，目光不期然又向远处那个犬神神像望去，缓缓道："大巫师也算是为我而死，每念及此，我都深感不安。"

那年轻大巫师微微欠身，道："你错了，师父他早就对我说过，他寿限已到，就算不去中原，也只有死路一条。倒是贵派能将师父的骨灰送回，便已经是我们全金族百姓的大幸了。"

鬼厉叹了口气，低声道："这些事，也是其他有心人做的，与我并不相干。"

年轻的大巫师笑了笑，显然并不在意鬼厉的话，道："不过这一次你来我们七里峒，我却不知道你所为何事了？"

鬼厉道："其实也不为别的，只是过来祭奠一下大巫师前辈。此外，这次灾劫如此惨烈，关于那罪魁祸首——兽神，我有意追逐，不知道你是否有什么线索？"

年轻的大巫师脸色微微一变，显然对他来说，"兽神"这两个字仍然是十分可怕而忌讳的字眼。他很快沉默了下去，半晌之后，鬼厉淡淡道："你不必在意，天下间无数人都想要找他，但也未能找到，你不知道也是很自然的。我在这里打扰了，就先告辞了吧。"

说罢，他便欲起身。那年轻的大巫师面带犹豫之色，忽然道："你要去追踪那个兽神，是真的吗？"

鬼厉道："是。"

年轻的大巫师紧盯着他，道："你杀得了他？"

鬼厉沉默许久，道："我没有把握。"

年轻的大巫师沉吟片刻，道："既然如此，我就将我所知道的全告诉你好了。如何能够找到兽神，我不知道，但我族内的古老传说，这兽神乃是恶魔一般的鬼怪，是杀不死的，只有像万年以前巫女娘娘一般将他镇压并封住。要想镇压他，需从他身体之上夺下五样我南疆各族神器。那五种神器是兽妖生命之源，如果失去，兽妖必定陷入沉眠。此外，还有一个要紧处，当日那兽妖肆虐之时，妖力强盛，所向披靡，多亏巫女娘娘用巫族传下奇阵'八凶玄火法阵'将之困住，如果你能找到这种阵法，或许……"

鬼厉缓缓点头。

年轻的大巫师想了想，又道："怎么找到兽妖，我的确是想不到。但是根据族内传说，当初巫女娘娘镇封兽妖时，是在十万大山之中深处，一个叫作镇魔古洞的地方。而且传说娘娘自己也化作石像，面向古洞深处，或许，你找到这样一个地方，会有兽神的蛛丝马迹吧。"

鬼厉一一记在心里，向面前这个年轻的大巫师点了点头，道："多谢。"

大巫师微微一笑，没有言语。

两个人走出山洞的时候，鬼厉忍不住问了他一句，为何他眼中竟无悲伤之意。

那年轻的大巫师顿了一下，淡淡道："我若再颓败悲伤了，七里峒里那些人，怎么办？不是我不悲伤，是我不能悲伤！"

鬼厉听了，默然良久，方告辞而去。

离开了七里峒，鬼厉并没有着急赶路。一路缓缓走来，心中将那个年轻的大巫师所说的话翻来覆去想了几遍，那个奇异的"八凶玄火法阵"，让他不由自主地想到了另一个人——小白。

当日她愤而离开，从此便再无消息。虽然以她的道行法力，用不着替她担心什么，但念及小白此去的目的，多半是为了找到那个八凶玄火法阵，鬼厉心头多少便有些愧疚。

噬血珠妖力困扰他多年，但前一段时间在须弥山天音寺无字玉壁之下，他悟通四卷《天书》，将噬血珠妖力与佛、道、魔三家真法，甚至还有玄火鉴纯阳之力都融为一体，隐隐已窥视到万法归宗的门槛。噬血珠妖力对他而言，随着他修行日益精进，已非性命攸关的大碍。

只是，不知怎么，随着在无字玉壁下的顿悟，他渐渐想开了许多事情，往昔想不到的事，也渐渐都在回想中明白过来。

小白对他如此，多半并不都是因为碧瑶与她自己的关系吧？

她独身一人，在当日兽妖浩劫正盛的时候返回南疆寻找法阵，天地茫茫，如今竟是一点她的消息也没有了。鬼厉想到这里，不由得心头莫名一痛，只是这天大地大，实在也不知如何找起。

鬼厉沉思良久，最后还是决定先暗中前去焚香谷。不为其他，一来听小白曾道，八凶玄火法阵曾在焚香谷玄火坛中出现过，既然如此，小白要找这个法阵，多半也会前去那里。就算她不在，自己前去看看也是有必要的。

心意已决，鬼厉便向焚香谷奔去。

焚香谷原本是天下正道三大门派之一，只是在这场浩劫之中，它首当其冲，正好在兽妖肆虐的出口，下场可想而知。也幸好当日焚香谷谷主云易岚率领众弟子先行赶去中土，与青云门等正道联手对付兽妖，是以焚香谷虽然被毁坏得一塌糊涂，但焚香谷门下弟子，却并未伤筋动骨。

只是堂堂正道大派，落得如此下场，不免令人面上无光。而且浩劫过后，许多风言风语都传了出来，意指焚香谷一众人胆小畏事，以正道大派之尊，竟不敢独自面对兽妖灾劫，而是躲在青云门身后去了。

如今青云门和道玄真人在天下正道心中，当真是至高无上，声望尊隆，与之相比，焚香谷等人未免逊色太多了。随着大批正道弟子纷纷进入南疆搜寻兽神下落，焚香谷弟子自然也不会落于人后，不过在平日见面的时候，焚香谷门下弟子已然少了一份往日的嚣张气焰。

虽然如此，焚香谷毕竟乃是名门大派，加上实力仍在，虽然风言风语颇多，却也没人敢对焚香谷当面欺辱。至于焚香谷本身那个山谷之内，却真的是一塌糊涂，至少鬼厉暗中潜入的时候，所见到的，便是如此。

原本清幽秀美的山谷，此刻充满了难闻的焦臭和腥味；无数焚香谷弟子在谷中搬运着种种腐烂的垃圾和尸骨，其中既有人类的，也有不少动物的尸骸。

鬼厉暗中观察，思索片刻之后，已然明白：当日自己深夜潜入焚香谷，仍然被焚香谷中弟子发觉，并非焚香谷中所有弟子都道行高深，而是他们擅长圈养的许多奇异动物，令人防不胜防。

只是云易岚可以带着大部分弟子前往中土，却不能将这些动物也一块带走，而当浩劫来临，那些凶残至极的兽妖狂潮般经过此地的时候，这许多动物自然难以幸免。时日一久，尸身腐朽，更是臭味难当。

不过此刻少了这些千奇百怪的动物，却是对鬼厉另有好处，至少他不怕这些屋子拐角旮旯里、阴暗角落中又冒出什么怪物来突然报警，让他身形败露了。

焚香谷弟子众多，不过其中半数都被派出去追踪兽妖下落，无数正道门派想做的事，焚香谷又如何能够不想做？而剩下的一半弟子，多半也是在谷中没好气地干着清除垃圾废墟的活，就算是还有一些长老前辈在谷中，但像云易岚、上官策这样的人物，自然也不可能时时在谷中巡视。是以鬼厉几乎没有遇到什么困难，便潜入了焚香谷中。

此刻天才傍晚，比上一次他来到焚香谷时的深夜要明亮许多，但潜入进来，却不知容易了多少倍。

鬼厉潜入焚香谷之后，并未多想，径直向焚香谷重地玄火坛方向去了，当日小白囚禁在此，那八凶玄火法阵也正是布置在此，自然要前来此处找寻。只是此处毕竟是焚香谷禁地，在这等忙乱情况下，玄火坛的看守防御，似乎反比上一次鬼厉来的时候更严密了几分，不知道是不是小白脱逃，外人潜入的缘故。

只是鬼厉此时的修行，已然与往日不可同日而语。虽然焚香谷在玄火坛中守卫严密，但鬼厉仔细小心地潜伏行进，终于还是神不知鬼不觉地掠进了雄伟的玄火坛中。

与他料想的一样，外面看守虽然严密，但玄火坛之中却并未有人看守，一眼看去，这里仿佛还和上次来的时候一样，地面上仍然还有那古怪的暗红阵势，深深刻在地面，鬼厉心里明白，这便是传说中那诡异神奇的八凶玄火法阵。

不过当日鬼厉和小白逃脱之时所引发的岩浆喷发，造成的伤害也依稀可见。周围墙壁上到处可以看到被岩浆溅上烧得焦黑的地方，石块崩塌之处更是不计其数，就是地面上的八凶玄火法阵阵图，有些地方也可以看出被那股炽烈之火给烧得微微变形了。

不过若是寻常之地，在那样的灾难之下只怕早就毁了，这周围地界竟然还能大致完好，看来还是这法阵发挥了奇异的效力，这才保存了下来。

抬头望去，原本禁锢小白的二层和三层，机关都已经失去了效力，就那般打开着，露出空荡荡、阴森森的黑暗洞口。整座雄伟的玄火坛中，在微微火光映照之下，只有鬼厉一个人的身影，轻轻闪动。

鬼厉默然良久，摇了摇头，走到八凶玄火法阵跟前，仔细看去，只见那巨大阵图里，所有凶神依旧和记忆里一样，被刻画得清晰无比，栩栩如生，而连接这些凶神的图案，同样诡异而复杂。鬼厉深深呼吸，在这阵图前盘膝坐了下来。

在他正要静心参悟这传说中诡异的巫族阵法时，忽然，这寂静而阴森的玄火祭坛中，就在他上方的黑暗中，传来一个女子清脆的笑声。

鬼厉脸色大变，霍然站起，抬头望去，脱口而出道："是你吗，小白……"

他的话声戛然而止，一个身影从上方黑暗阴影中飘然而下，曾经熟悉的鹅黄衣裳，清亮而柔媚的目光，仿佛看一眼人便已醉了一般的美丽——

然而，飘然而至的却是他做梦也想不到的人，那个传闻中已经死在浩劫之中的女子——金瓶儿！

最初的惊愕过后，鬼厉迅速平静了下来，金瓶儿依旧站在那里，看上去仿佛什么都没有改变，衣裳、容颜还有神情，甚至连她嘴角边，还带着那丝淡淡而媚意无限的笑意。

她望着鬼厉，微微笑着，道："你好啊。"

鬼厉默默看着她，许久之后才道："你怎么会在这里？"

金瓶儿用手轻轻一掠鬓边发丝，小小动作里，仿佛也有无限的风情，柔声道："我在这里等你啊。"

鬼厉皱起眉头，道："等我？做什么？你又怎么知道我会来这里的？"

金瓶儿微笑道："难不成你已经忘了，上一次你到这里，可是与我一起来的，听说这一次你要追踪兽神，以南疆这里的传说，要镇封兽神，自然是免不了此处的这个法阵了。你不到这里，还能去哪里呢？"

她微微眯上眼睛，似乎有些许的得意，更是说不出的如水一般的娇媚，笑道："你看，我聪明吧？"

鬼厉眉头一皱，感觉自己道行大进之后，在金瓶儿这般媚惑之下，竟仍有些许动荡之意，不由得暗暗为之惊心。浩劫过后，这个传说中已死的女子，似乎反而功力更进一层了。

她既然未死，那么其他人呢？那些在浩劫之中覆灭的其他魔教派系高手呢？难道他们也都没有死？

鬼厉心头惊疑不定，但面上仍冷冷道："你还没有回答我，你等我做什么？"

金瓶儿柔媚一笑，淡淡口气却说出了惊心动魄的话："我知道兽神被封的镇魔古洞的位置啊，鬼王宗主知道以后，就让我来协助你了。"

鬼厉身躯大震，猛然抬头，向金瓶儿看去，却只见金瓶儿目光如水，笑靥如花，竟是丝毫异样神色也没有。

第一百九十二章

鲜血

鬼厉凝视金瓶儿许久，眉头微微皱起，但并没有说话；而金瓶儿在鬼厉隐约冷厉的目光之下，却仿佛行若无事，根本就不觉得自己此时此刻的言辞有多大的不妥一般，仍笑吟吟地望着鬼厉。

玄火坛中，一时间安静了下来。趴在鬼厉肩头的猴子小灰似乎有些不喜欢这样的气氛，动了动身子，"吱吱"叫了两声，从主人肩上跳下落在地上，脑袋向四周张望了一下，便自顾自向旁边走了开去，慢慢走到了玄火坛中央那个刻着无数红色凶神的图案中。

鬼厉缓缓收回目光，看了看正在饶有兴趣趴在地上对那些凶神图案做鬼脸的小灰，徐徐道："如此说来，你知道很多了？"

金瓶儿微微一笑，那笑意暖暖如春风一般，轻轻掠过这冰冷的殿堂，道："我一个小小弱女子，哪里能知道什么东西？只不过曾有幸到过几处地方，又蒙鬼王宗主看重，这才来相助于你。"

她抿嘴一笑，道："你可不要多想啊！"

鬼厉皱眉不语，更不去理会金瓶儿娇媚话语声中那层隐约的撩动人心的媚意。寻思片刻之后，他似乎也突然忘了金瓶儿为什么会突然出现在这里，也忘了笼罩在金瓶儿甚至还是鬼王之间神秘的那丝诡异，淡淡道："既然如此，我便要向你请教了。"

金瓶儿眼中精光一闪，但面上笑颜依旧妖媚，道："公子请说吧。"

鬼厉道："看来你是比我先到这里了，如你所言，传说要镇封兽神，非得此处的八凶玄火法阵不可，只是我才智愚钝，参透不了，不知金姑娘有何领悟吗？"

金瓶儿摇了摇头，面上似乎露出一丝苦笑，道："不瞒你说，其实我已在玄火坛这里三日了，却是一无所得，除了地上刻的这些乱七八糟的图案外，我什么都没发现。"

鬼厉目光不期然地向脚下那片暗红色的图案看去，与金瓶儿不同，包括小灰在内，他是亲身经历过这玄火坛中那诡异法阵的威力的，当日那排山倒海一般的威势，还有那头恐怖的赤焰巨兽，都是绝非可以轻易遗忘的记忆。或许也正是因为如此吧，小灰才这么感兴趣地扑在那里，这里抓抓，那里动动，似乎也在找寻着什么。

莫非当日那一场惊天动地的异变之后，火山熔岩冲天而出，竟然将这里的法阵损毁了吗？

鬼厉心中掠过这样的念头，却没有表露出来，沉吟片刻之后，他重新看向金瓶儿，道："金姑娘，不管如何，这里乃是我们所知唯一一处有八凶玄火法阵的地界，既然镇封兽神少不了它，那么我们不妨就在这里多待一些日子，或许还有一点希望也未可知。"

金瓶儿嫣然一笑，风情无限，道："好啊。"

鬼厉看了她一眼，随即收回目光，重新在这些地面法阵图刻之前坐了下来，不多时，一阵幽香飘来，衣裳轻浮处，却是金瓶儿在他身旁不远的地方也坐了下来，而两个人之间的距离，却似乎近了一些。

鬼厉眉头一皱，欲言又止，也不去多看身旁那天下美色，只凝神向这片图刻望去，只是不知怎么，在他心中，却又突然闪出另外一个念头：

当日小白说要到南疆寻找八凶玄火法阵的法诀，但久久没有她的消息，不知她现在怎么样了；而全大卜似乎只有这一个地方有八凶玄火法阵的线索，可是小白显然又不在这里，那么，她现在又会在什么地方呢？

她还好吗……

这一个若有若无的念头，就在这接下来数日之中，不时在鬼厉的脑海之中闪过。

只是看来当日那一场冲天而起的岩浆喷发，所造成的破坏出乎鬼厉意料得大，尽管地面上的那些凶神石刻看上去还算完好，但显然已经没有了当初所蕴含其中的那股灵气，或者说是拥有强大力量的那股戾气，如今剩下的，不过是一幅幅呆板的石刻图案而已。

鬼厉与金瓶儿一起在玄火坛中暗自揣摩参悟了整整七日，仍然一无所得。其间不时有焚香谷弟子进来查看，其中有几次甚至是上官策亲自带人过来例行巡查，但今时今日的鬼厉，包括金瓶儿，都已经道行精进，只隐身于玄火坛上方阴暗之处，便轻轻松松躲过了这些搜查。

只是始终不得法阵要领，却实在是令人头痛的一件事。

这一日，两人又是对着这些僵硬呆板的石刻坐了一个上午，忽地，金瓶儿伸了个懒腰，纤细腰身看上去竟如妖魅蛇身一般，自有股勾人魂魄的味道。无奈此刻唯一在她身边的那个男子，却依然目不转睛地望着地上的石刻，苦苦思索，丝毫也没有注意到金瓶儿曼妙身姿的表演。

金瓶儿轻轻哼了一声，瞟了鬼厉一眼，眼中仿佛有一丝复杂的情绪掠过，但也只是一闪而过而已。片刻之后，只听她叹了口气，道："你看出什么了吗？"

鬼厉身子一动，这才缓缓回过神来，转头向金瓶儿看了一眼，摇了摇头，道："你呢？"

金瓶儿苦笑了一声，没有回答，但鬼厉却已是明白了。

金瓶儿皱眉道："我们已经在这里看这些鬼东西七天了。这七日之中，我们竭尽所能，但不要说激活这个法阵，便是触动一些石刻也有所不能，这究竟是怎么回事？"

鬼厉沉吟了片刻，抬头向上方那片黑暗处看了一眼，道："当日我在这里救人的时候，触动了这殿堂之中的机关，这八凶玄火法阵便立时触发。但……"他目光向着殿堂中央那里瞄了一眼，语调中有一些奇怪的味道，说道，"但那个机关，现在却已经不见了。"

金瓶儿顺着他眼光望去，果然望见殿堂中央处有个凸起的小石台，但那里石头焦黑，凝固成一团难看模样，哪里是什么巧夺天工的机关样子。

事实上，鬼厉一到此处看到这个场景，便知道当日自己第一次来到这里，所看到的那个奇石机关已经被毁了，而他上次前来看到地面上那些凶神石刻时，心中所充盈共鸣的种种暴戾气息，此番却也是丝毫都感觉不到了。

这一片曾经可怖的石刻，看上去已然成了死气沉沉的死物。

两个人一时都陷入了沉默之中，不知该说什么才好。半晌之后，金瓶儿似乎想到了什么，抬头刚欲开口说话，忽地脸色一变，而鬼厉的眉头也已经皱了起来，忽地转身，眨眼间就掠到了正在一旁玩耍的小灰身旁，将猴子一把抱起，随即身形飘起。片刻之后，已经消失在玄火坛殿堂上方的黑暗之中。

金瓶儿妙目看着他的身影三下两下消失在黑暗里，微微一笑，随即也飘浮了上去，同样消失在黑暗之中。

片刻之后，"吱呀"一声，沉闷的声音回荡在玄火坛殿堂之中。

门，被打开了……

门口，脚步声响动，听起来似乎人数不少，但其中隐隐传来一个威严的声音，说了几句话之后，顿时便安静了下来。随即，从那扇打开的门外，走进来了三个人。

当先一人，赫然竟是焚香谷谷主云易岚，跟在他身后半个身位右侧的，是他的师弟上官策，而最后一人，距离前方两人有数步距离的，是云易岚的得意弟子李洵。

在三人走进玄火坛后，走在最后的李洵回身将厚重的房门关上，原本的光亮立刻就被隔在了屋外，只有那丝昏暗在这里缓缓闪动着。

失去了曾经的阵法灵力，原先冰寒的玄火坛上方三层，现在早已失去了那种苦寒，所残留下来的，只是巨大而坚硬岩块的冷漠而已。黑暗之中，鬼厉和金瓶儿悄无声息地通过那个漆黑的洞口，在黑暗中向着下方看去。

仿佛也知道这一次并不比之前，一向好动的小灰似也安静了许多，老老实实地趴在主人的身旁。

云易岚与上官策缓步走到了玄火坛中央，站在了曾经的八凶玄火法阵之上。远远望去，他的脸庞仿佛也笼罩在阴影之中。

下方的三人站在那里，沉默了许久，也没有说话，气氛隐隐有些怪异。而在他们头顶之上，鬼厉似有所觉，向金瓶儿那里看了一眼，却正好望见金瓶儿也向自己看来。两人都看出了对方眼中那丝微微迷惑之意。

云易岚看上去似乎阴沉着脸，也许他的心情本来就应该如此，换了是谁，看到自己经营多年的基业变成这样一副模样，恐怕心情同样的糟糕。只是他的脸色第一眼看上去似乎没有表情，看的时间稍久，竟给人的是隐约千变万化的感觉，但你仔细观察，却又会发现，他的脸色其实从来都没有变化过，改变的，只不过是你的心意而已。

至少，当日在青云山那段日子内，天下人是不会看到他这副表情的。

良久，云易岚飘移不定的目光始终在玄火坛地上那些诡异的红色石刻上移动，从一端看到另一端，从这一幅看到那一幅。之后，他缓缓走到石刻图像中央那块烧得焦黑凸起的小石台上，伸出手掌，轻轻抚摸着石头。

"已经多久了？"云易岚突然开口，声音低沉地问了这么一句没头没尾的话。

上官策就站在他的身边，看他表情并没有因为云易岚这突如其来的问题而显露出惊讶之意，显然似乎对有些事情了然于心。只是他却没有回答的意思，而是很奇怪地，转头向站在两人身后三步之外的李洵看了一眼。

李洵的头微微低垂下来，神情恭谨，双目微闭，一声不吭。

没有回头，但云易岚却似乎知道身后的一切事情，淡淡地道："洵儿不是外人，将来他也要接掌焚香谷，这些事就不要瞒着他了。"

上官策身子微微一震，随即平复了下来，沉默了片刻，道："从准备妥当开始正式召唤算起，到今日已经是整整三十天了，'赤焰明尊'一直没有回应。"

云易岚的脸色没有丝毫变化，顶多只是眼光中闪动了几下，但给人的感觉却仿佛瞬间又阴沉了几分。而在玄火坛的上方，鬼厉心中却是一动，倒并非是他惊讶于焚香谷也苦于无法修复这诡异法阵，而是上官策适才所言提到了所谓"赤焰明尊"，却是触动他记忆深处的某个地方。几乎是下意识地，他感觉到上官策所指的是什么事物——

那只全身被火焰包裹、炽烈狂野的巨兽，莫非才是这传说中历史悠久来历诡异的八凶玄火法阵的关键所在？

玄火坛中的气氛有些怪异，云易岚脸色不好看，没有说话，只是在大厅中来回踱步，似乎在思考什么问题；而上官策也只是看着师兄的身影，没有说话；至于站在一旁的李洵，似乎也只是保持了谦恭的姿态，一言不发。

随着时间的流逝，云易岚双眉渐渐皱起，眼中隐现厉芒，仿佛是什么事情在他心头激烈争斗一般。但终于，他猛然顿住脚步，长吸了一口气转头向身后的上官策与李洵处望去。

上官策向云易岚看了一眼，低声叫了一声，道："师兄？"

云易岚似是心意已决，便没有再行犹豫，冷然道："上官师弟，玄火坛中这个法阵有多重要，我就不用多说了。无论如何，一定要恢复，否则的话，我们也没有其他办法来对付他！"

上官策点了点头，没有说话。但在远离这三人的头顶黑暗处，鬼厉与金瓶儿同时为之一震。

他？

他是谁？

焚香谷想用这个诡异的法阵去对付的人，是谁？

静谧的玄火坛中，此刻流淌着的仿佛都是无形的阴暗气息。只是，接下来云易岚所说的话，却让周围的若有若无的阴暗，变作了冷酷寒冰："当日熔岩迸发，对法阵损毁太大，我焚香谷一门在此吸蓄数百年的灵气已然耗尽，加上又失去了阵法之钥——'玄火鉴'，所以才无法召唤赤焰明尊重启法阵。本来若是那个人没有出现，这自然也不打紧，我们从头吸蓄就是，但眼下，却是要着急用这法阵的时候。"云易岚冷冷哼了一声，眉间缓缓现出三道深深纹理，杀伐之意隐约可见，声音也越来越是冷漠。

上官策同样也是眉头深锁，但面上却有一丝惊喜之色，讶道："怎么，莫非师兄已经有什么另外方法可行吗？"

云易岚眼角似轻轻抽搐了一下，道："玄火坛里的这个法阵，是本门祖师根据《焚香玉册》之上传下的记载布置而成。而在玉册的最后，还有一位祖师记下了一句批录之语，便是对照眼下出现失去玄火鉴且玄火阵无法启动的困窘状况，所做的冒险之法，或许可行。"

上官策与身后的李洵面上都是一怔，随即大喜：《焚香玉册》是焚香谷无上至宝，向来只有焚香谷谷主才能保管参悟。云易岚如此说来，想必竟是真有一位惊才绝艳的祖师曾留下奇思妙法了。

上官策喜道："师兄，那位祖师所言是何妙法？"

云易岚将他们二人兴奋之情看在眼中，面上却没有丝毫欢悦之色。相反，阴沉之意反而更浓，沉默了片刻之后，他缓缓道："那位祖师在《焚香玉册》最后写道：'玄火阵承天地庚气而生，赤焰兽凶残暴戾，阵法图刻所承之灵，亦是八荒凶神。'以此推考南疆古籍，当以活人之血祭之，则庚气盛而诸神归位，凶兽现而火阵成矣。"

上官策与李洵脸色大变，面面相觑，一时竟都说不出话来。

半晌之后，上官策才从惊疑不定的情绪中勉强平复过来，涩声道："这……这当真是本门祖师所写的吗？"

云易岚哼了一声，道："上官师弟，难道你怀疑本座假托祖师之名行此恶事吗？"

上官策脸色又是一变，连忙道："不敢。只是，只是这活人之血生祭之事，分明是魔道异术，如何，如何能在我派玉册之上出现……"

云易岚径直截断了上官策的话，冷冷道："你说得不错，这位祖师虽然写下这些话，但从来未曾有人尝试过这个法子。"

上官策望着云易岚向他看来的目光，忽地感觉全身都寒了下去，竟是忍不住退了一步，眼角余光瞄到站在身后的李洵，赫然发现他的脸色竟也是如土一般，说不出的难看。

"师兄，难道你……"上官策似乎从来没有说话说得如此艰难过，"难道你打算用这个法子？"

云易岚眉头一扬，不怒而威，冷笑道："不用这个法子那怎么办？我们辛辛苦苦经营数百年，眼看大事将成，却出了这许多岔子，如今更是连最重要的法阵也毁了。难道你要我看着过往无数心血尽付东流吗？"

上官策似乎还是有些犹豫，争辩道："师兄，大事自然要紧，这个法子也实在太过……"

云易岚冷冷打断了他的话，道："上官师弟，你这么坚持，莫非是心中还尚存一丝身为正道的领悟吗？这许多年来，为了这份大业，你所做的事也并非完全正道吧？"

上官策顿时为之一滞。

云易岚目光尖锐，似要插进人心一般，盯着上官策，道："还有，上官师弟，当日这玄火坛乃本门重地，正是由你看守。不料却正是在你手中，造成了今日恶局，你可知道？"

上官策身子大震，猛然抬起头来，却只见云易岚目光冰冷，几如刀子一般在他前方向他望去。上官策面上神情激动，身躯微微颤抖，似有话要说，但不知怎么，在云易岚目光之下，他终于还是缓缓退缩了回去。半晌之后，他脸色颓败，低声道："我知道了。"

云易岚点了点头，道："既然如此，这件事就还是由你主持去办吧，另外，洵儿……"他转头向李洵看去。

李洵此刻面色也是异样，突然听到师尊呼唤，身子竟然是一个激灵，连忙道："弟子在。"

云易岚看了他一眼，道："你就跟着你上官师叔，好好学学，顺便也帮帮他的忙。"

李洵面色白了一白，声音不知怎么突然沙哑了，但还是低声道："是。"

云易岚最后看了看地上的石刻图案，眉头皱了一皱，一转身便不回头地向外走了出去。在厚重的门户"吱呀"声中，只留下上官策与李洵二人，面对面木然相对。

许久，没有说一句话，这两个人也缓缓走了出去。

玄火坛中再度陷入了寂静。

半空中，响起了轻微的声音，两道人影从顶端处轻轻飘了下来。小灰"吱吱"叫了两声，在地上跳了两下，又跑到一边玩去了。刚开始的几日，它似乎还对地上的那些石刻颇感兴趣，但是几天之后，始终如此之下，猴子也就不感兴趣了。

鬼厉与金瓶儿落在地上站稳之后，一时间两个人都没有说话。周围的气息依旧是隐隐有些冰冷的，仿佛刚才云易岚身上散发出来的那股异样气息仍然没有消退。

半晌之后，金瓶儿忽然道："你觉得刚才他们口中说的那个他，会是什么人？"

鬼厉向她看了一眼，不答反问道："你觉得呢？"

金瓶儿微微一笑，道："我有九分的把握，他们说的就是兽神。只是听他们刚才的话语，我却没有把握他们是否知道兽神的下落。"

鬼厉默然点头，道："还有一点，八凶玄火法阵就在这玄火坛中，听他们的口气似也要用这法阵对付兽神。难道他们料到兽神一定会到这玄火坛中吗？还是这法阵竟是可以移动的？"

金瓶儿蛾眉轻皱，显然这其中关节有许多她也想不明白，一时陷入了沉思之中。

鬼厉目光缓缓转动，落到地面上那些狰狞的凶神石刻上，看了半晌，忽然冷笑了一声，道："这便是所谓的正道吗？以活人之血祭祀恶神。嘿嘿，便是魔教之中，我也没见过有这等事……"

他话还没说完，突然只听金瓶儿在旁清脆的笑声响起，其中更隐隐有淡淡的怪异口气，似冷笑，又似嘲讽，更仿佛还有一丝隐约深藏的畏惧，道："你又怎么知道我们圣教之中，就没有这种事了呢？"

鬼厉身子一震，转头向她看去，只见金瓶儿微笑伫立，却已经将头转了开去，不再与他对望。鬼厉双眉一皱，凛然道："你这话是什么意……"

突然，他话里最后那一个"思"字还未说出口，鬼厉的声音竟是哑了下去。就在刹那之间，不知怎么，他赫然想起了当日大巫师施法救治碧瑶的时候，向鬼王要求以鲜血刻画阵图。

而鬼王，几乎是在转眼之间，便拿出了足够分量的鲜血。

那一盆盆的鲜血，却又是从何而来的……

鬼厉木然站在那里，只觉得全身冰冷，竟再也说不出话来了。

第一百九十三章
异样

夕阳远远挂在天边，在高大险峻、连绵起伏的一道道山脉背后，将残余的温暖洒向南疆大地。昏黄的光线落在静默的大地上，荒野萧萧，一片肃杀。

离开了焚香谷的鬼厉和金瓶儿，站在十万大山之前的荒原之上，面对那看上去无穷无尽的高耸群山与广阔大地，他们仿佛只是两个毫不起眼的小小生灵。仰望着天地间巨大的存在，看着那天边残阳，一点一点落在无垠的群山后头，天色缓缓暗淡。

谈吐呼吸间，星辰流转中，还有谁能胜得过时光？

离开焚香谷，是鬼厉的提议。只是当日偶然间听到焚香谷云易岚等三人的对话，已经知道了焚香谷或许还有异法或许可以唤醒八凶玄火法阵，正是大好机会，以鬼厉与金瓶儿本来的目的，也应该继续潜藏下去仔细观察才是。可是，鬼厉不知怎么，一脸漠然之中，还是提出了离开焚香谷，而一向聪敏至极的金瓶儿竟似乎也没有想到这一层，很是爽快地答应了。

离开了焚香谷，一路下来，鬼厉与金瓶儿很少说话，也没有对接下来如何追查讨论过。但两人似乎有些默契一般，不约而同地向南而来，直到今日来到了传说之中那恐怖之地"十万大山"的前方。在残阳黑山之下，萧萧荒野之中，两人默默凝望着那片山脉。

荒野上的风吹过，没有丝毫的花草芬芳，有的只是远方未知名处隐约的腥臭与嘶吼。在这个地方，就连身旁的风儿，仿佛也是凶猛的。

金瓶儿眺望着远山，她的发丝轻轻在风里拂动，微微仰头，露出她光滑纤巧的下巴，还有一段白皙的脖子。黑色的山峰高处，笼罩着灰暗的浓雾，不停地翻涌滚动着。在这些山脉的背后，不知又是怎样的世界。

别人或许在猜测，但金瓶儿那朦胧复杂的眼神中，却仿佛有什么东西在闪闪发光。

与身旁那个沉默的娇媚女子不同，尽管也没有怎么说话，但这一路下来，鬼厉心中却如惊涛骇浪一般，起伏巨大。

首先便是血祭一事，在他心头触动极大。尽管这许多年来，他自己杀戮也是不少，甚至在魔教中赢得了所谓"血公子"的称呼，但对于数日之前在焚香谷所听闻到的，仿佛是他从小就根植于内心中某处的执着一般，他竟是下意识地觉得排斥与厌恶。而之后，他赫然从金瓶儿似不经意般的一句提醒中，醒悟到往日一直以来竟被自己所忽略的事：魔教之中，甚至就是鬼王，也有可能在做着某些类似于焚香谷将要做的事情……

取无数活人之血，生祭神明，这神明不用说，自然是凶神、恶神之属；而血祭一事本身，根本就是大伤天和、惨无人道之事。而这些事，却偏偏发生在自己身旁。

这究竟是怎样的一个世间？

莫非这世间人人都疯了吗？

还是终究如那个曾经偶遇的妖艳怪异少年所说：人，终究也不过是禽兽的一种而已，并无分别。

鬼厉深深吸气，默然望向远山。在从鬼先生那里听到鬼王交付给他的命令之后，鬼厉早已经从命令中的那只恶兽"饕餮"身上，猜到了与自己有过两面之缘的那个怪异少年，赫然是给天下苍生造成空前劫难的兽神。

只是，兽神欲杀尽天下之人，却为何对他网开一面？两次都不过谈笑分手而已，却是鬼厉所不知道的了。

胸口处，还有隐约的温暖。多少年来，这淡淡的温暖一直陪伴着鬼厉，仿佛已经是他身体的一部分，甚至大部分的时间里，鬼厉都已经忽略了这份温暖。只是，数日之前的焚香谷之行，又触动了他内心中的某处，静静躺在他胸口的那块玉玦，也许才是这次南疆之行的关键吧！

云易岚与上官策的对话，清清楚楚地说明了焚香谷正是因为失去了这块万火之精，所以才在失去了积蓄数百年的火山灵气之后，再也无法启动八凶玄火法阵。而拥有了这块玄火鉴，是否就可以找到那神秘法阵的秘密呢？

鬼厉默默无言，望着远方残阳，最后一点余光，终于也悄悄消失。

黑色的山峰高处，随着最后一缕阳光的消散，那曾经浓郁的黑雾，似乎突然像受到了什么刺激一般，开始迅速消散、变薄。

站在一旁的金瓶儿微微一笑，转过头来，道："可以了，我们走吧。"

鬼厉向她看了一眼，道："十万大山这里的毒雾变化，往日从来不曾有人传说过，你是如何发现的？"

金瓶儿嫣然一笑,眼中娇媚无限,似挑逗,似狡黠,道:"这个嘛……我就是不告诉你,你能怎么样?"

鬼厉一怔,只见幽幽渐暗的天色之下,深深群山里,身前的这个女子突然像是在暗淡世间散发出妖艳美丽的光芒一般,耀眼夺目。有了她在,竟是意外地,有着另外一份异样的温暖。

至少,远方那片黑暗,不必一个人走。

鬼厉嘴角动了动,却是转过了头,淡淡道:"走吧。"

说完,当先行去,背后的金瓶儿望着他的身影,微微笑着,眼光闪烁,轻轻跟了上去。

一前一后两个身影,还有趴在肩头的那只猴子,不时传来的"吱吱"叫声,慢慢地都融入黑暗之中,消失不见。

青云山,通天峰,玉清殿。

远离南疆千万里之外,刚刚挽救了天下苍生的这个仙家圣地,兽妖浩劫带来的混乱如同十年前那场正魔大战后一样,迅速而妥帖地被处理掉了。通天峰上大部分地方都恢复了原来安静缥缈的景色,只除了少数损毁巨大的建筑,还需要慢慢整修,但是没有人怀疑,它们都会快速地恢复到原来的样子。

通天峰上所有巨大的建筑中,最重要也是最巨大的,自然非主殿玉清殿莫属了。相比于其他建筑殿堂,玉清殿在那场浩劫中所受的损坏,几乎都可以忽略不计,看来真是青云门历代祖师有灵,庇护有方。

而此时此刻,正当鬼厉与金瓶儿将要进入神秘诡异的十万大山之中去追查战败逃亡的兽神的时候,青云山通天峰上神圣的玉清殿里,却是爆发出了一场不大不小的争吵。

青云门除了长门通天峰以外的六脉首座,在兽妖浩劫之后,少见地再度在玉清殿上集会,但最重要的,却是他们此番并非是掌门真人道玄所召唤前来的,而是众人自发的。大殿之上,招待众位首座的,竟然也不是道玄真人,而是面色微显尴尬的萧逸才。

六脉首座之中,龙首峰首座齐昊与朝阳峰首座楚誉宏二人,在辈分上都是第二代弟子,与萧逸才同辈,自然也不好像另外四位师叔那样说话直接,大部分时间里,他们两人都是沉默不语的。但是其他四脉——大竹峰、小竹峰、风回峰、落霞峰首座,说出的话可就不那么客气了。

大竹峰首座田不易的嗓门在四位首座中是最大的,只见他端坐在紫檀木椅上,冷冷地对萧逸才道:"萧师侄,今日我们六人来到这里,到现在已经有两个时辰了,怎么掌门师兄还不出来见见我们？难道在他眼中，我们几个老家伙已经不堪到了这种地步吗？"

萧逸才脸色尴尬至极，满脸都是苦笑神色，赔笑道："您这是哪里话，田师叔？您老在我们青云门中一向德高望重，师尊对您也是一向看重的，这是大家都知道的……"

田不易不等他说完，哼了一声，冷笑道："原来掌门师兄这么看重我，将我晾在这里两个时辰也不管吗？"

萧逸才滞了一下，苦笑道："田师叔，弟子刚才已经说过了，师尊他老人家的确是在十天之前闭关，闭门不出，眼下通天峰上事务，暂且由弟子代为掌管。"

坐在下首的四位长老首座同时冷哼一声，显然都不相信萧逸才的话。坐在一旁的小竹峰水月大师冷冷道："萧师侄，这十日之中，我虽然在小竹峰，可是数次都听说掌门师兄在通天峰上行径古怪。更有甚者，数日之前的某日深夜，竟有人传闻掌门师兄状若疯狂，在玉清殿殿顶对天长啸，可有此事？"

萧逸才立刻摇头，道："绝无此事，绝无此事。水月师叔一定是听错了，师尊他老人家是得道高人，天下正道领袖，仙风道骨，如何会做此狂悖不堪之事？"

四位长老首座对望了一眼，都看出其他人对萧逸才的话语大是怀疑。坐在风回峰首座身旁，接任天云道人为落霞峰首座的天日道长，看起来清癯消瘦，身披一件道袍，眉头紧皱着道："萧师侄，非是我们几个做师叔的为难你这个师侄，实在是掌门师兄是我青云门一门重心所在，他若出事，只怕动摇我青云根本。正是如此，我们才一定要上来向你询问，你可不要往心里去。"

此刻六脉首座分坐下首，正中原本属于道玄真人的主座，自然是没有人坐的。萧逸才身份、辈分都低于几位师叔，只得站在一旁，此刻也是苦笑一声，道："诸位师叔，弟子无论如何也不敢在心里记恨，但……但师尊他老人家的确是闭关了，并有严令吩咐不可打扰，并非逸才故意阻挠诸位师叔面见师尊。"

田不易怒哼一声，道："你不要再胡说了！这些日子以来，整个青云门都传遍了，堂堂掌门行径古怪至极，整日在通天峰上时而癫狂，时而茫然，若是掌门师兄他老人家身体有恙，我们做师弟的无论如何也要想法子为他治病，至少也要探望一下；若是安然无恙，又怎会不肯出来见我们？"说到这里，他陡然提高了声音，怒道，"萧逸才，你老实说，掌门师兄他到底怎么样了？"

萧逸才身子一震，似是被田不易高声吓了一跳，但他脸上却仍然还是微微苦笑，默然不语。

一直坐在旁边没有怎么说话的风回峰首座曾叔常看了萧逸才一眼，眉头紧皱，沉吟了片刻，道："这样吧，萧师侄，我们几个老头子也知道你向来敬重师父，不敢违拗，我们也不为难你。如今只要你将我们带到掌门师兄闭关的地方去，我们几个自行向掌门师兄请安，你看如何？"

萧逸才愣了一下，没有说话，脸上却现出思索神色。曾叔常回过头来，向身后诸人看了一眼，田不易、水月大师等人都缓缓点了点头。曾叔常咳嗽一声，慢慢站了起来，声调平和，道："萧师侄，其实我们也只不过是关心掌门师兄而已，对师兄他老人家，我们几个向来都是极为敬重的，此事青云门上下尽人皆知。只要看到了掌门师兄，知道他身体无恙，我们自然就放心了不是？对了，听说掌门师兄近日闭关，按照青云门旧制，不外乎玉清殿关室、祖师祠堂与幻月洞府三地，却不知道他……"

曾叔常话说到最后，声音慢慢变缓，眼光却向萧逸才望去。萧逸才脸色变了几变，半晌之后，向曾叔常众人微微低头，道："师尊他老人家近年来因为青云多遭变故，所以常常自责，也时常在祖师祠堂那里祭祀历代祖师。"

曾叔常眉头一皱，点了点头，更不多说什么，当先向玉清殿后堂走去。田不易、水月大师和天日道人也跟随其后。齐昊与楚誉宏缓缓起身，走过萧逸才身边时，齐昊面上也是微带苦笑，伸手轻轻拍了拍萧逸才的肩膀，萧逸才叹了口气，摇头不语。

青云山后山的祖师祠堂，仍然是隐匿在幽深树林之中，只在翠绿的绿叶树梢间隙，透露出一点点的飞檐。也许真的是青云门历代祖师庇护吧，十年来青云门经历的两场惊心动魄的大劫难，竟然都没有损毁到这里。

和往昔一样，远远看去，灰暗的祠堂里隐隐有香火光点闪动，给人以深不可测的感觉。

一众人很快从玉清殿走到了后山，来到了祖师祠堂前的那个三岔路口。忽然，走在稍后的齐昊"咦"了一声，口气有几分惊讶，紧走了几步上前，众人随他眼光看去：只见逐渐显露出来的祖师祠堂前，却有一个年轻人安静地站在那里，一动不动，但眼睛却是看向祠堂深处，背对着齐昊众人的。

齐昊皱了皱眉，喊了一声："是林师弟吗？"

那年轻人身影一震，回过头来，正是林惊羽。

林惊羽陡然间看到齐昊，脸上也是掠过一阵喜色；但随即看到齐昊身后跟着许多人，而且其中尽是青云门各脉首座，不由得为之一怔，脸上现出惊讶神色来。

"齐师兄，你怎么来了？还有诸位师叔、师兄，怎么都来这里了？"

齐昊走近林惊羽，微笑道："刚才一路过来，我就在想不知道能不能在这里见到你，我们兄弟两个，又是许多日子没见面了啊。"

林惊羽显然看见齐昊也是颇为高兴，展颜笑道："是啊，我也很想念师兄。对了……"他看了看其他人，低声向齐昊问道，"师兄，你和这几位首座师叔、师兄一起来此，是为何事？"

齐昊向林惊羽背后的祖师祠堂里看了一眼，皱了皱眉，道："林师弟，那个……嗯，掌门师伯，他可在这祖师祠堂里面吗？"不知为何，齐昊说话的时候，却并没有刻意地压低声音，反而似乎是让身后的人都听见一般。

林惊羽脸上的笑容也慢慢消失，显然他也发现事情有些异样，但面对一向德高望重的诸位师叔、师兄，他还是老老实实地道："掌门师伯就在祠堂里面。"

齐昊身后传来一阵轻轻骚动，很快又平静了下去。随后，曾叔常平淡而略带些苍老的声音道："掌门师兄他在里面做什么，闭关吗？"

林惊羽似被吓了一跳，道："闭关，闭什么关？"

齐昊面色一变，田不易更是面色变化之下，向前踏出了一步，但随即被曾叔常拦了下来。曾叔常向田不易使个眼色，摇了摇头，随即看了齐昊一眼，齐昊会意，皱眉向林惊羽问道："林师弟，这个……你最近一直都是在通天峰上吗？"

林惊羽点了点头，道："不错。"

齐昊沉吟了一下，似乎在斟酌语句，然后慢慢地道："你在这通天峰上，有没有见到……唔，或者是听说什么异样的事情呢？"

林惊羽想了想，目光扫过在场众人的脸庞，眼睛逐渐亮了起来，但他面色却没有怎么变化，还是老实回答道："回禀师兄，我虽然一直都在通天峰上，但是这段日子以来，我几乎都在这祖师祠堂之中为前辈守灵服丧，所以外面有什么事，我都没有听说。"他顿了顿，看着齐昊，道，"师兄，难道发生了什么事吗？"

齐昊滞了下，苦笑摇头，道："没有，也没发生什么事。对了，你怎么会大白天地站在这里，你不是要在祠堂里面守灵的吗？"

林惊羽向祖师祠堂那黑暗深处看了一眼，道："是掌门真人叫我站在这里的啊。每次他来，都让我一个人站在外面，然后他独自进入那个祠堂。"

此言一出，曾叔常等人都是微微变色，齐昊也皱起了眉头，道："那掌门师伯他现在还在里面？"

林惊羽点头道："是，他就在祠堂里面。"

齐昊点了点头，向后退了几步，不再开口。

曾叔常、田不易等人相互对望一眼，却是一时无人行动。片刻之后，田不易哼了一声，大步走了出来，来到祖师祠堂门口，却没有走上台阶，在石阶下朗声道："道玄师兄，我是田不易，另外还有水月、天日和曾叔常以及另外两脉的首座师侄，一起来看你了。你可在吗？"

他声音嘹亮，中气十足，登时在这林间传了开去，远远望去，似乎那祠堂深处昏暗地方，连那点点香火都猛然亮了一亮，才又缓缓恢复了正常。

片刻之后，那黑暗之中传出了一个声音，冷冷道："什么事？"

田不易与其他诸位长老首座都是一震，这声音中阴冷之气极重，隐隐还有几分戾气，哪里有丝毫当初道玄真人清越正气的味道？但他们数人，都是与道玄真人相识超过数百年的人物，这话声只一入耳，他们便分辨了出来，的的确确是道玄真人的声音。

这位曾经统领天下正道的道家仙人，难道在他的身上真的发生了什么不测吗？

一念及此，田不易等人的面色都变了。

田不易咳嗽了一声，深深吸了口气，重新朗声道："师兄，我们几人听说你近日身体抱恙，所以特地前来探望，还请师兄容我们进入拜见一下。"

道玄真人的声音沉默了片刻，再出现的时候，却伴随着一声冷笑，寒意刺骨："见我？见我需要六脉首座一起过来吗？我看你们是意图逼宫，窥视我这个掌门真人的位置吧！"

此言一出，几如凭空惊雷，震得是人人变色。便是田不易，也是不由自主地后退了几步，一脸愕然与惊讶。转头望去，却只见就算往日一向从容冷漠的水月等人，脸上也是不能置信的表情。

曾叔常眼中尽是担忧之意，踏上一步，朗声道："掌门师兄，你这话是从何说起？我们这些做师弟、师妹的，数百年来，从未有过这个心思。从前没有，现在没有，将来更不会有。今日我等前来，只是关心师兄身体是否无恙，绝无二心，师兄万万不可想错了。"

道玄真人声音忽然拔高，冷笑道："曾叔常，六脉首座之中，向来以你心机最深。当日你早就对龙首峰苍松所谋有所察觉，却一直隐忍不言，以为我不知道吗？"

曾叔常脸色大变，田不易、水月大师还有天日道人等人也是愕然转身，向曾叔常看去。

水月大师盯着曾叔常，半晌道："此事当真？"

曾叔常面作苦笑，摇头道："这……这又是从何说起？"

水月大师还待追问，忽然那祖师祠堂里无数昏暗香火无风自亮，黑暗中看不清楚，但不知怎么，却让人感觉那黑暗深处，有某种异样的事物咆哮了一声。

几乎就在同时，道玄真人的话声再度传来，但他所指的对象，已经从曾叔常的身上转移至水月大师："水月，你又在装什么样子？你以为你一副高高在上的模样，便当真正气凛然了吗？"他声音怪异，隐隐有几分凄厉，夹杂着几分沙哑，赫然道，"当年万剑一落到困守祖师祠堂，扫地终老，最后更死于邪魔外道之手，件件都是由你所起，都是拜你所赐的啊！哈哈哈……"

说到最后，道玄真人的声音竟仿佛是无法自控般狂笑起来，更无一丝半点的仙风道骨模样，然而，此时此刻，却是再也无人去关注他了。田不易、曾叔常等众人尽皆失色，愕然望向脸色惨白的水月，半晌都说不出话来。

此番短短几句言辞，却委实太过惊心动魄。齐昊等后辈弟子只听得是目瞪口呆，而水月大师此刻则是全身发抖。但不知怎么，她眼中竟发出了从未为人所见的近乎狂热的灼热目光，踏前几步，仿佛再也不管其他，大声向那个祠堂之中喊道："你……你说什么？难道……难道万师兄他、他还活着……"

一语惊醒众人，田不易等几乎同时反应过来，一个个神情激动，跟着向祠堂深处问了出来。

而道玄真人的狂妄笑声，却是越来越癫狂一般，回荡在青云山祖师祠堂的上空，久久不曾散去。

第一百九十四章

泄密

南疆，十万大山。

越过了黑色山脉，进入了十万大山之中，鬼厉便感觉自己真正是进入了一个蛮荒原始的世界。其实在魔教之中，蛮荒本是指神州浩土的极西北处，有一处荒无人烟的广阔地带，那里绝大部分地方都是戈壁沙漠，寸草不生，纵有生命，也俱是极顽强的蛮荒遗种，是以如此命名。而魔教传说中的圣殿，也就在那里的某处，只是鬼厉从来没有去过。

但眼前的这个世界，显然与传说中的那个蛮荒之地截然不同，十万大山里面，非但不是寸草不生，简直就是寸草杂生才对。一路走来，大片大片的原始森林，简直没有落脚之地，任何一片土地上，都仿佛挤满了争夺生存空间的植物。而在无穷无尽的林木荆棘背后，又似乎隐匿着无穷无尽的毒物、恶兽。在身旁阴暗处，似乎永远都会有恶意而狰狞的眼神窥探着你，伺机偷袭，要将你置于死地，变作一顿美食。

对鬼厉与金瓶儿这等人物来说，这些普通毒物自然算不上什么特别的威胁，但是无穷无尽这般下来，却着实令人头痛。他们虽然可以御空飞行，但一来这原始森林上空，指不定什么时候便升起了瘴气毒雾；二来他们道行虽然精深，但终究也是要有所休息，但被这些外界骚扰，却几乎没有一个停止的模样。

几日下来，似乎连猴子小灰也开始烦躁不安了。

此外，除了这些毒雾、恶兽的骚扰，十万大山里怪异的天气，也是颇令人难受的一件事。与中土地带截然不同，没有云聚、变天等的过程，这里的雨几乎是说下就下，开始还是晴朗一片的天空，转眼间便是倾盆大雨瓢泼而下；要停的时候居然也是说停就停，前一刻电闪雷鸣，下一刻万里无云，令人愕然无言。

而下雨的时间似乎也根本没个准数，短的一时半会儿，长的数日不止，根本无从捉摸。

此刻，他们两人便是行走在连绵阴雨笼罩下的一片黑色森林之中。

之所以他们二人没有施展法术御空而行，是因为在他们打算这么做的时候，却发现这个诡异的地方就算是在下雨的时候，黑色森林的上方竟然还是升腾着怪异的黑气，反而是森林下面的土地上，空气比较正常。

鬼厉与金瓶儿都是在魔教之中浸淫许久的人物，眼力也是非同小可，自然知道其中轻重，商讨之后，便还是甘愿持重一些，从黑色森林之中行走而过。

这片森林与十万大山山脉里很多原始森林一样，树木枝叶都很是茂密，天空中下的雨往往不能直接落到地上，而是从繁密的枝叶树梢顺着树枝流淌滑落。冰凉的气息回荡在整个森林之中，除了他们走路的沙沙声音和遥远的雨水声，整片森林仿佛在雨中沉睡着。

鬼厉与金瓶儿都没有打伞，多半是没有带着，但是在这样繁茂的森林中，便是有了伞，只怕也是牵牵扯扯，寸步难行。小灰一声不吭，缩起身子，趴在鬼厉的肩头。从上方枝叶落下的雨水将它身上的毛发都打湿了，平平地贴在身体上。

鬼厉面上也有水珠，但脸色看上去依然一片漠然，在前方走着，似乎一点都感觉不到周围的异样气息。金瓶儿跟着他，似乎也看不到有什么疲倦之色，但微微凌乱的头发以及有些冷漠的表情，仿佛反衬出她并不愉快的心情。

这片森林，其实便是她上一次来过的黑森林。金瓶儿心里很清楚，走出这片森林，再翻过几座山头，便可以到达他们所要前往的目的地，事实上，她也正是如此对鬼厉说的。

"沙……"

鬼厉伸手折断了一根垂下的树枝，看上去极其坚韧的一段古藤般枝干，在他手中几如豆腐一般脆弱。金瓶儿在他身后，默默看了鬼厉那只手掌一眼，眼中似有思索之色，微微皱眉。

忽地，鬼厉"咦"了一声，身子一顿，随即左转疾走几步，登时只见面前豁然开朗，竟是一片亮色。处身之地是一处悬崖，岩石周围数尺方圆，并无草木；脚下却是一片空荡荡的云海，云气翻滚，五色斑斓，颇为好看。

脚步声响了起来，金瓶儿也站到了他的身边，面色微微一变，这里正是上次她被那个神秘黑衣人暗算的地方。侥幸逃生之后，她还无意中在悬崖石下发现了当年杀生和尚的一把杀生刀。只是，她看了看鬼厉，却一言不发，显然没有把曾经发现的事情全部告诉给这个男子的打算。

鬼厉远远眺望着下面的云海，半晌之后微微摇头，道："下面那云雾色彩斑斓，只怕还是有毒的瘴气。"

金瓶儿点了点头，道："我看也是。"

鬼厉向她看去，道："还有多远？"

金瓶儿伸手轻轻擦了一下额头上的水珠，微一沉吟，道："应该不远了，我记得上次我来到此处的时候，再往前不过走了一个时辰左右，便出了这片黑森林。出了这里，再翻过两座山脉，就到镇魔古洞了。"说到这里，她顿了一下，微带困惑道，"奇怪，我上次来到此处，黑森林中分明有许多恶兽，怎的这一路走来，除了那些毒虫之外，像样的恶兽一头都没见到过。"

鬼厉淡淡道："只怕你见到的那些怪物，都跟着兽神去十万大山外面吃人去了。"

金瓶儿一怔，随即想到这个可能性非常之大，脸上随即出现了一股厌恶表情，无论如何，即使她出身魔教，对兽妖这种根本毫无人性、人伦的劫数，她依旧十分排斥。又或者，当日中土毒蛇谷一战，合欢派全军覆没，虽然鬼厉至今不知道为何金瓶儿能够单独逃生，而且竟投入了鬼王麾下，但想来金瓶儿对这些兽妖，也是不会有什么好感的。

鬼厉深深呼吸了一下，振奋精神，道："我们走吧。"随即转身重新走进了黑暗的森林。

金瓶儿正要跟上，却又忽然转身，向那片山崖之下看了一眼，柳眉轻轻皱起，像是在思索什么。前头鬼厉走了一会儿，却没感觉金瓶儿跟上，转身喊了一声，金瓶儿惊醒过来，嫣然一笑，却道："怎么，你这么快就记挂我了吗？"

鬼厉看了她一眼，一脸漠然地转过身去，也不多管什么，径直去了，金瓶儿微笑着跟了上去，在她就要进入森林的那一个瞬间，忽地手一挥，一道白光从她手中闪过，飞了出来，来势飞快，"咄"的一声闷响，硬生生插入了这个悬崖的一个偏僻角落的缝隙之中。

光亮缓缓在那个缝隙闪过，正是曾经的杀生刀。

再转眼处，金瓶儿的身影已然消失了。

凄风苦雨，仿佛又笼罩了过来，将这片诡异黑色的森林遮盖起来。远远地，十万大山那辽阔的天际苍穹，仿佛都是灰色的，不知道是否有什么神明又或恶魔，在那幽冥中咆哮怒吼着，注视着天地人间那些看去仿佛渺小的存在……

风雨更急了！

就在鬼厉与金瓶儿在凄风苦雨中艰难跋涉，在十万大山之中追逐兽神踪迹的时候，十万大山山脉之外的南疆，也正是一派热闹气氛。

越来越多的正道弟子来到了南疆，在喧闹的同时，他们的到来几乎迅速降低了流窜在南疆的那些兽妖残部的数量。而南疆这块土地上，从来没有聚集过如此之多的中土人，而且大多数的，还是修道中人。

南疆本地五族的土民们，对这些外来人一直都抱着一种敬而远之的态度；而在这些正道弟子中，却似乎也有种奇怪的气氛，多数人只要不是同门同派的，见了面大都保持距离，甚至偶尔还听说有某些门派的弟子发生了冲突。

只是所为何事，却似乎从来没有人大声出来宣示过。

而从某种意义上说，身为南疆本地最为悠久的修道门派焚香谷，自然也成了许多并不熟悉本地地理情况的正道弟子登门拜访求教的最佳场所。所以焚香谷一改往日的宁静，人流络绎不绝，天天都看见有人进出。

便是在这种情况下，这一日，焚香谷门口来了三人，一男两女，却是青云门门下——风回峰的曾书书和小竹峰的文敏、陆雪琪三人。

来到南疆的青云门弟子自然不止他们三人。事实上，青云门此际号称天下第一正道门派，派来的年轻一代弟子无数，但其中最优秀的数人却没能前来。除了少数几个已经在门派中担当重任的如齐昊等人物，萧逸才也因为近日道玄真人少于理事，通天峰上事务繁杂，多由他打理而无法脱身；至于林惊羽，此番却是他坚持守在祖师祠堂之中，据说是为了某位对他有极深恩情的青云前辈守灵，也无法前来。

而剩下的数人之中，便以曾书书和陆雪琪为首。曾书书倒没什么，老爹曾叔常交代了几句便来了南疆。而陆雪琪此番前来，却比较曲折，据说水月大师本意并不愿让其外出，但后来不知怎么又转了心意，只是特意让陆雪琪的师姐文敏也跟了来。不过文敏来倒有一个好处，便是一路之上曾书书多了一个说话的人。否则曾书书猴子一般好动的人物，若是只和冰霜一般的陆雪琪相处赶路，只怕一天下来，曾书书十句话里九句都是自言自语，剩下一句多半也是陆雪琪不耐烦喝令他走开的。

这一路来到南疆，曾书书倒是与文敏相处得颇为融洽。三人在一起商议，曾书书提议，不管怎样，身为正道同门，来到南疆，还是要去焚香谷拜会一下。只是陆雪琪却似乎并不愿意，淡淡地表达意见，说南疆这里也不是没来过，大概都知道如何去向，不必麻烦别人了云云。

曾书书与文敏心中有数，料想是陆雪琪心中仍有疙瘩。当日她在青云门通天峰玉清殿上，当众坚拒焚香谷谷主云易岚为其得意弟子李洵的求婚，大伤云易岚与道玄真人的面子，自然是不愿再和焚香谷的人来往。

不过曾书书与文敏几番商量之后，却还是由文敏劝说陆雪琪，终究还是要过来做个样子的，否则将来师长面前不好看。陆雪琪犹豫再三，终于还是答应了。

他们三人来到焚香谷谷口，本来三人就有一些名气，尤其是陆雪琪，本身就是倾国倾城的天香国色，自从青云门年青一代崛起之后，她的名气、相貌更是名动天下。而对于焚香谷来说，陆雪琪只怕更多了一层含义，是以当他们三人的身影刚刚出现在焚香谷谷口之后，几乎立刻就被焚香谷弟子认了出来。

在最初的惊愕过后，似乎还有一阵骚动，但随即有人快步进去回报，同时数人立刻迎了上来，当先一人微笑拱手道："啊，陆师姐驾临焚香谷，真是难得啊。这两位也是青云门的师兄、师姐吧，请进请进。"

曾书书在背后与文敏对望一眼，偷偷吐了吐舌头做了个鬼脸，心想这个陆雪琪果然名头大得吓人，连这普通的焚香谷弟子竟也一眼就认了出来，而自己和文敏显然是属于那种跟随在美人身旁的路人了。

他们二人也不生气，曾书书更是笑容可掬，一路和那几个焚香谷弟子笑呵呵地开着玩笑说话，不时听到他们开怀大笑。走在后面的文敏轻声对身边的陆雪琪笑道："师妹，你看那位曾师弟，不过才刚见面而已，居然就能跟人家混得那么熟，真是厉害。"

陆雪琪看到前方曾书书此刻已经将手搭了焚香谷弟子的肩膀上，淡淡一笑，却没有言语。

在焚香谷弟子的带领下，他们很快来到了焚香谷山河殿。在殿堂之上，赫然是云易岚微笑坐在主位之上等待着他们，显然在焚香谷谷主眼中，青云门这三位高徒的分量与其他门派截然不同。

虽然如此，但是曾书书、文敏等三人毕竟不是不知天高地厚的人，知道云易岚身份地位，此番亲自接待，实在是颇有些屈尊了。当下三人连忙上前，曾书书见过礼后，道："云老前辈如何还亲自相见，本该是晚辈拜会才对，真是折杀晚辈诸人了。"

云易岚微微一笑，脸上神情很是慈祥，笑道："贤侄这是哪里话？我与你师伯道玄真人，还有你父亲曾叔常曾师兄，那都是百多年以上的交情了。哪里用得着这么客气？他们二位可好？"

曾书书恭恭敬敬地道："掌门师伯与家父一切都好。二位长辈都嘱咐我，到了南疆就一定要前来拜见云师伯的。"

云易岚呵呵大笑，点头道："青云一别，转眼又是好一段时日了，老夫还真的有点想念几位老友啊。"说着，他微笑着转眼看向曾书书背后，目光在文敏身上一转，随即落到了一脸漠然的陆雪琪脸上。

似感觉到云易岚的眼光，陆雪琪抬眼看去，只见云易岚一脸笑容地看着自己，而在他身旁还站着一人，却是满脸复杂表情，似乎还带着一丝苦笑，也向自己看来，正是李洵。

陆雪琪默然无言，微微低头。

云易岚微微一笑，移开目光，笑道："几位怎么还站着？你我两派关系非同寻常，就算是一家人了，快坐吧。"

曾书书等人告了罪，在下首坐了下来。

云易岚又与三人说了说话，其中知道了文敏也和陆雪琪一样，是小竹峰水月大师的门下弟子之后，便多问了几句水月大师的情况，文敏一一回答。随后，云易岚又与曾书书说起话来。从始至终，似乎他也知道陆雪琪不愿说话一般，都没有开口询问陆雪琪，陆雪琪也乐得轻松，一声不吭地坐在旁边。

不过山河殿上的其他焚香谷弟子，包括站在云易岚身边的李洵，却是大多时间里，目光都有意无意地在陆雪琪身上流连着。那白衣如雪的女子，清冷的气质下，仿佛有异样的魔力，让整座殿堂的亮点，都悄悄聚集在她的身上。

那边，云易岚微笑着向曾书书问道："当日大战过后，道玄师兄为天下苍生击败兽神，挽狂澜于既倒，可以说是功德无量。不过老夫离开青云的时候，他的伤势似乎还未大好，不知近来道玄师兄的身体如何了？他现在可是正道领袖，众望所归啊！"

曾书书微笑回道："多谢云师伯关心，掌门师伯一切安好，只要能让天下苍生逃脱劫难，青云门受些苦，也没有什么的。"

云易岚笑容越发慈祥，拿起手边茶几上的茶杯喝了一口，然后目光微微闪烁了一下，似无意般突然想到似的，笑道："对了，近日老夫听到一个传言，正好贤侄近日来此，正好向你询问一下喽。"

曾书书笑道："云师伯请说，弟子一定知无不言，言无不尽。"

云易岚点了点头，眼光深处又是精光闪过，缓缓道："老夫近日偶然听说，当日青云大战，道玄师兄击败兽神妖孽之后，青云山上竟还有争斗。而最后结果，竟传出了青云门那柄无上至宝——诛仙古剑竟然折断损毁的消息，可有此事？"

此言一出，刹那间整座山河殿上一片肃穆，瞬间更无一点声音，而曾书书、文敏、陆雪琪三人却是同时起身，面上变色，望向云易岚。而其他焚香谷弟子，包括李洵在内，竟也是一脸愕然地看着云易岚。

只有云易岚自己却仿佛没事人一样，似乎刚才他问的不是一件牵动天下的大事，而是再平常不过的一件家常小事，轻轻端起茶杯，又喝了一口茶。

然后，他和蔼地向青云门三人微笑着，问道："那个消息，是不是真的呢？"

山河殿上，死一般的寂静……

第一百九十五章
暗伤

　　半晌，曾书书等人才从惊愕之中恢复过来，三人对望一眼，都从对方眼中看到了无以复加的震撼。但其中所不同的，陆雪琪与文敏两个女子的眼神中，却更多了几分惊慌和迷惑。

　　这个只有大竹峰、小竹峰少数弟子才知道，并被道玄真人私下几次三番严令不可外传的秘密，竟然还是泄露了吗？

　　与文敏和陆雪琪不一样，对"诛仙古剑损毁"并不知情的曾书书心中更吃惊的却是这个消息本身，但回过神来的他，却是哈哈一笑，神情轻松地笑道："云师伯，您怎么开起我们三个晚辈的玩笑来了？刚才我都差点被你吓死了。那诛仙古剑乃是青云门无上至宝，由掌门师伯亲自保管，哪有可能损毁啊？呵呵，哈哈哈……"

　　笑声中，曾书书不断摇头笑着，转头向身边两位同伴看去，想看看她们对这个可笑谣言的发笑样子。只是他转头之后，脸上笑容却是微微一僵，陆雪琪和文敏脸上，竟无一丝一毫的笑意，相反，那两个女子眉头紧皱，面色都似乎有些苍白。

　　大厅之上，只有曾书书的笑声回荡着，也迅速低了下去，云易岚微微一笑，道："原来是传言啊，那就最好了。否则诛仙古剑损毁，那可真是惊动天下的大事了。"

　　陆雪琪忽然走上一步，冷然向云易岚道："云师伯，此事当然是不实传言，不足为信。但不知此等卑劣流言，云师伯又是从何得知的？"

　　话说到后面，陆雪琪声音越发清冷，听起来已隐隐有些无礼了。但云易岚修养似乎好得很，一点都不计较陆雪琪的态度，只依然是他那种和蔼的态度摆了摆手，道："其实这个传言也是近日才在南疆这里流传开来的，我无意中听底下弟子说了，便料想多半不实。想想也是，以道玄师兄之神通，怎么可能会有这等无稽之事发生呢？不过正好几位师侄前来，老夫便顺便问问，从三位口中得知确乃谣言，老夫心中实在是不胜欣慰啊！呵呵……"

言罢微笑出声，十分高兴的样子。陆雪琪等三人都微微皱了皱眉，这种事情，又岂是可以当众"随便"问问的？更何况云易岚的身份非同小可，又怎能将这等路边小道消息一般的传言当面询问？思来想去，只怕他是另有想法的。

在云易岚的笑声中，青云门三人都沉默了下来。陆雪琪脸色如霜，清冷得不似人间之人，一双眼眸中目光却似越来越锐利；文敏脸色亦是极不好看。曾书书毕竟圆滑，只见场中气氛越来越尴尬，连忙咳嗽一声，站了出来挡在陆雪琪身前，拱手道："云师伯，诸位师长派我等前来南疆，所为的就是追踪兽妖踪迹，不知你们有没有什么线索可以告知我们，也免得我们到处瞎跑。"

云易岚向曾书书看了一眼，微微点了点头，却没有说话，向身后看了一眼，李洵会意，走上前一步，对曾书书拱手道："曾师兄，在下李洵，奉师命在此期间在南疆这里稍做向导，为诸位……"

"哼！"一声微带薄怒的冷哼，还不等李洵话说完，已从旁边传了过来。李洵话语一顿，面色登时变得难看起来，幸好文敏机灵，连忙笑道："李师兄，这个就不必麻烦你了吧。我们当中也有人曾经来过南疆，尚算知道一些道路的。"

李洵深深吸了一口气，眼角余光向旁边那白衣身影瞄了一眼，嘴角动了一下，忽地什么怒气似乎都消失了，只是一声轻叹，苦笑道："这位师姐，并非在下意欲如何，只是近日敝派已经追查到了那个失踪兽神的消息。"

此言一出，陆雪琪、曾书书、文敏三人登时悚然动容，曾书书喜道："此话当真？"

李洵点头道："不错。不管如何，焚香谷在南疆数百年的基业人脉，还是比其他外人知道得多一些的。"说罢，他有意无意又看了陆雪琪一眼，陆雪琪脸色漠然，转开了头。

曾书书追问道："那兽神此刻身在何处？"

李洵道："根据我们的消息，那妖孽已经遁入诡异幽深的十万大山深处，正向他的巢穴而去。"

曾书书等人都是一怔，道："十万大山？"

李洵点头道："正是，那里不用我说，诸位想必也早有耳闻，凶险诡异、神秘莫测，正是天下数个极凶恶的所在之一。本来诸位若是没来，我也正要带领一众师弟出发前去十万大山之中寻找，此番三位正好来了，大家结伴同行，岂不更好？在下并无他意，只是无论如何，在下身在南疆多年，多多少少对那诡异莫测、凶险至极的十万大山知道一点，有在下做向导，或许对三位也有利无害的吧！"

说完，他冷笑了两声。

曾书书皱起眉头，向身后的文敏和陆雪琪看了一眼，道："李师兄稍待，我们三人商议片刻。"

李洵点了点头，道："诸位请便。"

曾书书等三人退到一边，小声说起话来。从李洵这里看去，大多数的时候都是曾书书在说话，有时文敏插上两句，陆雪琪却是一言不发，只是默然摇头，又或点点头而已。

那白衣女子，仿佛永远都是那般清丽出尘，幽幽地站在那里。李洵从远处望着陆雪琪，一时仿佛都似痴了。便在此刻，忽地他肩头被人一拍，李洵一个激灵，想不到竟有人欺身如此之近而自己竟不能发觉，连忙回头来，却是云易岚。

李洵脸上一红，低声道："师父，弟子失态了。有什么事吗？"

云易岚向陆雪琪那里看了一眼，面无表情，只淡淡道："你不要忘了自己身上的担子。"

李洵身子一震，低声道："弟子知道了。"

云易岚点了点头，道："你照顾他们吧，我先走了。"说罢，也不与青云门三人打招呼，自顾自地走了。李洵目送云易岚身影消失在山河殿后堂门口，心中五味杂陈，脸上似也阴晴不定。

这时，曾书书那里三人似乎已经商议好了，走了回来，曾书书面带笑容地走了过来，笑道："李师兄，我们三人说好了，这次就……咦，云师伯呢？"

李洵面带歉意道："家师临时有事，又看三位正在商议，便令在下不可打扰，自己先去了。失礼之处，还望海涵。"

曾书书连忙道："哪里哪里，是我们太失礼了才对。刚才若有不是之处，请李师兄一定要回复云师伯，我们是小辈，不知礼数，不知天高地厚，他老人家不要在意才是。"

听见曾书书的话一串一串流水般从口中飘了出来，陆雪琪和文敏的脸色都有些尴尬，但曾书书却是处之泰然，一点也没有不好意思的样子。李洵也是微笑着点了点头，不再多说，只道："那几位商议的结果是……"

曾书书一拱手，道："此番还是要麻烦李师兄了。"

李洵面上喜色一掠而过，回礼道："哪里哪里，我们本是正道一家，理当如此。"说着，他目光向陆雪琪那里看了一眼，又收了回来，咳嗽一声，道，"不过十万大山毕竟是凶险之处，几位还是需要早做准备为是。来，我先将一些需要注意的事项与几位说一说。"

曾书书笑道："有劳李师兄了。"说着，他回头招了招手，道"两位师姐，你们快过来一起听。"

陆雪琪眉头一皱，似乎有些不大愿意，但被旁边文敏一拉，还是走了过来。

低沉的声音，在山河殿上回响了起来……

十万大山深处，离开最后一丝黑暗，跨过最后一棵弯曲的老树，鬼厉和金瓶儿终于走出了这片黑森林。森林之外，这一日竟是十万大山里难得一见的和煦阳光，暖洋洋地照了下来，拂过他俩的身体，落在那些扭曲的树木上，只是却还是照不进那座神秘而肃杀的森林。

金瓶儿张开怀抱，尽管已经来过一次，但是走出这片森林，仍然是让她有如释重负的感觉。的确，如果数日中都走在一个到处遍布毒虫、淫雨绵绵的森林里，任谁也不会有好心情的。

站在森林外头，她觉得仿佛吸进身体里的气息，也温暖舒服得多了。金瓶儿满足地深呼吸之后，转头向鬼厉看去，只见刚走出黑森林的鬼厉脸上，在仍如往常的一片漠然中，也明显可以看出松了口气的样子。

在略微停顿休整之后，他抬头远眺：在难得的好天气下，视野开阔，远方似乎还是一望无际的群山，山脉连绵起伏，一座连着一座，直到远方视线极处，也不见有尽头。

鬼厉微微变色，金瓶儿走到他的身边，看了他一眼，微笑道："怎么，没想到南疆恶地，竟也如此广袤吧？我当初刚来这里的时候，也是吃了一惊的。"

鬼厉目光远眺，流连在群山的身影中，淡淡道："你说的那个镇魔古洞，还有多远的路程？"

金瓶儿娇媚一笑，走上两步，在鬼厉身前向着那无尽群山眺望了一会儿，随即一伸手，指着其中一座从山顶以下都是诡异的焦黑模样的山峰，道："看到那座黑色山峰了吗，我们翻过那座山头，在山脚之下，就是镇魔古洞的所在了。"

鬼厉举目望去，果然望见那座十分怪异的山峰，远远地，那里似乎一点阳光都没有，相反，始终都笼罩在一层淡淡的黑色薄雾之中，显示着几分神秘。

鬼厉点了点头，道："那我们走吧。"

说罢，向前行去，金瓶儿却没有挪动脚步，还是站在原地。鬼厉走了几步，感到金瓶儿并未跟上，微感诧异，转身看来，道："怎么了？"

金瓶儿白了他一眼，但即使是那嗔怪的神情，在温暖和煦的阳光中，也有着几分妖媚，道："你自然是厉害的人物，只可惜在你面前的是个弱女子，现在已经走不动路了。"

鬼厉淡淡道："天下女子数来数去，也轮不到你来当什么弱女子。"

金瓶儿嫣然一笑，也不生气，自顾自在旁边找块干燥石头坐了下来。鬼厉尽管并未将金瓶儿的话当真，但转念间也觉得这几日在这片诡异的黑森林中，两人的确都没有好好休息过。当下也不再坚持继续赶路，而是在金瓶儿不远处也坐了下来。

一直趴在他肩头的猴子小灰"吱吱"叫了两声，似乎突然从萎靡之中惊醒过来，一下来了精神，从鬼厉肩头跳到地下，四下张望，三只眼睛眨个不停，随即尾巴一翘，"嗖"的一下蹿到旁边草丛里，转眼就不见了身影。

金瓶儿向它去的那个方向看了一眼，道："这里处处凶险，你那猴子到处乱跑，不怕出什么意外吗？"

鬼厉摇了摇头，道："无妨，就算我们两个出事了，那家伙一个人也会好好的。"

金瓶儿"扑哧"一笑，掩口笑道："什么一个人，明明是一只猴子嘛。"

鬼厉向金瓶儿莹润如玉一般的容颜看了一眼，嘴角也不禁露出淡淡的一丝笑意，随即眼光向着小灰蹿去的那个方向，缓缓道："在我心中，它比天下无数的人都好得多。"

金瓶儿看着他略显苍白的脸，自己脸上的笑容也慢慢消失了，她若有所思地望着鬼厉，鬼厉却似乎皱了皱眉，脸色一下子沉了下来。

或许，是突然发现自己在别人面前说了什么吧？

金瓶儿从来就是聪颖至极的女子，却绝非那些世间安静端淑的淑女，她静静地看着鬼厉脸色，那目光水盈盈般柔和，但鬼厉在她目光之下，脸色却越来越是难看。便在这尴尬越来越浓，鬼厉的眉头越皱越紧的时候，金瓶儿忽然道："你怎么了？"

鬼厉一怔，道："什么？"

金瓶儿看着他，面上似笑非笑，眼神中却似另有一番含义，柔声道："你好像有些不自在？"

鬼厉咳嗽了一声，道："没有。"

金瓶儿似乎没听到他的回答一样，自顾自又道："是不是在我这样一个女子面前，你突然说了一些心里的话，让你觉得有些尴尬？"

鬼厉面色瞬间冷了下来，但还不等他说话，金瓶儿已经紧接着道："这十年来，特别是碧瑶出事以后，你从来没有和一个女子单独待过这么久吧？是不是在不经意中，这数日相处，我们之间没有了太多敌意，你无意中说了一些话，便觉得对不起她？"

鬼厉盯着金瓶儿，目光已经变得冰冷，冷然道："你说这些话是什么意思？还有为什么要提起碧瑶？"

金瓶儿在他那似乎可以杀人的冰冷目光中，没有一点畏惧退缩之意，相反，她微微一笑，眼神中却似在挑衅一般有种暗藏的兴奋，目光闪动，道："你是在害怕，对吧？"

鬼厉霍然起身，怒道："我怕什么？你再胡说，我就不客气……"

"你怕自己忘了碧瑶！"金瓶儿突然提高声调，如断冰切雪一般清脆之声，插进了两人之间那无形之地。

鬼厉张开的口突然僵住了一般，什么声音都发不出了，如被人一下击中了要害。金瓶儿也忽然沉默了下来，在仿佛还在周围清音回荡的那句喝问声中，周围的世界突然静谧了，没有一丝一毫的声音。

这时候，天空正是蔚蓝的，远方山脉起伏，似乎从天际风儿吹来，树林与草丛开始哗哗作响。

已经是午后时光了。风拂过了脸庞、发间。

阳光变得更加慵懒起来，两个人默然相对，没有人说话。

金瓶儿看着面前这个男子，眼光中不停闪耀着什么，似可怜，又似冷笑。

半晌，她伸手轻轻将被风吹落额头发际的一缕秀发拢到耳后，声音也放轻柔了些，淡淡道："为了当年那一场情怀，如今你甚至连自己都不敢相信了，是怕自己在不经意的时候忘了她吗？"她的笑容似也淡淡的，如风中轻摇的野花，"拼命地压抑自己，不时地提醒自己，天下间有谁知道，那个人人畏惧害怕的鬼王宗第一大将，鬼厉竟是这样一个可怜人呢？"

鬼厉脸上神情变幻，青白相间，忽地他长吸一口气，仰首看天，屏息片刻之后又徐徐吐了出来，当他再度回眼望来时，脸色已经平和如常，更不见有丝毫悲喜之色，只是一派漠然。

"你又是什么人，这般说我？自己却又如何呢？"他淡淡道，似乎将刚才那刹那的失态片刻间都忘了。

金瓶儿微笑道："我？我什么人也不是，只不过是一个现在陪在你身边的女人啊！"

鬼厉不理会她话中隐隐的刺，转开了头，这时旁边草丛突然一个灰影闪过，却是小灰跳了出来，三下两下跳回到鬼厉身边。仔细一看，只见猴子手上满满抓着好些个野果，就连嘴巴里也还在嚼个不停，难怪刚才听不到熟悉的"吱吱"叫声。

鬼厉将它抱了起来，摊开手，小灰咧嘴一笑，将采来的野果放在鬼厉的手心。只见那野果红彤彤的，十分可爱，虽然不是很大，但看上去果实饱满，十分诱人。

鬼厉拿了一个放在嘴里，咬了两口，只觉得味道虽然微带青涩，但汁多生甜，却是难得的佳品。点了点头，他分了几个出来，看了金瓶儿一眼，递了过去，道："小灰天生有识毒之能，它采来的野果都是可以吃的。"

金瓶儿却没有马上接着，目光在伸到面前的那只手上转了转，忽地展颜微笑道："你这般与我分而食之，心里不是又顾忌什么了吧？"

鬼厉眉头一皱，哼了一声，手掌翻起握成拳头，就欲缩了回来。不料就在此刻，金瓶儿忽然手臂疾伸，赫然竟是一把抓住了他的手，微笑道："我要，我要……"

鬼厉面色微微一变，看了看金瓶儿，慢慢展开了手指，露出那几个野果。

柔软的手掌肌肤，远远地有幽幽一丝若有若无的气息，在风间飘过。金瓶儿此刻的目光似乎突然柔得如水波一般，轻柔地流淌着，伸出葱白细长的手指，将那几个野果从鬼厉的手心中，一一拾起。

纤细的指甲，在掌心粗糙的皮肤上似不经意地掠过，温暖中，带着异样的冰寒。

她凝视着面前这个男子，轻轻而缓慢地放开了手，然后笑了笑，拿了一个野果放在口中，嚼了几下，微笑着说："很好吃啊。"

她的笑容，正是这午时最娇艳的花朵，动人心魄。

鬼厉看着她，一言不发。

金瓶儿笑容越发娇媚，笑道："怎么了？一句话都不说，像个呆子似的……"

鬼厉看着金瓶儿掩口而笑，面上却丝毫不动声色，只是在片刻之后，忽然道："'紫芒刃'乃至阴凶邪之法器，你能将它修炼至'纳阴归渊'，与自身气脉相融一体，当真了不起。"

"噗"，金瓶儿手上拿的几枚野果瞬间爆裂，连其中的果汁都未溅洒出来，便已被突然散发出的诡异阴寒之气冻成冰块，掉落在了地上。

金瓶儿前一刻还在微笑温和的脸上，瞬间失去了笑容，目光如刀，深深地盯着鬼厉。

鬼厉却仿佛丝毫没有感觉到一样，淡淡道："只是你虽然是纯阴之体，正与紫芒刃灵性相通，但寒阴之气太盛，孤阴不长，你却强要修行，阴气入体，经脉气血尽数为其所伤。你用这法宝威力自然是极强的，但是你将来要在修行道行上再上一层、再进一步，却只怕是难上加难了。"

说完，他不理会金瓶儿此刻已经难看至极的脸色，转身走去。同时口中招呼了一声，在一旁吃野果的猴子小灰跳了过来，几下跳到他的肩头，迈步继续向着远方那座焦黑山峰走去了。

只留下金瓶儿站在原地，看着那个走远的背影，又缓缓抬起自己的右手，默默看去。阳光下，那白皙纤细而美丽的手掌，如透明的玉石一般闪烁着光泽，只是从那最深处，虽然不明显，却依然可以看见隐隐的不自然的淡青色，像是细微的血管一般分布在肌肉纹理的深处。

金瓶儿面沉如冰，忽地冷哼一声，什么话也没说，径直向鬼厉去的方向走了去。抬脚处，她重重地将原本冻成冰块的几个野果踩得粉碎。

第一百九十六章
决定

南疆，十万大山。

在鬼厉与金瓶儿曾经穿越过的那片广袤的黑森林前方，此刻赫然站立着十几个人，这其中大多数是南疆焚香谷中以李洵为首的精英弟子，只有两个外人，那便是青云门的陆雪琪和曾书书。至于早先和陆雪琪、曾书书在一起的文敏，却意外地不见踪影。

这一行人中，许多人脸上都微有疲倦之色，显然他们虽然是修道中人，但深入十万大山这凶险诡异之地，对他们来说仍然不是一件容易的事。只有为首的李洵、陆雪琪、曾书书等道行深厚之人，面色如常。

只是此时此刻，望着前方那一片黑沉沉的诡异森林，却是谁也高兴不起来的。

在这片黑色森林上空，剧毒瘴气很明显升腾不已，显然无法从上空越去，而黑森林范围广袤，也无法轻易绕开。加上一路担任向导的李洵已经很明白地说了，按照南疆族民的传说，兽妖的巢穴就在这片黑森林之后的镇魔古洞之中。

这片森林，看来已经是非走不可了！

天琊神剑散发着淡蓝色的光辉，轻柔地在陆雪琪手边闪烁着，映衬着她雪白而略显孤单的身影。文敏不在，她非但很少与李洵等焚香谷弟子说话，便是同为青云门下的曾书书，她也很少理会。这一路行来，穷山恶水毒虫猛兽，这些让人惊惧的事物对她而言，往往只是视而不见又或是剑下亡魂而已。谁也不知道，她内心深处到底想着什么。

李洵不知道，曾书书也不知道。而此刻李洵却是向曾书书咳嗽了一声，低声问道："那个……曾师兄，请问陆师妹她整日沉默不语的，在想什么啊？"

曾书书一怔，随即苦笑道："李师兄，我看你是问错人了啊。"

李洵看了他一眼，半晌之后摇了摇头，也不禁苦笑出来。

此刻众人正是在一天劳累之后，眼看要进入黑森林前的休息时候，陆雪琪单独一人，远远站在一块岩石边，眺望远山。在她身后，不时有许多目光，有意无意地在那个清丽背影上流连。

李洵与曾书书站在一旁，沉吟了一下，正色道："曾师兄，我们还是请陆师妹过来，好好商议一下接下来如何行动，可好？"

曾书书点了点头，道："也对。"当下转过身，走到陆雪琪身边向她低声说了两句。陆雪琪面无表情，听曾书书说完，向李洵这里看了一眼，李洵微感尴尬，干笑了一下。

不多时，陆雪琪终于还是和曾书书一块走了回来。李洵咳嗽一声，道："是这样，两位，穿过这片黑色森林之后，便离兽妖巢穴不远了。我们……"

"李师兄！"突然，陆雪琪叫了李洵一下，打断了他的话。

李洵一怔，自从进入十万大山之后，可以说这是陆雪琪第一次主动与他说话，惊讶道："什么？"

陆雪琪看着他，目光中隐隐有光芒闪烁，道："这几日下来，我有一事始终不解，想请教李师兄。"

李洵点了点头，道："陆师妹请说。"

陆雪琪似乎并没有因为李洵的客气而面色稍和，仍然冷冰冰淡淡地道："过往时候，我等从焚香谷这里听到的消息，都是说这十万大山中是凶险恶地，便是你们也少有进入。但不知怎么，此番前来，似乎李师兄你对这里倒是十分熟悉的，莫非你们以前来过？还有，兽神的踪迹诡秘非常，巢穴之隐秘更是不在话下，怎么焚香谷居然消息如此灵通，能够知道这些呢？"

李洵神色不变，面对陆雪琪的质问，似乎早就胸有成竹，微笑道："陆师妹，我早就对你们说过了，以前我们焚香谷对十万大山这里的确没有在意，但兽妖浩劫一出，我们当然会注意此处。至于兽妖巢穴，也是我们门下弟子追踪兽妖残部发现的，为此可是牺牲了我门下不少精英呢。"

曾书书与陆雪琪同时都皱了皱眉，显然都对李洵这一番空洞敷衍的话不是很相信，但看他说得理直气壮，却又似乎不能直接反驳，只好都沉默不语。李洵笑了笑，看了他二人一眼，道："说到这里，我又想了起来，怎么贵派那位文敏文师姐，在我们将要进十万大山的时候，又突然赶回青云山了呢？"

曾书书一怔，不禁看了旁边的陆雪琪一眼，随即微笑道："这个我们不是也早告诉李师兄了吗？文敏师姐是临时有事，这才不得已赶回去的。"

旁边的陆雪琪微微垂下眼帘，没有说话。文敏之所以临时赶回青云山，其中原因就连曾书书也不甚了解的，其实说到底，自然也是为了当日在焚香谷山河殿上，云易岚突然冒出的那一句关于诛仙剑损毁的问话。

曾书书并不知晓实情，也就当作玩笑忘却了。但陆雪琪与文敏商量之后，却是都觉得此事实在非同小可，几番斟酌之下，终于还是决定由文敏急速赶回青云山，向诸位长辈、师父禀明此事，也好应变。毕竟，诛仙古剑对于青云门，对于天下正道，它的意义实在太大了。而向来与青云门交好的焚香谷，还有那位谷主云易岚，此番意外的表现，隐隐更有些说不出的意味正在其中，令人不安。

不过搜寻兽神一事，也是十分重要，不可放弃，于是商议之后，文敏赶回了青云，陆雪琪则和曾书书留下。不过在陆雪琪、曾书书心头，焚香谷这个正道门派，此刻看起来，似乎已经处处透着古怪了。

此刻，李洵已经和曾书书商量了许久，将之后进入黑森林需要注意的许多事项都一一说明。曾书书从中知晓了许多闻所未闻之事，不禁大开眼界，不住点头，与李洵相谈甚欢。

陆雪琪将那些话听在耳中，不知怎么，微觉厌烦，便站起身重新走到一旁，向着远方眺望而去。远处隐约的山势连绵不觉，高低起伏，偌大的天地苍穹下，冷风呼啸而过。

谁又知道，在前方会是什么在等待着他们呢？

青云山，大竹峰。

这一日清晨，光景尚早，天才蒙蒙亮，大竹峰上众弟子都还未起床，从守静堂那里却传来了一阵轻微的脚步声。片刻之后，竟是田不易一反常态地在清晨穿戴整齐地走了出来。

晨光中，田不易一张圆脸上面色凝重，眉头皱着，看上去心事重重的模样。苏茹跟在他的身后，也走了出来。看他们夫妻二人的模样，也不知道究竟是早起，还是整夜未眠。

苏茹此刻面上深有忧色，走出守静堂后，她先是向弟子屋舍那里看了一眼，在意料之中的清净无人后，她低声道："不易，我还是觉得你这么做有些不妥，不如我们再商议商议吧。"

田不易面沉如水，眉头没有丝毫松开的样子，沉声道："此事已经不能再拖了，从我们去祖师祠堂回来，这几日之中，道玄师兄的情况越来越坏。昨日从通天峰上传下来的消息，听说他竟然对前去劝他的范长老和萧逸才动手了。"

苏茹一惊，道："什么，掌门师兄他怎么会动手的？他们二人怎样？怎么触怒了掌门师兄？受伤了没有？"

田不易哼了一声，道："他们还能为了什么？自然是看道玄师兄行径古怪，前去劝告的，听说道玄师兄本来还好好地与他们谈话，但不知怎么突然发怒起来，一掌劈下，登时就将范师兄打成重伤，倒是萧逸才那小子机警得很，竟然被他逃了过去，反而没事。"

苏茹怔了一下，皱眉道："萧逸才居然没事吗？"

田不易负手沉吟了片刻，道："他向来聪明，而且又跟随道玄师兄多年，多少都比他人了解得多一些。多半是事先就发现情况不对，所以掌握先机，这才侥幸逃开的。不过也幸亏他机警，这才有时间把范师兄救出来加以疗伤，否则谁也说不好会出什么事。"

苏茹默然半晌，面上阴晴不定，许久方道："他……他都变成这样了，你为什么还要去见他？"

田不易深吸了一口气，道："别人不知道也就罢了，难道你也不懂我为什么要去见他吗？"

苏茹低声道："可是，他……掌门师兄他此刻心魔入体，谁也不知道他到底在想什么。而且他道行如此之高，远胜你我，你此番冒险前去，我只怕，只怕……"

话说到后面，苏茹的声音越发低了，到最后已是难以听见，显然她自己也不愿说出口。田不易叹了口气，回身凝视了苏茹一眼，伸出手轻轻拉住苏茹纤手，柔声道："你我一世夫妻，我当然知道你担心什么。有你这份心，便是我出了什么事，也不在乎了……"

苏茹眉头一皱，打断了他，嗔道："你胡说什么！"

田不易点了点头，沉默片刻，又道："你是知道的，诛仙古剑的秘密本是青云门最高机密，本只有掌门一人知晓。只是当年蛮荒一战，我、曾叔常等数人跟随万师兄决战万里黄沙，机缘巧合之下得知了这个秘密。后来我们数人就是在祖师祠堂之中，当着青云门历代祖师灵位立下重誓，终此一生，绝不泄露这秘密半点。"

苏茹叹了口气，道："你怎么又提起这事了？当初我也在场，也同你们一样发誓的，怎么会不记得？"

田不易森然道："自青叶祖师留下亲笔诫碑，历代祖师无不再三告诫，诛仙古剑不可轻用。青叶祖师诫碑之中，更明言诛仙剑灵乃无上凶灵，持剑人心志不坚、根基不稳，便将堕入魔道。如今道玄师兄这种种异象，岂非正应验了祖师所言！"

苏茹低下头，默然许久。

田不易抬头看了看微亮的天空：远方，清晨的山雾尽头，云雾缭绕的地方，巍峨高耸的通天峰身影若隐若现。

"这些年来，道玄师兄励精图治，将我们青云一门整顿得好生兴旺，到如今傲视天下，领袖天下正道。"田不易的声音听起来，忽然间多了几分沧桑之意，"我也曾经想过，当年就算当真是万师兄坐了掌门这个位置，只怕也未必能比道玄师兄做得好。"

苏茹身子轻轻颤抖了一下，低声叫了一声："不易……"只是后面的话，她却似乎欲言又止。

田不易负着手，面上神情有些惘然，道："这许多年间，我虽然还是暗中供奉着万师兄灵位，但对道玄师兄，老实说，我真的越来越佩服。虽然平日里多有口角，但对他为人处世，我却是没话说的，就算是十年前，他用诛仙剑劈老七的时候……"

"不易，别说了！"苏茹突然喊了出来，不知怎么，看着田不易的她，眼眶竟有些红了。

田不易面上肌肉动了动，勉强挤出了一丝笑容，但看上去哪有丝毫笑意，只有痛心而已。"世间最明白我心意的人，便是你了。十年前那一战，我……我……"他长叹一声，道，"我是真舍不得老七啊！这一群弟子中，虽然那小子看着最不顺眼，但我终究还是……唉！"

随着他一声长叹，两人都不说话了，直到过了一会儿，田不易似自嘲一般苦笑了一下，道："当日事后，我也曾对道玄师兄深怀不满，老七是我养大的，这十数年时光，难道我还不知道他是什么人吗？有什么事也是我来教他，说不定事情也尚有转圜余地。可是那一剑下去，嘿嘿，老七还没事，先劈死了个碧瑶，这一下倒好，老七不反也得反了。以他那个死心眼的性子，这一生一世，只怕都毁在那一剑之下了。

"可是，这几年间，我偶尔自省，回想起此事的时候，也曾想过，若是我在道玄师兄那个位子上，这一剑，我是斩，还是不斩呢？"

苏茹凝视着丈夫，一句话都没有说，只是无言地轻轻拉住他的手掌，用手轻拍他的掌背，带着一丝安慰。

田不易淡淡一笑，带着几分无奈，对着苏茹，笑了笑道："换了我，只怕也终究还是要劈出那一剑的。"

像是早就知道了这个答案，苏茹默默低头，没有说话。

田不易也沉默了下去，凝视着远方通天峰的方向。半晌，苏茹忽然道："既然你心意已决，不如我陪你一起去见道玄师兄吧。"

田不易摇了摇头，道："你还是不要去了，人多了，反而不好说话。道玄师兄变成今天这个样子，都是为了天下苍生和青云门。我不知道也还罢了，可是我既然知晓其中秘密，便断不能坐视不理，总是要去看看是否还有挽救余地。只希望道玄师兄道行深厚，能从那戾气之中惊醒过来。否则的话……"

他说到这里，声音却戛然而止。苏茹看着他，忽然间微微一笑，面上忧伤神色顿时消失，换上的是一副心疼心爱的神情，柔声道："好了，别说了。"

田不易与她相处日久，二人早已心意相通，此时此刻，田不易凝视苏茹半晌，终究也是不再说话，只是点了点头。片刻之后，他转过身去，宽大袖底，开始闪烁出赤红的光芒。

眼看他那柄赤焰仙剑即将祭出远行，忽然苏茹在他身后，又唤了一声："不易……"那声中语调虽不甚高，但情怀激荡，满腔柔情，竟是都在这短短二字之中了。

田不易回首，望着妻子，只见苏茹面上净是不舍之意，眼中隐隐有泪花闪动。半晌，田不易忽然展颜微笑，挥了挥手，嘴唇动了一下，却还是没说什么，转身祭出赤焰仙剑，一声呼啸，腾空而去。

那赤红色之光，掠过天际，直插进云雾之中。初时云雾翻涌，纷纷退让，随后从四面八方围了过来，将他的身影渐渐湮没不见了。

只剩下苏茹一人，怔怔望着天际，也不知站了多久，云鬓之上，也不知何时有了少许清晨露珠，晶莹剔透，如珍珠一般，悄然坠落。

第一百九十七章

足迹

黑色山峰。

踏上那座山峰之后，一股浓烈的异味就始终在空气中飘荡着，有点呛人，带着一些硫黄的味道。鬼厉和金瓶儿都是修行深厚的人，对这等异味还能忍受，但随着他们逐渐深入这座山峰，渐渐强烈起来的阴风，却有些让他们皱眉了。

那是带着透骨冰凉的风，不知怎么，吹拂过脸上的时候，虽然风力并不是如何之大，但阴恻恻的着实令人从心底发寒。加上从前方山峰深处不知哪里发出的幽幽尖啸声，此起彼伏，忽高忽低，似猿猴夜啼，又似猛鬼惨笑，听在耳中也是瘆得慌。

猴子小灰趴在鬼厉的肩头，啃完了最后一个野果，随手将果核一扔，三只眼睛睁开，四下张望，似乎对它而言，倒是一点不受这些异象的影响。

金瓶儿眉头越皱越紧，忽然道："好像有点不对。"

鬼厉一怔，停下了脚步，道："怎么了？"

金瓶儿迟疑了一下，道："我前次跟踪来过此处，并未有这漫山遍野的鬼哭狼嚎和阴风阵阵，只是后来到了镇魔古洞那里，似乎才有一些。怎的过了一些时日，这里却和幽冥鬼狱一般了？"

鬼厉向远处看了看，淡淡道："也许这里是兽妖巢穴，戾气太重，本该如此。当日你过来时候他才刚刚复生，当然没有近日气象了。"

金瓶儿想了想，也只有这么解释了。当日在青云山头，兽神与诛仙剑阵血战一场，重创于诛仙古剑之下，任谁都看得出那一剑之威是何等之大。不过就算是在诛仙剑阵之下，兽神仍然可以逃遁而走，他这份修行，足以震撼天下了。

金瓶儿眼波流动，忽然道："你说，万一我们果然在镇魔古洞中找到兽神，虽然他已经负伤了，但我们二人，真的对付得了他吗？"

鬼厉摇了摇头，道："我怎么知道？"

金瓶儿看着他，忽然笑道："看你的样子，只怕是没几分把握吧。既然如此，你还跟我来这里做什么？"

她望着鬼厉，似笑非笑道："你可别忘了，狐岐山中，可还有个碧瑶等着你去救她呢。若你死在这里，岂不是太对不起她了吗？"

鬼厉哼了一声，向前走去，道："此事是她父亲令我所做的，我负碧瑶太多，多少总是要做一些事情的。倒是你……"他冷冷一笑，道，"如果你万一不幸死在此处，只怕才是死不瞑目吧？"

金瓶儿娇媚一笑，对着他的背影笑道："哎呀，你这个人可真是好生见外。只要我们一起死了，莫说是这兽妖巢穴，便是猪圈牛栏，那也是好的。"

鬼厉在前头嘿嘿冷笑两声，显然对金瓶儿这等话语半分也不相信，更不用说有丝毫感动的表现了，只是径直走去。倒是他肩头的猴子转过头来，对着金瓶儿，居然难得至极地咧开嘴笑了笑，看上去似乎心情不错。

与鬼厉以前交往的几个女子不同，小灰对金瓶儿并不像当日和小白、小环两个女子一般亲热，数日下来，这般咧嘴开心地笑，倒还是第一次。

金瓶儿多少有些意外，但总不是坏事，倒也有些高兴，笑意盎然正要走上前去逗逗猴子。不料猴子咧着嘴刚笑了片刻，忽地嘴巴一张，却是吐了个黑乎乎的东西出来，速度极快，直向金瓶儿站立处飞来。

金瓶儿吓了一跳，不过她毕竟不是常人，并不慌乱，脚下微旋用力，身子硬生生向旁边让开了几分，将那个怪异东西让了过去。

只听"噗"的一声低响，那东西掉在了地上，居然没有弹起来，而是直接砸进了地里。金瓶儿回头一看，却是一个野果果核，不知小灰什么时候嘴巴里还剩下一个的，啧啧尝着滋味，此刻却拿来戏耍她。

金瓶儿被一只猴子戏弄，心头微怒，俏脸也白了几分。横眼看去，却只见那灰毛猴子不知什么时候已经转过身子反坐在鬼厉的肩头，面对着金瓶儿，双手抱在胸口交叉，两只脚荡来荡去，三眼望天，满脸净是一副骄横之色，大有传说中的流氓气概，就连长长的尾巴也在身后晃来晃去，一副"我就是欺负你了，我是流氓我怕谁"的模样。

金瓶儿不看还好，一看更是气不打一处来，紧走几步追上鬼厉，怒道："你这只猴子怎么这么没教养，不能随便拿果核吐人你知道吗？"

鬼厉慢慢转过头来，看着金瓶儿，面上神色有些奇怪，半晌道："你是在骂它吗？"说着指了指小灰。

金瓶儿点头。

小灰登时怒了，一下子从鬼厉肩头跳了起来，"吱吱"乱叫，三眼圆睁，双手紧握成拳，不住比画，看样子是怒火中烧，要和告黑状的金瓶儿打一场，气势颇为逼人。

金瓶儿倒没想到这只灰毛猴子居然通人性到了这种地步，怔了一下，退后了一步，随后不去理它，向鬼厉大声道："我便是在骂它，这畜生也实在太可恶了，你养了它就要把它教好……"

"你啊！"突然，鬼厉少有地大声开口，冲着小灰喝了一句，同时也把金瓶儿的话给打断了。

小灰吓了一跳，停顿了下来，金瓶儿也是吃了一惊，看着鬼厉。只见鬼厉皱着双眉，面色严肃，对着小灰喝道："我早跟你说了，要多多读书，知书才能达理，你就是不听。上次教你的那本《神魔志异》，你为什么不学？回头给我抄三百篇再来见我！"

小灰三只眼睛一起瞪大，眨呀眨的，在鬼厉肩头蹲了下来，用手摸了摸自己的脑袋，又抓了抓，再摸了摸，显然有些发呆。不过另一边金瓶儿也没好到哪儿去，吃了一惊之后，忍不住冷笑道："你在说什么鬼话，这猴子就算再通人性，也从来没听说过会读书写字的！"

鬼厉转过头看了她一眼，"哦"了一声，似这才醒悟，淡淡道："既然如此，连你也这么说的话，这猴子没有教养就不是我的错了。天生万物，奈何猴子不能读书，奈何，奈何？"

他望着金瓶儿，毫无诚意地叹息了一声，更不多话，回头又向前走去了。

金瓶儿为之气结，脸色都白了。

前头猴子小灰"扑通"一声，从鬼厉的肩头掉了下来，摔在了地上，却不见它有什么疼痛样子，反而大声尖叫，手舞足蹈，狂笑不已，时而捧腹，时而捶地，更有四肢朝天，尾巴挥舞的，总之笑得要多猖狂就有多猖狂。

金瓶儿越看越怒，正要发作，小灰却突然跳了起来，"吱吱吱"冲着金瓶儿怪叫，做了个大大的鬼脸，随即四肢着地，"嗖嗖"两下蹿了回去，几下跳上了鬼厉的肩头，这才重新趴了下来，在那里得意扬扬地回头看着金瓶儿，又是一个鬼脸。

金瓶儿怒上加怒，连身子都似乎有些发抖起来，贝齿一咬，就抬起手欲向前挥去，在暖暖的阳光之下，她的手掌边缘泛起了淡紫色的光芒，诡异至极。

只是那手掌抬到一半，却是停顿在了半空，前方那个男人的身影下，似乎手边也散发出淡淡的青色光辉。

金瓶儿瞳孔收缩。

半晌，她忽然一顿足，随即放下手，闭上眼睛，深深呼吸。胸膛起伏了几次之后，她的脸色已恢复了平时模样。而前方鬼厉手边的青辉，也缓缓消失，至于他的身影，也已经在灰毛三眼猴子刺耳的怪笑声中，慢慢走得远了。

金瓶儿定了定神，心下仍有几分微怒，但同时不知怎么，面上却有几分微热。她向来颠倒众生，以玩弄人心为长事，怎知今日竟被一只猴子给戏要至此……

她哼了一声，将这些事撇开不想，正欲前行，忽地她眉头一皱，似乎又想起了什么，转过身子慢慢走了回来。不多时，她已经走到了小灰刚才挑衅吐出的那只果核落地之处。

果核是这里普通的山间野果果核，并无奇怪之处。但此时的那个果核，竟然是整个陷入了地中，只露出几分硬壳在外面。而这座焦黑怪异的山峰上，并不像十万大山其他处，有松软的泥土，到处都是坚硬的岩石。

小灰一吐之力，竟是将果核击入了硬石之中。

金瓶儿眉头缓缓皱起，慢慢站起身子，向着鬼厉身影消失的方向看去。从那个方向吹来的阴风阵阵，风中似乎依然还有猴子小灰刺耳的怪笑声音。

低低的，仿佛是她轻声自语："怎么连这只猴子，竟也有这等道行，精进得如此之快，这个人究竟是……"

广袤的黑色森林，又迎来了新的拜访者。只不过这一次的客人，远比之前来得多。多达十数人的队伍，穿行在丛林之中，在枝叶繁茂的巨树和藤蔓丛生的荆棘中前行着。只是，这一段路程，除了没有预料中的猛兽袭击外，走得有些出乎意料地顺畅。

走在队伍最前面的几个人，都不是寻常人物，陆雪琪眉头微微皱起，没有说话。但曾书书却已经忍不住对李洵说道："李师兄，这……这里似乎有些不对劲啊。"

李洵停下了脚步，向着周围看了一眼，随即看向了曾书书，沉吟片刻，回头对焚香谷众弟子大声道："大家先在这里休息一会儿，待会儿我们继续赶路。"

众人轰然答应，显然走这么一段路，对谁也不是一件轻松的事。

安顿好其他人，李洵和曾书书走到稍前一点的地方，同时靠近陆雪琪，陆雪琪皱了皱眉头，却是退了一步。李洵面色一沉，曾书书何等机灵，立刻开口打岔了过去，道："李师兄，你也发现了吧？"

李洵点了点头，目光落到三人所站的脚下，茂密的荆棘丛中，虽然模糊，但依稀可见荆棘被折断后，有人踩踏过的模糊印迹。

"有人在我们之前，而且肯定不是很久以前，也从这片森林里走过。"他肯定地说道，同时面上浮现出掩饰不住的一丝忧色。

曾书书沉吟道："会不会是李师兄你的同门……"

李洵摇头道："不可能的，焚香谷只有我们这一队深入十万大山，谷中年轻一代的精英，大都在此了，不会再有其他人进来的。"

曾书书皱了皱眉头，道："那就奇怪了，按照当日云谷主说的，这个消息本来不该外泄才是啊。难道是其他门派也知道了这个消息，进入了十万大山？"

李洵迟疑了一下，还是摇了摇头，道："我觉得应该不是，首先此事的确还在保密，只有我们两派知晓。"他轻轻咳嗽一声，压低了声音，道，"兽神才是浩劫罪魁，若是其他人落井下石，捡了便宜，我们两派在青云山头血战，岂非是……"

曾书书一伸手，满面笑容，拍了拍李洵肩膀，笑道："李师兄所言正合我意，果然是英雄所见略同啊，呵呵，呵呵呵……"

他们二人相视而笑，旁边却忽然传来一声冷哼，正是出自陆雪琪之口。两人都是一怔，转眼看去，曾书书低声问道："陆师姐，你怎么了？莫非我们说错话了吗？"

陆雪琪冷冷看了他一眼，转过了头去，口中冷笑道："面目可憎！"

曾书书一呆，一时弄不清楚陆雪琪这句话的意思，不知她是骂自己还是李洵，抑或干脆是两个都骂。他转头看向李洵，二人面面相觑，一时都觉尴尬，不知该说什么才好。

片刻之后，毕竟曾书书脸皮更厚，打了个哈哈，装作什么都没听过一般，对李洵道："李师兄，既然消息并未外泄，又不是你们焚香谷其他弟子，那这里竟有这样的痕迹，只怕是其中大有古怪了啊。"

李洵皱眉，显然也是苦于思索不得。正欲开口说话，忽然前边刚转过身子去的陆雪琪，冷冷地又说了一句："兽神！"

曾书书与李洵身子都是一震，面上露出愕然神色。过了一会儿，曾书书慢慢点头，虽然有些迟疑，但还是道："这个……陆师姐说的虽然比较……异想天开，但细想下来，还真是大有可能啊。"

李洵面上神情却与曾书书不大一样，欲言又止，犹豫了一会儿，摇了摇头道："算了，我们继续走下去再看看吧，在这里胡乱猜测也没用。"

说着，他向二人又道："你们也歇息一下，我回去看看那些师弟们。"

曾书书点了点头，道："李师兄请便吧。"

李洵又嘱咐了两句小心一类的话，转身向后走去。

待李洵走得远了，曾书书这才转过头，向着陆雪琪的背影，忽地微笑道："陆师姐，刚才你莫非是在骂我吗？"

陆雪琪冷哼一声，既不承认却也不否认，看那意思，倒是默认的意思多一些。曾书书苦笑一声，沉吟片刻，缓缓走到陆雪琪身旁，却是压低了声音，道："陆师姐，我有件事要问你一下。"

陆雪琪看了他一眼，微微怔了一下，只见曾书书此刻面色居然十分严肃正经，与平常大不相同，当下道："什么？"

曾书书深吸了一口气，看了看四周，随后低声道："陆师姐，你老实跟我说，本门的诛仙古剑，当真是损毁了吗？"

陆雪琪面色唰地一白，眼中精光一闪，盯着曾书书，就连她手中的天琊神剑，那秋水般的淡蓝光辉，也似发出无形的嗡嗡之声，瞬间伸展，然后缓缓又收了回去。

曾书书面色微变，只感觉面前这个白衣女子前一刻似冰，这一刻却似乎瞬间成了尖锐至极可怖的针，情不自禁退了一步，低声苦笑道："陆师姐，不用这样吧？"

陆雪琪冷冷盯着他，道："你问这句话，是什么意思？"

曾书书微微一笑，道："怎么说我也是青云弟子，这种事怎么可能不关心呢？文敏师姐她临时回山，只怕就是为了向诸位师长回报此事吧？"

陆雪琪没有说话，只是冷冷看着他。曾书书点了点头，道："好了好了，陆师姐，你看，我并非恶意，只是此间有些事大是可疑，一路上少有机会，正好现在与你说一说。"

陆雪琪看了他一眼，道："什么事？"

曾书书咳嗽一声，低声道："你觉得焚香谷谷主云易岚是个什么样的人？"

陆雪琪眉头一皱，道："你什么意思？"

曾书书微微一笑，道："这么说吧，你觉得云谷主他是不是一个头脑简单的人呢？抑或是一个疾恶如仇、以天下正道为己任、对同为正道的青云弟子就一点没有防备的人呢？"

陆雪琪哼了一声，没有说话，但脸上不屑之意溢于言表，显然对曾书书这些问题完全是否定的意思。曾书书也不生气，看来早就知道了陆雪琪会有这种反应，接着又道："既然我们都知道云谷主他不是这种古道热肠或者头脑简单的人，那他当日在山河殿上贸然向我们三人问出了诛仙损毁这句话，不是很奇怪吗？"

陆雪琪深吸了一口气，一言不发地看着曾书书。曾书书有些尴尬，道："好吧，我知道背后这么说一位德高望重的长辈，的确有些不妥。不过你看，这些事细想起来，真的有些奇怪……"

"有什么不妥的？"陆雪琪清冷声音截然道，似乎根本懒得管曾书书微微张大的嘴巴，冷冷道，"说便说了，有什么好顾忌的？从青云山到现在，我看他也不是什么好人！"

"呃……"曾书书又是吃惊又是好笑，一时竟说不出话来了。他做梦也没想到一向循规蹈矩的陆雪琪居然比自己更出格，径直就将蔑视某位德高望重的前辈的话说了出来。不过回头想想，这位清丽无双的绝色女子，与那位德高望重的前辈还有他的门下弟子之间，似乎还真是有不少的过节啊。

看着陆雪琪的脸色，曾书书不知怎么脖子后面有些发凉，暗想难道无意中捅了马蜂窝，当下咳嗽一声，连忙岔开话题，道："这个……呃……唔……我们先不管他的人品了。我是说，这件事上，云谷主至少有几个大异平常的地方……"

"他是如何知道诛仙古剑损毁的消息的？这是其一。"陆雪琪截道，面上神情不变，但眼神之中却透出一丝亮光，如耀眼的水晶一般，"其二，他知道之后，为什么要告诉我们？他明明知道这个消息从他口中说出来，我们必然要回报给青云门诸位师长，那么焚香谷与青云门之间，岂非立刻就要生变？"

曾书书连连点头，道："我就知道以陆师姐之聪慧，绝不可能发现不了这其中紧要干系。"顿了一下，他继续道，"照此细想，则云谷主不外乎两种情况：第一，青云门有给他通风报信的奸细，这个连我这样的青云弟子都瞒得严严实实的消息，他竟然知道了，可见这奸细身份地位不可小觑。但他这么一说，岂非是有可能暴露了那奸细身份？"

陆雪琪哼了一声，道："第二，他告诉我们这些话的目的又是什么？是提醒青云门，他已经知道了这个秘密，还是警告诸位师长，焚香谷已经不再惧怕青云门了？"

曾书书深深看了陆雪琪一眼，叹了口气，道："我心中所想，原来你也早想到了，杜我还想提醒你的。不过想想也对，当日你让文敏师姐临时转回青云，就是将这些事禀告诸位长辈的吧。"

陆雪琪默然，点了点头。

曾书书嘴角动了动，忽地一声长叹，声音中竟是十分感慨。陆雪琪微怔，道："你怎么了？"

曾书书苦笑了一声，道："我……我是为本门那柄诛仙古剑而叹的。老实说，这几日我虽然想到这里，但心中却还是万分不情愿是真的，宁可自己猜错了。"

陆雪琪没有说话，只默默地转过了头，望着前方。密林深处，幽幽暗暗，前途竟是没有半分光亮。

曾书书长出了一口气，摇了摇头，道："算了，反正再想也没有什么法子了，只好走一步看一步了。我倒要看看，那位云谷主葫芦里卖的到底是什么药。"

陆雪琪没有回答，目光不经意间转到刚才发现的那个模糊痕迹上。曾书书在一旁低声说道："其实你说的兽神虽然也有可能，但我总觉得应该不是他。"

陆雪琪道："那你以为是什么人？"

曾书书沉吟片刻，低声道："如果那个李洵说的都是真的，果然不是他们焚香谷其他弟子的话，我只怕这些痕迹，多半是魔教那边的余孽留下的。"

陆雪琪身子一震，转过头来，一向清冷的美丽容颜上第一次动容，道："你为何如此说？"

曾书书指着那个痕迹，道："你看，这个痕迹虽然模糊，但显然是人类经过此地留下的痕迹。焚香谷既然没来过，那么天下正道之中更没有其他门派比他们更熟悉十万大山了，也很难想象会追查到此处。但是魔教就不同了，当年正邪大战之后，魔教被正道逐出中土，似这等穷山恶水的地方，只怕他们也会来过。所以说是他们，我觉得大有可能。

"你说呢，陆师姐？"曾书书转头问道，但看着陆雪琪的面色，却是不由自主地一怔。

那美丽女子，怔怔看着那个脚印痕迹，面色微微显得有些苍白，却意外地有隐隐红晕，从肌肤深处幽幽透出。在这荒僻幽冷的古老森林中，她默然而立，竟仿佛是陷入了一场异样的梦境之中，再也听不到旁边人的话了。

第一百九十八章
青云旧地

青云山，通天峰，祖师祠堂。

青翠的树林还是和从前一样茂密而生机勃勃地生长着。淡淡的晨雾正飘荡在树林之中，到处都可以看到树叶枝头、草丛野花叶瓣之上，有晶莹的露珠在微风中轻轻颤动。远处，密林深处还有清脆悦耳的鸟鸣声传来，听在耳中，更是令人身心为之一清，如临仙境一般。

在这个人间胜地，道家仙境，林中的小径上缓缓出现了一个矮胖的身影，正是田不易。

与周围的美景似乎有些不协调的是，田不易面上神色有些凝重，双眼直视前方，脸上表情显得心事重重。而此刻在他的身边空无一人，也显得有些怪异。田不易虽然身为大竹峰首座，是青云门最重要的数人之一，但以他的身份私自来到长门通天峰后山重地祖师祠堂，显然也有些奇怪。

山路之上，并无青云门弟子看守，一路走来，悄无人声。在微风鸟鸣声中，田不易转过那道著名的三岔口，逐渐看到了密林深处那气势雄伟的飞檐。

"当……"

不知是哪里传来的钟鼓，轻声从前山方向传来，回荡在青云山头。

那一片空空荡荡、飘飘扬扬的回音，让田不易默然停下了脚步，回首，眺望。

苍穹如画，大地如诗！

千万年间，仿佛都不曾改变。

田不易的面色渐渐沉静下来，默然伫立了一会儿，随即再度回身，向着祖师祠堂里走去。

那片空阔的石阶展现在他的面前，祖师祠堂还是没有改变，如一座沉眠的巨兽轻轻沉睡，躺在森林的怀抱。祠堂的大门依旧开着，里面昏暗依然，甚至是那黑暗深处的点点香烛，仿佛也在沉眠一般，一切，都这么安静。

只是，在这座祖师祠堂之外，石阶之下，此刻竟然还站着一个年轻男子，背向田不易站着。田不易皱了皱眉，走了过去。

听到了脚步声，那年轻男子似吃了一惊，没想到这个时候竟还有人会来到这个地方，连忙转过身来。田不易与那男子一对面，二人都是怔了一下，那年轻男子正是林惊羽。

田不易随即想起，过往也曾听门下弟子说过林惊羽一直守在这祖师祠堂里，听说是为了某人守灵。不过那"某人"是谁，却似乎没有人知道。不过田不易此刻自然也是没有心情去想这个。他与林惊羽二人关系也不是甚好，两人对望一眼，都没有立刻说话，气氛显得有些尴尬。

最后还是林惊羽咳嗽了一声，低声道："田师叔，你怎么这么早到这里来了？"

田不易看了他一眼，随后目光却又移到了祖师祠堂里面那层昏暗中，道："我来找人。你一大清早的站在祠堂外面做什么？"

林惊羽面色微微一变，脸上似乎掠过一丝苦笑，向着祖师祠堂里看了一眼，却没有回答。田不易淡淡道："有人在里面吗？是不是掌门师兄？"

林惊羽点了点头，道："是。掌门师伯正在大殿之上……他命我在外面守候，没有他的传唤，通天峰上弟子一个也不许进去。"

田不易哼了一声，冷冷道："我记得你是龙首峰门下弟子，怎的却跑到长门通天峰这里，替道玄师兄看管起门户来了？"

林惊羽脸色一白，微微低头，没有说话。

田不易不再理他，抬腿迈步，踏上了石阶。旁边林惊羽一怔，走上一步，道："田师叔，你做什么？"

田不易淡淡道："我来到这里，自然是要进去的。我要找掌门师兄说些事情。"

林惊羽眉头皱起，道："田师叔，掌门师伯说过了，谁都不想见，没有他的允许传唤，通天峰门下所有……"

"我不是通天峰门下弟子！"田不易冷冷打断了林惊羽的话。

林惊羽一滞，一时被田不易噎得说不出话来了。

田不易更不多言，走上了石阶，向着祠堂里走去。林惊羽身形一动，似乎还想阻止，但随即又停了下来，看着田不易那矮胖的身躯，他眼中精光闪烁。

迈步跨进了高高的门槛，一股淡淡的檀香味道顿时迎面而来。巨大的阴影从殿堂深处轻轻涌出，将刚才还存在的光亮，轻轻拦在了祖师祠堂的外头。

田不易在原地站了片刻，这才缓缓走了进去。随着脚步声缓缓起落，他脸上的神情，似乎也在慢慢变化。

一根一根巨大的漆着红漆的柱子，错落有致地立在大殿之中，支撑着雄伟的殿堂；从穹顶上垂下的黄色布幔，安静地挂垂在柱子身旁，其中的许多看上去已经有些破旧了，看在眼中，仿佛正是一股沧桑，从那渐渐老去的黄色中透露出来。

过往的光阴，仿佛在这里凝固了。

祠堂里非常安静，几乎听不到一点声音，只有他踏出的脚步，回荡在周围寂静的阴影中。远处巨大的供桌后，无数的香火点点明亮，悄悄燃烧，恰如一只只神秘而怪异的眼眸，注视着穿梭在殿堂阴影中的那个身影。

转过了殿堂上最粗大的那根柱子，从低垂的黄幔后走过，田不易终于停下了脚步。

眼前是一块空地，地上摆着三排蒲团，每排七个，在第一排最中间的那个蒲团上，有一个熟悉的人影赫然坐在那里，一动不动。而在蒲团的前面，放着一张极大的供桌，供奉的水果祭品摆满了桌子，正中的是一个大香炉，里面却很奇怪地只插了三炷细香，袅袅轻烟，缓缓飘起。

透过烟雾袅绕的供桌，在桌子后面的那沉沉黑暗里，隐约可以看到无数的灵位灵牌，每一个上面似乎都有字迹，端端正正地放在阴影之中的灵位之上。

田不易的脸色，慢慢变得沉重而带着一丝恭敬，面对着青云门历代祖师的灵位，他的目光先是在那个曾经熟悉的背影上停留了片刻，然后默默走了上去。

道玄真人的身子，微微动了动，但没有回头。

田不易缓步走到了供桌之前，看了看笼罩在阴影中的那无数个灵位，深深吸气，随后从香炉旁边的香袋之中，抽了三炷细香出来，小心地在旁边烛火上点了，退后一步，站在供桌前三尺处，恭恭敬敬捧香拜了三拜。

道玄真人所坐蒲团之处，离供桌不过六尺，但前方那点微光，似乎已经不能照及他的所在了。在昏暗的阴影中，他缓缓抬头，田不易的身影，赫然背对着站在他的身前。

那黑暗深处，突然，如幽冥深处的鬼火，"呼"的一声腾起，两道精光瞬间闪亮。也几乎就是同时，如一声无形鬼啸声波掠过大殿，所有的香烛灯火，仅仅除了田不易手中所握的三炷细香之外，全部亮了起来。

田不易此刻参拜已毕，踏上一步正要将细香插进香炉，但身子却陡然间停顿了下来，就连拿着香的手，也停顿在半空之中。

大殿之中，瞬间陷入一片死寂，两个身影，一站一坐，都仿佛僵住了一般，一动不动。远处的黄色布幔，不知怎么，仿佛大殿上有微风吹过，轻轻飘动了几下，又缓缓静止下来。

祖师祠堂之外，林惊羽正紧皱着眉头沉思着，但突然间若有所觉，猛然抬头，向着那座沉静而昏暗的祠堂深处看了过去，面上隐隐出现讶色。

恍惚中，这座曾经是安静沉眠的殿堂，却如同一头苏醒的怪兽，冷冷地，睁开了眼睛。

也不知过了多久，道玄真人眼中神秘的鬼火忽然消失了，来得突然，去得竟也是快速。随着那诡异的眼眸缓缓合上，原本肃杀的大殿顿时也缓和了下来，周围的烛火，也渐渐失去了亮度，恢复了原先的点点微光。

田不易手中的细香，依旧徐徐地燃着，三点微细的香火，在黑暗中若隐若现。只是细香颤动间，却是有白絮一般的香灰轻轻掉了下来，落在了田不易的手上。

田不易脸色漠然，冷冷看了一眼手背上的香灰，默然伫立片刻，将手轻轻抖了抖，抖掉了那些香灰，随即踏上一步，恭恭敬敬地将三炷细香插入了香炉之中。

六炷细香，同时在香炉里点着，轻烟飘荡，袅袅升起。

田不易一言不发，又对着灵位拜了三拜，然后缓缓转过了身子，面对端坐于地面蒲团之上的那个人影。

"道玄师兄，"他深深望着那个人，眼中不知怎么，又是惊讶，又是悲愤，更隐隐有些痛楚，慢慢地道，"我们又见面了！"

道玄真人大半个脸都笼罩在阴影之中，看不真切，对田不易的说话声，他却似乎充耳不闻，一点反应也没有，还是那般安静地坐着。

田不易站着看了他片刻，也没有再说什么，只是面上神情，却是越发沉重了。他嘴角轻轻动了一下，迈开脚步，却是走到了道玄真人的身旁，在距离他身边不到三尺之远的另一个蒲团上，也坐了下去。

大殿之上，一片寂静。

南疆，十万大山，焦黑山峰。

一路之上，阴森的鬼嚎越来越盛，不知从哪里刮来的阴风呜呜叫个不停，吹在人身上如刀割一般，若不是鬼厉与金瓶儿都是道行深厚，光是这鬼哭狼嚎与寒冷的阴风，只怕就足以令人发狂了。

只是这周围阴森之气越来越浓烈，他们二人也越发小心戒备，但直到他们走到山谷之下，已经到了远远可以望见那个镇魔古洞幽深漆黑的洞口的地方，竟然也没有遭到任何的危险与伏击。这满山遍野几如地狱一般的地方，竟然安静得不可思议，别说没有凶猛的兽妖，便是自从进入十万大山之后处处可见的毒虫猛兽，竟然也踪影全无。

这阴森的地方，竟仿佛是十万大山这穷山恶水之地中，最安全的所在了。

鬼厉与金瓶儿站在一个小丘之上，远远眺望那个古老幽深的洞穴，隐约还可以看见，那洞口伫立的石像。

二人的眉头都是微微皱着的，到了此时此地，意外的平静，带给他们的却是更大的担忧。

金瓶儿向那洞穴口指了一下，道："那里便是镇魔古洞了，我当初追踪那个黑衣人来到此处的时候，便是亲眼看见兽神从这个洞穴之中复生而出的。"

鬼厉微微点头，随即又向那洞穴四周看去，只见除了那个深不见底的黑暗洞口外，洞穴四周便都是垂直的悬崖绝壁，怪石狰狞，而洞穴上方十数丈之高处，紧靠着石壁有一层厚厚的黑云，缓缓在半空中流动着的，如水云一般。看那浓黑之色，不问可知，必定是剧毒之物。一眼看去，寻常人决然是无处可走的，是一处死地。

收回目光，鬼厉沉吟了片刻，道："我们进去？"

金瓶儿却是微显迟疑，沉默了好一会儿，终究还是点了点头，道："罢了，都来到这里了，又怎能退缩不前？我们走吧。"

鬼厉看了她一眼，只见金瓶儿脸上神情有些异样，脸色也显得有些微白，显然对那神秘洞穴多少仍有几分顾忌。其实又何止是她，便是连鬼厉肩头的猴子小灰，此刻似乎也改了脾气，显得特别安静。

像是感觉到了什么，金瓶儿转眼过来，看向鬼厉，忽地微笑起来，露出一口秀丽皓齿，微笑道："我不妨事的，过去吧。"

鬼厉点了点头，当先走去。金瓶儿跟在他的身后，向着那个镇魔古洞缓缓走去。

脚步踩在坚硬的焦黑岩块上的声音，在呼啸不停的阴风中迅速被湮没了。越是靠近那个古洞洞口，凛冽的阴风越是强劲，风中所蕴含的阴森寒气，就越是冰冷。

此刻两人都已经发现，这满山遍野凛冽的阴风，赫然是从那个古洞之中吹出来的。

离那个洞口越来越近了，周围的光亮竟似乎也逐渐暗淡了下来，越来越多的光辉，都被接近镇魔古洞洞口上方的黑云所遮挡住了。仿佛这样一个地方，是不容许光亮进去的。

而伫立在幽深洞口，面对洞穴深处的那个石像，也终于渐渐清晰地出现在他们的眼前。

这一段路，并不算很漫长，但对于他们二人而言，却仿佛走了很久很久。当他们终于站在了镇魔古洞洞口的时候，天空已经完全暗淡了下来，不久之前还暖洋洋地照在他们身上的阳光，已经完全消失在黑云上方了。

鬼厉慢慢转到了洞口，站到了那个女子石像的面前。

昏暗的光，照在她的身上……

千万年的风霜，将最初柔和美丽的光滑，缓缓雕刻成了粗糙，沧海桑田变幻的光阴中，又有多少眼眸，曾这般淡淡安静地凝视你的容颜？

时光如长河中的水滔滔向前，从不曾停留半分，最初的感动，最初的记忆，那无数曾深深镂刻心间的丝丝缕缕，原来终究还是要被人遗忘。

只留下那传说中残存的一丝半点，在悠远的光阴后，被后人不经意地说起。

曾经的美丽，曾经的壮烈，在光阴面前，灰飞烟灭。

冰冷的风，掠过了衣襟，吹在了身上，千万年间的凝眸，或许，竟终究比不上一念间的追悔！

柔软的手，轻轻拍在肩头，猴子小灰"吱吱"的叫声，在耳边响了起来。鬼厉的身躯微微一震，猛然退后了一步，随即惊醒，自己竟是在不知不觉之中，在凝视这尊年轻女子石像时，沉迷了过去。

一念及此，鬼厉背上如被针刺了一般，心头微微震骇。以他此时的修行道行，心志之坚，在面对这尊玲珑巫女石像的时候，竟然还会在不觉之中着道，这石像所蕴含之异力，当真是非同小可。

鬼厉定了定神，随即转头向金瓶儿看去，刚才若不是金瓶儿从旁提醒了他，真不知面对这尊石像，自己还要沉迷多久。但金瓶儿又怎么会对这神不知鬼不觉的石像有所提防呢？莫非这个女子竟然出乎意料地还有隐藏实力不成？

鬼厉转头看去，却是不禁一怔：只见金瓶儿虽然站在他的身边，并伸手拍了拍他的肩膀，但整个身躯，却是与鬼厉所站方向相反，面对镇魔古洞的洞口，背对石像，根本不去看石像的面容。

鬼厉皱了皱眉，道："你做什么？"

金瓶儿微微一笑，道："这个石像很厉害的，我没跟你说过吗？"

鬼厉眉头又是一皱，哼了一声，深深吸气。这时一直趴在他肩头的小灰似乎有些不耐烦起来，猴子尾巴晃了晃，忽地一下从鬼厉的肩膀跳了出去，一下子跳到了那尊石像之上，攀爬了几下之后，最后却是坐在了石像的头顶上。

鬼厉面色一变，忽地沉声道："小灰，过来。"

猴子看了看鬼厉，伸手抓了一下脑袋，"吱吱"叫了两声，但终究还是从石像上又跳回了鬼厉肩头。金瓶儿在旁边轻笑道："你吓唬猴子做什么，它不过是觉得好玩……"

一句话还未说完，金瓶儿却是微露讶色，眼看着鬼厉端正面色，整理衣衫，竟是颇为恭敬地向着这尊石像，行了一礼。

金瓶儿讶道："你这又是干什么？"

鬼厉脸色漠然，却没有回答，只是向着那尊石像深深凝视一眼，一拱手，随即转身，淡淡道："没什么，我们进去吧。"

古洞幽深，阴风阵阵，正是在他们面前。

金瓶儿跟在鬼厉身后，看了看正显得有些无聊的猴子小灰，随后目光落在鬼厉身上，道："你刚才为什么对石像行礼？"

鬼厉的脚步顿了一下，又继续向前走去，口中淡然道："前人风范，纵然早已湮灭，但人心之中，总是有值得尊敬之处。"

金瓶儿眉头大皱，显然对鬼厉这如同打哑谜似的话语大为不解，正想追问，鬼厉却已经走近了那个洞口。金瓶儿连忙追了过去，皱眉道："喂，我正跟你说话呢，走那么快干什么？我还没告诉你，上次我来这里的时候这里可是有一个凶灵的，虽然后来多半被那个兽神除掉了，但是这个洞口多半……"

话说到这里，金瓶儿的声音突然小了下去，几乎是在同时，鬼厉的脚步也停了下来。

两个人站在离那个镇魔古洞洞口数尺之外的地方，看着那阴森黑暗的洞穴中，缓缓腾起了一股白色的冷气，在凛冽阴风的劲吹下，却没有丝毫消散的样子。

眼看着那股白气越聚越多，体积越来越大，最后更逐渐凝聚成形，隐隐约约在白气中现出一个巨大的身影，吼声沉沉，咆哮阵阵，混合在阴风呼啸之中，更增威势，直如猛鬼天神一般。

金瓶儿看着那股白气，叹了口气，摇了摇头，道："好吧，现在你看到了，这里是有一个厉害而脾气很坏的凶灵的！"

第一百九十九章
功　德

　　阴风吹得越发猛烈了，刮得鬼厉与金瓶儿两人的衣服猎猎作响。他们站在镇魔古洞的洞穴入口，看着前方渐渐现出巨大而诡异身形的凶灵。

　　铜铃一般大小的眼珠，在白气中猛然睁开，隐隐有血红色光芒透出，凶灵巨大的身影笼罩了过来，目光落在了站在身下的那两个凡人身上。

　　"什么人，胆敢来到此地？"

　　凶灵的声音猛然响了起来，雄浑震耳，仿佛周围的山壁都为之震动。然而片刻之后，凶灵似乎发现了什么，怔了一下，目光却是转到了站在鬼厉身旁稍微靠后的金瓶儿身上："又是你？"

　　金瓶儿微微一笑，娇媚无限，道："是啊，就是我，我们又见面了。"

　　凶灵怒啸一声，声音远远回荡了出去，仿佛在他身后那个幽深古洞里也远远地回荡着他的啸声："你为何又来此地？还嫌上次惊扰娘娘神像不够吗？"

　　金瓶儿心下正自盘算该如何对付这个凶灵，从当日情况看来，这个守护镇魔古洞的凶灵绝对是不好对付的。只是她心下思忖，但脸上神色依然还是微笑着，正要说话，却忽然间听见身旁鬼厉道："你可是当年追随玲珑巫女深入十万大山之南疆七英雄中的黑虎？"

　　金瓶儿愕然，转身向鬼厉看去，却只见鬼厉面色漠然，只是看着那个凶灵巨大的身影。也几乎是在鬼厉问出此话的同时，那个凶灵竟也是不由自主地呆了一下，仿佛"黑虎"这个名字，如一记重拳狠狠击中了他心底某处。

　　就算是化身厉鬼凶灵，就算为世间所弃，千万年孤苦守候，却终究还是有那么一些回忆，深藏于心中吧……

　　"你……是谁？"那个凶灵雄浑的声音，似突然嘶哑了一般，适才出现的情景，完全变了个样子。

鬼厉望着那个被阴森鬼气环绕的声音，眼中闪烁过复杂难明的光芒，缓缓道："当年追随玲珑巫女七人之中，最后回去五人，随后建立今日之南疆五族。还剩下二人，则是当年追随玲珑巫女时间最长的两位亲兄弟，黑虎与黑木，却没有回来。古老巫族传说，长兄黑虎忠心勇猛，二弟黑木坚忍执着，我看你对这神像恭谨异常，千万年后依旧坚韧如此，化身凶灵而不悔，便猜你是黑虎了，可对？"

那凶灵默然许久，目光凝视鬼厉，鬼厉在那凶厉目光之下，却是丝毫没有畏惧之色，正眼与之相望。慢慢地，那凶灵周围的阴白鬼气缓缓开始涌动，那凶灵眼眸之中的血红之色，更是越来越浓，就连本来就阴寒刺骨的这个镇魔古洞入口处，气温仿佛也越发低了。

趴在鬼厉肩头的猴子小灰，似也有些不安，低低叫唤了两声。

"你究竟是什么人，竟然能知道巫族往事？"那凶灵原本愤怒的声音似乎突然变了样子，声调中有说不出的冰冷。

鬼厉却似乎什么也感觉不到，只是看着那个巨大的阴影，道："世间人多半都是记不得太久之前的事的，只是终究还是会有传说，一点一滴流传下来。"他望着那个凶灵，一字一顿地道，"今日之南疆，巫族之后裔，还依然有人记得你们！"

那凶灵的眼睛闭上了，许久也不曾睁开。

金瓶儿站在后边，眉头微微皱了起来，看了看那个凶灵，又看了看身旁的鬼厉，这些所谓古老巫族玲珑神像一类的传说，她一点也不知晓，但看那凶灵的反应，显然鬼厉说的都是实情。一直以来，她都以为魔教之中再无人能比她对这十万大山中种种异事知晓得更多了，不料这鬼厉竟仿佛还有隐藏而不为人知的事。

她望着那个男人的身影，心中微微凛然，目光却似更冷了。

良久，阴风还在冷冷地吹着。头顶之上，黑云无声翻涌，冷风萧瑟，一片凄凉景色。

在这一片静默之中，忽地，那凶灵黑虎猛然抬头，仰天长啸，声音凄厉，仿佛有数不清的沧桑往事，尽在这一啸之中。当那啸声还在远山隐隐回荡之时，他已回过头来，隆隆之声，仿佛正是情怀激荡，却又终究是压抑了下去。

"多谢！"

那凶灵凝视鬼厉许久，忽地微微低头，这般说道。

鬼厉面无表情，慢慢向后退了半步，合眼微欠身，算是还了礼。

凶灵点了点头，声调已经渐渐平静下来，道："想不到这世间竟然还有人记得娘娘与我们，嘿，不过我们当初追随巫女娘娘深入这十万大山的时候，又哪里想到过什么千古流芳？"

他的眼神，慢慢转到了镇魔古洞洞口处，那尊伫立的玲珑巫女神像之上，瞬间变得温和起来，就连说话的声音，似乎也轻了许多："不过你们来到这里，想必不是特意前来对我这个人不是人、鬼不是鬼的东西说这几句话的吧？"

鬼厉默然片刻，道："是，我来此之前，虽然也曾听闻过玲珑巫女与你们七人的传说，但并不知晓你现下的情形，也不知晓你会在这里……"他抬头，望向凶灵，缓缓地道，"我来这里，是为了这个洞穴之中的那个兽神。"

巨大的身影震了一震，那个名字竟仿佛连这个凶灵也为之畏惧。

只是，凶灵的目光并没有转过来，还是停留在那尊神像之上，道："你们找他做什么？"

鬼厉淡淡道："我们要找到他，然后杀了他。"

那凶灵猛然回头，盯着鬼厉，慢慢道："就凭你们二人？"

鬼厉缓缓点头，道："是。"

凶灵周身的白色鬼气转动的速度似乎突然快了起来，看上去他的身影也有些模糊了，半晌，只听他冷冷说道："不错，兽神的确就在这镇魔古洞之中。"

金瓶儿身子一震，脸上忍不住掠过一丝喜色。鬼厉却没有多少欣喜的表情，还是望着那个凶灵。

那凶灵也正看着他，忽然道："我看你的衣着服饰，应该不是南疆土人，当是中土所来吧？"

鬼厉点了点头，道："正是。"

凶灵沉吟片刻，阴森鬼气之中，仿佛见他神情变化不定，道："你可知道，我为何守护此洞口？"

鬼厉道："不知。"

凶灵道："我自然是为了守护娘娘神像，但除此之外，我在此守卫，一来是不容外力复活此妖孽，二来也不欲无知之人进入送死，你可明白？"

鬼厉点了点头。

那凶灵惨然一笑，道："可是我终究还是辜负了当年娘娘的重托，被……被那个畜生所骗，铸成大错，妖孽复生，天下生灵涂炭……"话说到后来，他的声音也渐渐低了下去，随后，凶灵似定了定神，又道，"我本已绝望，想来世间再无人可以阻挡这妖孽祸害苍生，不料前一段日子，他竟然是重伤而回，中土人杰地灵，竟然还有高人可以重创于他，实在大出我意料。"

鬼厉眼角微微抽搐了一下，忽地冷笑了一声，道："你也不必太在意，兽神虽然败了，但击败他的人，也未必便好到哪里去！"

凶灵微微一怔，不知鬼厉此言是何含义，但此刻也懒得深究，道："能除去此妖孽，自然最好，我有此心不下数千年了，只恨纵然他当日尚未苏醒，我也一样奈何不得他。你们来自中土，或许能做到也未可知。若当真成功……"那凶灵周身鬼气霍然一收，瞪大了巨眼，大声道，"我替娘娘在此谢过你们！"

说罢，他缓缓移动身子，让开了一条道路，露出了他身后那幽深而不见底的古洞。

鬼厉向那洞穴深处凝视一眼，转过眼去，向那凶灵深深看了一眼。那凶灵也正凝视着他。

鬼厉缓缓点头，也不再多说什么，慢慢走了进去。路过凶灵身边的时候，趴在他肩头的猴子小灰忽然抬起头，有些好奇地向着凶灵那个巨大的身躯看去，三只眼睛一眨不眨。

那个凶灵忽然对着鬼厉的背影大声道："还有一件事，你要小心。当日兽神并非独自回来，除了他身旁恶兽饕餮之外，还有一只妖孽，道行极高，你千万小心。"

鬼厉脚步停顿了一下，道："据我所知，他手下十三兽妖，已经全军覆没了。"

那凶灵摇头道："不是那十三兽妖之一，在此之前，连我也从未见过那只妖孽，你一定要小心。"

鬼厉缓缓点头，向着古洞深处继续走下去。

随后，金瓶儿也慢慢跟了上来，两人一猴的身影，慢慢地融入黑暗之中，在阴影深处摇晃着前行，缓缓地，却终于是再也看不见了。

那个凶灵的身躯鬼气，也渐渐模糊起来，但他的巨大眼睛，却一直盯着那个洞穴深处的黑暗，忽地，他向着那最深黑暗之地，发出了一声如惊雷一般的巨吼，那狂呼如洪涛排山倒海一般轰然而出，甚至连那凛冽阴风竟也为之倒流而回，坚硬至极的岩壁轰然作响，如天崩地裂！

那一片狂啸声中，凶灵巨大的身躯，缓缓隐没于黑暗里……

只是，在凶灵消失的同时，他却并没有注意到在镇魔古洞之外，那尊神像的背后，隐隐闪现出一个黑色的人影，正是当日策动南疆五族内乱，抢回了五族圣器使兽神复生的黑木。

黑色而宽大的长袍如往日一样，笼罩住了黑木的全身，散发着阴冷之气，只是他的眼眸之中，却是闪烁着极其复杂的目光，望着那镇魔古洞的深处。当那个凶灵也是他曾经的大哥消失之后，他才慢慢收回了眼神，重新落在他身旁那尊玲珑巫女的神像之上。

瑟瑟阴风里，他似也在低语："娘娘……"

与此同时，镇魔古洞所在的焦黑山峰远处，那片广袤的黑森林下，慢慢走出了一队十几人的队伍。当先一人，却是身着若雪白衣、容颜绝美的女子，手中一柄蓝色天琊神剑，面若清霜，眼中却似有几分说不出的哀愁与沧桑，默默地，向这远处焦黑色的山峰眺望……

中土，河阳城外三十里。

大道之上，过了这么久，逃难的难民们大都已经回到了南方家乡，此处位于青云山山脚下不远的地方，却还是不时能够看到有衣衫褴褛的百姓艰难跋涉。不过其间已经多了些来往的小商小贩，比起数月之前那场浩劫发生的时候，已经好了不知道多少。

"仙人指点，看你半生命数啊……"忽地，一声响亮的吆喝在大路上响了起来，打破了这里的沉默，显得十分刺耳。

"财运、官运、姻缘、行踪、风水、面相、测字、摸骨，无所不精，无所不通，来来来，一位只需五两银子啊，便宜了啊……"

周一仙手持"仙人指路"之招牌竹竿，迈着大步走了过来，一路吆喝，路人无不侧目。

跟在他后面的野狗道人没有说话，和往常一样拎着全部的行李。倒是在他背后的小环似乎是怔了一下，从一路过来一直细细观看的一本黑皮无字封面的书上抬起头来，有些愕然道："爷爷，你刚才说什么，几两银子一位？"

周一仙回过头，呵呵一笑，道骨仙风如天降仙人一般，伸出了五个手指头，郑重其事道："五两银子。"

小环眉头皱起，道："可是昨天你才叫的是三两银子啊。还有，这几天你到底怎么了，三日前我们还是好好地和往日一样，每位看相的客人收五钱银子，可是你倒好，这几日你蹦着跳着往上涨，五钱涨到了一两，过了一日变成了二两，前一天就成了三两，今天倒好，你干脆直接叫五两了。"

小环走到周一仙身边，上上下下仔细打量了周一仙一番，周一仙被她看得有些发毛，退后了一步干咳一声，道："你个小丫头又看什么？"

小环不去理会他，伸手却是探向周一仙的额头，周一仙吓了一跳，又退了一步让了过去，道："你神神道道地做什么？"

小环"呸"了一声，道："你才是神神道道的呢。我是看你有没有发热，脑子烧糊涂了！"说着，她转头向跟在身后的野狗道人问道："道长，你说我爷爷他最近是不是有些糊涂了啊？"

因为此时正是白日，野狗道人同往常一样脸上围着布条，但两只眼睛闪闪发光，十分明亮，此刻被小环一看，呵呵笑了两声，然后立刻点头道："他，呃，我是说前辈年纪大了，难免有些……"

"放屁！"

周一仙在前边跳了起来，大怒。

小环白了他一眼，道："爷爷，你那么激动做什么？我就觉得道长说得很有道理，看你这几天那个样子，只怕还真的有些老糊涂了。"

周一仙似乎特别听不得"老糊涂"三字，更是恼怒，怒道："你们两个家伙知道什么？你们才多大年纪，知道多少人情世故，我这还不是……"

小环抢道："是吗？那你倒说说看，你为什么拼命涨价？"

周一仙哼了一声，手中仙人指路竹竿一挥，向着周围稀稀拉拉那些行人指了一下，道："你们看看这些人，还有我们一路过来遇到的那些人，是不是都是逃难的人？"

小环点了点头，道："不错，大家都是啊，包括我们也是。"

周一仙滞了一下，老脸微微一红，随即当作没听到的样子。小环又道："既然他们都是逃难的、背井离乡的人，我看根本就没有几个人想着看相这回事，我本来还想着是不是该减价才对，可是爷爷你倒好，拼命地抬价。"

周一仙双手一背，将竹竿置于身后，冷笑道："照你们这么说，我倒是错了，可是你看这几日，找我们看相的人是少了还是多了？"

小环怔了一下，皱了皱眉，野狗道人却在旁边插了口，道："说起来，似乎这几日看相的人的确多了一些啊。"

周一仙又是哼了一声，面上有得意之色，对小环道："你小小年纪，能知道什么？我告诉你吧，本来说大难之下，人人背井离乡，是未必有看相之意的。但此番则大为不同，浩劫之大，万年罕见，天下苍生涂炭，人人自危，谁也不知明日是否还能活着。在此异象之下，有我这仙人为他们指点迷津，岂非是人人趋之若鹜？"

小环低头沉思，良久之后，缓缓摇头叹息，面上却有一丝惘然。

野狗道人却还有些迷惑，忍不住道："那你为什么一直提高看相价码呢？"

周一仙怪眼一翻，道："这等高深学问，我岂能教你！"

野狗道人碰了个钉子，缩了回来，却只听身旁小环叹了口气，道："这个我现在多少明白一点了。"

野狗道人与周一仙都是吃了一惊，周一仙道："哦，你倒说说看？"

小环耸了耸肩膀，淡淡道："不外乎是你料到天下人人心惶惶，对自身性命都顾之不及，又有多少人怜惜身外财物？相反，你银两提得越高，寻常百姓反以为此人道行高深，不同凡响吧……这些我本来都是不信的，本想此等小伎俩，便是白痴也看出来了，不料、不料竟还有这许多人看不出的。"

周一仙摇了摇头，道："你错了，小环。"

小环愕然，道："什么？"

周一仙道："你前面说得都对，只是最后一句，却并非他们这些人看不出，只是他们自己看不开罢了。"

野狗道人在一旁听得糊涂，道："什么看不开？"

周一仙向着周围那些蹒跚行走的人们看了一眼，道："天下苍生，又岂能尽是愚钝之辈，只是生死关头，却不知有多少人不肯相信自己，宁愿听听旁人安慰也好。我为他们指点迷津，所言所语，多半都是谈及日后半生，将比今日之处境好上许多。有此言在，他们付出银两，便也安心了。"

小环忽然道："爷爷，你是真的从相术上说的，还是对他们胡乱说的？"

周一仙微微一笑，道："我是胡乱说的。"

小环与野狗道人对望一眼，一时都说不出话来。

周一仙仰首望天，看着那悠悠苍穹，注视许久，悠然道："如此浩劫，可一却不可二，否则天道亦不容之。"

说到这里，他回头笑道："既然如此，这将来日子自然是要比现在不知生死的日子要好上太多了，我也不算说谎骗人吧。相反，老夫一路过来，安慰劝告了无数颠沛流离的百姓，更不知有多少人在老夫一番话下，重诞生机，死灰复燃。此番功德，又岂是那些和尚、道士整日缩在寺庙之中诵经念佛可以做到的？"

他伸手拍了拍小环的头，一脸仙气正义凛然，大有老夫悲天悯人救世之情怀，独下地狱挽救苍生之悲壮，便是收了这许多白花花的银子，也是大义之所在，不收不足以救人、收了更是大慈大悲之所为的正气沧桑，叹息道：

"人生，真是寂寞啊……"

……

一时悄无人声，四下竟是一片静默。

周一仙皱了皱眉，将眼光从高高在上的天际苍穹收了回来，低头向四周看了看。

……

"喂，你们两个走那么快干什么……"

第二百章
真怒

青云山，通天峰。

玉清殿上，往昔庄严肃穆的情景，在这一日却似乎发生了变化，纷乱的脚步在玉清殿殿内、殿外响个不停，压抑却带着慌乱的窃窃私语仿佛水波般在这里蔓延开去。远处，似乎还有吵闹的声音，这在过往是不能想象的，而此刻听去，那吵闹之声似乎还越来越大，而且不住地往玉清殿这里接近。

玉清殿地势极高，耸立于云海之上，就算是过了虹桥，从碧水潭边的石阶向上，也得走上一会儿，但听这声音大小，多半却是已过了石阶一半。

闻讯赶来的通天峰长门大弟子萧逸才，在几个师弟的簇拥下疾步走进了玉清殿，英俊的脸庞上不知怎么，竟然流露出几分疲倦之色，也不知道究竟是什么可以让这位道行高深的青云门年轻一代的翘楚如此费神费心。

不过虽然面有倦意，但萧逸才走进大殿之上，仍然是面色肃然，眉头皱起，微怒道："怎么回事？还嫌麻烦不够多吗？是哪个胆子这么大，竟然在此喧哗！"

旁边守在大殿门口的几个年轻弟子连忙走了过来，道玄真人自从与兽神大战之后闭关已久，而且脾气不可思议地变得古怪，通天峰长门大小事务，多已由这位深孚众望的大师兄打理，众年轻弟子眼中，对萧逸才也多有敬畏。

只是此刻嘈杂之声仍然越来越大，但众年轻弟子脸上却大都有古怪之色，其中一人凑到萧逸才跟前，压低声音道："萧师兄，是大竹峰的苏师叔来了。"

萧逸才一怔，愕然道："苏茹，苏师叔？"

旁边众人纷纷点头，萧逸才讶道："她来这里做什么？既然来了，怎的又没有通报，还搞出这般喧哗出来……"

话未说完，只听玉清殿外那阵喧哗声突然提高，似乎是某人终于失去了耐心，远远传过来一声清啸，如凤鸣一般，悠然而起。

　　萧逸才脸色一变，急忙向玉清殿大门快步走去，口中道："糟了，快走！等等，曹师弟、徐师弟，你们立刻去后院，请几位师叔过来劝阻苏师叔，我们都是后辈，不好说话，快去！"

　　旁边两个年轻弟子连忙点头，转身就向玉清殿后殿跑去，萧逸才大步向玉清殿门口走去，眼看就要走到大门，那阵清啸之声忽地传为急促，发出尖锐之声。萧逸才脸色白了一白，身形一闪已向门口飘去，同时提气沉声喊道："苏师叔，有事我们好说，切莫……"

　　一句话还未说完，只听得"哎呀、哎哟……"之声陡然传来，萧逸才身形一滞，硬生生顿住了身子，只见玉清殿巨大的殿门口处，在远方温和湛蓝的青天背影下，扑通扑通从殿外摔了十几个人影进来，无一人可以站稳立足，个个身子转个不停，片刻之后哗啦啦倒在地上一片。

　　玉清殿上一片哗然。

　　"嘿！"

　　一声冷哼，但见一个苗条纤细身影，俏生生出现在玉清殿大殿门上，正是苏茹。

　　这一声，瞬间震慑全场，偌大的玉清殿上，更无一点声息，所有人的目光，都聚集到那个突然发威的女子身上。

　　乌黑发亮的秀发盘着髻，斜插着一支红玉点睛黄金凤凰展翅钗，凤口叼垂三分琉璃翡翠铃，轻轻摇晃。两道柳叶眉，冷中带着艳，清里更有媚；红唇紧闭，双颊若雪，一双眼眸清亮无比，更带着三分怒气。平日里一直穿着宽松的衣服不见了，此刻的苏茹一身素服，紧裹身子，少了一分妩媚，多了几分刚烈；同时手边更抓着一把带鞘墨绿仙剑，剑光耀耀，虽有剑鞘在外，但层层剑气，无形而弥漫开来，竟让人有种这柄仙剑有灵，似欲自己跃出大肆挥舞的感觉。

　　萧逸才眼角连着跳了几跳，下意识地感觉背后有些发凉。

　　苏茹面色如霜，目光冰冷，向着玉清殿上诸人扫了过去，那一瞥之下，虽容颜美丽，竟无人敢与之对视。

　　萧逸才眼角余光向此刻那些口中呻吟慢慢从地上爬起来的年轻弟子看去，只见他们虽然有些鼻青脸肿，但所受的都不过是些皮外轻伤，别说伤筋动骨，便是见血的都少。这一看登时让他心中安定了不少，看来这位苏茹苏师叔虽然不知怎么突然发这雷霆之威，但终究还是顾念同门之情，没有下狠手，否则以过往那些长老口中闲谈时说到的"那个女人当真厉害"的说法，这些同门师弟只怕还有更大的苦头吃。

　　只是饶是如此，萧逸才忽地心头一凉，却是苏茹的目光最终落在了他的身上。萧逸才干笑一声，走上了一步，拱手行了个礼，同时偷偷瞄了一眼苏茹手中那柄墨绿仙剑，道："这个……苏师叔怎么今日这么有空儿，来我们通天峰了？"

苏茹冷冷看着萧逸才，冷哼一声，根本不理会萧逸才的问话，对萧逸才的行礼也一点没有回礼的意思，仍是倨傲至极地站在那里，俏脸生霜，寒声道："少废话，你给我把道玄叫出来！"

此言一出，玉清殿上近百个通天峰弟子登时一阵骚动，萧逸才脸色也为之一变，愕然半响，道："苏师叔，莫非出了什么事？恩师他老人家一直都在闭关啊。对了，田师叔呢，他怎么没有和你一起来？"

他不提田不易还好，这话一出口，苏茹脸色登时就变了，脸上神情变幻，其中三分伤心、三分焦虑，更有那三分怒气与一分冷冰冰的杀意。

"吼！"

忽地，一声如野兽嘶吼一般的低吼，竟是从这玉清殿上传了出来，众人都是吃了一惊，随后发现这怪声竟是从苏茹手中那柄有些怪异的墨绿仙剑上传出来的。只见苏茹握剑五指苍白，纤细的指节更是因为用力而无血色，仿佛也是感应到了什么，那柄仙剑之上耀耀剑芒本来就亮，此刻更是大盛，竟发出了如野兽咆哮一般的声音。

这样一柄气势雄浑、刚烈至极的仙剑，拿在苏茹这平日里看来温柔和顺的女子手中，竟没有丝毫格格个人的感觉，反而有如虎添翼、更增杀伐之意的景象。

萧逸才下意识退后了一步，头皮发麻，却不知自己到底哪里说错，偏偏这位还是自己长辈师叔，而且她丈夫田不易更是青云门里位高权重的大竹峰首座，无论如何也不是轻易可以得罪的。按理说，苏茹此番擅闯玉清殿，已然是犯了大错，但看苏茹的模样，却哪里有丝毫畏惧之色，分明就是一副非但要闹事，而且还要是闹大事的样子。

在墨绿仙剑怪异而低沉的低吼声中，苏茹一字一顿对着萧逸才，寒声道："叫道玄出来！我要好好问问他，他到底将不易怎么样了？"

萧逸才身子大震，猛然抬头，玉清殿上众人瞬间鸦雀无声。

便在这时，忽地从后堂传来一阵急促的脚步声，一个苍老声音远远传来道："苏师妹，是不易师弟出了什么事吗？有话我们好好说，大家都是青云门下，你千万不可乱来啊！"

随着话声，只见后堂里鱼贯而出了数位老者，当先二人一人发黑，一人发白，同时生着白色胡子。只是那苍老声音，却是那位头发更黑些的老者所发的，至于那位白胡子长老，却是当年张小凡还在青云山上七脉会武之时当过比武仲裁的范长老。

青云门这十数年间，经历了两场大战浩劫，上一代的长老死的死，伤的伤，人数也不多了。

苏茹看着那几位老者走了过来，眉头一皱，冷哼了一声，却还是没有半分收敛的意思。那位白胡子老头范长老看了苏茹一眼，咳嗽了一声，嘴里却是低声咕哝了两句。

旁边那位黑发老者向周围看了一眼，只见十几个年轻弟子鼻青脸肿，皱了皱眉，刚想向苏茹说话，苏茹却向着那范长老冷冷道："范师兄，你口中可是骂我？"

范长老被她眼睛一瞪，脸上一红，却立刻摇头，道："哪里哪里，苏师妹，我和你还有不易师弟那可是多少年的交情了，我敬佩你还来不及，怎么会骂你？"

那黑发老者回头看了范长老一眼，皱起了眉头，范长老干笑一声，打了个手势，道："阳师兄，你说，你说……"

被称呼为阳师兄的黑发老者，转过头来，对着苏茹道："苏师妹，好了，你先消消气，到底怎么回事，你跟我说一说。你平日里也是谨慎温和的人，怎么今日却做了……这连不易师弟也未必敢做的事了？"

苏茹面色依然冰冷，但手边那柄仙剑光芒却缓缓弱了几分，也不再发出那低沉怪异的吼声，旁边众人都悄悄松了口气，刚才苏茹手持仙剑站在那儿，威势之大，一般的青云弟子还当真是心惊胆战。

苏茹看了看阳长老，嘴角动了动，冷笑道："不易不敢做的，未必我就不敢做。我要见道玄，你们叫他出来。"

几位长老面面相觑，对望了片刻，阳长老咳嗽一声，道："苏师妹，掌门师兄他闭关多日，实在不方便出来，你还是先说说有什么事让你如此生气吧。还有，田师弟他到底怎么了？怎么没有和你在一起？"

苏茹柳眉一凝，清丽中更增三分刚烈怒意，大声道："他还不是叫你们通天峰给扣下了！"

此言一出，阳长老、范长老和通天峰上上下下所有人脸色都是大变，阳长老急道："苏师妹，此事你可万万不能乱说，田师弟是青云七脉之首座，在我青云门中除了道玄掌门师兄，便是以他和曾叔常曾师兄声望最高。更何况大家都是同门弟子，怎么会有扣押一事？绝不可能！"

苏茹冷笑一声，凛然道："你们别以为我们不知道道玄师兄他出了什么事，便是因为知道其中干系，不易他才甘冒大险，上山劝告于他。但这一去竟然到现在也无消息，我不来向你们要人，又找谁去？"

阳长老愕然，站在一旁的范长老忽地转身向萧逸才道："萧师侄，大竹峰的田不易首座近日可有来过通天峰？"

萧逸才茫然地摇了摇头，道："没有。弟子向来负责打理通天峰事务，但这几个月内，田师叔的确没有通报过要上通天峰来啊。"

苏茹看了一眼范长老，冷冷道："你以为他来是要做什么？还会投帖子拜山慢慢等着喝茶吗？"

范长老老脸一红，没有说话，阳长老已然对萧逸才道："萧师侄，既然如此，你立刻去后山祖师祠堂那里请问掌门师兄。如有可能，最好能将他老人家请到这里，大家当面一说，便都明白了。"

萧逸才犹豫了片刻，点了点头，道："好，我这就去。"说罢，转身快步走向后堂，疾步去了。

阳长老看着萧逸才身影消失之后，转过身来，微笑道："苏师妹，老夫也知道你们夫妻情深，关心之下难免心乱。不过你此番如此莽撞闯上玉清殿，实在是有些过分了吧？"

苏茹沉默片刻，淡淡道："阳师兄，你说得很对。待会儿若是果然不易并无大事，只是我疑心生暗鬼，苏茹自当领受青云门门法责罚。"

阳长老摆手，微笑道："你看你，我不是那个意……"

苏茹话锋一转，却是斩钉截铁一般截话道："但若是不易在这通天峰上出了什么事，阳师兄……"她那清透明亮的眼眸闪闪发亮，精光闪过，说出的话如同她激荡的情怀与决心，没有丝毫动摇与回头的余地：

"那青云门两千年上下，便将有一位不肖弟子苏茹，要为自己一生所念所系之人，在这青云山通天峰上，向历代祖师，向那位响当当的掌门师兄，要上一个说法！"

一声轻喝，她挥手如刀，破风而来，墨绿剑光瞬间大盛，破空锐啸之声拔地而起，随后是一声闷响，飞尘摇曳。众人只觉得脚下微微晃动，竟如地震一般，待尘土稍止，只见苏茹手中那柄墨绿仙剑，却已经是连着鞘插在了玉清殿大殿中央坚硬至极的石板之中，而插入的土地周围，并无一丝一毫的裂纹缝隙。

冥冥中，那柄插在地面之上的墨绿仙剑，虽然离开了苏茹手心，但剑芒之势竟似更烈，如猛兽舔血般，又是低低吼了一声。

那位阳师兄看了看插在自己和苏茹面前的那柄墨绿仙剑，苦笑了一声，道："苏师妹，这……这不是还没到那个地步吗？你怎么还拿出了封印几百年的'墨雪'？"

苏茹冷笑道："阳师兄，你是知道的，当年这柄墨雪是不易要我封起来的，因为有他在，封便封了，我也不在乎。但若是他出了事，我便要以这墨雪，向掌门师兄他老人家请教一下了。"

　　阳长老摇头苦笑，道："你……我以为你和田师弟成亲多年，早就改了这脾气了。罢了，罢了，反正我也劝不了你，我们还是过去坐着一起等萧师侄将掌门师兄请过来吧。"

　　苏茹面无表情，却是哼了一声，慢慢与阳长老走到一旁坐了下来。

　　玉清殿上，气氛慢慢有些缓和了下来。阳长老在那边压低了声音，与苏茹低声说着些什么，想来还是在安慰苏茹不要太过着急。其他几位长老要么站在阳长老身后，要么也坐了下来，只有那位范长老慢吞吞走到玉清殿大门一边，离那苏茹远远的。

　　至于其他年轻弟子，身份不够，加上苏茹一怒之威，站得一个比一个远。通天峰众长老中，要以这位范长老平日为人最是随和，人也颇为滑稽幽默，虽然道行在这些前辈长老中不免落在后面，但在年轻弟子当中，却是最得人缘，不管是他自己教的弟子，还是其他的师侄，都与他十分亲近。

　　这时众人看到范长老单独站在一旁，许多年轻的弟子都悄悄靠了过去，其中不乏几个刚才被苏茹摔进来同时又是范长老门下弟子的。

　　范长老看了看那几个徒弟，摇了摇头，旁边有一个小徒弟忍不住小声问道："师父，那、那位苏师叔怎么那么凶啊？平日里看她十分温柔的，怎么凶起来竟如此厉害？"

　　白胡子范长老白了那徒弟一眼，口中"嘿"了一声，吹了吹下面的胡子，道："你们这些家伙才进青云门多久，知道什么？那婆娘当年泼辣的时候，什么事她干不出来！"

　　周围慢慢围过来年轻弟子，一个个留神听讲，有人轻声道："啊，看不出来啊，苏师叔如此……容貌，当年一定是天姿国色吧？"

　　范长老嘿嘿一笑，偷偷向苏茹与阳长老那里瞄了一眼，只见他们正在谈话，显然都没注意到年轻弟子这边，当下胆子大了起来，道："说起来，她当初也算是我们青云门这一代女弟子中名声最大的了，就像是……呃……"他点了点头，脸上忽然露出神秘笑容，压低声音道，"就像是现在小竹峰那个陆雪琪一样。"

　　周围众弟子齐齐发出一声"啊"的声音，个个恍然大悟的模样，纷纷点头，表示自己已经领悟了范长老的意思。

　　范长老一呼百应，不免有些得意起来，道："其实当初说起来，她虽然道行不错，但比她强的却还有，像道玄师兄和万师兄，那可都是千年难得一见的奇才，自然是比她强了。只是大家看她年轻，又生得美丽，加上她还有个师父真雩大师做靠山，谁也不敢惹她，所以她才敢到处惹事。我还记得，当年她一个人就把青云门搞得鸡飞狗跳，再加上和她差不多一样凶的母老虎水月……呃，臭小子，你干吗打我，老实点，我还没说完呢。"

范长老兴致勃勃，又继续道："当初那个水月，唔……你们怎么这个表情？哦，知道了，你们不明白我说的是谁啊？呵呵，其实就是现在小竹峰那个水月大师，她是苏茹的师姐，当年那个凶悍的性子，可是和苏茹一样，在我们青云门中是有名的。喂，臭小子，你干吗老是拉我？我告诉你，怎么说老夫也是你师父，你别这么没规矩……咦，我刚才说到哪里了？

"……唔，想起来了，说到水月了。那个苏茹当年虽然泼辣，什么事都敢干，但自从嫁了大竹峰的田不易之后，却好似换了个人一样，也就是你们往日见到的那个样子了，我们几个老家伙其实也觉得奇怪得很，不过总算还是好事吧。但是说到那个水月，那可是一点都没变，当年有多凶，现在还是那么凶，就连她教出来的徒弟，就拿你们最喜欢的那个陆雪琪说吧，几乎和她当年一模一样……见鬼了！"

范长老猛转过身子，怒道："臭小子，你干吗老是拉我，很久没挨揍皮痒了是不……"

他的话猛然断了声音，微微张大了嘴巴，只见一圈年轻弟子纷纷低头站在一旁，一声不吭、一动不动。玉清殿大门口外，水月大师一脸漠然，冷冰冰地站在那里看着范长老，在她身边，文敏也是望着范长老，却是一脸怒气。

范长老额头上瞬间满是汗水，老脸涨得通红，向后退了几步，尴尬至极，苦笑不已。水月大师缓缓走了进来，却是再也不看范长老一眼，倒是文敏颇不甘愿，狠狠瞪了他几眼。

范长老在这些青云长老之中，向来便是以话多闻名，此番被人当场捉住，场面尴尬至极。不过苏茹与阳长老那边显然还不知道这里到底发生了什么事，苏茹看到水月大师竟然意外到此，脸上掠过一丝讶色，站了起来，道："师姐，你怎么来了？"

水月大师微微皱眉，向周围看了一眼，道："我还要先问你呢，你不在大竹峰，怎的一个人跑到这通天峰上来了，有事也是田不易他去跑，你怎么来了？"

苏茹嘴角动了动，看着师姐，忽地心中一酸，眼眶竟是红了几分。

水月大师一怔，心中闪过一丝不安情绪，又看了看旁边的阳长老，阳长老摇头苦笑，却是一时不知如何说起。水月大师心中微感焦急，她与苏茹自小一起长大，两人情谊之深，绝非寻常，当真便如亲姐妹一般。此番看苏茹竟仿佛是当真发生了什么大事一样，更是担心，眼角余光一闪，赫然又看到了苏茹插在地下的那柄墨绿仙剑——墨雪，这一惊更是非同小可。

正当她要出口追问苏茹的时候，忽地后堂那里一阵慌乱脚步，萧逸才旋风般掠了进来，脸上却满是在他身上罕见的惊惶之意：

"出事了，出事了！……"

玉清殿上人人大吃一惊，苏茹更如五雷轰顶一般，只觉得脑海中"轰"的一声作响，直震得她天旋地转，一直以来都悬在心口的那份担心，几乎就要碎裂开去，但觉得眼前一黑，险些便昏了过去。

水月大师一把扶住脸色苍白至极的苏茹，转头向萧逸才喝道："什么事，你给我说清楚！"

第二百零一章
无字灵牌

青云山祖师祠堂，还是一样笼罩在苍松翠柏之间，庞大的身影若隐若现，只是这一片静默，很快就被纷乱的脚步声打破了，青云门下一大群人，纷纷快步赶到了这个祭祀历代青云祖师前辈的圣地。

外观看去，似乎一切仍如往日般的宁静，但是走到祖师祠堂大殿之前，无论是疑惑的通天峰众弟子还是心急如焚的苏茹，都愕然地停下了脚步。

苍松翠柏围绕下的祠堂，庄严肃穆的祖师圣地，此刻到处散落着碎木残屑，混乱不堪。偌大的祠堂大门处，原先的红漆大门竟然被整个打烂，连门的样子也很难看得出来了，在众人面前的，只是一个更加巨大而刺眼的狰狞窟窿。

祖师祠堂的外壁之上，几乎所有的窗户都被震得掉落下来，无数个或大或小的空洞出现在墙壁上，庄严的祠堂竟已是千疮百孔，惨不忍睹，只有那祠堂深处的昏暗，似乎依然无视于从掉落的窗户和无数孔洞里透进的微光，轻轻弥漫在祠堂里。

"不易！"

苏茹最先反应过来，也顾不得祖师祠堂为什么遭此巨变，一闪身冲了进去，希望能够看到自己想看的人。水月大师与阳长老、范长老等人也随后追了进去。

祖师祠堂里，似乎也和外面一样，遭到了巨大的冲击，曾经气象森严的一切都被毁坏，平整的石板碎裂了，硕大的琉璃油瓶也破了，甚至当众人走到那最神圣的地方时，被劈成两半的巨大供桌之后，那被供奉着的无数青云门历代祖师灵位，竟然散落了满地，一眼看去，不知道有多少灵牌被某种神秘大力硬生生打成了两半甚至更多。

只是，除了这满地狼藉一片，众人竟是看不到一个人影。

苏茹面色苍白，身子摇摇欲坠，水月大师眉头紧皱，踏上一步，将她搂在怀里，低声安慰了几句，随即转头对跟在众人身后的萧逸才道："这里是怎么回事，还有，道玄师兄呢？"

萧逸才苦着脸，直到现在惊讶的神色也未曾退去，道："回禀师叔，弟子刚才一来到这里，见到的就是这情景了。至于恩师，这一个月来，他几乎天天都是在祖师祠堂静修的，弟子实在想不到，除了这里他老人家还会去哪里。"

水月大师眼中担忧之色越来越重，欲言又止，便在此刻，忽地从旁边传来一声轻响，在场众人都是道行高深的人，几乎立刻听见了这个声音。

"有人。"阳长老迅速判断出了这个声音竟是来自那个被打断的巨大供桌背后。而全身无力的苏茹猛然一惊，眼中闪过一丝喜色，站直了身体，叫道：

"不易，是你吗？"

早有弟子跑了过去，合力将供桌翻开，那供桌也不知道是哪一代的祖师传下来的，巨大厚实，沉重无比，那几个弟子虽然也有些道行，但居然也要几人合力方才吃力地将桌子翻开。

翻开之后，果然在瓦砾碎屑之下，现出一个身影，同时发出了一声低低的呻吟，众人大喜，围了上去，但片刻之后却又是一怔，只见此人并非田不易，也不是青云门掌门道玄真人，而是那个一直在祖师祠堂中守灵的龙首峰弟子林惊羽。

只见他半边身子衣衫都被血染红了，显然也受了伤，且伤势不轻，看他脸色也是苍白无比，似乎仍在昏迷当中，对此刻跪在他身边呼唤他的人一点反应也没有。

苏茹面上喜悦之色慢慢消失，随即被更大的担心与焦虑所代替，水月大师站在她的身边，柔声安慰着。阳长老脸色铁青，环顾四下，青云门祖师祠堂乃是青云门中首屈一指的重地之一，几可与幻月洞府相提并论。此番竟沦为这等景象，实在是千年来从未有过之事，而更重要的还是青云门中最重要的两个人，似乎也随之失踪了。

"萧师侄，"阳长老转头望向萧逸才，道，"你确定掌门师兄是在这里吗？"

萧逸才望着那昏迷不醒的林惊羽，脸上神情慢慢镇定了下来，沉吟了片刻，道："是，这一段日子以来，恩师的确是只在这祖师祠堂里，平日弟子有什么事情请教、回禀于他老人家，也都是在这里的。"

阳长老显然有些心烦意乱，一时也不知如何是好，萧逸才咳嗽了两声，慢慢走近阳长老，压低了声音，轻声道："阳师叔，此事不宜拖下去，这么多师弟聚集此处看到圣地祠堂受损，有害无益。而且听苏茹苏师叔所言，恩师与大竹峰的田不易田师叔似乎还有隐情，只怕也与这里发生的事有些干系，不如先让他们退出去，我们再一一决断，如何？"

阳长老醒悟，连连点头，随即道："这些事我也不大做得来，掌门师兄一向相信你，平日里也是你打理一切，如今你就临机决断吧。"说罢，摇头叹息，走到了一边，与站在一旁的白胡子范长老低声商量起来。

萧逸才对着阳长老点了点头，算是领命，随后转过身子，朗声道："诸位师叔，诸位师弟，今日祖师祠堂这里突遭大难，只怕是有外敌入侵，方才至此，所谓亡羊补牢，我等不可坐以待毙，"说到这里，他眉宇一扬，向旁边众通天峰弟子中一人道，"秦师弟，你带着十人，立刻去祖师祠堂外围守着，任何人也不许进来，万一这其中还有敌人隐藏，发现之后也要速速往前山通报于我。"

通天峰弟子中走出一个高个子，拱手肃容道："是。"说罢，回头向左右招呼了一声，连指数人，立刻快步走了出去。

此刻祖师祠堂里都安静了下来，只有萧逸才居中站着，旁边虽然还有几位长老辈分高于他，但此时此刻，看上去似乎他才是青云门的主心骨一般。

萧逸才又道："常师弟。"

"在。"随声走出一人，面容坚毅，却是当年曾带着张小凡等人上山会武，与大竹峰大弟子宋大仁曾有一战的常箭。

萧逸才点了点头，道："常师弟，眼下最要紧之事，莫过于找到恩师，有他老人家主持大局，便什么也不怕了。虽然这里似有大事发生，但恩师他道法通神、天下无敌，寻常妖孽绝不能侵害于他。你带上八十人……不，人越多越好，你带上一百五十人，从通天峰上从上往下找，前山后山都要找过去，万万不可错过了丝毫线索。"

常箭面上深有忧色，显然也知道萧逸才虽然前面说得好听，但最要紧的却是后面一句，当下更不迟疑，沉声答过，便迅速招呼众人，走了出去。看那人数显然还不够萧逸才所说之数，多半还是要到前山去调兵遣将的。

这一大群人一走，祖师祠堂登时显得空阔起来，只有几位长老辈的人物和萧逸才，还有跟在水月大师身后的文敏，最后就是仍然昏迷不醒的林惊羽了。

萧逸才叹息一声，转身向诸长老行了一礼，低声道："诸位师叔，今日青云门又有大变，弟子临机擅断，有不当之处，请各位师叔责罚。"

苏茹和水月大师都没有说话，阳长老点了点头，道："萧师侄，你不必自谦了，刚才你做得很好，现在我们几个老头子还需要做什么吗，你只管吩咐，不用客气。"

萧逸才沉吟了一下，道："如今事态不明，我们还需小心谨慎，几位师叔还请回各自山头，若有万一也好对各自门脉有个照应。只可惜这位龙首峰的林师弟尚昏迷不醒，否则我们问问他，只怕便能知道一切了，毕竟当时只有他一人在场。"

众人一起皱眉，俱是心事重重，苏茹此刻在水月大师安慰之下，也慢慢平静了下来，毕竟田不易人影不在，虽然担心，但终究还是有希望的，也便不那么紧张了。听着萧逸才一路调遣，她心乱如麻，只盼望着田不易不要出事。

便在此时，她目光扫过躺在地上的林惊羽，忽地眉头一皱，低声轻呼了一声："咦？！"

水月大师站在她的身边，微愕道："怎么了？"

苏茹一指林惊羽，道："他手上好像有什么东西。"

众人都是一惊，萧逸才快步走到林惊羽身边，将他身子轻轻翻转过来，果然见他压在身下的右手里，赫然紧紧抓着一块长方形的黑色木板。萧逸才伸手去拿，不料一拔之下，木板竟然动也不动，林惊羽虽然昏迷，但不知怎么，竟然将这块木板抓得结结实实，丝毫也不曾放松。

众人看在眼里，都是疑惑不解，范长老走到一旁，转了一圈，忽然道："这木板好像是供奉的祖师灵牌啊。"

水月大师定睛看了看，点头道："不错，确是灵牌。"

萧逸才费了老半天劲，这才慢慢掰开林惊羽抓得紧紧的手指，将这块对他来说似乎重要至极的灵牌拿了出来，众人都围了上来，身为这场变故的目击之人，林惊羽如此在意这块灵牌，显然大有干系，不料一看之下，众人尽皆愕然，随即面面相觑。

这一块灵牌虽然与其他灵牌一样大小，也同样是漆成黑色，但尚算完整的灵牌牌面之上，竟是空无一字。

这竟是一块无字的灵牌！

那它摆在这庄严肃穆的祖师祠堂里，所供奉的灵位又是谁的？

又是谁将它放在了这里和历代祖师一起享受香火的，既然放了上去，却又为何不写上名字？

林惊羽死死抓着这块木牌，重伤昏迷也不肯放手，又意味着什么呢？

种种疑惑，千头万绪，似乎都萦绕在了诸人心头。

南疆，十万大山，镇魔古洞。

传说是一个很奇怪的东西。首先，传说本身似乎有并非是可靠的意思，只是因为某些事物似乎有流传下去的理由，人们便口口相传，又或者有文人以笔记之，流传下来。其次，传说流传的时间越长，往往这个传说的本身，便会渐渐发生了变化，当年的人和事，渐渐变得面目全非，在无数人的添油加醋和时光岁月的磨砺下，又有谁还记得当年的真相呢？

又有谁还在乎？

于是传说终于变成了传说，就像那倾城般美丽温柔的女子，慢慢在光阴中换了容颜。

千万年后，你可还能相认吗？

黑暗中，阴风似乎静止了，猖狂放肆，似乎只是属于这个古洞外面的世界，而在这个黑暗的世界里，一切都是安静的。

这里是镇魔古洞的最深处，当初黑木取来南疆五族圣器，复活兽神身躯的地方。只是今时今日，这里曾经沸腾澎湃的妖气却已经消逝得无影无踪，留下的只有安静，还有那偶尔低低的喘息。

那喘息，从最深的黑暗处传来，一点妖异的暗红之光，随之在这黑暗而显得有些虚无的空间里发亮。

低低的咆哮声，忽然在黑暗深处，就在那喘息发出的地方响了起来，如猛兽凶狠中带着浓浓的不安，甚至还有些许可以听出的畏惧，龇牙咧嘴，愤怒地对着那点红光。

低低的喘息声停顿下来了，似乎有什么安抚了那只黑暗中的异兽，咆哮声渐渐低了下去，终于消失，山洞里又恢复了寂静，只有那点诡异的暗红火光，还在一闪一闪，不停地闪烁着。

忽地，一个女性的声音，悦耳却似乎不带什么感情，淡淡地在这洞穴之中回响起来："你那只饕餮，似乎一直都对我没什么好感啊。"

这片黑暗所在的空间，似乎真的很大，那个女子的声音听起来，也仿佛传得很远，飘来荡去，空空荡荡，只是听那声音出处，正是在那点暗红火光背后。

回应这个声音的，是一阵平静的笑声："你不用在意，它从来都不相信人类。"

那女子哼了一声，道："怎么，原来它已经将我当作人类了吗？"

"吼"，一声低啸，在半空中瞬间掠过，那点暗红火光的前方，猛然亮起了一团火焰，原来是一个形式古拙的火盆，三脚支架，铁锈斑斑，也不知道是多么久远的东西了，只是那火燃烧在这火盆里，火光依然那么鲜艳，一如火焰之后的衣裳。

鲜艳的，丝绸衣裳。

兽神！

他坐在火焰与黑暗的阴影之间的地面上，斜靠在一处平台的石壁上，火焰闪动，照得他的脸忽明忽暗，看上去依旧带着一丝说不出的怪异的妖艳感觉，只是与原先刚刚复生时不一样的是，他的脸色极其惨白，说是面如死灰也不为过。

火光之下，与他紧紧靠在一起的，便是那只形容古怪、狰狞的恶兽饕餮。此刻饕餮巨目圆睁，微微咧嘴，露出可怕的獠牙，口中似不断喘气，恶狠狠地透过面前那个火盆的火光，盯着远处那一点已经变得不再起眼的暗红之光所在。

兽神面色虽然不好看，但神情却十分平静，甚至嘴角边还挂着淡淡的笑容，道："你千年修道，不就是想当人吗，我这么说你，你应当高兴才是。"

那女子声音沉默了下去，暂时没有说话，倒是那点暗红色火光，忽然亮了一亮。

饕餮似乎立刻警觉起来，口中发出低吼，盯着那点暗红之光。

那点火光慢慢动了起来，所去的方向正是兽神所在的地方，饕餮面目更加狰狞，慢慢站了起来，忽地，旁边伸过来一只手，轻轻拍了拍饕餮的脑袋，饕餮这才慢慢安静了下去。

兽神收回手掌，回头看去，那点火光已经慢悠悠飞到了他的面前，像是一只眼睛一般，在他身前不远处定住了，盯着他。

兽神看着那暗红火光半晌，忽然笑道："你我交情不下千年了，虽然说不上什么生死之交，也算老友了吧。再说我此刻重伤在身，你怎的对我还如此戒备？"

那暗红火光闪烁了几下，忽地发出一声锐啸，快速无比地向后退了回去，掠过那个火盆上空的时候，甚至将火盆中的火焰顿时压了下去，周围顿时为之一暗，过了片刻才又恢复了正常，而这个时候，那点暗红之火已经消失在黑暗之中。

那个女子冷淡的声音同时响了起来，道："我不相信你，就像你的饕餮不相信我。"

兽神看着前方那片黑暗，忽然大声笑了出来："好，好，好，说得好。只是我却想不明白，你我既然如此没有互信，你此番却又为何要助我？"

那女子声音淡淡道："因为我要的东西，如今只有你可以给我了。"

兽神微笑道："只是因为这个，这些刻在石壁和地上的难看图像？"

他挥了挥手，虽然笑容还在，只是脸上的疲倦似乎又深了一层。

火盆中的火焰，忽地高涨，发出"噼啪"的声音，竟是凭空比原来大上了数倍之多，一时间光芒大盛，而周围温度，也是迅速变得难以忍受的炽热。不过无论是兽神还是饕餮，还有那个依然隐身于黑暗阴影中的神秘人物，对这些都没有丝毫的反应。

火焰燃烧着，在黑暗中缓缓伸展，如渐渐有了生命，就连那火光中的形状，也开始慢慢伸缩变化，从团状渐渐变长，慢慢凝成了一只隐约的龙的形状。

黑暗中，凝视着这只渐渐成形的火龙，那个女子声音缓缓道："我记得就是这些难看的图像，才把你困了无数岁月的吧？"

兽神微微一笑，火光中，却已分不出他是苦笑、讥笑，又或是冷笑了……

因为就在他笑的那个瞬间，火盆上空的那只火龙已然成形，在火焰里张牙舞爪，猛然抬头对着黑暗，发出了无声的咆哮。

炽烈的热浪几乎是在同时如洪涛一般涌起，瞬间向四周扑去，滚滚而来，将一切拦在它面前的东西摧毁。火海过后，炽热之中，那个火盆周围地下，逐一亮起了四幅图案，线条粗犷，血红颜色，画中乃是四尊各不相同的凶厉狰狞的神像。片刻之后，在火盆上方和左右石壁，也依次亮起了四幅图案石刻，同样也是大致相同的内容。

这八幅石刻图案，与当日鬼厉在焚香谷玄火坛中所看到的一模一样。

八凶玄火法阵！

第二百零二章
情伤

诡异的气息，伴随着热浪一波一波地在这个空阔的空间中回荡着，那条火龙张牙舞爪，容貌狰狞，但并没继续膨胀，似乎目前这个样子已经是它的极限。饶是如此，在那炽焰之下，连坚硬的地表都开始有了龟裂的痕迹，反倒是那个看似破旧古拙的火盆，却依旧安然无恙。

火光熊熊，倒映在兽神眼眸之中，仿佛他的双眼里也在燃烧。

火焰的那一头，那个女子的声音却淡淡笑了一声，道："你的法力是真的不行了，还是故意骗我的？虽然说这法阵并无玄火鉴催动，当初在你复生之时又受到毁坏，但威力也绝不止这一点。"

兽神那英俊的脸庞上没有什么波动，平静地道："你既然如此提防我，我就有些搞不清楚了，为什么你偏偏又要来救我？"

那女子声音哼了一声，道："我不是早就和你说过了吗，一来我是为了这古巫族传下的奇阵，另一个便是我看焚香谷那装模作样的云老头不顺眼。"

兽神微微一笑，似乎并不把那女子的话放在心上，道："云易岚虽然背约，但说来我也并未曾当真相信过他，当日若是我胜了青云山那一战，他必定不敢若此。落井下石，岂非正是多数人之所为？"

那女子道："只可惜他还是不知道，你与我是不一样的，你是杀不死的。"

兽神的目光深邃，慢慢凝视着火光背后的那片黑暗，熊熊火焰，却似乎还是照不进那处地方。

"你又怎么知道，我是杀不死的呢，若是我现在告诉你，我已经是可以被杀死的了，你又会怎么想？"

他盯着黑暗处，嘴角却似还有淡淡笑容，仿佛带着几分挑衅，又似有几分诱惑一般，缓缓地道。

那女子突然不说话了，整个山洞里，似乎只剩下火焰燃烧的声音，但不知怎么，却似乎比原来什么都没有的时候，更加死寂。

也不知过了多久，兽神忽然道："我们相识到今日，已有多少年了？"

过了许久，那女子淡淡道："记不得了，当年我得道之日不久，便误闯误撞来到了这里，说起来，你当初倒是为何对我另眼相看？"

兽神笑了笑，慢慢低下了头，脸上疲倦之色仿佛更加浓了，道："我那时虽然不是人，却也是受不了寂寞的。"

那女子又是一阵沉默，仿佛也有些吃惊，过了半晌道："你今日怎么看起来有些不一样了？以前你从来不会说这种话的。"

兽神肩膀颤抖了一下，发出了两声剧烈的咳嗽声，但脸上依然还是带着淡淡的微笑，似乎在他的眼中，什么都是不在乎的："你见过快死的人能和平常一样吗？"

那女子几乎是立刻接着道："但你不是人！"

"你怎知我不是人？"

…………

火盆中的火焰，忽地拔高，似火龙无声的一记咆哮，然后缓缓落下，周围八幅神秘的凶神图案也缓缓落了下去，光芒暗淡，渐渐消失在黑暗中。火龙逐渐融入了火焰中，化作了普通的火光，周围一一暗了下来，只有火盆周围，还有些光亮。

"你对自己做了什么？"那女子许久之后，轻声问道。

兽神没有回答，也没有说话，他看上去仿佛越来越疲倦，慢慢举起了手。火光中，他的右手手腕上，皮肤仿佛都失去了光泽般灰暗，隐隐地还有一条暗红色的气脉隐藏在手腕肌肉里面。

兽神看了那条气脉片刻，摇了摇头，轻轻用手在手腕上划了一下，片刻之后，手腕上缓缓现出了一道口子，然后慢慢溢出了一滴血。

鲜血！

红色的鲜血！

"怎么可能……"黑暗中的那个女子似乎太过惊讶，竟连话都说不下去了。半晌之后，她才似回过神来，愕然道："你……你竟然变成人了！"

兽神没有说话，只是微笑，那样沉默的笑容，没有人知道，究竟是苦笑，还是欣慰的笑。

"难怪，我心里一直都在奇怪着，你本是禀天地戾气所生，本当是不死不灭之所在，怎的会在青云山头诛仙剑下，受此大创。原来你竟是不知什么时候，变作了你向来讨厌的人了。哈哈哈，哈哈哈……"

那女子不知道是觉得太过荒诞，还是难以自制，竟是笑了出来。

兽神的目光，凝视着自己手腕上那点滴红色的鲜血，眼中闪烁的却是难以言语的复杂情感，似欢喜，似悲伤。

"我从来都没有，讨厌过人啊……"他疲倦地微笑着，"我能到这世间，有我神志明识，不也是人之所为吗？"

那女子一怔，道："你说什么？"

兽神缓缓抬头，望向那火盆中燃烧的火焰，他的声音，在这黑暗与光明交替闪烁的地方，仿佛又回到了过往悠悠的岁月里。

"我第一次有意识的时候，见到的就是她了，那个时候我甚至还未有身体，只是在恍惚之间，那个女子仿佛注视着我。只是随着时间流逝，我渐渐成形，终于也知道了原来她是一个人类，是巫族那一代的巫女，名字叫作玲珑。"

饕餮在兽神的身旁，低低吼叫了一声。

兽神伸过手去，在它的头上抚摸了两下，饕餮安静了下来。那个女子一点声音都没有，似乎知道某个尘封在过往岁月中无数时光的秘密，就要为之揭开。

兽神的眼光中，温柔慢慢占据了全部位置，他的眼光，也望向那遥远的黑暗深处，洞穴的远方，那里，或许也有个曾经的灵魂，在静静聆听。

"是玲珑以巫法秘术，收化南疆天地戾气，并从中提炼精华，将我造出来的。"

兽神淡淡地说着，这个曾经迷惑千万年的秘密，从没有人知道他的来历："那些巫族所谓的英雄，跟随着玲珑一定要将我置于死地，如果知道了我竟是他们所尊敬的娘娘亲手创造出来的话，真不知道他们会是什么心情啊！"

他微微地笑着，过往的那些杀戮与戾气，似乎从来也不曾存在于他的身上，此刻他所有的，不过是一份回忆而已。

"我曾经问过玲珑很多次，为何要造我出来，可是她从来都不肯说。但是我后来终于明白了，其实她不过也是为了两个字而已。"

那女子忍不住追问道："什么？"

兽神淡淡道："长生！"

那女子声音微讶道："长生？"

兽神点了点头，道："不错，你也觉得可笑吧？可是当日，她就是为了这个目的。当时的玲珑，巫法造诣已经远远超过古人，放眼天下，几乎更无敌手，而巫族之中，所有人更是对她敬畏如神。她无聊之余，所为之事，便是给自己找另一个目标。

这听起来倒和如今中土那些修道中人差不多，可是长生之谜，本是天道，她虽是绝世聪慧的女子，却始终参不破。终于有一天，她想到了非人的法子。"

"非人……"

"人之所寿，皆有所限，纵然修道有成，也不过多活个几百年罢了。但非人之物，却往往生命更加悠久，而天地造化、阴阳戾气等，更是天地开辟以来，恒久不灭者。她既然想到这里，便悉心钻研，终于竟被她于那本无生机之中，生生造出了一个我来。"

"她当真是了不起……"那个女子幽幽地道。

"嘿嘿。"兽神淡淡笑了笑，道，"是啊，她当真是个了不起的女子。从我来到这世上，第一眼醒来，看到的便是她了。然后不知在多少的岁月里，我的世界里都只有她一个人而已。慢慢地，我开始成形，而因为我乃是禀天地戾气所生的，既然有了神识，自然便开始吸收周围戾气，渐渐强大起来。

"只是，她却似乎有些不安了，看着我的眼神，渐渐不再那般亲切，当我的力量终于开始可以和她勉强相抗衡的时候，她便再也没有对我笑过。

"我那时很疑惑，不知道到底为了什么，其实我也不知道为什么，自己的力量增长得如此之快，可是对我来说，力量又有什么意义呢，我只是想和她……想和她在一起而已。"

"你可以告诉她，她不就知道了吗？"那女子忍不住道。

"我说了，说了很多次，现在想起来，大概和孩子向母亲撒娇差不多吧。"兽神嘴角露出淡淡的笑意，可是又消失了，"但是，她从来也没有相信过！"

那个女子沉默了，许久没有说话，兽神也沉默了，仿佛沉浸在回忆中。

火焰，还在火盆中燃烧着，在半空中轻轻抖动，似乎也在喘息。

时光在这黑暗的地方仿佛停下了脚步，侧耳、倾听！

过往的岁月是凝固了记忆的冰，一点一滴地融化，然后慢慢地消失。

谁能挽回呢？

是你还是我？还是我们其实都是光阴中喘息奔跑的人儿，却终究追不过时光，渐渐老去，消失在那片阴影之中……

"终于，有那么一天，我不再想一直待在只有她的那个屋子里，我想出去看看。那天，她离开了许久也不曾回来，我破解了她下的禁制，打开了她屋子的门，走了出来。

"有很多、很多、很多的人……可是每一个人看到我，都是惊恐大叫，畏惧逃命，不知怎么，我那个时候开始十分惊慌，随即恼怒，最后，我觉得心中有股戾气直冲上来。也就是在那个时候，十几个闻风而来的战士开始向我扑杀，我一边招架一边后退，我不想和他们动手，我很后悔，我只想和我的玲珑在一起，我只是想出来看一眼而已……

"我拼命地说，拼命地解释，可是没有人听，直到我失手杀了第一个人……"

良久的沉默。

"那个年轻的战士倒垂在我的手中，慢慢垂下了头，身体里流出了鲜红的血。我呆住了，其他人也呆住了，然后他们更加凶猛地冲来，在他们的喝骂声中，我分明听到远处还有哭喊声，是那个战士的亲人在哭泣吧！我不知道，但是从我第一眼看到鲜血的时候，我的身体已经发生了变化，那种杀戮的欲望就像疯了一样缠绕着我，我不想杀人，可是我控制不了，于是我动手了，我杀人了。

"我杀了很多人，很多很多人……"兽神低下了头，但是他的声音还在继续。

"我站在血泊中，不知道站了多久，慢慢清醒过来，然后，我看到远处，在无数人的簇拥下，玲珑回来了。她看着我，眼也不眨地死死看着我，脸色苍白得无以复加，我不知道为什么，我很害怕，我觉得我好像真的错了，可是我不知道，我真的不知道我做错什么了……

"然后，玲珑动手了，她亲自向我动手了，我不肯还手，我希望向她解释，我想对她说，以后我再也不敢出来了，我只要待在那个屋子里，从此以后只要陪伴着她一个人就好了，我就心满意足了。这样的话，我说了无数遍，可是，她一次都没听进去。

"她的巫法不是那些普通战士可以比得上的，很快我的身体就被打得千疮百孔，可是，这些伤口每受伤一次，它就会自己吸食周围的戾气而康复，甚至连我自己都感觉得到，玲珑每打我一次，我的力量反而增长得更快一分。最后，玲珑也发现了这一点，她的脸色好似死灰，仿佛绝望了一般。"

兽神还是在微笑着，回忆着，只是脸上，终究是多了几分痛楚："我慢慢开始感觉到，玲珑她是真的恨我，她发狂一般地用各种巫法对付我，我的身体虽然不死不灭，但是我的心真的很难受，所以到了后来，我自己逃走了。而在逃跑的途中，所有遇上的人都被我吓坏了，直到后来我才知道，原来我当时的样子，在那些普通人眼中，真的是很吓人。"

他轻轻拍了拍趴在他身边的恶兽饕餮，道："我当时的样子，可是比它要难看多了。"

"离开了玲珑，我逃进了十万大山，不久之后，我发现了这个洞穴，便在这里暂时住了下来。可是我想回去的，我全心全意，其实只是想和玲珑在一起。于是我终于还是回去了，可是迎接我的，便是这个法阵。"

火盆中的火焰，发出噼啪的声音，似乎在回应着兽神的话。

"我从来没有想到，这世上竟然能有如此可怖的力量，玲珑用玄火鉴之力，布下八凶玄火法阵，召出了八荒火龙，在那焚尽天地万物的炽焰之下，纵然我是不死不灭之体，竟也被烧得元气大伤，形体尽毁。

"我拼命告诉玲珑，我不想做其他事，我只想和她在一起，可是她好像一点都听不进去，只想将我烧死。最后，我落荒而逃，逃回了这个山洞。我不知道为什么，玲珑她要这么对我，可是我不甘心，我真的是想和她在一起的。

"回到这里之后，借助十万大山这里独有的天地凶戾之气，我恢复得很快，就在我打算再悄悄去找她的时候，她竟然已经追了过来。她带着七个所谓的勇士，追到了这个古洞，她亲自进来，找到了我。

"我不意外，因为我本来就是她创造出来的，若说天下有人能对付我，了解我，除了她还有谁呢？可是我真的不懂，她为什么要这么对我，我对她说了那么多的话，为什么她一点都不听呢。但是这一次，玲珑她竟然回答我了，她说：其实一切都是她的错，造出我这样一个怪物，更是她大错特错。因为我乃是天地戾气所生，天生有杀戮之心，若容我活在这世上，只怕世间苍生都会惨遭劫难。

"我拼命对她解释，说我不会的，我只要和她在一起，其他的我什么都不想。可是她只是凄凉地苦笑了一下，说她是相信我的，其实她何尝不愿意和我在一起，可是，可是……若是她死了之后呢？"

古洞之中，幽幽远方，仿佛有人在黑暗中叹息着，为了千万年前的那一幕，却不知当年落下的泪珠，可还有人记得？

"我呆住了，心里一片空白，我知道自己是不死不灭的，可是我从来没想过，玲珑她是会死的。我到现在还记得那么清楚，玲珑她苍白的笑容里，却有泪珠掉了下来。然后，她再一次发动了八凶玄火法阵，将我困在其中，将我的本体再一次焚毁，可是我化作的那股戾气精华，她终究是灭不了的。

"法阵过后，她也已经元气大伤了，但是我是她造出来的，在火焰之中，我还是问她，为什么要这么对我……"

"这一次，她什么都没说。"

"她将法阵布在这古洞之中，禁制着我，日夜焚烧，只要我戾气稍微恢复，这炽焰便会将那点戾气焚毁。末了，她怔怔望着我，突然问我还有什么心愿。"

兽神低低笑了一声，道："心愿，我能有什么心愿呢？我全部的心愿只不过是想和她在一起。于是我问她，我为什么不能和她在一起？玲珑她低着头，慢慢地说，因为我不是人，甚至不是生灵，注定了我们不能在一起。

"我便在那熊熊火焰中，对着她，大声说：那你，就让我做人吧！"

他的声调忽然高亢，猛抬头，向着洞穴的穹顶，大声呼喊。

"让我做人吧……"

"轰隆"，四壁齐震，乱石纷纷落下，声若擂鼓，震耳欲聋。

飞尘之中，兽神慢慢低下了头。

"后来，怎么样了？"那黑暗中的女子问道。

"……她好像呆住了，良久，一动也不动。我忍受着烈焰焚身之苦，万念俱灰。可是，她却突然站了起来，停下了法阵，走到我的身边。我木然看着她，不知道她想做什么。"

"她低低地，对我说，是她对不起我。然后，她……"说到这里，兽神的声音不知为什么，突然开始微微颤抖起来，"她开始念诵一个冗长的巫法秘咒，慢慢拔出了刀子，然后开始……一刀一刀向自己割去……"

"什么？"黑暗中的女子惊呼了一声。

"我也呆住了，不，是吓傻了，真的是傻了，不知道她究竟在干什么。慢慢地，玲珑用她自己的血肉，甚至还有自己的白骨，在地上搭建了一副身躯骨架出来，然后，她将我放在这骨架之上，随着她的咒语越来越急，我渐渐融入了这副身躯，就连意识，也开始慢慢模糊了。

"我听见她声音越来越低，可是还是在对我说着：这是她最后能为我做的事了，日后只要有人找到五枚圣器，放置在这骨架之中，我便能死而复生，但是复生之后，我虽然妖力还在，身躯却已经是个人了，既然是人，便不再是不死不灭之体。

"她说她一心追求长生，冒犯天道，造出了我这样一个怪物，却发生了不伦之情，更是错上加错；又因为我，她害死了无数性命，更加令天下苍生浩劫重重。而她亲手害我，却又是……说到这里，她停住，再没说什么，我的意识也渐渐要消失了，恍惚中，只听到她最后说了一句：

"'我会一直陪着你的……'

"这句话，我一直都不明白的。

"直到我，千万年后，死而复生，重新站在了古洞洞口。

"那一尊，被风霜雨雪吹打、日晒月寒磨砺却依旧深深凝望着这古洞深处的人像。

"我抱着她。

"我明白了。"

第二百零三章
黑蝠

黑暗的洞穴里，响起了轻微的脚步声，一点幽幽的青色光亮，从前方闪烁而出。光芒之后，出现的是鬼厉和金瓶儿的身影。

两个人，已经进入镇魔古洞很深的地方了，然而这个诡异的洞穴却似乎永远也没有尽头，阴暗潮湿的道路弯弯曲曲，仿佛永无止境地向前延伸着。噬魂棒上的光亮，只能照见身前最多六尺远的地方，而周围更远处，都是那片寂静的深沉黑暗。

那其中，仿佛还有神秘的眼眸，正凝视着这两个闯入者。

金瓶儿走在鬼厉身后不远处，不知怎么，她慢慢感觉到自己竟然开始有些紧张。这条路的尽头，谁也不知道到底在什么地方，又会有什么东西，在那里等待着他们。

就算是此刻让她看见了凶恶的兽妖，只怕也不能动摇她的心志，然而，这片虚无的黑暗，却反而让她开始烦躁。

鬼厉的脚步，忽然停下了。

金瓶儿心头一跳，险些撞到他的后背，连忙止住了身子，同时全身戒备，暗中向四下查探，压低了声音道："怎么，你发现什么了吗？"

鬼厉转过头来看着她，幽幽青光之下，金瓶儿的肌肤看去显得有些妖异之美，他沉默了片刻，道："你的呼吸声有些乱了。"

金瓶儿怔了一下，眉头皱了起来，随即慢慢挺直了身子，冷哼了一声。

鬼厉看了看她，没有多说什么，又转过身子继续缓步前行，走了几步之后，他听到背后的那个女子深深呼吸了一下，片刻之后，她再度跟了上来，而身子和呼吸，却都已经恢复平静。

从背后看去，那个男人的背影倒映在金瓶儿的眼中，厚实，稳重，不知怎么，金瓶儿竟发现自己有些安心的感觉，只是在他的肩头之上，那只猴子此刻缩着脑袋，显得不大有精神，只有那长长的尾巴垂了下来，随着鬼厉前进的步伐来回摇晃着。

从鬼厉手中噬魂魔棒上散发出来的青光,在黑暗中,显得特别地柔和,噬血珠曾经拥有的杀意妖力,此刻竟仿佛都消失了一样。

光线在石壁上扫射而过,亮了又慢慢重归于黑暗,金瓶儿默默看着周围。进入镇魔古洞之后,这里特有的阴风寒冷刺骨,几乎可以将人的血都吹得结成冰块。但在他们越来越深入这个古洞之后,阴风非但没有更大,反而渐渐弱了下去。

而此刻他们处身的所在,几乎已经感觉不到风力的存在了,只是没有了这风声,周围便是一片死寂,看着周围被光亮照射到的地方,金瓶儿眉头越皱越紧。

刚进这个古洞的时候,金瓶儿并没有注意到周围的石壁,但是在深入之后,金瓶儿却发现,这个传说中的镇魔古洞深处,竟然有着越来越多人为砌造的痕迹。周围的石壁上,虽然年月深久,但平整的样子并非是天然可以形成的,甚至于他们脚下的道路,虽然曲折多弯,却也是少有起伏,一路前行,竟全无意料之中的艰难。

而这个洞穴之中,也丝毫没有那种妖魔所在的腥臭之气,地上更不见恐怖的人兽骷髅,这个镇魔古洞,竟似乎只是一个干净而寂静的地方,哪里似天下第一魔头的居所?

就这样,他们转过了又一个弯。

那黑暗突然浓郁,如无形之墙,瞬间横在眼前,噬魂所发出的光亮,竟是在他们二人转身的那个瞬间,被前方无形地反弹了回来,几乎是在同时,鬼厉与金瓶儿身子顿住,随即向后快捷无比地飘了出去。

"轰隆!"

一声闷响,适才他们所立身之地,炸开了两个大洞,破碎的石块胡乱飞舞着,打得周围石壁砰砰作响。

那黑暗怒吼一声,排山倒海一般冲过拐角,迎面扑来。鬼厉与金瓶儿直到此刻仍然看不出其中是什么怪物妖孽,金瓶儿脸色微微发白,身形微动,已是闪在了一丈之远的后方。

在那劲风之中,忽然间青光大盛,鬼厉整个身影被青色光环笼罩,站在那看似无边无际的黑暗下方,冷冷注视着那幕黑墙,就连他肩头的猴子小灰,三只眼睛也同时亮了起来,闪现出淡淡的金色。

那黑幕当头罩下,风声强劲,连地上刚刚散落的石块竟然也再度被激射而飞,但就在这片黑暗之中,鬼厉身影竟是岿然不动,青光不暗反强,从他右手边处强光爆起,瞬息之间,他的手掌已伸了出去,插进了黑暗之中。

原本萦绕在鬼厉右手边的强烈青光,在他插入黑暗的那一刻,突然不见了,似乎被什么物体所遮挡，但片刻之后，只听得轰然一声巨响，那片黑幕之中竟是发出"咄咄"之声，片刻后被硬生生扯开了七个口子，从中透出耀眼的青色光芒来。

"吼……"一声痛苦的咆哮，顿时从前方爆发而出，如山的黑幕忽而散开，依然是漆黑的一片，但是在黑暗深处，露出了两只硕大的红色眼睛。

噬魂魔棒在鬼厉手中散发出越来越强的光芒，借助着这光影，鬼厉与站在后面的金瓶儿都看得清楚了，原来守卫在此处的，竟是一只极大的黑色蝙蝠，通体漆黑，只有两只眼睛呈现血红颜色，刚才想必是巨大的身躯和蝠翼挡住了眼睛，才一时无法看清这妖物的真身，不过只怕这等妖物平时的攻击便是如此，在黑暗中突然袭击，的确容易令人惊慌失措，不知如何对付。

此刻那只黑色妖蝠的蝠翼之上，被鬼厉破开了七个伤口，诡异的淡蓝色血液洒在身躯之上，显然受创不轻。但此等妖物从来不是胆怯之物，反而陷入了狂怒之中，张开巨口怒吼一声，蝠翼张开，虽然有些不稳，但黑暗再度兴盛，飞掠了过来。

鬼厉眼中寒光闪动，噬魂魔棒顶端的噬血珠妖光同时亮起，眼看那妖蝠就要扑到，忽然间只听得鬼厉肩头"吱吱"一声呼啸，灰影闪过，竟是小灰从他肩膀上跳了出去，向那只比猴子身躯大上无数倍的妖物冲去。

鬼厉眉头一皱，连站在后面的金瓶儿也怔了一下，一眼看去，那两只横掠在半空中的动物外形差别实在太大了。

不料就在金瓶儿如此想甚至还微微有些替那只猴子担心的时候，只见青色光芒之中，小灰的身形竟然在不断变大，不过是短短时间，它已经由一只不到三尺的灰色小猴，变成了一只几乎塞满整个洞穴空间、狂怒尖啸，三眼血红的三眼灵猴。

两只巨兽在半空中，轰然对撞。

周围石壁似乎承受不了这样巨大的撞击，开始剧烈地晃动起来，金瓶儿甚至觉得脚下的地面都开始摇晃。倒是站在前方两只巨兽不远处的鬼厉，脸色慢慢恢复了平静，嘴角还似有一丝淡淡的笑意，全然不把周围的落石如雨、杀气腾腾放在眼中。

巨大黑色妖蝠显然也被这突然出现的巨猿吓了一跳，但仍然凶悍地扑了过来，只是灰色巨影掠过，小灰敏捷至极地从妖蝠双爪间闪了过去，两只巨大的手掌向前一抓，抓住了妖蝠靠近身子的两翼根部。

妖蝠发出一声凄厉至极的尖啸，仿佛第一次感觉到了恐惧，但是它面前那三只红色的眼睛却比它更恐怖，尖利的獠牙在黑暗中闪现而过，随后仰天长啸。

那啸声如洪涛，在这个洞穴之中轰然而去，势不可当，仿佛在对着这世间万物，桀骜不驯地挑衅！

那黑色与青光的闪烁下，凶残与愤怒的交替间，巨猿狂啸之中，巨大的手臂挥舞着，如妖魔狂笑而舞！

"嘶！"

蓝色的血液瞬间飞溅，巨大的黑色妖蝠，被三眼灵猴硬生生地扯成两半，扔出老远。

远方，那长啸回声，依然层层回荡，不绝于耳。

一怒之威，乃至于斯！

巨猿慢慢转过身来，低头看去，那个男子还站在原地，看着它。

它眼中的血红光芒慢慢消失，忽然间，它伸出手抓了抓脑袋，咧嘴一笑，身子迅速地缩小，很快恢复到原来的大小，变成了小灰的模样。

它蹲在地上，转过头，看着主人，右手不时摸着脑袋，身后长长的尾巴轻轻摇晃着。鬼厉看着小灰，眼中慢慢有了温和的笑容，只有对着这只猴子，他才能这般全心全意地微笑吧！

他微笑着，伸出手。

小灰"吱吱吱"叫了几声，双脚一弹，三下两下又蹿上了鬼厉的肩头，趴了下来，咧着嘴笑个不停，很是高兴的样子。

鬼厉想了想，又伸手将猴子小灰提了起来，双手抱住，将它提到自己身前，仔仔细细上上下下看了看，灰毛猴子三只眼睛一起眨动，不知道鬼厉要干什么。金瓶儿此时也慢慢走上前来，站在一旁，看着鬼厉，脸上若有所思，也不知心里想着什么。

鬼厉看了小灰片刻，点了点头，将它放回自己肩头，然后摸了摸它的脑袋，忽然微笑道：

"出去以后，我给你买酒喝！"

金瓶儿正自出神沉思，冷不丁这句话入耳，一时竟没反应过来，愕然张口，脑海中有那么片刻空白。相反地，那猴子怔了一下，随即雀跃，"吱吱吱"笑个不停，在鬼厉肩头张牙舞爪跳来跳去，片刻之后，似忽然醒悟，一把将身上背了许久但早已空瘪的那个大酒袋摘了下来，看也不看，使劲向地下一扔，发出"啪"的一声响，尘土飞了老高。

鬼厉微微一笑，向前走去，渐渐融入黑暗之中，但是青色光芒之下，他的身影在黑暗中显得那么鲜明，还有那只灰毛猴子欢喜的身影，也和他是那般地融洽，仿佛就是一体，不能分开。金瓶儿慢慢走上几步，看着那一人一猴的身影，不禁为之一寒。只是不知不觉间，周围失去了鬼厉噬魂青光的照耀，渐渐黑了下来，金瓶儿反应过来，右手一伸，紫芒亮起，重新照亮了周围。

她定了定神，刚想着加快脚步，追上鬼厉，忽然间只见前头黑暗中一个黑影晃动了一下，竟是向她蹿了过来。

金瓶儿一惊，急忙凝神戒备，不料那身影蹿到近处，紫芒照耀之下，竟然是猴子小灰。

金瓶儿皱了皱眉，但心里还是松了口气，只是不知道这只和它主人一样古怪至极却也厉害至极的猴子，突然跑回来有什么事情。

小灰几下跳到金瓶儿身前，向周围看了看，忽然面上出现恼怒神色，对着金瓶儿大声叫唤咆哮起来。金瓶儿一怔，摊开双手，讶道："你做什么？"

小灰三只眼睛一起瞪着金瓶儿，金瓶儿本是绝色美人，但显然这美色对猴子毫无效果，小灰一脸没好气的样子，愤愤然一指脚下，金瓶儿看了下去，"啊"了一声，退了一步，却是自己正好踩在刚才小灰丢掉的那个大酒袋上。

小灰愤愤不平，将那个酒袋又捡了起来，用手拍了拍尘土，居然又将这大酒袋重新挂在了身上，金瓶儿心中既是好气又是好笑，嗔道："喂，死猴子，那可是你自己扔掉的，你对我这么凶做什么？"

小灰对着金瓶儿"吱吱"怪叫两声，龇牙咧嘴做了个鬼脸，随后"嗖"的一下倒蹿了回去，转眼消失在了前方黑暗中，显然是追鬼厉去了。

金瓶儿怔了片刻，终究是苦笑摇头，跟了上去。

镇魔古洞深处，火盆中的火焰仍然在寂寞地燃烧着。尘封的往事仿佛还在这寂静的洞穴里轻轻回荡，兽神与那个黑暗中的神秘女子都没有说话，他们都沉默着，似乎都还沉浸在那段不堪回首的往事之中。就连一旁的饕餮，也有些倦意般趴在地上，似乎是睡着了。

但就在这片寂静之中，突然，饕餮似被什么惊动，猛然从自己双爪之间抬起头来，巨大的铜铃眼瞪向远方出口方向，口中发出刺耳的咆哮声，带着一丝不安。

兽神慢慢睁开了眼睛，微微皱眉，而黑暗里，似乎那个女子也"咦"了一声。

那一声隐约的长啸，虽然已经变得有些微弱，但仍然从远方如桀骜狂野的野兽冲来，肆无忌惮地打破了这片沉默，轰然而至。

"有人来了。"兽神淡淡地道。

那黑暗中的女子沉默了片刻，忽然冷笑道："竟然有人能够找到这里，只怕多半是云易岚那个老头叫人过来送死，顺便摸摸你的底吧。"

兽神脸上看去似乎还是那般的疲倦，还是什么都不放在心上的模样，道："随便了，我也懒得去管，不过这些人竟然能够进入洞穴这么深了吗？听那声音，似乎已经过了黑蝠所在之地。不过能进这洞穴，多半也能对付黑蝠了，只是洞口还有一个黑虎凶灵，他们居然能够不声不响地进来，黑虎也没有什么动静，却是不简单了。"

那黑暗中的女子声音忽然道："你既然已不再是不死不灭之躯，那以你现在所受重伤，可以对付这些实力未明的敌手吗？"

兽神笑了笑，道："我不知道，不过我不担心。"

那女子道："为什么？"

兽神微笑道："有你在，我还怕什么？"

那女子沉默了一会儿，冷笑道："你死不死关我什么事，你可不要以为我帮了你一次，这一次就一定还会帮你。似你这等妖法道行，虽然和我有些交情，但日后说不定什么时候会翻脸，还不如早死早好！"

兽神咳嗽了两声，面上似乎还有些痛楚，但嘴角的笑意倒丝毫不减，只是看着暗处，道："我迟早会死的，你放心就是。不过在那之前，你不是还要参悟这巫族传下的八凶玄火法阵吗？我若死了，你岂非全盘落空？"

那女子哼了一声，道："法阵就在此处，我还怕你做甚？"

兽神笑道："世间流传至今的八凶玄火法阵图，只有此处和焚香谷玄火坛。焚香谷阵图已经损毁，便只剩这里了。你仍未参悟其中阵法奥秘，便只有我能够发动法阵供你参悟，若你有玄火鉴在手，自然也能启动法阵，可惜你没有啊。"他说到此处，顿了顿，面上闪过一丝淡淡惆怅，道，"你现在也是知道的了，这法阵乃是玲珑当年为了禁制我才设下的，我若死了，这法阵也将灰飞烟灭，如此一来，你岂非什么也得不到？"

那女子沉默了下去，半晌才道："算你狠。这些人我来对付好了。"

兽神慢慢摇了摇头，道："不是我狠，是你自己有了牵挂，才如此受制于人。不过……"他缓缓抬眼，看向那黑暗深处，道，"你能不能告诉我，你究竟是为了谁，一定要冒险和我在一起，参悟这个法阵的呢？"

没有回答，周围一片寂静，似乎就在刚才那个瞬间，黑暗中那个神秘的女子已经走得远了。火盆里的火焰还在燃烧着，倒映在兽神眼中。

饕餮慢慢站了起来，不断发出低吼，显得十分不安，兽神默默看着前方虚无的黑暗，沉默着……

第二百零四章
异人

中土，河阳城外二十里地。

天色渐渐黑了，古道之上的行人也渐渐不见了，时逢乱世，妖魔盛行，虽然说在正道巨擘青云门山脚之下，但谁也说不准会不会突然遇到什么妖魔鬼怪。

谁的命都只有一条，就算是普通百姓，也是爱惜自己性命的，更何况是在那场兽妖浩劫刚刚过去的时候，劫后余生的人们，自然更加惜命。

只是，终究还是有几个身影，很是显眼地走在路上，排头一个老者，道骨仙风，手持着一根竹竿，上面挂着一块旧布，上写着"仙人指路"四个字。后面还跟着一男一女，男的头巾蒙面，女的清秀可爱，虽然天色暗了，但似乎还是专心看着手上一本黑色无字封面的书。

这自然是周一仙、小环和野狗道人一行了。

一路之上，他们拖拖拉拉，周一仙不时就将路人拉到一旁，眉飞色舞胡天胡地乱说上一通，小环和野狗道人自然也是看不过眼，只是那些被他拉去算命的人，却当真如周一仙先前所说的，被他算过命之后，个个精神大振，付钱之后似乎重燃生机，开开心心地离去了。

到了后来，周一仙银子赚得够了，小环却已经根本懒得管了，只管自己看书。这一段日子以来，小环对鬼先生那日留下的这本记载诡异鬼道秘术的书，竟然是越来越着迷，非但是休息的时候常看，便是平常走路的时候，也手不释卷，此刻天色已暗，她却似乎一点也没有发觉的样子，仍然是全心地投入在书本之中。

旁边野狗道人招呼了周一仙一句，道："前辈，今天看来我们又是走不到河阳城了，如果找不到人家的话，只怕还是要在野外露宿。"

周一仙看了看天色，点了点头，随即环顾周围，但见四周昏暗，这荒野之外不要说有什么人家，便是年久失修的破庙破屋也无一处。

周一仙咳嗽一声，却只见野狗道人看着他，孙女小环居然一点反应也没有，还是跟在野狗道人背后，一门心思读那本黑色鬼书。周一仙一直就觉得孙女看这本鬼道之书大大不妥，但哪里不妥却又不好说，每次他说鬼道如何如何残忍无道，乃恶毒妖邪之术，小环都用一句话就将他打发了：

"这门妖邪之术救人的法子多得很，比你的相术强！"

周一仙每每听到此话，都为之汗颜，说不出话来，只是他脸皮够厚，不肯认输，但再要小环丢掉鬼道一类的话便说不下去了。不管怎样，周大仙人反正是看着小环看这书是大不顺眼的，此刻更是微怒喝道："小环，都什么时候了，你怎么还在看那鬼书？"

小环这才把头从那书上抬了起来，看了看周一仙，不耐烦地道："爷爷，我们走得这么慢，不是我看书看的，是你给人看相算命骗钱所以搞得这么慢的。"

周一仙滞了一下，老脸微红，咳嗽了两声，转过头去，干笑道："算了，算了，我们不说这个，我是说，我们现在没地方住了，总得想个法子吧。"

野狗道人摇了摇头，道："在这里真的找不到人家借宿的，前辈你对这里比我们熟悉，想想附近有没有什么破庙一类的所在，我们也好对付一宿。"

周一仙哼了一声，冷笑道："你怎么又知道我对这里比较熟悉了，老夫虽然生在河阳城，但从来都是浪迹天涯，什么时候对这里熟悉……呃！"

他突然若有所思，话说了一半也停了下来。

小环和野狗道人都有些奇怪，小环道："爷爷，你想说什么？"

周一仙皱着眉头，似乎想起了什么却又不能确定，慢慢转过身去看着前方，似乎正在努力回想着什么：

"那个……好像我还真记得，前面不远有条岔路，从那个小路上进去，虽然有点远，不过倒的确是有间屋子在那里的。"

小环和野狗道人都高兴了起来，小环笑道："真的啊？那我们还等什么，快去啊。"

周一仙不知怎么，却显得有些迟疑，眉头一直皱着，努力在回想着什么，道："可是我心里老是觉得有些不对，时间太久了，我只隐隐约约记得河阳城外这个方向的确有间屋子，可是那屋子似乎不是什么好地方。但是它究竟是什么，我又想不起来了……"

小环白了他一眼，当先走去不去管他，口里道："好啦，我们快走吧，至少有间屋子，再破也无所谓了，总比露宿好吧。"

小环先走了，野狗道人自然也跟了上去。周一仙走在最后，身不由己地跟着，但不断用手轻拍脑袋，紧皱眉头，嘴里念念有词，道："究竟是什么屋子呢，我怎么就是记不起来啊！"

向前走了一段路，天色已经完全黑了下来，但借助着天上几点微弱的星光，三人果然在大路边发现了一条几乎隐没的小路，通向荒野深处。

小环和野狗道人都点了点头，向着那小路上走了，野狗道人还加快了脚步，一边走在了小环前面，一边警惕地向四周注意着。只有周一仙还是跟在最后，口中不时还有些抱怨地咕哝着，似乎还是想不起来到底记忆中的那间屋子是什么来历和做什么用的。

这条小路居然十分长，三人走了小半个时辰，还没有看见有屋子的迹象，小环有些怀疑起来，回头对周一仙道："爷爷，你当真没记错？"

周一仙被小环看了一眼，不觉有些心虚，干笑道："这个……这个……你知道人年纪大了，有时候难免会记错一点事情，不过我真的记得这条路上有座房子的，只不过那房子到底是做什么的，我一时是想不起来了。再说了，这多少年了，那房子被人拆了也不无可能，就算没人拆，风霜雨雪的只怕塌了也说不定啊。"

小环一时说不出话来，摇了摇头，转过了身子。忽然走在前面的野狗道人站住了身子，随即回头高声叫道："你们快来，房子在这里。"

小环与周一仙都是一怔，周一仙随即大喜，大声笑道："啊哈，老夫就说嘛，以本仙人之聪慧，怎么可能不记得这里有房子，怎么可能记错嘛！"

小环不去理他，快步走到野狗道人身边，向前看去，果然看见小路尽头，有一座房子，占地居然不小，只是远远看去，庭院荒芜，墙壁破损，一点人气都没有，显然被废弃多年了。

周一仙慢慢走来，摇头晃脑，嘴里啧啧有声，似乎还在自夸，小环白了他一眼，嗔道："快走了啦，爷爷。"

说罢，三人向那房子走了过去，夜风吹来，荒野之上有些寒冷，三人都缩了缩脖子。

走到近处，看得更清楚了些，这实在是一座破败不堪的屋子，原先围墙的地方塌的塌、碎的碎，就连庭院大门也只剩了个破旧至极的门框，连门板都没了。至于庭院之中，也只有一个屋子，上方的屋顶从外面看去似乎也少了一半，连横梁都露了出来。屋子似乎还有个门，虚掩着，整个屋子看去像是用木板盖成的，风雨侵蚀之后，一股霉味随风飘来。

小环皱起了眉头，但周一仙倒是颇为高兴，慢慢走进了院子，四处张望了一下，只见虽然杂草丛生，倒也没有其他怪异的地方，看来虽然还是记不起这里是做什么用的屋子，但起码应该不会有危险的。

他回身招呼小环和野狗道人进来，小环走到周一仙身边，犹豫了一下，忽然转身对野狗道人道："道长，你有没有觉得，这个屋子的布局，我们似乎在哪里见过？"

野狗道人一怔，向四周看去，看了半天不明所以，摇了摇头，表示不知，周一仙不耐烦道："你又记得什么了，这屋子年月深久，连你爷爷我都记不得了，你难道还看见过？"

小环耸了耸肩膀，道："也是，算了，我们进去看看吧。"

周一仙呵呵一笑，挥了挥手，道："走。"说罢，带着两人迈步上了屋子前的石阶，"吱呀"一声推开了门。

就在周一仙站在门口，向着黑暗的屋子里探头探脑张望的时候，小环突然觉得脚下一动，碰到了什么东西，低头一看，却是一块破旧不堪的黑牌，上面好像还有字迹。一时好奇心起，蹲了下来，将黑色木牌从废墟中拉出，拨开碎屑，仔细看去，片刻之后，她身子忽地一抖，连退了几步，连脸色都白了几分，又有几分恼怒，大声道："爷爷，你看看这是什么地方？"

周一仙愕然回头，显然虽然张望了半天，但屋里太黑，一时还没看清楚，道："什么啊，小环？"

小环一指他的脚下，怒道："你自己看。"

周一仙低头看去，在那木牌上仔细地看了看，忽地怔住了，摇了摇头，用手擦了擦眼睛，又看了一遍，忽地"啊"的一声大叫，从石阶上跳了下来，身手矫健，一点也不似年纪大了的人。

那块黑牌之上，虽然字迹有些模糊，但仍然可以辨认出正是"义庄"二字。

小环又气又怕，对着周一仙怒道："你……你带的什么路，竟然又把我们带到这种鬼地方来了。上次在河阳城里，你就干过一次这种事了。"

周一仙老脸又红又白，尴尬至极，道："这个、这个老夫不是也说了吗，真的是只记得这里有个房子，但实在记不起是做什么用的，原来、原来是……"

小环"呸"了一声，打断了他的话，道："就你话多，还多说什么，快走啊。"

周一仙忙不迭道："是，是，我们快走，每次遇到……这种地方，我们都会倒霉……呃！"

他正亟亟转身，口中说着话，却忽然愕然停下脚步，跟在他身后的小环和野狗道人都差点撞到他的身上，小环从背后探出脑袋，怒道："爷爷，你又做什么……"

她的声音，忽然也停顿下来了。

此刻，月黑风高之夜，寥寥星光之下，荒野鬼屋之前，周一仙三人愕然站在原地，只见他们身前，刚刚进来的那个庭院大门的地方，赫然地竟站着一个人影。

那人身材颇高，衣衫布料看去似乎也颇为不错，只是全身上下极为肮脏，连衣衫也破了好几处，只能勉强看出本来似乎是墨绿的颜色，看那款式，竟似乎还是件出家人穿的道袍。

不知怎么，那个人的脸似乎一直处在阴影之中，周一仙等三人都看不清楚他的容貌，只是此人竟是悄无声息地出现在他们身后，几如鬼魅一般，一股凉气，从他们背后腾腾冒起。

许久，那人仿佛石头一般，站在那里一动不动，却令周一仙等人更是惊惧，他们竟是从这个人影身上，感觉不到一丝活人的气息。

"你……你究竟是谁？"声音微微有些颤抖，但终于还是小环慢慢开口，问了一句。

那人没有反应，更不用说回答了，但片刻之后，那片笼罩在他面容之上的阴影里，忽然如鬼火一般，点燃了两点幽幽暗红之光，仿佛是一双诡异眼眸正深深注视着面前之人。

"啊！"

突然，周一仙发出了一声轻呼，小环和野狗道人都是吓了一大跳，转眼看去，只见周一仙却没有看那人的脸，相反，他的目光看向那人的手臂地方，道："那、那是青云门的标记啊……"

十万大山，镇魔古洞。

黑暗仿佛永无止境，挡在鬼厉和金瓶儿的身前。他们走了很久，但这条路似乎永远也走不完。不过奇怪的是，这个古洞之中，似乎只有一条路，并无其他岔路，倒免了迷失方向的担忧。

自从遇见黑蝠之后，镇魔古洞中每隔一段距离，都会有一只或几只强横的妖物把守，其中一些甚至令金瓶儿也为之恐惧，但鬼厉在此时此刻，赫然展现出过往从未有过的实力，一路竟是势如破竹，径直杀了进去，几乎无妖物可以挡得住他的出手攻击，甚至连那头三眼灵猴小灰，它的强悍也令人震骇，那只黑蝠的下场，也同样发生在了其他几只强横的怪物身上。

金瓶儿一路上都没有动手，但一路看下来，她的脸色却越来越难看，鬼厉道行之高，精进之快，远远超出了她的想象，甚至到了最后，她心中暗自思忖，魔教之中，难道还有人可以比得上此人吗？

是那个雄才大略的鬼王？还是那个深藏不露的鬼先生？

此刻，鬼厉刚刚当着金瓶儿的面将一只凶厉至极的双头魔豹击飞，那巨大的兽躯重重撞在了坚硬的石壁上，眼看着也是凶多吉少了。

鬼厉也不多看那豹子一眼，神色不变，继续向前走去，趴在他肩头上的小灰却仿佛精神抖擞，四下张望。金瓶儿跟在他们身后，路过那双头魔豹身旁，转头看去，只见那豹身之上，原本厚实的躯体竟然整个干瘪了下去，仿佛体内精华都被吸噬走了，这自然便是那噬血珠妖力所致。

只是这等魔物，本身就是强横至极的生物，鬼厉纵有噬魂魔棒利器在手，但须臾之间就将偌大兽妖置于死地，这等修行，几乎不是高强，而是可怖了。

这个男子，究竟是从什么时候开始，道行竟如此突飞猛进了？！

金瓶儿心中越来越惊，看着鬼厉背影的眼神也越来越复杂，正在此刻，突然，鬼厉的身子却停了下来，面上慢慢浮现出警惕的神色。

金瓶儿怔了一下，一路上虽然有众多兽妖把守，但从未见过鬼厉有此慎重神情，当下连忙凝神戒备，果然发现周围有些不对劲了。

双头魔豹死后，周围又恢复了这里一贯的寂静，但此刻在那片无形的黑暗中，却传来了一阵低沉又幽深的歌声：

> 小松岗，月如霜，
> 人如飘絮花亦伤。
> 十数载，三千年，
> 但愿相别不相忘……

那歌声凄凄切切，虽然听来声音不大，但不知怎么竟钻入耳中，一个字一个字听得很是清晰无比。初听那歌声，似乎十分凄凉，然后心境竟随之哀伤，仿佛冥冥之中，竟跟着那歌者穿过了三千年光阴，重温那未知却凄美的温柔。

光阴如刀般无情，温暖你心的，是不是只有一双淡淡微笑的眼眸？

你忘了吗？

多年之后，又或者另一个轮回沧桑？

你记得的又是什么？

那空白的空虚就像回忆一样，怔怔地看着黑暗的远方。

曾经的我曾经拥抱过吗？

和你。

猴子小灰突然"吱吱"叫了一声，似乎十分欢喜的样子，竟然从鬼厉的肩头跳了下来，嗖地蹿进了黑暗之中。

第二百零五章
小白

　　小灰的身影转眼消失在了黑暗之中，似乎鬼厉也没有想到小灰会突然有这个异样的举动，吃了一惊，但随后他却并没有起身追去，反而是慢慢抬起了头，聆听着那黑暗中传出的幽幽歌声。

　　这歌声竟有几分熟悉，仿佛曾几何时，在哪里听过。

　　多少年的光阴，便如这歌声一般，匆匆而过了。

　　金瓶儿走到鬼厉身边，小心注视着四周，低声道："怎么了？"

　　鬼厉没有回答，脸上却现出了复杂的神情。小灰的声音从远处依稀传来，似乎在那"吱吱"叫声之后，还有个微带讶异的"咦"声，不过很快地，小灰就再无声息，而那阵缠绵幽怨的歌声，也慢慢停了下来。

　　黑暗的洞穴之中，一片出奇的沉默，似乎黑暗中有什么注视着他们的身影，鬼厉的眼神慢慢变得清亮起来，凝视着前方那片黑暗。金瓶儿却仿佛有些心神不宁，刚才那阵歌声，她听了很不舒服，而此刻阴森森未知的黑暗，令她本能地有些反感。

　　她下意识地向鬼厉走近了一步，刚想说话，忽然，黑暗深处精光一闪，几乎是与此同时，鬼厉与金瓶儿脸色都是一变，不同的是，鬼厉是有些错愕，金瓶儿却似乎是长出了一口气。

　　幽幽一道白光，在黑暗深处闪亮，迅疾无比地飞出，向着两人所处的光亮处射来，鬼厉站着没有动弹，果然那白光穿过他的身旁，却是直打向金瓶儿。

　　金瓶儿微微冷笑，对她来说，似乎敌人陡然的袭击根本不放在心上，她更在意的，反而是刚才未知的沉默。

　　那白光转眼就到了眼前，金瓶儿俏脸一寒，口中一声轻咤，右手一翻，顿时只见紫芒亮起，在鬼厉噬魂青色的光环中，掠过一道带着些梦幻味道的青紫微光，凌空劈下，准确无比地斩在了那道白光之上。

"啪！"

那道白光竟被金瓶儿这紫芒刃法宝一刀劈两半，分作了两份，向两边飞散了出去，只是不曾飞出六尺地方，那两道白光竟是又亮了一亮，原先缩小的一半形体，霍然又恢复了原来大小，等于是同时出现了两道诡异的白色光环，呼啸盘旋着又飞了回来，同时半空中尖锐啸声陡然响起，那来势竟是急了一倍有余。

金瓶儿原本轻松平静的脸色为之一变，哼了一声，紫芒刃再度泛起，但见两道紫芒几乎同时亮起，重新飞来的白色物体又被她斩成两半，变成了四个，无力地倒飞了出去。

只是，那诡异的白光如妖魅一般，又一次在飞出不远之后，重新发亮，迅速恢复了原状，变成了四个与原来大小一样的白色物体，再一次向金瓶儿急速射来，来势更急。

金瓶儿脸色终于沉了下来，露出凝重神情，向后退去，但这幽深洞穴之中，又岂有多大的空间，很快金瓶儿就被这些诡异的白色光环包围住了，只听金瓶儿轻声呵斥，紫芒闪闪，那些白光迅速被金瓶儿击落或是打飞，但这些小东西着实诡异，几乎都是片刻之后又恢复了元气，重新冷酷无情地向金瓶儿袭来，同时被金瓶儿切断分生的白色光体越来越多，慢慢地，已经将金瓶儿的身影掩盖过去了。

远远看去，白色的光环飞舞萦绕，像是慢慢织成了一个光茧，就要将金瓶儿困在其中。

站在一旁的鬼厉看着金瓶儿对这些神秘的白色光体应付得越来越吃力，却并没有出手，但可想而知，那黑暗中的神秘人物还未现身，只凭借这一个道法竟然将金瓶儿缠得如此吃力，可见此人妖法之强，委实非同小可，多半便是那个凶灵黑虎口中提起的神秘妖孽了。

眼看着金瓶儿形势渐渐危急，但不知怎么虽然白色光体越来越多，越来越盛，金瓶儿却依旧能够坚持下去，白光越攻越急，声势越来越大，偌大的山洞之中，此刻白色的光亮竟然已经压过了原来噬魂的青光，而半空之中的呼啸之声也越来越尖厉。眼看着金瓶儿也渐渐左支右绌，但偏偏能够坚持下来，只是谁也不知道她还能应付多久。

鬼厉忽然身子一晃，却并非向金瓶儿飞去，而是欺身冲入了黑暗之中，几乎是在他身形启动的同时，一直笼罩在他身上的噬魂青色光亮瞬间熄灭，下一刻，他便融入了黑暗之中，再也看不到他的身影。

远处，仿佛有一声冷哼。

熟悉的黑暗里，冰冷的气息四处游荡，远远的地方，还传来围攻金瓶儿的那些诡异光体呼啸的声音，但近处四周，却是一片异样的平静。

突然，平静的地面开始剧烈颤抖起来，连带着周围洞穴的石壁也开始震动，洞顶之上在发出巨响之后，开始慢慢掉落下无数小块石头和沙石尘土，一片迷蒙景象。

轰隆声中，乱象四现，黑暗越发浓郁，便在此刻，那些落下的石块却突然在半空之中硬生生停了下来，有那么一刻，几乎似时光停顿，万物静止。片刻之后，尖啸骤起，所有的石块尘沙汇聚成一条规模巨大的洪流，隆隆向前方黑暗某处冲去。

那洪流声势惊人，一路之上气势排山倒海，更无一物能阻挡，眼看便冲到了黑暗尽头，忽地，那黑暗中，竟伸出了一只白皙而纤细的手掌。

那手掌食指、尾指竖立，无名指半曲，拇指、中指轻轻相扣，结的赫然是一个类似佛门的法印，却并无半分佛门庄严气象，更多的是说不出的诱惑妖魅之象与森森妖力。

无形之气，从那手结之印上瞬间凝结，刹那间，似乎那个手掌竟放大了无数倍，如一只巨掌，硬生生挡在了洪流之前，而下一刻，仔细看时，却发现手掌还是那只纤细的手掌，什么都没有改变。只是那曾经不可阻挡的洪涛，竟被挡在了半空之中，发出了震天巨响，无数的巨石失去了动力，轰然坠落，瞬间沙土飞扬。

鬼厉消失的身影，突然从沙石飞扬的尘土中闪现而出，如电般向那只手掌扑去。

那只白皙的手结印一变，四指并立半曲，拇指从中横扣而出，向下一沉，几乎是在同时，远处金瓶儿一声呼啸，原本被那些白色光体压制下去的紫芒突然暴涨，如紫色光环迸裂开去，一时光芒大盛。

但看上去并非是金瓶儿突破了那些白光压制，相反，她面色非常难看，而此刻已经分散作无数点的诡异白光飞散开又汇聚到一起，竟是结成了一面巨大的白色光墙，说时迟那时快，如一面炽烈光墙，从背后以怒涛一般的速度向鬼厉身影更快冲来。

光涛尚未及身，鬼厉的呼吸竟然已为之一室，在半空中飞掠而来的身体亦为之晃动，可见那光涛威力之强，若是被它撞上，当真是有粉身碎骨的可能。

只是鬼厉面色不变，竟似乎根本不把身后那危险至极的白色巨涛放在眼中，身形越发急速向那只白皙手掌之处冲来。只是他身形虽快，那光涛却当真如疾光雷电一般，竟是从远及近，怒涛一般已冲在了身后，眼看着就要将他的身影吞没。

金瓶儿在远处，忍不住轻呼出口。

而黑暗中，那只白皙的手，似也微微颤抖了一下。

便在此时，鬼厉的左手忽地向后伸了出去，拇指内扣紧贴掌心，中指半曲，三指笔直竖立如山，竟是结成了一个佛家正宗金刚法印。看他手掌缓缓推出之势，法相气度庄严肃穆，竟给人以凝重如山之感。这一推之力，便是佛祖当年大发慈悲用大神通移山之威力！

于无声处竟有惊雷！

于黑暗中大放光明！

瞬间，掌心中庄严金光大盛，佛门真言一闪而过，那怒涛一般的光墙轰然而至，硬生生撞在了这只结成法印的手掌之上。

"轰！"

声若流星坠地，隆隆远去，绵绵不绝，这洞穴之中异光大起，彩光耀耀，竟似瞬间有无数彩色眼眸同时睁开，闪闪发光，动人心魄。

那白色光墙轰然而散，流星若雨。

只有身前黑暗，一如往昔！

鬼厉已到了那只手掌跟前。

他伸出右手向那手掌抓去。

白皙之手翻起，竟不退缩，五指忽成爪，凌空迎上，鬼厉右手瞬间闪过，却是避开瞬间尖锐似刀的指尖，抓向白皙之手的手腕。

那神秘人物的手掌一翻，竟是在间不容发之间闪了过去，反而是并指如刀，切向鬼厉右手手掌根部。须臾之间，两个人在半空中的两只手掌竟是疾如电、快如光般急速闪动，招招皆是对敌凌厉至极的杀招，却都被对手避闪过去，反击回来的是更加凶狠的回击。

只是这电光石火之间，竟没有了一丝声响，两个人斗法斗到这等地步，生死似已在呼吸之间，但两人的手掌，却始终没有接触过。

直到背后的流星光雨终于完全坠落，黑暗突然重新降临，将所有的光亮全部掩盖。

黑暗深处，才忽然响起了一声轻轻的微响。

"啪……"

那声音清脆而低沉，幽幽传来，没有半分的杀气，却仿佛儿时我们在一起，两只手轻轻拍打着的声音。

然后，一切都归于沉默。

抓住了，那只手。

握住了，那只手。

感觉到的，没有杀气，没有妖力，却只有，柔软与温柔。

像是突然间，天旋地转，飞越了万重山水，碧海青天，竟是都拥入怀中。那一个个温柔身影，竟都在身旁，不曾离去。

就那样，一生欢乐，欢笑一声，逍遥度过了……

这岂非是仙境，这难道是人生？

从此醉了吧，不醒了，莫非更好？

幽幽黑暗，仿佛也在诱惑着谁？

只是，他在黑暗中猛然睁开双眼，双眼如血，仰天长啸！

那只手掌猛然一抖，向后缩了回去，鬼厉全身青光大盛，噬魂瞬间出现在手上，顶端的噬血珠珠体之上的暗红血色全部亮起，妖气腾腾，向着那黑暗最深处刺了进去。

无声无息！

那一个空间却突然凝固了，整个的黑暗如凝成坚硬岩石，坚不可摧，但噬魂钝而无锋，不知怎么的，那以至强妖力凝结的结界，竟对其毫无作用，被噬魂势如破竹一般刺了下去。

终于，有人微怒地轻哼了一声，那个黑暗结界瞬间散去，一个人影向后飞出了一丈，让开了噬魂这妖气腾腾、势不可当的一刺。

只是转眼之间，鬼厉的身影竟是如影子一般贴了过来，那个神秘人影周身黑影不散，也并无慌乱模样，却是又伸出了一只手来，此番却是五指合拢，握成了一个看去十分秀气的拳头，向鬼厉打了过来。

鬼厉却是脸色微微一变，身形顿时一滞，眉头微皱之下，双眼中血红之光突然间尽数消散，连噬魂也瞬间消失在他手里。只见他胸怀大开，却是双手扬起，迎着那个看似平淡无奇的秀气拳头，缓缓凌空虚划而下，凝重如山，轻飘却如流水，片刻之后，柔和清光泛起，他双臂之间，半空之际，缓缓现出了一个太极图案。

太极玄清道。

那拳头打了上去，一拳正击在太极图案正中，竟是缓缓陷了进去，将这个太极图案打得向内凹了下去。

鬼厉的面色微微白了一下，似乎那个瞬间，他的呼吸也停顿了下来，但是片刻之后，半空之中的那个太极图案慢慢开始旋转起来，而被拳头打陷进去的地方虽紧绷却不断，相反，随着旋转速度缓缓变快，那无声之中蕴含的巨大妖力，被这道家无上真法的柔韧之力，一点一点都化了去。

太极图案越旋越快，连带着那只手掌也开始慢慢颤抖起来，前方那神秘人物又是哼了一声，但此番声音却是微微有些痛楚，显然太极玄清道反挫之力，亦是非同小可。

"吼……"

一声低啸，太极图案散了开去，而那只白皙的手也缩回到了黑暗之中，仿佛是有那么一阵子的平静。

突然，鬼厉跃身飞上，前方深沉的黑暗似乎根本不能阻挡住他，纵然在黑暗之中，他也有一双眼眸藏在心中，慢慢看清了前路。

那个黑暗中的神秘人影正在向后退却，身形飞快，鬼厉紧紧追着不放，两个人在这个古老洞穴之中，在那最深沉的黑暗里，竟是越飞越快，化身为两道黑暗中的疾电，向洞穴的最深处闪过。

这一飞，仿佛又是永无止境，前方的黑暗如狰狞的恶兽张牙舞爪扑来，然后瞬息落在身后，而更远的地方还有无数的未知黑暗等待着，疾风扑面如刀，那电光石火的瞬间，你可会想起谁？

那追逐就像人生，永不停歇，只是到了后来，却不知迷了路，还是忘却了初衷！

也不知过了多少时候，也不知追逐了多少路途，只知道一路而来地势缓缓向下，似乎已经深入了极深的地底，而身后一片寂静，金瓶儿早已被他们二人甩开了。

那个神秘的人影忽然停了下来，在黑暗中一个转身，面对着来时方向，鬼厉立刻发现了这个动静，身形一顿，也慢慢停了下来。

黑暗中，两个人对峙着，一时都没有说话，片刻之后，鬼厉身上青色的光环又一次亮了起来，照亮了周围地方，只是前方那片黑暗，光亮却似乎还是照不进去。

那个神秘的人影忽然道："好神通！"

这声音听来柔和悦耳，虽只是淡淡而言，但不知怎么听在耳中，却有种令人心动的异样感觉。

鬼厉在淡淡青光之下，注视着那片黑暗，脸色平静，语气也平和，根本不似刚刚与面前此人经历了一场惊心动魄的斗法模样，道："过奖了。"

那女子声音冷笑了一声，道："适才斗法，你在须臾之际，将魔教道法、天音寺大梵般若佛法与青云门太极玄清道道家真法，三门方今一等一的真法修行见机而用，转换之际更无丝毫迟滞，可见已是完全融会贯通。且三门道法修行俱是非同小可，单是那太极玄清道的修行，如此厉害，只怕除了那个道玄老头子，便是青云门中，也无人及得上你了。"

她慢慢停顿了一下，然后一字一字道："你的道行，为什么精进得如此之快？"

鬼厉没有说话，只是看着那团黑暗，忽地笑了笑，慢慢地道："怎么，我修行顺利，你难道很奇怪吗？"

黑暗阴影之中，忽然响起了几声熟悉的"吱吱"叫声，片刻之后，一个身影蹿了出来，仔细看去，灰色毛发，尾巴长长，却是猴子小灰，只见它咧嘴笑着，抓了抓脑袋，在地上蹦跳了两下，回到了鬼厉身边，又蹿上了他的肩头，这才坐了下来，尾巴在身后还一直晃呀晃的。

黑暗中的那个女子没有说话，沉默了下来。

鬼厉看着那片黑暗，眼睛中慢慢有了感情，声音似乎也柔和了一些，微笑道："是你吧？我真是没想到的，会在这里遇见你。"

那个隐身在黑暗中的女子忽地"呸"了一声，道："你还记得我吗，你身边不是有那么一个千娇百媚的女人吗？"

鬼厉一怔，不禁有些尴尬，苦笑道："你胡说些什么啊？"

那女子显然有些恼怒，寒声道："你这么做，不怕对不起还躺在寒冰床上的那个人吗？"

鬼厉摇头道："你误会了，我不知道这个地方，是鬼王宗主令她带路的。"他停顿了一下，淡淡道，"我是什么人，你又不是不知道。"

黑暗中的那个女子哼了一声，但显然听来已经不那么生气了，道："我怎么知道你是什么人，我只知道男人之中从来都没好人！"

鬼厉皱了皱眉，微微摇头，苦笑不答。

前方的那片黑暗缓缓散了开去，在鬼厉噬魂青光的照耀下，慢慢现出了一个人影。趴在鬼厉肩头的小灰对着那个窈窕身影"吱吱吱"咧嘴叫了几声，很是亲切。

幽光中，那女子艳色动人、柔媚入骨，不是那失踪已久的九尾天狐小白，又是谁？

第二百零六章
神秘人

中土，河阳城外，荒弃义庄。

荒野之上，一眼看去，地势大致是比较平坦的，除了向北眺望，远处有那么一座巍峨耸立的青云山脉之外，其余的方向连起伏的丘陵都比较少见。远近杂乱地生长着许多树林，或大或小地分布在这片原野之上，义庄周围，也有几棵稀稀疏疏的树木伫立着。

天色正是最黑的时候，加上天际云层很厚，遮挡了月亮，只有边缘几颗小星散发着微弱的光芒，照耀在这片荒凉的土地上。这一晚起了风，不是特别大，但吹过树梢枝头，树枝摇曳，黑影闪动，发出"沙沙"的低沉声音，听在耳中，吹在身上，却特别冷。

周一仙和小环、野狗道人三人紧紧地站在一起，注视着前方那个神秘人物。从周一仙发现那人开始，过了好一会儿了，可是那人却如僵尸一样，一动也不动地站在那里，只是他堵住了门口，周一仙三人却是出不去了。

小环定了定神，压低了声音，轻声对周一仙道："爷爷，你当真看清楚了，他穿的是青云门的道袍？"

野狗道人也转过头来，留意听着，周一仙目光向那个木然而立的身影看了一眼，然后确定地点头道："不会错了，你们看他袖口那个剑形标志，确是青云门的。"

小环嘀咕道："青云门不都是名门正派吗，哪里会半夜三更跑到这种鬼地方来吓人的？"

野狗道人也点了点头，显然纵是一向对正道没有好感的他，也不大相信青云门下弟子会干这种事情。周一仙白了他们两人一眼，咳嗽了一声，不管怎样，虽然刚发现那个人影时有些震骇，但时间稍久，那个诡异人影虽然依旧神秘，但并未做出伤害他们或是敌对模样的事来，周一仙胆子也不由得大了一些。

他慢慢走上一步，干笑了两声，道："这位……这个……先生，请恕我们冒犯了，我们并不知晓此处乃是你的居所……"

"爷爷！"小环在背后叫了一声，打断了周一仙的话，口气中微带恼火，而前头那个人影突然间身子居然动了一下，似乎对周一仙的话有所反应。

周一仙眉头一皱，但立刻便反应了过来，此处乃是一座义庄，自己说此处是此人的居所，岂非就是当面骂人是死人活鬼吗……周一仙背后忍不住凉了一下，连忙赔笑道："这个，这个……老朽是说，我等三人乃是深夜散步，误入此地，并无他意，先生不要在意。我们什么都没看见，什么都没看见，我们这就走，这就走。"

说罢，他扭头向小环和野狗道人使了个眼色，三人硬着头皮，慢慢向旁边靠去，想从这如鬼魅一般的人影身边走过。不料才走几步，三人只觉得眼前一花，那个黑色的人影赫然竟又是挡在了他们的面前，而且距离更近，小环甚至隐隐闻到了那人身上有一股血腥气息。

眼看着头顶上月黑风高，眼前黑压压一片阴影就这般掠了过来，周一仙、野狗道人为之变色，小环更是面色发白，"啊"的一声叫了出来，向后跳出了几步，巴不得离那黑影越远越好。

小环一声叫唤，虽然是自己害怕下意识叫出来的，本来嘛，小女儿家，总对这些事物有些忧恶的，但听在旁边人耳中，却是另一回事了。周一仙与野狗道人都是吓了一跳，周一仙连忙回头看去，野狗道人却是不知道哪里来的勇气，一声虎吼……嗯，更像是一声犬吠，跳将出来，挡在了小环与周一仙的面前，同时手中光环闪过，已是将自己的兽牙法宝祭了出来。

黑暗夜色之中，那淡黄色的光环虽然微弱，但看来居然还有几分暖意。

小环看了野狗道人如此，自己反倒也吓了一跳，不明所以，就在这刹那之间，那个面目一直笼罩在阴影之中的人影忽然晃动了。

那人的手径直向前伸了过来，一股诡异的气息随之而起，却断非当今青云门光明正大的道法。野狗道人心中知道此人高深莫测，但身后却是有一个女子站着，无论如何都不能退后，当下一声怒喝，兽牙法宝登时光芒大盛，迎着那人打去。

义庄庭院之中，黑暗竟似乎在瞬间被野狗道人逼退了开去，在他脸上，有那么一瞬间，眼看着那个人影似乎竟没有抵挡的模样，竟也有些错愕，更带了几分欣喜。

下一刻，野狗道人的兽牙法宝赫然结结实实打在了那个人影的胸口，那个看起来神秘至极，厉害至极的人物，竟然没有躲闪过野狗道人这一记重击。

野狗道人自己都有些不敢相信，旁边周一仙和小环也是怔了一下，只见前方兽牙法宝黄光耀耀，大有胜者的气概，只是片刻之后，三人随即发现了不对。

被野狗道人全力一击且正中胸口的那个人，竟似乎连身影也没有晃动一下，野狗道人虽然道行上远远不能与鬼厉等人物相提并论，但好歹也是修行了多年的魔教人物，这一击之力也是非同小可，寻常人只怕都被打得气血翻滚，不死也去了半条命了。

而这个诡异人物，竟似乎毫无感觉，紧接着，片刻之后，那人似乎低低哼了一声，野狗道人忽地一声惊呼，也不见那人如何动作的，那只伸出来的手瞬间便回到了身前，将野狗道人的兽牙法宝抓在了手中。

自己的法宝被人掌握，这对修道中人乃是极危险的事，野狗道人如何不又急又怒，呼喝一声，全力催发法力，欲将法宝召回来，不料那兽牙躺在那人手中，也不见他如何用力，竟是对主人的法力毫无反应了。

那人的头颅低下，看了看手中之物，然后第一次开口，声音沙哑，几乎难以听清，却是带着明显不屑的口气，冷然道："妖魔小道，也敢在此放肆！"

野狗道人惊怒交集，正欲再度催持法宝，忽然间听到身后周一仙急道："退后，快退后……"

野狗道人一惊，本能退了几步，刚想向周一仙问话，只见那人手掌突然一紧，那只兽牙法宝几乎是应声发出了"咔咔"如碎骨一般的刺耳声响，野狗道人悚然，只见黄光暴涨却又立刻消散，"咔咔"声中，如一只猛兽最后呻吟，痛苦挣扎不过，"轰"的一声，野狗道人的法宝兽牙，竟是被那人硬生生以赤手空拳压得粉碎，碎片如刀，向外激射而出，"咄咄"之声，瞬间不绝于耳，尽数打在了野狗道人适才站立之处。

野狗道人既是心痛又是惊惧，一时竟说不出话来，那诡异人物的脸直到现在仍然被一团神秘阴影所笼罩着，三人看不清楚他的脸庞。只听他声音低沉沙哑，慢慢仰头看天，但脸上黑气阴影竟然依旧不退，说不出的诡异，在摧毁这兽牙之后，他仿佛竟有种宣泄的感觉一般，缓缓冷笑了起来，听在耳中，衬着这诡异义庄，漫天呼啸的阴风，周一仙等三人都有毛骨悚然的感觉。

周一仙心中正自忐忑不安，忽地目光一凝，向那个古怪之人手臂看去，只见原来捏碎兽牙的那只手上，不知何时已经泛起了一层淡淡青色，而那青光却与此人周身气息截然不同，纯正温和，竟是至精至纯道家真法的境界。

周一仙愕然抬头，踏上一步，一时竟忘了顾虑，也不理会小环与野狗道人有些惊讶的拦阻，道："阁下究竟是谁？身着青云门道袍，修炼又不低于在上清境界的太极玄清道，究竟是哪位青云门大师，竟是在这种时候做这等荒谬之事？"

青色光芒一闪而收，那人缓缓向周一仙看来，透过他面上那层迷离诡异的黑气，周一仙竟是感觉到全身一阵冰凉，只听那人沙哑着声音，冷冷道："你知道的可不少啊！"

周一仙哼了一声，面色凝重，不住向那人身上打量，面上的迷惑之色越来越重，沉声道："阁下的确乃是青云门下，也决然不会是普通弟子，但你究竟是何人，是何缘故，在此作怪？"

那人冷笑一声，却不回答，周一仙忽有所觉，回头一看，却是小环轻轻拉他袖子，低声道："爷爷，他这个人一身鬼气，我感觉得到，这义庄四下竟无一个游荡阴灵，只怕都是被此人吓跑了。若非如此，我也早能知晓此处不对劲了。像这样的人，怎会是青云门的人？"

周一仙脸上阴晴不定，面色复杂，显然心里思绪也是有些混乱，面对这个神秘人物和青云门有千丝万缕的联系，他似乎看起来竟没有通常那样害怕的表现，而且有些想得出神。

那个诡异人物此刻的注意力慢慢都集中在了周一仙身上，上上下下打量了周一仙几眼，忽地冷笑一声，寒声道："管你是什么人，胆敢违逆于我，都要死！"

一言才落，他的手已是抬了起来，周一仙眼看那手心中青光瞬间亮起，老脸失色，连话也来不及说，忽地双手齐挥，举到胸口。只见他左右手食指、中指双指间赫然各出现了一张黄色符纸，上面弯弯曲曲、扭扭歪歪画着奇异的符咒，引风微微飞扬。

只见那神秘人物手心中青光逐渐明亮，并对准了周一仙等人，周一仙更不迟疑，忽地口中喃喃念咒，不退反进，踏上一步，迈步之间，随着他口中咒语声声，那两张黄色符纸竟是自行燃烧了起来，两团小小火焰，在这黑夜之中，霍然出现，显得特别明亮。

这奇怪举动似乎令对面那神秘人也有些迟疑，又或是触动了他什么记忆，竟然让他的动作微微停顿了一下，依稀听见他有些惊讶地"咦"了一声。

符纸焚烧，周一仙白须飘扬，忽地大喝一声，双手一甩，两团火焰飘出手指，竟是凝在半空之中，紧接着，"轰"的一声大响，两团小小火焰竟是迎风大涨，变作一团数尺之巨的熊熊烈火，挡在了周一仙与那神秘人的中间。

"吼啊！"半空中一声吼叫，熊熊火焰之中，跳出了一只白额巨虎，虎虎生威，张开血盆大口发出一声声震四野的虎啸，轰然跃起，向那黑影人扑了过去。

神秘人冷哼一声，竟也不稍作退让，右手青光一闪，直劈而下，任那巨虎来势如何凶恶，这一掌竟是直劈在了巨虎额头之上，青光瞬间侵蚀而去，那白虎似还要挣扎，张牙舞爪，但片刻之后，在发出了最后一记不甘的怒吼之后，巨虎通体突然透出了青色光芒，随即一阵摇晃，这巨大的身躯竟然化为乌有，变成了几朵残焰，在半空中闪烁两下，消失在无形之中。

只是这白额巨虎却并非结束，几乎是在巨虎消失的同时，那团巨大的烈焰之中，竟又幻生出了一只赤鬃雄狮，狮吼声中，再度向神秘人扑来。不过那神秘人显然道行高强至极，几乎是连正眼也不看一眼，又是同样一掌劈下，那雄狮的下场便与白额巨虎一般了。

只是周一仙此番施展的异术却当真诡异得很，虽然幻化而出的巨兽挡不了敌人一击，但那团熊熊火焰之中，竟不知能幻化出多少奇异猛兽，在巨虎雄狮之后，那团火焰幻化的猛兽竟然越来越多，而且速度也越来越快，种种猛兽如野猪、豹子、河马、巨象、灵鹿、山猫等，层出不穷，且身躯雄伟巨大异常，凶猛至极。

不过此番面对的那个神秘人物，却似乎当真有神鬼不测之神功道行，面对着这接踵而至、目不暇接的无数怪物，他竟是连大气也不喘一口，只是看似随意地挥舞手臂，掌锋过处，再厉害的猛兽也化于无形。

激斗之中，那神秘人忽地冷哼一声，似有所觉，猛然间将掌劈改为横扫，顿时青光大盛，一股亮色如轮，直碾压了过去，气势雄浑，一路披靡，那团熊熊燃烧的火焰遇到这股青色光柱，抵挡了两下，终究被径直刺穿，透了过去。

半空之中，似乎顿时有万兽齐声愤怒的吼叫，但随即绝耳，火焰消失，火光摇曳中，只有两团将要燃烧殆尽的黄色符纸，慢慢从半空中飘落下来。

义庄庭院之中，暂时恢复了平静，而在庭院另一面，刚刚溜到墙脚意欲偷跑的周一仙等三人愕然回身，显然也没有想到敌人竟然能如此迅速地破了周一仙这个法术。

没有幻术阻挡，还背身逃跑显然是可笑愚蠢的想法，周一仙等三人身形滞了一下，都慢慢回过身来。而那个神秘人物缓缓欺身靠近，慢慢走了过来。黑色的身影带着浓浓的杀气，义庄之内，一片肃杀。

周一仙脸上眉头紧锁，显然在顾虑着什么，但看到那黑色人影越走越近，却只觉得生死隐隐便在呼吸之间了。

小环脸色变换，忽地欲踏上应对，但没等她走出去，已经被周一仙拉了回来，低声喝道："胡闹，此人非同小可，不是你这种小孩能应付得了的。"

小环微感惊讶，愕然向周一仙看去，似乎从来也未曾见爷爷如此紧张慎重，这时，只听那个靠近的黑影停顿了一下，沙哑的声音冷冷道："你刚才所用的幻术，可是……"

话说到一半，周一仙却突然不顾一切一样，双臂猛然挥起，此番陡然出现在他手掌上的，竟是多达八张的黄色符纸。

夜风吹过，八张符纸同时自燃，点点火焰，如在周一仙掌上狂舞，照得他眼神闪闪发亮。

"呔！五丁众鬼，黄泉速回；虚影遁形，乃命吾召！"

几乎是在周一仙呼喝声中，这义庄之内，突然狂风大作，沙石奔走，从四面八方竟是吹了进来。那神秘人身形顿住，似也有所意外，留神向四周观看，周一仙咒声出口，凌空中，"轰轰轰轰轰"五声闷响起于身旁，周一仙等三人身影隐隐摇晃了一下，却又静止了下来。

狂风呼啸，倒卷黄沙，纷纷向那个神秘人身上刮去，吹得他的衣服猎猎飞扬。但狂风之中，他面上黑气浑然不动，却是有一声冷笑，又是发了出来。

那人竟放弃了正在施法的周一仙三人，忽地倒退六步，一声轻喝，左手却是向着地下插去，但见青色光环瞬间刺下，坚硬土地登时炸开，不知怎么，在青光摇曳耀耀闪烁之中，远处周一仙等三人的身影突然开始剧烈颤抖，而地底之下，也猛然发出一声带着痛楚的叫唤之声：

"哎呀！"

青芒一闪而收，义庄之内，狂风之势大减，沙石也渐渐平静了下来，片刻之后，周一仙等三人站立的地方，地面上忽然一声爆裂之声，随即只听轰然作响，竟是生生炸开了一个大洞，原来那三个站立的人影顿时消失，竟是不知何时这三人已成了虚影。

而地面大洞之中，带着几声惊叫和痛楚，扑通扑通跟跟跄跄摔出了三个人影，不是周一仙等三人又是谁。只见三人面上多有尘土之色，周一仙面上更是青一块紫一块，显然吃了暗亏，但似乎他还没来得及顾及这些，只抬头向那神秘人看去，一脸愕然。

那诡异的神秘人物冷冷站在远处，注视着他们，哼了一声，沙哑着声音道："想不到你居然连'五丁金甲''小鬼搬运'这些失传已久的法术都会，而且居然还能将这两大异术与'地遁'同时施展，我差点小看了你，单论这等异术，只怕天下更无人超过你了。"

周一仙面色肃然，虽然看起来有些滑稽，但此刻却沉声道："你怎么看破的？"

那人淡淡道："你不是说我是青云门的人吗，这些江湖小术，正是当年青云门祖师的看家功夫，我就算不会，难道还看不出来吗？"

周一仙慢慢站了起来，心中却是心念闪动，此番面对这个神秘人物，委实令他感觉有些应付不了，道行高深莫测不说，只怕放眼天下，也难以找到可以和此人对抗之人；更令人不解的是，此人竟似乎是青云门下，且在太极玄清道上修行之高，生平仅见，但偏偏此人身上庚气之重，亦是前所未见，怎的会有这么一个人物，却又会在深夜于这义庄之内出现呢？

第二百零七章
再重逢

青云山，大竹峰。

守静堂外，大竹峰众弟子从宋大仁开始到杜必书，一字排开站在了门外，脸上都有着着急担忧的神色，不时向着守静堂中观望着。

过了一会儿，守静堂里响起了脚步声音，走出了一个女子，却是小竹峰的文敏。宋大仁等大竹峰弟子一下子围了上去，宋大仁与文敏相熟，看了看文敏身后空无一人，低声问道："我师娘她怎样了？"

文敏点了点头，轻声道："苏师叔已经没什么大碍了，刚才回山时候那阵突然昏晕，听我师父说乃是担忧太甚的缘故，现在我师父在里面陪着她，已经醒来了。"

宋大仁等众人不约而同都松了口气，但面上神情却没有一个人能高兴起来，杜必书苦着脸道："这可真是晴天霹雳啊，师父没了消息，这下子连师娘也差点出事了……"

"闭嘴！"宋大仁皱着眉头喊了一句，杜必书苦笑一下，摇头不语。宋大仁转向文敏，道："我师娘她有没有让你向我们嘱咐什么？"

文敏摇了摇头，道："没有，苏师叔只是和我师父低声说着话，说了几句师父就让我也出来了，似乎有什么事不想让我知道。"

宋大仁愁眉苦脸，道："这个……这个……"

文敏见他着急，心中微有不忍，劝道："宋师兄，你也别太着急了，反正多大的事，不是还有苏师叔和我师父他们在嘛！现在发生变故，苏师叔看着心力交瘁，这里的担子你可要多多担着才是。"

宋大仁叹了口气，点头道："你说得是。"沉吟了片刻，转过身对其他师弟道："好了，好了，既然知道了师娘平安，大家也不用一直站在这里了，不然若是被师娘知道，反倒给她添乱。大家先回自己房间去，该做的功课还是要做，我就先在这里守着好了。"

吴大义、何大智与杜必书等人相互看了一眼，沉默了片刻之后，老二吴大义点了点头，道："这样也好，我们听大师兄的话好了。"说完，他又转向宋大仁，道："大师兄，迟一些我过来替你吧。"

宋大仁刚想摇头推辞，何大智拍了拍他的肩膀，道："大师兄，你嘱咐我们好好休息，自己可不要不当回事，师娘也不会喜欢你这样的。"

宋大仁苦笑了一下，点了点头。当下众人都渐渐散了去，只有宋大仁和文敏站在守静堂外，一时无语。

两人之间对望了一眼，文敏忽然脸上一红，慢慢低下了头去，宋大仁咳嗽一声，却也感觉自己有些心跳加快，连忙定了定心神，干笑两声，道："文……师妹，你不是前不久刚刚和你们小竹峰的陆雪琪一起去了南疆了吗，怎么这么快就回来了？"

文敏摇头道："我是去了南疆，本也没打算这么早就赶回来，但临时那里出了些怪事，我与陆师妹商议之后感觉此事非同小可，便由我先赶回来禀告师父和诸位长老，陆师妹仍留在南疆见机行事。"

宋大仁一怔，道："什么事，竟然如此重要？"

文敏迟疑了一下，向四周看了一眼，随即靠近宋大仁，凑在他耳旁低声说了几句，不等她说完，宋大仁听了脸色已然有些变了，待文敏一一道来，然后离开了他的身边，站在他面前看着他，低低地叹了口气，道："这下你知道我为何要赶回来了吧。"

宋大仁脸上阴晴不定，半晌才怔怔说了一句，道："这……真是多事之秋啊。"

文敏默然许久，低声道："谁说不是呢，我也觉得真是一波未平，一波又起，加上我回来之后，本门里居然又出了这样的事情，唉……"

她一声叹息，没有再说下去了，宋大仁陪她站在一起，忽然觉得身旁这个女子身形消瘦，看上去竟多了几分柔弱之感，忍不住慢慢站得近了些。

文敏正低头沉思着，似乎没有感觉到，但嘴角却轻轻动了一下，不过也没有说话，只是那么安静地站着。

两个身影，就这般安静地站立在大竹峰守静堂外。

远处，大竹峰竹涛阵阵，和煦的阳光正照耀下来，蔚蓝青天里，却正是天高气爽、万里无云的美丽景象，温和地注视着这人世间。

守静堂后院，僻静卧室之中，两个女人相对坐着。

水月大师沉默了许久，道："师妹，你要不还是去床上躺一会儿吧。"

苏茹慢慢摇了摇头，虽然看上去她是一脸的倦意，但仍然口气坚决而低沉地道："我不去，就算去躺了也是睡不着的。"

水月大师叹了口气，道："师妹，你不要太过担忧了，就像我刚才对你说的，不管怎么说，田不易是和掌门师兄同时不见的，你没有见到他真的遭遇……什么意外，便不要再胡思乱想了。再说了，虽然说道玄师兄近日有些不妥，但他修行神通之高，远在我等之上，定力也是如此，田不易与他师兄弟多年，他断然不会乱来的。"

苏茹默然，眼眶却又有些微微发红了。

水月大师摇了摇头，站了起来，在房间中来回走了几步，显然也是有些心烦意乱。目前青云门这个乱局，连普通弟子都看得出来，更何况他们这些多少知道一些内幕的长老。

苏茹强笑了一下，岔开了话题，道："师姐，你怎么今日也突然到通天峰上去了？"

水月大师没好气地道："还不都是为了焚香谷云易岚那里的破事，本来是要去找掌门师兄商议的，没想到却又出了这么大的事，到最后居然连堂堂一门之主都失踪不见了。"

苏茹皱了皱眉，道："焚香谷谷主云易岚？他又有什么事关系到我们青云了？"

水月大师冷笑一声，道："我门下弟子陆雪琪和文敏到南疆追查兽神下落，你是知道的吧？"

苏茹点头道："知道啊，我刚才正奇怪呢，怎么看着文敏居然这么快就回来了，跟在你身旁，那个陆雪琪也回来了吗？"

水月大师摇了摇头，道："雪琪尚未回来，这次是她们两个商议之后，由文敏先回山向我禀告的。"

苏茹道："出了什么事？"

水月大师道："她们在南疆去拜会那个云易岚的时候，云易岚突然向她们询问，我们青云门的诛仙古剑是否已经损毁了！"

苏茹脸色大变，愕然道："什么？"

水月大师冷笑道："你也吃惊了吧，我当时听闻，也是为之震动，云易岚身在千里之外，怎会知晓这绝大的秘密？当日道玄师兄将我们几个有弟子在场的门脉叮嘱得如同防贼似的，就是生怕此事泄露，你可还记得？"

苏茹默然许久，眼中担忧之色又重了一层，叹道："这真是坏事传千里了。"

水月大师来回踱步，道："而且你有没有想过，云易岚为何要对那几个小辈说这种话？"

　　苏茹缓缓点头，道："我也正在想此事，若说是看在同为正道的分儿上，他便不该当众提及，反而要替我们隐瞒才是；若并非如此，他乃是心怀叵测，却也应该深藏不露，看准时机才是他这等人物该做的事。"

　　"不错！"水月大师哼了一声，道，"问题便在这里了，云易岚这老儿看着像是做了一个傻瓜才会做的糊涂事，两面俱不讨好，但偏偏我等都知道此人并非傻瓜，而是个老奸巨猾之人，但他到底想做什么，却实在让人想不通。"

　　苏茹沉思许久，却忽然伸手揉了揉额角，面露痛苦之色。水月大师吃了一惊，连忙走了过来扶住她，自责道："你看我，本来你就够心烦的了，我还跟你说这些，好了，不说了，不说了……"

　　苏茹淡淡苦笑，道："唉……若是从前时候，有掌门师兄主持大局，我们本来也根本不怕这些事情的，可是如今青云门自己先乱作一团，外面时局又纷乱无比，不知道有多少外敌虎视眈眈，真是不知道该如何是好……"

　　水月大师皱眉，随即柔声道："师妹，别说了，你看你都累成什么样了。不是跟你说了嘛，掌门师兄虽然这些日子脾气古怪了些，与往日不同，但他道行修行神通，心志坚定，我们根本不用害怕什么的。"

　　苏茹摇了摇头，随口道："师姐，你不懂，掌门师兄他道行虽然高强，但诛仙古剑凶戾之气反挫却是遇强越强，他道行虽高，只怕入魔更是深了……"

　　水月大师一怔，道："你说什么？"

　　苏茹一惊，这才发觉自己说漏了嘴，正欲掩饰过去，水月大师眉头深锁，走到她的面前，肃容道："师妹，到底那诛仙古剑还有什么秘密，快说与我听。"

　　苏茹默然良久，叹了口气，道："罢了，反正到了现在，迟早也是瞒不住的了，师姐，我这便告诉你吧。其实，这都是百余年前的事了……"

　　南疆十万大山，镇魔古洞深处。

　　久别重逢，在最初的话说完之后，小白和鬼厉都有种不知该说什么的感觉，只有趴在鬼厉肩头的猴子小灰，似乎十分高兴看到小白，咧嘴笑个不停。

　　鬼厉忽然一怔，似乎想起了什么，转头向来路看了看，却只是一片黑暗，不由得皱了皱眉头，对小白道："和我一起来的那个女子，你把她怎么样了？"

　　小白哼了一声，淡淡道："我能把她怎么样？你操心的事情还真是多啊。"

　　鬼厉默然片刻，摇了摇头，并不想在这个问题上多加纠缠，当下道："对了，你为什么会在这里，当日你走了以后，我一直都没你的消息，这次我来了南疆，也暗中打探过，可是也都找不到你。"

小白笑了笑，身影似乎在青色幽光中轻轻晃荡，摇动之间，满是动人风韵，道："我走的时候不是对你说了嘛，我要找那个'八凶玄火法阵'给你的。"

鬼厉道："我记得，所以我也去过焚香谷的玄火坛，可是什么都没发现，对了，你还没说你到这镇魔古洞做什么来了？"

小白耸了耸肩膀，道："我来这里，自然便是为了那个法阵了，还有顺便看看一个老朋友。"

鬼厉看着她，沉吟了一下，道："难道你是说这里……"

小白点头道："不错，焚香谷玄火坛那里的法阵损毁之后，世间便只有这个镇魔古洞里留着完好的八凶玄火法阵了，另外，我的那个老朋友也正好在这里呢。"

鬼厉脸色变了变，慢慢地道："你说的那个老朋友，莫非是……"

小白微微一笑，道："便是你们口中的那个兽妖之王，兽神了。"

鬼厉虽多少有些想到了，但听得小白亲口说出，仍是怔了一下，一时不知该说什么才好。

半晌之后，鬼厉缓缓道："你怎会与他有交情了？"

小白看着他，脸上依旧带着一丝柔媚笑容，但目光却清澈如水，又似带着几分讥嘲，道："你难道不知道吗，我就是一个老妖精，年纪大了，自然知道的事情多，认识的怪物也多了啊。"

鬼厉默然，小白看了他一眼，道："那你呢，你来这里做什么？刚才你说是鬼王命那个女子带你来到这里的，他又想搞什么鬼？"

鬼厉摇了摇头，道："鬼王宗主令我前来这里，倒并非要追杀那个兽神的。"

小白一怔，道："不是杀他，那要你千里万里地来这里做什么？"

鬼厉道："他要我收服兽神身边的一只异兽饕餮，带回去给他。"

"饕餮？"

小白又是怔了一下，皱眉思量了片刻，自言自语道："怪了，他什么时候居然对饕餮感兴趣了？"

鬼厉淡淡道："这我就不知道了，反正他是这么传令的，我照办就是。"

小白哼了一声，道："那饕餮可是兽神身边须臾不曾离身的灵兽，你要收了它，必然要过兽神那一关，难道你有把握能胜过兽神吗？还是你也想在他受伤之后落井下石？"

鬼厉看着小白，没有说话，片刻之后忽地微微笑了一下，却是迈开脚步，从小白身旁走了过去，向着洞穴更深处的黑暗里走去。

小白面色微微一变，跟在他的身旁，道："你这是什么意思？"

趴在鬼厉肩头的小灰看到小白就在身旁，"呼"的一声从鬼厉肩头跳了下来，落在了小白身上，小白将猴子接住，搂在胸前，摸了摸它的脑袋，眼中也不由得有了几分亲切之色，随即又转头看向鬼厉。

鬼厉缓缓道："你是知道的，宗主他吩咐我的事，只要不是太过分，我都会替他去做。"

小白哼了一声，道："你有没有想过，你自己这般做了，心里可能会舒服一些，但这些年来你做的事情，只怕也未必都是碧瑶她喜欢你做的吧。"

鬼厉的脚步忽然停了，整个人似乎停滞了一下，小白皱了皱眉，也停下了脚步，却没有去看鬼厉，而是低头慢慢看着猴子小灰，轻轻抚摸它的毛发。小灰三只眼睛眨了眨，似有些不解，一会儿看看小白，一会儿又向主人看去。

鬼厉沉默了好一会儿，才低声道："你既然知道这样做会让我稍微舒服一些，为什么还要这样说？"

小白叹了口气，没有说话。

鬼厉的身影看上去似乎突然显得有些孤单，只是他站在那幽幽青光里，却并没有回头，就像他早就习惯了，不曾回头一样，他沉默了许久，最后只说了一句："伤天害理的事，我没有做过！"

说罢，他再不多说一字，继续向前走去，望着那个身影，小白也沉默下来，半晌之后，她望向怀中的小灰，却只见猴子的三只眼睛正看着自己。

小白苦笑了一下，道："你那个主人啊，这十多年来居然没有发疯，当真也是奇怪！"

两个身影，在镇魔古洞的深处走了很久，鬼厉没有着急赶路，小白却似乎也是心事重重的样子，既没有阻拦鬼厉前去寻找兽神，也没有开口指点道路方向，只是陪在他身后走着，若有所思。

忽然，鬼厉停下了脚步，在他的面前，前方黑暗之中，忽然亮起了一道幽幽的绿光，闪烁不定，在距离地面数丈之高的地方闪闪发光。

而四周，一片寂静，别说呼吸，便是连那些凶恶魔兽的腥臭之味也都一点没有。这时，走在他身后的小白叹了口气，道："到了，前面绿光之下是一个门，过了那门是一间大石室，你要找的人和灵兽，便都在里面了。"

鬼厉没有说话，不过小灰却是看了看小白的脸色，忽然跳了起来，几下又跳回了鬼厉的肩头，然后回头向小白咧嘴笑了笑，摸了摸脑袋。

小白对着小灰也微微一笑，随即又对鬼厉道："你听我说，我和兽神交情匪浅，所以要我帮你对付他，只怕是不行的。他的道行神通，我想你虽然未曾交过手，但多多少少也该心里有数吧。他虽然重创于诛仙剑下，但也不是寻常修真之人能够对付得了的。所以……"她看着他，慢慢地道，"真的，你现在放手，还不迟！"

鬼厉沉默了一下，却是对着小白，慢慢摇了摇头，随即深深吸气，定了定神，便向那个绿光处走去，望着他的身影，小白没有继续跟上去，眼神之中，却闪烁着一丝淡淡的幽怨温柔之意。

忽地，她向着鬼厉的身影稍微提高了声调，道："你身上可还带着那个玄火鉴吗？"

鬼厉怔了一下，停下了脚步，转过头来，道："是，怎么了？"

小白面上，似有几分无奈，缓缓摇了摇头，道："你记住：第一，兽神他是可以打败的；第二，危急关头，你可以用玄火鉴试试看。"

鬼厉点了点头，虽然心中还有几分不解，但也不愿多问，道："多谢了。"说罢，继续转身，融入了黑暗，远远地，传来猴子小灰"吱吱"几声轻声叫唤。

小白望着那片黑暗，站在原地，默默伫立，仿佛已是怔住了，又像是在默默等待着什么。

绿色幽光之下，果然现出一扇石门，不过门扉早就不见了，只有此刻看得清楚的那处绿光，原来是一枚硕大的绿色宝石，正镶嵌在石门岩壁之上。

鬼厉没有停顿，走了进去，顿时眼前一亮，一个燃烧的火盆，孤独地摆在远处地面之上，在火盆火光的周围，又是一片黑暗，看不清楚这个石室到底有多大，但是火光背后，他却真真切切地看到了一个男子，一个身着鲜艳丝绸衣衫的男子，背靠着一个小石台坐在地上，正微笑着看着他。

那个人的容颜，是他曾经熟悉的，而在那个男子的身旁，恶兽饕餮慢慢站了起来，满怀敌意地低声咆哮。

那个看上去有些妖艳之气的男子，虽然是一脸的疲倦之色，但眼神之中，却似乎还是带着淡淡笑意，微笑着对站在门口的鬼厉，道：

"我们又见面了！"

第二百零八章

断 剑

中土，河阳城外废弃义庄。

这个神秘人物一举击破周一仙施展法术，以深不可测的道行震慑全场，甚至连周一仙看家的逃命之术也被他所看穿，而在言谈举止之间，此人竟丝毫没有否认和青云门神秘的联系，加上他高深到不可思议的太极玄清道修行，这个神秘人物的来历，简直是无法想象。

然而，随着这个人黑暗身影的逐渐靠近，身上那股诡异的凶戾之气笼罩而来，周一仙、小环和野狗道人已经没有多余的念头去考虑这些事了。破除周一仙法术之后，那人隐藏在阴影之后的身子似乎突然受到了什么刺激，开始有些缓缓喘息起来，呼吸声慢慢变得沉重。

周一仙眉头紧紧皱着，盯着那个人影，眼中意外地没有多少惊惧，反而疑惑之色更多些。以这神秘人刚才表现出来的道行之高，自然是绝不可能才动手几下便气喘吁吁，显然，此人体内似有隐疾，或是什么怪异症状，竟连他这等高深道行的人物也难以自控。

虽然如此，但外表看去，那神秘人物非但没有任何衰弱下去的迹象，相反，随着凶戾之气不断高涨，太极玄清道那股纯正温和的气息消沉下去，笼罩而来的杀气和威压，却是有过之而无不及。这个时候，任谁面对着那一双黑气之后渐渐亮起闪着凶狠暗红眼神的眼睛，都会明白接下来这个神秘人物将要做什么了！

周一仙一咬牙，似下了决心，猛然一拉，要将野狗道人和小环拉在自己身后，伸手处，野狗道人被拉了过来，但小环那里，却是拉了个空。

周一仙吃了一惊，还未等他回头看去，却只见人影闪过，小环竟是已经站在了他的身前，面对着那个神秘人。周一仙愕然，却只听小环急道：

"爷爷，你们快走，我来挡住他。"

周一仙怒道："你懂得什么，此人道行非同小可，快……"

他"回来"二字尚未出口，只见小环已然动手，面对着那个神秘人，这个看上去秀丽清纯的少女双手猛然扬起，一本黑色无字封皮的书从她手间隐隐闪过，片刻之后，当初鬼先生赠送给她的那七枚神秘的"血玉骨片"，出现在了她的手上。

一股黑暗气息，无形却似有质，陡然间凭空散发出来，降临在这个废弃庭院之中。周一仙愕然止步，就连前面逼近的那个神秘人，也轻轻"咦"了一声，停了下来。

与那神秘人身上凶戾气息截然不同，但同样蕴含着诡异黑暗气息的森森鬼气，从四面八方涌了过来，此处原本是一处义庄，阴气本来就极重，此番小环施展了诡异的鬼道异术，登时是鬼啸连连，阴风惨惨，直如万鬼呼啸，让人心头直瘆得慌。

七枚血玉骨片，缓缓从小环手心中飘了起来，如被无形之手操控，在小环身前半空中排列出一个三角形状，每一片之上那些似血污一般的地方，都缓缓泛起了暗红色的光芒，如七只慢慢睁开的眼睛，盯着那个神秘人物。

满院子的阴风之中，那个神秘人的衣衫也呼呼直响，但他似乎根本不受这些阴灵鬼魅之惑，那双隐藏在黑气阴影之后的眼睛微微眯了起来，突然寒声说了一句："鬼道之术！"

小环眉头微微皱着，原本秀美的脸庞此刻显得微微发白，不知道是因为第一次施展这等异术不熟练呢，还是女孩儿家天生就对鬼魅阴灵这些事物有些反感惧怕，但不管怎样，这第一次被她施展而出的鬼道法术，经由鬼道异宝"血玉骨片"的催化，已然成形，在小环身体附近逐渐凝聚了一层深邃黑气，并且在小环手臂翻转之间，浑然成形，却是一个与小环形象格格不入的巨大黑色骷髅头，看上去诡异至极。

而七枚血玉骨片此刻也随之缓缓升空，镶入了那个黑气所化的骷髅两只眼眶之中，瞬间，那骷髅如获新生，双眼中红光大盛，张口一呼，阴风大起处，如雷鸣一般远远激荡了出去，一道黑气如利箭一般急速无比从它口中激射出来，向那神秘人射去。

破空之声，如鸣镝尖啸，转眼即到了那神秘人身前，神秘人身形一转，看似缓慢，却是在间不容发之际将这道凶厉的鬼气之箭躲了过去，那鬼箭破空而去，激荡之声尚在耳边。

但不容他喘息，前方那个黑色骷髅口中竟是接二连三又喷出黑色凶厉鬼箭出来，破空尖啸阵阵，直向那个神秘人物射来，且方向也各有不同，上下左右皆有，竟是丝毫不留余地了。

站在小环身后的周一仙与野狗道人都变了脸色，所不同的是野狗道人是又惊又喜，不曾想到小环道术竟然如此厉害；而周一仙表情却复杂得多，脸上也没有几分欣喜，更多的却是担心和疑虑。

也就是在这个时候，周一仙忽地脸上神情一动，退后了一步，却是向这个院子里另一个方向看了过去，那里并非小环与那个神秘人物斗法的地方，相反，是所有人都没有注意到的，他们刚刚探查过的一个地方——义庄的那个废屋。

那里阴影深深，不过与此刻庭院之中的鬼气森森相比，那里似乎反而显得更好些，刚才周一仙与野狗道人在门口向里面张望，里头自然是早已荒废了，什么都没有，只有残留的破瓦碎砾，还有就是让人看着不舒服的几具破旧棺木。

但就是这些，却突然把周一仙的注意力吸引了过去，甚至连激斗中的小环他竟也一时不注意了。

那间废屋之中，却又是什么事物出现了呢？

周一仙眼睛眨也不眨地盯着那里。

庭院之中，小环的鬼道异术声势逼人，竟然一时在场面上完全压倒了那个神秘人物，眼看着她召唤出来的那个黑色骷髅不停发出凶厉至极的鬼箭，一支一支破空射去，虽然没有一支能够射中那个神秘人，但也逼得那个神秘人不停闪躲，这阴森诡异的鬼道之力，似乎连那个道行高深莫测的神秘人也不愿直接其锋。

只是这般过了半晌，虽然小环身外笼罩着的那个黑色骷髅凝而不散，并且双目之中的红光也一样亮堂，但是那个神秘人却有了变化，似乎已经看出了什么，冷笑一声，忽地在漫天鬼箭如雨中，欺身飞起，直向小环扑来。

所有的鬼箭似乎一时都失去了准头，从他身边滑了开去，咄咄之声尖啸不绝于耳，却是都向旁边飞去了。野狗道人脸上失色，小环也是脸色一白，眼看那黑色身影就要飞近身子，她双手猛然一合，并于胸口，顿时在她法术催持之下，黑色骷髅呼啸一声，竟是突然变小了一半左右，但同时也挡在了小环身前，那七枚闪烁红光的血玉骨片急速旋转着，黑色骷髅双眼之中，瞬间洒出一片红色光幕，截住了那神秘人物的来路。

神秘人"哼"了一声，似乎以他的道行，竟然也对这片红色光幕有着几分忌讳，硬生生顿住了身子，停了下来，反观小环，虽然暂时脱离危险，但紧接着不知为何，整个人身子一颤，似乎突然间元气大伤，脸上竟也闪过一道黑色，片刻之后，她手间法术与身前那个黑色骷髅，全都开始微微颤抖了起来。

就连她操控射出的鬼箭，也立刻受到了影响，从刚才尖啸激射、势不可当的气势，变成了软弱无力的样子，而先前小环作法洒下的那片红色光幕，也在小环吃力的神情中，渐渐抖动，终于消散了。

意外地，那个神秘人在小环突然现出颓势之后，没有再度攻击，反而站住了身子，看着对面那个渐渐衰弱的少女，眼中闪烁过一丝寒光。

野狗道人大急，不知道小环前一刻看上去还好好的大占优势，怎的突然就似乎元气大伤地败了下来？连忙上前扶住了摇摇欲坠的小环，入手处，他顿时大吃一惊，小环的身子冰凉至极不说，那寒意中更有一股诡异莫测的鬼力妖气，咝咝地散发出来，直欲择人而噬。

幸好这个感觉很快就随着小环无力坐倒而消散，野狗道人也不敢怠慢，扶着小环慢慢坐下，周一仙默默走到小环身旁，仔细看了看她的面容，摇头叹息了一声，没有说话。

小环此刻看上去衰弱至极，似乎是连话也说不出了，半空之中的那个黑色骷髅渐渐变淡，终于也消散了去，只留下了变回平淡无奇的七枚血玉骨片，从半空中微微凝了一下，随即掉落了下来，落在小环身前石板之上，发出了几声清脆的声响。

那神秘人看了看小环，突然道："这'血魂'之术，她修行了多久？"

周一仙慢慢走到小环身前，挡住了他看向小环的视线，神秘人向他看去，周一仙淡淡道："不过一月而已。"

那神秘人沉默了片刻，眼中那两点红光不知何时，缓缓又暗淡了许多，随着那两点红光的弱化，他整个人似乎看起来多了几分人味，身上那股凶戾之气也淡多了。

周一仙眉头一皱，他走南闯北见识阅历，放眼天下都没几人能与他相提并论，自然也看出了这神秘人身上的怪异之处，眼中渐渐露出思索之色，随即似又想到了什么，忽然又向那间废弃屋子方向，看了一眼。

冷冷夜风之中，那栋荒废多年的屋子孤零零耸立着，破败凄凉，当真是一点异处都没有，只是周一仙看着它的表情，却大是古怪，隐隐中还有几分期待。

那神秘人沉默了一会儿，声音还是那般平淡，但看向周一仙身后的视线里，已经多了几分意外的赞赏，道："好天资啊，只可惜却用到了鬼道小术之上。"

周一仙转过眼看着他，道："这位尊驾，我们并无意冒犯于你，今晚误入此地，也并无他意，更不想与你起什么冲突。如果没有其他事，请尊驾还是让我们三人走吧。"

神秘人目光慢慢收了回来，看着周一仙，冷笑了一声，道："误入此地，你们说得倒轻松，谁知道你们不是……"

话说了一半，突然，那人身子却是微微一抖，竟是把话都中断了，周一仙一震，随即清清楚楚地看到，那面黑色笼罩之后的面庞上、眼眶中，两点红色的光亮，竟又缓缓亮了起来。

凶戾之气重新泛起，无形地笼罩过来，威压一切，比之刚才竟有过之而无不及。

周一仙脸色大变，猛然退后一步，一把将无力的小环拉了起来，对惊愕的野狗道人急道："快，快分开跑，逃得一个是一个……"

野狗道人似乎也明白了什么，但还不等他开口说话，前方黑暗猛然一凝，阴风大盛，一个巨大的阴影霍然从天空径直笼罩而下，竟是将他们三人完全笼罩其中，更无去路可走了。

野狗道人大吼一声，整个人扑了上去，将小环压在身下，用自己的身体挡住那片黑影，周一仙怔了一下，老脸上复杂的神情一变再变，但须臾之间，那片威势无比的黑暗如天幕落入人间，沉重威势不可阻挡，轰然罩了下来，如万丈泰山压顶一般，眼看就要将三人压作碎粉。

就在这电光石火之际，生死关头，那个废屋之中忽地闪起一道赤色亮光，似有人在黑暗之中猛地怒吼一声，这光亮瞬间暴涨，仿佛被压抑许久的愤怒，转眼间刺破黑暗，变作光芒无比耀眼的巨大光柱，硬生生从废屋黑暗深处迸发出来。

随即而来的，是如雷鸣一般的轰鸣之声，整座废屋瞬间被一股大力震得四分五裂，无数碎土瓦砾在巨大的轰鸣声中被激射上天际，赤光耀耀，如火焰熊熊，一个人影化身巨龙，划过黑暗虚空，以雷霆万钧之气势轰然而至，向那个神秘人射去。

眼看就要将周一仙、小环、野狗道人三人压得粉身碎骨的诡异阴影突然如长鲸吸水一般收了回去，巨大的压力猛然间消失，周一仙等三人竟是都不由自主地感觉到天旋地转，脑海之中晕个不停。

而远处，迎着那个激射而来的光亮人影，这个神秘人物似也十分恼怒，双目之中血红之色更重，猛然间双手齐出，挡在身前，瞬间凝成一道黑影之墙，硬生生抵住了那道熊熊赤光。

只是双方全力激斗之下，赤光与黑影交界之处，光影竟也白热化，不断发出"啦啦"怪异的啸声，远远看去，那周围景物竟都开始汽化，滚滚热浪开始翻滚，一点一点向上空飘荡而去。

而此刻，他们两个神秘人物的身影竟然已经看不清楚了。

这样一个平静夜晚，这样一个荒废义庄，竟然有如此高深道行的人物，在这里作决死的斗法！

忽地，那光亮的最深处，迸发出一声巨响，如天际惊雷猛然炸响，瞬间一股巨大的劲风扑面而来，四面沙尘滚滚，所有的物体都被激射而出，甚至周一仙等三人的身体也不由自主地向外翻腾飘了出去。

那惊雷之中，竟似乎还有一个声音大声怒吼，如雷霆一般：

"你还不回头！"

回答那个声音的，是一声冷笑，包含着无穷无尽的不屑与狂傲。

光影摇曳，然后最终缓缓暗淡消散而去，一个大坑，霍然在沙尘之间现身出来。坑中站立着的两人对峙，一人是周一仙他们从未见过的，身形矮胖，满面怒容，手持一柄赤色仙剑，凛然生威，只是不知是不是受了伤，此人的嘴角边上，已经有血丝痕迹；而另一人看衣衫服饰，正是刚才他们对敌的那个神秘人物，但此刻笼罩在他身上面前的那层黑气却已经消散了开去，不知是不是因为和这个矮胖人物斗法太过激烈，无法保持的缘故。

远远看去，这神秘人身着青云门道袍，面目却是清瘦，五绺长须，给人第一眼的印象，却是得道高人、卓尔不凡，只是此刻他双目之中寒光闪闪，红芒闪烁，却是平添了几分诡异。

那矮胖之人向周一仙等人处看了一眼，似乎看到他们三人暂时并无生命危险，这才露出放心一点的神色，随即神情转为严峻，盯着那个道人，半晌之后，冷笑寒声道："你以为就凭这个'诛心锁'道术，就可以将我困住吗？"

那道人双目之中红芒闪烁，身上凶戾之气强盛至极，几如有形之物，不断伸缩吞吐，阴森森地道："我倒忘了，这个道术原是你那一脉祖师所创的，不过用在你的身上，滋味不好受吧！"

"呸，"那胖子喝道，"你堕入魔道，还敢妄言。'诛心锁'早已被历代祖师明令禁修，如今你无视祖训，眼里还有青云门历代祖师吗？"

那道人冷笑一声，道："当日你与我大战一场，祖师祠堂的毁坏，可不是我一人的功劳，你眼中可还有青云门历代祖师吗？"

那胖子一滞，但随即更是恼怒，一时竟不知说什么好，只是狠狠瞪着道人。那道人打量了胖子几眼，忽地冷笑道："我看你还是不要逞强了吧，虽然你道行比我想的还要深厚，竟可以强破'诛心锁'禁制，但你为了救那三人，耗费修行强行打通全身气脉，此刻气血回涌，全身气脉一起震荡，最多不过只剩了平日六成道行。嘿嘿……"

他阴恻恻寒声冷笑，道："当日你全盛的时候，尚且不是我的对手，被我擒下禁锢在这废棺之中，如今还敢与我为敌吗？"

　　胖子却没有丝毫畏惧退缩之意，凛然道："当年你与万师兄绝代风华，荡魔除妖，我追随你们之后，便是为你们死了，也没有丝毫悔意；但今日你已非当年之人，而我所为，却正是你与万师兄当年九死不悔所做之事。"

　　他一声长啸，面容上带着几分刚毅，却还有几分深深哀伤，喝道："接剑！"

　　一言未落，人影如电，瞬间融入赤光熊熊，如巨龙腾空，猛扑而来。那道人双眼中红芒大盛，瞳孔却微微收缩，眼看那赤色光柱声势之盛，竟似划破长空，割裂天地，几不可阻挡，只剩下同归于尽这一条路了。

　　他却忽然冷笑，右手挥舞处，突然一道冷光泛起，并没有多少耀眼光芒，但就是在身前挡住了那道赤色光柱的去向。

　　而那道冷光与赤色光柱甫一接触，陡然间闪耀光辉，看似无锋迟钝，竟然是硬生生切了进去，一阵光芒耀眼闪烁摇动。

　　那胖子忽然间一声怒吼，随即一声痛呼，顿时赤色光芒倒折而回，轰然而散，胖子跟跟跄跄竟是被打飞了出去，落在地上更是站不住脚，接连向后退去，而一路倒退之中，他口中已然是喷出了鲜血，显然伤得极重，甚至连胸口衣衫都被血染红了一大片。

　　而那个道人处，冷光一闪即收，定睛看去，他手上却是握着一把平淡无奇的古剑，那古剑形式古拙，材质更是奇怪，似石非石，最奇怪的地方是，这柄古剑竟是一柄断剑，前头两尺地方，竟是折断了。

　　那胖子口中鲜血流出，狠狠盯着那道人，嘶声道："你……你竟敢将诛仙剑也带下青云山？"

　　那道人仰天狂笑，姿态猖狂至极。而远处，周一仙等三人越听越惊，到了最后，更是惊得脑海中一片空白！

　　诛仙古剑！

　　那道人手中的断剑，竟是名动天下的仙家第一名剑——诛仙古剑吗？

　　那么这两个道行高到恐怖的人，又会是什么人物？

第二百零九章
心 机

南疆，十万大山。

冰冷的阴风逐渐让人感觉到了寒意，天空中低沉的黑云与那个渐渐明显的幽深洞穴，都显示着那个传说中恶魔的洞穴渐渐接近。陆雪琪等一行人站在了离镇魔古洞十数丈远之外的地方，向那个洞穴方向眺望。

远远地，一个面对洞穴深处背对他们的石像，孤独地伫立在镇魔古洞的洞口，除此之外，别无他物。

李洵看着那个洞穴，似乎也有些莫名的紧张，低声道："就是这里了。"

阴风呼啸，似乎突然间拔高了几分声调，让人悚然一惊。陆雪琪、曾书书、李洵等人道行深厚，自然并不畏惧这阴风里所蕴含之阴气，而跟着他们前来的十几个焚香谷弟子，也无不是百里挑一的高手，看去也没有太多的不适神情。

曾书书回过头来，道："此处妖气果然是极重的，只是我们观察许久，却并无一个兽妖出没，这倒有些奇怪。"

陆雪琪点了点头，但清冷神情丝毫不变，淡淡道："既然来了这里，我们就过去好了，有什么魔兽妖孽，也好早早对付。"说罢，也不等李洵等人回答，径直就向前走了过去。

李洵与曾书书对望一眼，曾书书干笑了一声，耸了耸肩膀，跟了上去，李洵从背后看着那个窈窕的背影，忽地暗自叹息了一声，对他来说，那个身影真不知在他梦里出现过多少回了，可是当真有机会在一起的时候，却似乎反而离得更远。

他默然片刻，挥了挥手，招呼了一下身后的诸位师弟，也跟了上去。

远处，镇魔古洞洞口那尊神秘石像的附近，忽地黑影闪过，向洞穴之中闪了进去，正是黑木的身影。

几乎是随着黑木的身影闪到洞口，那个洞穴深处忽地凭空一声低吼，正是那凶灵黑虎的声音，随即半空之中的虚幻烟雾开始凝聚，眼看凶灵就要再度出现。便在此时，隐藏在黑衣之后的黑木忽地疾声道："大哥，你先不要出来，听我说。"

凶灵黑虎的声音冷笑了一声，但白色烟雾仍然在凝聚着，显然没听黑木的话，道："畜生，你还敢回来吗？"

黑木站在洞穴一角的阴影里，道："你现身之后，难免惊动到这些过来的人，今日来这镇魔古洞之人源源不绝，所为何事，难道你还不知道吗？"

虚幻的白色烟雾突然在半空中滞了一下，没有继续增加，却也没有散去的意思，片刻之后，黑虎的声音冷冷道："你什么意思？"

黑木冷然道："他们前来这里，自然是要对付这个洞穴里面的人，不管怎样，这不正是你所希望的吗？更何况早先你便已经让人进去了，现在何妨再多放些人进去，有何不可？"

洞口之外，远远响起了脚步声音，那一行人，接近了这个古老幽深的洞穴。

白色的烟雾忽地散开，在从洞穴深处吹出的强劲阴风之中，瞬间散于无形，而几乎是在同时，黑木那黑色的身影也隐没在了黑暗之中。

陆雪琪、曾书书和李洵等人的身影，在下一刻，出现在镇魔古洞的洞口之前。

曾书书小心翼翼地向洞穴深处那深沉的黑暗望了一眼，眉头皱了起来，显然对这妖气如此之重却又如此诡异莫测的地方，感觉有些不放心。而站在他身边的李洵，和他有几分相似，也是微微皱起了眉头，但神情之间，眼光中却透露出几分隐约的意外和惊讶，他慢慢在洞穴口附近来回走了几步，但一片平静，除了强劲刺骨的阴风之外就再无其他声息。

这似乎让李洵感到有些困惑，他凝视着这个镇魔古洞，默然不语，似乎在沉思什么。

与这两个男子不同，在到达这个洞穴外之后，陆雪琪很快地就将注意力从镇魔古洞里那片幽深的黑暗，转到了旁边那尊神秘而孤独的女子石像上，她缓缓走到石像面前，凝视着石像。

石像女子不知道已经经历了多少岁月的风霜雨雪，从上到下到处可以看见侵蚀的痕迹，但仿佛是有什么感应一般，陆雪琪却分明看出，这石像女子的神情依然是那般栩栩如生，她的面容是微微哀愁的，带着一份伤心，她的眼眸里，似也都是迷惘的，默默注视着这个神秘的古洞深处，仿佛在期待什么，又似乎在倾诉什么。

只是这千万年间，又有谁听到过她的心语？

…………

"陆师妹，陆师妹！"

忽然，几声有些惊讶的呼喊从旁边传来，陆雪琪全身一震，情不自禁地后退了一步，从自己莫名其妙的沉思中惊醒过来，向旁边看去。

曾书书脸上有几分讶异，还有几分担心，道："陆师妹，我叫了你几次了，怎么你都好似没听见一样？"

陆雪琪脸色微微发白，缓缓将垂在身边腰间的手握紧，却发现不知何时开始，自己的手心里居然都是冷汗。她深深呼吸了一下，镇定了下来，淡淡道："没事，你们发现什么了吗？"

曾书书摇了摇头，道："没有，这里除了阴风阵阵有些诡异之外，连一只兽妖的踪迹都没看到。"说着，他转向李洵，道，"李师兄，你发现了什么？"

李洵沉默了一下，同样摇了摇头，道："没什么，可是这里真的大有古怪……"

曾书书奇道："古怪，什么古怪？"

李洵一惊，连忙干笑了一声，道："没有，我是看此处本是兽妖巢穴，如何竟无兽妖出没，所以感到奇怪。"

曾书书笑了笑，道："说得也是，我心里也正觉得奇怪呢，你说呢，陆师妹？"

陆雪琪没有立刻回答，明亮清澈的眼眸中缓缓闪动着光芒，又向李洵处看了一眼，李洵不知怎么，忽然咳嗽了一声，转过头看着其他焚香谷弟子，道："你们几个过来，别离得太远了。"

陆雪琪默然片刻，又回头向那尊女子石像看了一眼，道："不管怎样，我们来到了这里，就绝无半途而废的道理，我们进去吧。"

曾书书点了点头，道："不错。"说完，他转头对李洵道，"李师兄，你的意思怎样？"

李洵依旧皱着眉头，似乎此刻他有什么难解心思一直挂在心头，但片刻之后还是道："陆师妹说得也是，我们还是进去吧。"

曾书书转过身，道："既然如此，我们就进去吧。不过这里毕竟非同寻常，我们还是小心一点比较好。这样吧，我当先开路，陆师妹你居中接应，李师兄你断后，其他诸位焚香谷师兄走在中间，可好？"

李洵点了点头，刚要答应，忽然陆雪琪在一旁淡淡道："如此不妥，还是换一下吧。"

曾书书与李洵都是一怔，曾书书道："陆师妹，那你是什么意思？"

陆雪琪沉吟片刻，道："我走前面，曾师兄走在最后，其他的人和李师兄都在中间吧，李师兄与诸位都是焚香谷的弟子，万一出事，也好有个指挥说话的人。"

李洵脸色微微变了变，似乎想说什么，但曾书书已然笑道："啊，说得也是，我怎么没想到这一点上，陆师妹说得有理，那就这么定了。"

李洵皱了皱眉，但终究还是闭上了嘴，没有说话，算是默许了。陆雪琪看了看他，又转过头来对曾书书道："曾师兄，你走在最后，视线较好，宜通观大局，运筹于心。"

曾书书微微一笑，忽地在李洵等焚香谷弟子都看不到的角度上，背对着他们，对陆雪琪眨了眨眼睛，随即笑道："陆师妹放心，有我断后，什么麻烦都不怕，哈哈哈……"

陆雪琪深深看了曾书书一眼，忽地嘴角似也露出浅浅一丝笑意，但随即却又消失，饶是如此，这片刻风华，却已让远处不时向她偷偷张望的焚香谷年轻弟子为之心神动荡，有人禁不住叹息了出来。

李洵哼了一声，面色冷峻，顿时异样声响消失无踪，陆雪琪面色重新转为漠然冰冷，向周围看了一眼，道："我们进去了。"说完，更不理会其他人，当先走去。

曾书书转身对李洵笑道："李师兄，我们也走吧。"

李洵点了点头，向其他焚香谷弟子招呼了一下，跟了上去，李洵等一行人都随着陆雪琪走入了那片幽深的黑暗，曾书书却似乎还不紧不慢，向着周围风景又眺望了片刻，似乎寻思着什么，片刻之后，他才神秘一笑，缓缓走进了这个古老洞穴。

低沉的脚步声从黑暗之中回荡着传了出来，镇魔古洞的洞口重新陷入了一片寂静之中。随着那脚步声越来越低，越来越远，终于消失之后，黑暗里忽然闪过一个身影，随即黑木的身形缓缓从黑暗里走了出来，慢慢走到了那尊女子石像的身前，默默看着石像。

在他身后，虚幻的白色烟雾缓缓飘起、凝聚，凶灵黑虎巨大的身影也再度出现，但此刻他却似乎没有立刻对黑木恶言相向，而是反身向洞穴深处那片黑暗里注视良久，忽地冷笑了一声，道："中土这些人，钩心斗角从来不绝，便是到了这里，居然还是在斗个不停。"

黑木转过身来，淡淡道："人心从来如此，不要说是他们，便是你我，甚至当年的娘娘，难道不也是如此吗？"

"什么？"凶灵黑虎巨大的身躯猛然转了过来，因为速度太急太快，以至于在半空中发出类似野兽低吼一般的闷响，再看他的脸庞时，已是满脸怒容，狰狞至极，只听他吼道："你说什么，你竟然胆敢侮蔑娘娘，而且还是在娘娘神像面前？"

在这恐怖至极的凶灵巨躯之前，黑木的身子看上去显得渺小至极，但不知怎么，虽然看不清他的脸，但从他平静的口吻之中，便可以听出他没有丝毫的畏惧之意，更多的仿佛是深深的疲倦。

"大哥，如果娘娘当初没有心机的话，这么多年以来，你以为是什么将那个不死不灭的妖孽封印在这个古洞之中？"

凶灵黑虎明显为之一滞，但他显然不想承认这一点，吼道："你胡说什么，那都是娘娘当年……"

"好了！"突然，黑木一反常态，竟然断喝了一声，打断了凶灵黑虎的话，道，"你不要老是这样把娘娘、娘娘挂在口边，对娘娘尊崇之意，我一分都不比你少。"

凶灵黑虎巨大的身躯僵了一下，脸上不由自主地露出了一丝惊愕神情，半晌之后，他没有发怒，脸上神情却反而冷静了下来，从上向下看着这个前世的亲人，他忽然笑了，然后淡淡道："你怎么了？从前你从来不会对我这么说话的。"

黑木仿佛是自嘲一般冷笑了一下，慢慢地又将目光转回到那尊巫女娘娘玲珑的石像之上，慢慢道："是啊，我从前是绝不会这般说话的，可是为什么现在我会变成这样了？我自己都不知道，谁又能告诉我？"

凶灵黑虎冷冷道："那是你自己的事，我没兴趣听也不想知道，你只管告诉我一件事就好。"

黑木怔怔地看着玲珑的石像，口中道："什么？"

凶灵黑虎道："当初是你背叛娘娘留下的遗训，大逆不道，私自帮助那个妖孽找回了南疆五族的五枚圣器，使他复活。但今日你为何又让我放人进洞，意图对他不利？"

黑木目光一直没有离开过玲珑的石像，半晌之后，他声音低沉而带着痛楚，道："娘娘当年封印兽神，是做错了；我们追随娘娘，要求那长生之术，所以造出了这等怪物出来，也是错了；我以为兽神罪不当此，却不料他竟迁怒天下苍生，以至于出了这旷世浩劫，我也错了。"

他惨然而笑，忽地回身，张开双臂，声音凄厉，仰天大喊：

"错！错！错！原来我们都错了啊……"

那呼喊之声远远回荡，群山响应，只是天地冷漠，却仿佛什么也未曾改变一般，冷冷注视着这凡俗人间。

凶灵黑虎巨大的身躯站在一旁，看着黑木那突然痛苦万状的身影，也沉默了下去，一句话也没有说，只是默默站在他的身后，眼眶之中，那复杂的眼神微微闪烁着，只是，却没有丝毫的泪光。

无论是他还是黑木，在这凄凉的世间，千万年来，都早已经失去哭的权利了吧！

行走在镇魔古洞之中的陆雪琪，忽地似感觉到了什么，站住脚步，回身向来时的路看了一眼，只是身后来路黑漆漆一片寂静，竟是除了沉默，再没有一点声息了。

只是那一阵突然而来的悸动，在心间竟翻滚回荡着，久久不曾平静。

跟在她身后不远处的李洵低声道："陆师妹，怎么了，你发现了什么吗？"

陆雪琪在黑暗之中，缓缓转过身子，向着前方，那里，却也是一片黑沉沉的黑暗。

她在黑暗中，沉默了片刻，然后静静地道："没什么，继续走吧！"

她在黑暗之中，深深呼吸，振作精神，昂然走去，黑暗在她身前悄悄散开，因为从她的手间，天琊神剑渐渐亮了起来，温柔的淡蓝色光辉轻轻笼罩在她的身边，看上去如梦幻一般。

身后，不知有多少人瞬间屏住了呼吸。

只是，那个美丽的身影，决然向着黑暗前路而行，虽然看上去有几分孤单，但竟没有丝毫的犹疑。

这一段路，这样一个人生，却应当怎样走过？

她没有回头。

镇魔古洞深处。

火焰在那个古老的火盆中静静燃烧着，只是若仔细看去，便会发现在那火光之下火盆之中，却没有看到有柴火或者灯油一类的可燃之物，这不停燃烧的火焰，竟似乎是无根之火。

火焰在半空中闪动着，火舌晃动，照亮了兽神的脸，也映出了那个逐渐接近的男人的身影。

鬼厉走到了火光的另一头，他的脸在光亮中，慢慢现了出来，同时看到了前方那个熟悉的面容。

依旧坐在地上靠着那个小石台的兽神微微笑着，上下打量了一下鬼厉，道："我知道迟早会有人来，但是却想不到会是你第一个到了这里，"他顿了一下，微笑道，"看你刚才见到我的神情，似乎并不吃惊，是不是在此之前我们见面的时候，你已经知道我的身份了？"

鬼厉缓缓摇了摇头，面对着这个看上去年轻而温和的男子，实在是很难把他与之前给整个天下苍生带来旷世浩劫的那个兽妖联系起来，只是，这却是事实。

"我是后来猜到的。"他淡淡地回答道。

兽神看着他，温和地道："哦，我倒很是有兴趣，你是怎么猜到的，是从传言中我的相貌，或是我的衣着，还有我的种种举动上猜到我的身份的吗？"

"都不是。"鬼厉道。

兽神似乎来了兴趣，道："哦，那是什么？"

鬼厉向他身边看了一眼，道："是它。"

兽神慢慢点了点头，道："不错，这倒是最好的方法，错不了的。"在他身旁，恶兽饕餮低吼了一声。

兽神伸出手去，从远处看，鬼厉甚至也能看出那只手是异样的苍白，似乎根本不似人的手，枯槁得仿佛是当初他在七里峒见到大巫师时所看到的手。

只是，在那只看似无力的手轻轻拍打几下之后，似乎得到了一些安慰，饕餮平静了下来，慢慢趴在地上。与此同时，一直待在鬼厉肩头的猴子小灰却慢慢溜了下来，在地上摸了摸脑袋，又看了看鬼厉和兽神，似乎感觉这两个人之间并没有预想之中强烈的敌意。

它想了一会儿，然后慢慢地、慢慢地向饕餮靠近，饕餮显然也发现了这一点，转过头来，注视着灰毛三眼猴子的靠近。很快地，小灰就接近了饕餮的身旁，它咧嘴笑了笑，摊开了双手，身后尾巴居然还翘起晃了一晃，随后，它慢慢伸出手，向饕餮的脑袋上摸去。

鬼厉与兽神的视线，暂时都被小灰吸引了过去，只是他们两人却都没有说话，只是默默地看着。看着小灰的动作，鬼厉忽然心中一动，曾几何时，多年之前，当他还是那个普通的张小凡的时候，在大竹峰上，小灰也是这般和田不易养的那只大黄狗套近乎的。

饕餮慢慢伸直了身体，但没有立刻站起，对它来说，似乎有几分困惑，它转过头看了看主人兽神，只是兽神似乎漫不经心的样子，看不出有什么不悦的表情，随即它又回过头来，小灰的手眼看就伸到了它的头上。

饕餮口鼻之中，忽地低低地喷了一个响鼻，似乎是在示威，小灰吓了一跳，把手臂缩了回来，随即发现饕餮并未有攻击动作，只是眼中警惕地看着自己。

小灰呵呵一笑，在地上蹦跳了两下，忽地向前猛地一跳，跳到了饕餮的身子旁边。饕餮显然吓了一下，身子向后一缩，但猴子小灰已经慢慢摸了一下它的脑袋。对它来说，饕餮那恐怖狰狞凶恶的头颅似乎是很亲切的所在。

饕餮血盆大口中发出低低一声咕哝，似乎抱怨了一句，但片刻之后，它却慢慢重新懒懒地躺到了地上，把头枕在自己手臂上，似乎有些昏昏欲睡的样子，而小灰也靠在它的身上，不时发出"吱吱吱"的轻笑声，慢慢摸着饕餮的脑袋。

两只灵兽之间，仿佛已经没有了隔阂。

鬼厉与兽神的目光，缓缓自它们身上收了回来，一时都沉默不语。

也不知过了多久，兽神忽然微笑道："其实，它们反而比我们快乐，不是吗？"

鬼厉没有说话。

第二百一十章
魔兽

"好吧，"兽神淡淡一笑，转过了身子，脸上的倦容似乎又深了一些，道，"你到这里是所为何事，是为了杀我吗？"

鬼厉摇了摇头。

兽神倒是微微怔了一下，随即失笑道："想不到竟还有不想杀我的人，我倒是没有料到。这数月来，用你们这些人类的话来说，我荼毒天下，浩劫苍生，本是罪该万死的人，你却怎会不想杀我？"

鬼厉默然，看着兽神，兽神也望着他，两个男人之间，那团火焰正静静燃烧，同时倒映在他们的眼眸之中。

"我应该想杀你吗？"

"不应该吗？"

沉默了很久，很久……

"或许吧。"鬼厉的脸上，忽然现出很复杂的神情，有那么几分追忆，几分痛楚，还有几分隐约的迷惘，面对着这个世间最凶恶的魔头妖孽，他却似乎完全放开了心怀，全然没有在其他人面前的那种漠然自闭。

"换了是在十年之前，我定然全心全意要为了天下苍生除害，纵然知道我力有不逮，但终究也不能后退半步。可是现在……"

兽神盯着他，追问道："可是？"

鬼厉脸上的迷惘之色更重，缓缓道："我只是突然觉得，这天下苍生，与我又有何干系？我毕生心愿，原只是想好好平凡地过一辈子罢了，我不要学道，不要修仙，甚至连长生不老我也不想要。"

兽神脸上的神情，突然也变了，他的眼神从隐隐的讥笑变成了庄重，甚至其中竟带了几分与鬼厉隐隐相似的迷惘，仿佛是什么触动了他身心里的某处。

他忽然道："那你究竟想要什么？"

鬼厉漠然一笑，慢慢抬头仰望上空，只是那里却是这古老洞穴里深沉的黑暗，没有一丝光亮，他道："我不知道，有时候我也曾想过，或许能够回到十年之前，我在大竹峰上的日子？又或许，我梦想干脆回到儿时，什么都不懂的时候，只是，"他低低苦笑一声，道，"这中间的是是非非，恩恩怨怨，我又怎能割舍忘却？"

兽神沉默了片刻，道："你后悔了吗？"

鬼厉没有立刻回答，过了一会儿，他重新看向兽神，望着火焰光芒背后那双眼睛，摇了摇头。

兽神冷笑一声，道："以你之说，你半生坎坷，伤心往事颇多，但此番我问你，你却又不后悔，这又怎么说？"

鬼厉道："我半生坎坷，却多不由我。我欲平凡度日，却卷入佛道之争；我欲安心修行，却成了妖魔邪道；我愿真心对人，却不料种错情根，待我明白了真心待我的是谁的时候……"

他的脸，慢慢现出凄凉之色，终究也没有再说下去，半晌之后，他才低声道：

"后悔？我怎么能后悔，我后悔又有什么用……"

兽神默默看着站在那里的那个男子，十年岁月，似乎并没有在他容颜上刻画出多少沧桑痕迹，只是他站在那里的身影，却显得那般疲惫。兽神甚至忍不住开始想象，那个十年之前的少年，过的又是怎样的一种生活。

两个男人之间，陷入了沉默，仿佛他们都不知不觉陷入了对往事的追忆之中。

每一个人的一生，过往的往事，又有多少值得我们追忆的呢？

十年？百年？千年……

还是终究要在时光中慢慢消磨，默默逝去？

兽神默然想着，脸上的疲倦之色更重了，他的眼神，慢慢地移到那个古老洞穴的洞口方向，隔着无尽的黑暗，在遥远的地方，还有个人影孤独伫立在那里吧？

这样的一生，却又是怎样的一生？

他忽然向鬼厉问道："你说，活着是为了什么？"

"活着是为了什么？……"鬼厉低低默诵了一遍，默然半晌，抬头道，"我不知道，只是我这一生，仿佛都是为了别人活着的。"

兽神怔了一下，自言自语道："为了别人而活，那我呢，我又是为了谁而活？"

鬼厉略感意外，显然没有想到兽神会说出这样的话来，随即，他却又皱了皱眉，显然回想起刚才自己的言辞，感觉有些意外，怎会说出这样的话？

定了定神之后，鬼厉的脸上重新恢复了平静，似乎刚才那一瞬间闪过的软弱，已经消失不见，从来不曾在他身上存在过一样。他深深地看着兽神，道："我今日来此，并非为了杀你。"

兽神似乎仍然有些心不在焉，想着些什么，口中淡淡地应了一句，道："哦，那你来这里是为了何事？"

鬼厉一指他身边趴在地上的饕餮，道："我是为它而来的。"

兽神眉头一皱，眼中闪过一丝惊讶，而地上的饕餮却是立刻做出了反应，登时瞪大了铜铃般的巨目，张开血盆大口，向着鬼厉这里咆哮了一声，并慢慢站了起来，杀气腾腾。而三眼灵猴小灰似乎有些困惑，慢慢离开了饕餮身边，跑回到鬼厉脚下，抬头看了看鬼厉，似乎对主人的话有些不解，不过片刻之后，它还是爬上了鬼厉的肩头，只是三只眼睛却不时地向饕餮那里看去。

兽神哼了一声，道："这倒怪了，你来这里不是为了杀我，却是为了这只饕餮？你要它做什么？"

鬼厉淡淡道："不是我要它，是另一个人想要它，而那个人提出的要求，只要不过分，我都要帮他。"

兽神看了他片刻，忽然笑了起来，道："你是欠人的情，是吧？"

鬼厉默然片刻，道："我的确欠了人情，很多很多，多到我一辈子都还不了，不过这与你无关了。"他抬眼，肃容，向前缓缓踏出了脚步。看着他的身影慢慢接近，兽神的瞳孔似微微收缩了一下。

火盆中的火焰倒映在鬼厉脸上，舞动的光影在黑暗与光明交界中颤抖，那个男人平静地道："我无意与你为敌，不过看来这也是难免的了。"

兽神仰首发出"哈"的一声冷笑，道："你以为以你的道行，能胜过我？"

鬼厉没有说话。

也没有停下。

低沉的脚步声在空旷的空间中回荡，没有风，可是不知为何，这个巨大石室中唯一的火焰突然开始摆动，光芒渐渐强烈起来。

黑暗处如幽冥，沉默而深不可测，不知道有多少恶魔妖灵，在那片黑暗中凝视着这片光亮中的人们。

鬼厉向着火光之中的兽神走去。

忽地，那团火焰陡然抬升，绽放出耀眼的光芒，整个的火焰体积也足足比刚才平静燃烧的时候大了数倍之多。熊熊烈焰之中，竟似乎传来了一声如龙吟一般的声音，远远飘荡了出去。

随着这声龙吟，似乎整座巨大的石室空间都为之颤抖起来，那龙吟之声从低到高，从黑暗深处传来的回音竟也不曾有减弱的趋势，反而越拔越高，几成尖厉啸声，到了最后，已是山呼海啸一般震耳欲聋。

鬼厉停下了脚步，因为面前的那团烈焰已经从火盆之中霍然腾起，挡在他的面前，而那片炽热的烈焰之中，隐隐地，竟似有一双狰狞的眼眸若隐若现，注视着他。

兽神的身影已经消失在火光之后，但他平静的声音却从火焰里清晰地传了出来，道："这是南疆传承的一座古老法阵，名唤'玄火八凶法阵'，你若能破了它而不死，要做什么，我也随你了。"

他的话音方落，几乎是在同时，一记怒吼从火焰最耀眼处迸发而出，那火焰剧烈地颤抖变化，周围五尺之内的土地尽数为之焦裂，可想而知这火盆附近的炽热程度。

强烈的热风从前方吹涌过来，鬼厉的衣服都为之向后飘扬，但他的脸色似乎却不受任何影响，甚至连趴在他肩头的猴子小灰，对着这炽炎也是三目注视，却并无畏惧与痛苦之色。只是，他们的神情却是严肃的，任谁也知道，这只是开始而已。

第一块血红色的凶神图案，缓缓在烈焰上空现身出来，那狰狞的面目与怪异的姿势，果然与当初在焚香谷玄火坛中看到的图案一模一样。鬼厉盯着那幅图案，脸上慢慢现出了复杂的神情。

一幅接着一幅，依次亮起，血红色的光芒在烈焰的周边渐渐连成一块，成为一个圆环形状，环绕着中心那团熊熊燃烧的火焰。

最后的血红光芒，在火焰的下方合拢的时候，突然，整个红色光环瞬间大放光芒，红光暴涨，就连其中的火焰似乎也被压制了下去，一股凶戾至极的戾气，凭空降临至这个空间。那团火焰深处，那一双若有若无的眼眸，也在瞬间放大。

"吼！"

震天一声怒吼，刹那间整座石室一起晃动，炽热的光焰如妖魔狂舞不休，疯狂摆动，那火焰深处，凶恶的巨兽披着一身烈火，咆哮着睥睨世间，现身出来。

赤焰魔兽！

曾经在焚香谷玄火坛中守护这座古老巫族传下的八凶玄火法阵的魔兽，再度现身，而第二次面对它的鬼厉与小灰，忍不住微微变色，小灰龇牙咧嘴，趴在鬼厉肩头，对着那只魔兽，愤然怒吼了一声。

赤焰魔兽巨大的身躯从八凶玄火法阵巨大的光环之中不断出现，先是巨大的头颅，然后是肩膀、前脚，慢慢地，身子与后肢也缓缓现身，随着它的到来，整座石室之中的温度更是狂升不止，鬼厉的衣服甚至都开始出现了焦黄的趋势。

终于，最后一部分燃烧着烈火的身躯出现了，赤焰魔兽这个庞然大物浑身被烈火包围着，站在鬼厉与小灰的面前，鬼厉甚至只有这只凶恶魔兽的半只脚高。而在这只魔兽身后，那八面凶神图案组成的诡异光环时而明亮时而闪烁，跟随在赤焰魔兽的身后。

仿佛是恶魔，在前方狞笑！

凶戾的气息，从四面八方涌来，熟悉的感觉似乎又开始在血液之中沸腾，甚至还依稀记得，上一次在焚香谷玄火坛那里，那一场惨烈的剧斗。

鬼厉没有动，他只是深深注视着眼前那不可一世的魔兽。

张牙舞爪的赤焰魔兽缓缓回过头来，一股炽热的热浪涌过，那双仿佛是在燃烧着的双眸，看到了鬼厉，还有他肩头的三眼灵猴小灰。

赤焰魔兽巨大的头颅停住了一下，片刻之后，它突然发出了一声惊天动地的巨大嘶吼之声！

那吼声满含着愤怒、怨毒与强烈的复仇之愿！

炽热的火焰，瞬间如爆裂开来一般，从赤色的光芒几乎转为纯白，无数的火芒升上半空，形成熊熊燃烧的火球，不停地急速旋转，恐怖的头颅，霍然张开巨口，咆哮声中，一口咬下。

头未及地，这周围地面已然尽数龟裂，无穷无尽的烈焰如烈日落入人间，狂啸着扑下，将鬼厉的身影瞬间湮没。

那瞬间轰然而起的火焰，如一场人生狂欢之后的高潮，灿烂盛放！

而火焰背后，那双疲倦的眼眸里，却漠然看不到人生的半分悲喜了。

周围是一片黑暗，四下寂静，陆雪琪等人已经在这个古老的洞穴中行走很久了，虽然他们一路提高警惕戒备，但走了这么久，却没有遇到任何的袭击困扰。

黑暗之中，被柔和的淡蓝色光辉所笼罩的美丽身影，陆雪琪清冷的面容从黑暗中凝望过去，清丽得更加难以形容，在黑暗的衬托之下，似乎还多了一丝丝神秘幽冷的气息。

仿佛那传说中在黑暗里悄悄绽放的黑百合，生长千年，绽放只有一刻。

身后不时注视又移开的目光，挥之不去，只是陆雪琪却似乎对此已然是毫无感觉了，她明亮的眼眸里，只是凝望着前方，虽然那里只有无尽的黑暗，但在黑暗深处，却仿佛有她希望看到的东西。

她向前走去，不曾回头。

黑暗在她身前悄悄退避，然后又在她身后缓缓合拢，那样一个柔和的身影，在黑暗中显得这般显眼夺目，甚至掩盖了她身后那些人的光芒，看上去仿佛是在独行。

忽地，她突然停下了脚步。

身后众人随即也停了下来，李洵警惕地向四周看了一眼，走了上来，正欲开口询问，忽地怔了一下，只见陆雪琪脸上现出复杂的神情，其中似乎极为戒备。

便在此时，前方原本一直沉寂的黑暗，突然有了异变，一阵若有若无的轻轻悸动，仿佛在黑暗中陡然出现，然后慢慢开始翻滚、变大、强烈……

黑暗中，竟似乎有什么缓缓凝聚，似呼啸，似怒吼，但一切竟都无声。

片刻之后，来了，来了……

从远方不知名处，一阵强烈的震动，伴随着低沉的呼啸之声，隆隆从远方向这里传来，随即迅速变大，似这座洞窟深处，竟有不可一世的巨大灵兽，仰天长啸！

周围原本沉寂的黑暗，此刻竟如被点燃一样，开始逐渐沸腾，黑暗深处，不知有多少呼啸之声从四面八方涌来，一时人人变色。

李洵退后几步，疾喝道："围成一圈，小心戒备。"

焚香谷众人都是久经战阵的老手，虽惊不乱，纷纷靠在一起，警惕地望着前方。

周围石壁开始慢慢颤抖起来，似乎有某种巨大的力量开始缓缓散发出来，甚至连脚下的土地也有微微颤抖的趋势，前方黑暗之中，诡异的骚动更加强烈，仿佛呼啸着什么。

就在这几乎是山崩地裂一般的大变状况之下，陆雪琪的身影不知为何，却没有后退半步，远离身后那些严阵以待的同伴，她独自伫立在黑暗面前，淡蓝色的光辉前头，黑暗仿佛狰狞地面对着她，随时要将她吞没。

毫无预兆地，一股热浪，从黑暗深处猛然冲出，如排山倒海的巨涛在这古老洞穴中轰然涌过，陆雪琪全身衣裳与秀发瞬间同时飘起，只是她的身影，却没有半分动摇。

热浪吹在脸上的感觉，隐隐带着几分疯狂，更难以想象，这洞穴深处，那力量的源头，此刻是怎样的情景。陆雪琪没有说话，只是在这狂风中，凝视着前方猖狂而舞的黑暗。

热风正狂！

她却忽然抬头。

那风吹得她脸色如霜，只是那眼眸之中，竟仿佛有更加火热的眼神正燃烧着心。

那黑暗深处，那黑暗的远方……

她霍然一声长啸，身形竟是在这地动山摇、热风狂涌之中，逆风而行，欲向着黑暗深处射去。

身后李洵、曾书书等人骇然变色，不解其意，李洵刚欲呼喊，却只见那淡蓝色光辉身影，如利箭离弦，竟没有丝毫的停顿犹豫，转眼已消失在了黑暗之中。

他哑然收声，半晌说不出话来。

曾书书慢慢走到他的身边，拍了拍他的肩膀，李洵没有回头看他。

热浪渐渐减弱了，周围那阵剧烈的晃动也逐渐稳定了下来，一切都缓缓恢复了原状，若不是周围掉落的碎石瓦砾，几乎让人产生错觉，这只是黑暗之中的一场梦幻而已。

只是，那个已然消失的美丽身影，却明白无误地说明，这诡异的洞穴里，危机四伏。

李洵沉默片刻，镇定了一下心神，刚欲说话，忽然身旁一个年轻焚香谷弟子叫了起来："有人，是谁在那儿？"

其余众人都是一惊，连忙向前看去，果然见黑暗中人影一闪，竟是走出一个人来，看去身形苗条，走路时带着一丝妩媚，乃是一个美貌女子。

众人都为之一怔，一瞬间都以为是陆雪琪去而复返，李洵还险些大喜之余唤了出来，但话到嘴边，忽然，他脸上笑容转为僵硬，慢慢变得铁青，眼中竟有仇恨之意，同时还有几分不可思议的冷笑，道："原来是你……"

那女子听到人声，似也吃了一惊，抬头看去，脸色又是一变。

这女子容貌秀丽，娇媚入骨，却正是金瓶儿。

第二百一十一章
追逐

　　只是此刻金瓶儿脸上神情竟是十分疲累，像是刚刚经历了一场大战，精疲力竭的样子，不过虽然如此，面对着这些正道弟子，金瓶儿却还是露出了动人心魄的笑容，黑暗之中，她看上去竟是分外地楚楚可怜。

　　"自然是我了，这位焚香谷的公子，怎么，我们不过见了几次面，你便对我念念不忘了吗？"

　　李洵面上一红，退了一步，怒道："谁对你念念不忘，你这个妖女，当初害了我燕虹师妹，如今正要向你讨要血债。"

　　说罢，李洵一挥手，身形如电，已是向金瓶儿掠去，曾书书在背后皱了皱眉，欲言又止，而在他身旁的众焚香谷弟子迟疑了片刻之后，呼喝声中，也纷纷拥了上去，一时声势颇为浩大。

　　金瓶儿哼了一声，眼里闪过讥嘲眼色，只是这许多仇人一起扑来，自己此刻又是疲惫之身，她自然不会去逞强相斗。只见她柔媚的脸上，忽地闪过一丝刚强，似下了决心，同时一声轻喝，右手边紫光泛起，杀气大盛。

　　李洵与金瓶儿交手数次，深知这魔教妖女的厉害，当下连忙留心戒备，同时发现身后风声嗖嗖，竟是多位师弟都蜂拥而上，李洵这一惊非同小可，连忙出声喝止，众人一怔，纷纷停下身形，但便在这微微混乱时刻，突然间前头金瓶儿处紫芒暴涨，如一团紫色火焰席卷而来，李洵大喝一声，挡在众人面前，手中仙剑祭出，将这紫芒挡了下来。

　　只是这看似威力无比的法术，李洵挡下之后，却突然皱了皱眉，怔了一下，原先预料到的威力竟然如一张薄纸般一碰即破，看似强大的法术瞬间消散，而紫芒背后，金瓶儿的身影不知何时居然已经重新消失在了黑暗之中。

　　李洵脸上铁青一片，恨声道："狡猾的妖女，又着了她的道，我们快追。"

说罢，当先追去，身后焚香谷众人自然以他马首是瞻，纷纷赶上，曾书书半张了口，想说什么，但看着人影闪动，随即无力摇头，叹了口气，向四周小心地看了看，慢慢跟了上去。

李洵对金瓶儿似是极为愤恨，一路追踪而来，须臾不肯放松。其实以金瓶儿的道行，若是在平日随便什么时候，什么地方，算计李洵在先，要想这般神不知鬼不觉地溜走，对她来说也并非多难的事情。无奈此刻她却是极不走运，一来是在这似乎只有一条道的古老洞穴之中，避无可避；二来不久之前她刚刚与那个突然出现的神秘女子，也就是九尾天狐小白斗法一场，虽然没有受伤，并趁着小白与鬼厉纠缠之时好不容易脱了身，但却也是被小白那种古怪的法术给耗费了大量法力。

要知道小白乃是狐妖一族的老祖宗，一身道行修行只怕早已过了千年，其道行之高，妖术之强，放眼天下也是一等一的人物。金瓶儿虽然也是聪慧至极的女子，但终究还是在小白手下吃了暗亏，本来这也不算什么，一来不算丢脸，二来金瓶儿也并未受伤，小白也无心伤她，谁知却在这等虚弱时候，竟遇上了李洵等人。

李洵这一路追来，片刻不得喘息，焚香谷名列正道三大门派，李洵又是焚香谷谷主云易岚最得意的弟子，一身修行实不可小觑，金瓶儿几番用巧或全力奔驰，竟然都无法躲过追在后头的李洵。时间一久，金瓶儿竟感觉自己开始慢慢胸闷，连呼吸也有些慢慢不匀了。

金瓶儿心中越来越着急，自从进入这镇魔古洞之中，怪事是一件连着一件，先是遇到那个神秘女子，后来鬼厉又与那神秘女子同时失踪，刚刚不久之前，这洞穴深处传来的异啸怒吼与炽热至极的热浪，仿佛都说明这洞穴深处似乎已经有人动手斗法，然而金瓶儿几番思忖，却终究不愿贸然深入，毕竟对她来说，她可不像鬼厉那般愿意冒大险深入进去，鬼王宗和她关系虽然匪浅，但也不到她为之卖命的地步。

只是此刻背后有人苦苦追逐，金瓶儿一路闪掠，也不知又向镇魔古洞深处飞进了多远。这一个古老山洞当真深得可怕，从外表根本看不出来，只是感觉上这洞穴地势并没有严重向下倾斜的模样，却不知它到底通向何处。

黑暗中，耳边风声尖锐如刀声，不知何时开始，那阵阵阴风已经消失了，但是李洵的声音却始终跟在身后，不曾消失过。

便在这时，前方黑暗之中，忽地竟有个模糊人影一闪，金瓶儿何等眼力，瞬间便看出正是那个刚才让自己吃了大苦头的女人，也就是九尾天狐小白。

而默默伫立在黑暗里的小白，似也发觉了什么，身上亮起了一道白色的柔光，缓缓转过身来。

"又是你！"小白皱了皱眉，向金瓶儿淡淡道。

金瓶儿去路被她挡住，不得已停了下来，刚才她已领教过小白的手段，委实不敢轻举妄动，只是此刻前有堵截，后有追兵，一时她也为之变色。

小白脸上似乎心事重重，看了一眼金瓶儿，没有让开道路的意思，仿佛是不愿让她过去，正要开口说话，忽然间她又是一怔，转身向来路看去，然后忽地冷笑一声，道："怪了，今日来这里的人可真是多啊！"

说话声中，李洵的身影伴随着呼啸从黑暗中掠了出来，待看清场中竟然又多了一个绝美的陌生女子之后，李洵显然有些警惕之意，没有立刻对站在前方的金瓶儿出手，而是站住了脚步。

小白向李洵看了一眼，忽地目光中一寒，似乎是认出了李洵，片刻之后，只听呼呼风声大作，李洵身后的黑暗中又不停闪动人影，却是其他焚香谷弟子赶到了，这些人道行不如李洵，速度也比他慢了许多。

小白的目光在这些焚香谷弟子脸上和衣衫饰物上转了一圈，忽地冷笑道："焚香谷的人？"

旁边金瓶儿忍不住看了小白一眼，隐约听出小白对这些焚香谷的人抱有不满之意，不禁心中暗暗高兴。而前头李洵一时摸不清小白虚实，而且他也不愿在此刻节外生枝，当下朗声道："在下李洵，乃焚香谷云易岚谷主座下弟子，不知姑娘是哪位？我等并无冒犯姑娘之意，只是这女子，"他一指金瓶儿，道，"她却是作孽多端、恶贯满盈的魔教妖女，我等正要将她除去，如姑娘没有其他事情，麻烦站在一旁，我等感激不尽。"

小白哼了一声，非但没有走开，反而慢慢向前走了两步，淡淡道："我正是有些事情，所以不能走开。"

李洵脸色一变，他身后众焚香谷弟子有几个已然怒声喝了出来。

李洵沉声道："这位姑娘，你维护这个妖女，便是与焚香谷为敌，也是与天下正道为敌，你可知道？"

小白"哈"地失笑，伸出白玉似的手掌，轻轻抚弄鬓边秀发，冷笑道："与焚香谷为敌？与天下正道为敌？无知小辈，这些早就是你家姑奶奶几千年前玩剩下的了。"

焚香谷众弟子一起大哗，李洵脸上也是闪过怒容，只是他定力毕竟比这些师弟要好，而且一时搞不清楚这个神秘女子的来历身份，反而是拦住了要冲上去的几个师弟，寒声道："这位姑娘好大的口气，请问阁下是谁？"

那里的小白却没有回答她，反而看上去有些发怔，半晌之后，她似自言自语了两句，忽然却又是"扑哧"一声，竟是自己莫名其妙笑了出来，摇了摇头，低声笑道："姑奶奶……唉，好久没这么说话了，居然连自己听了都有些回不过意思来，真是……唉，难道真是老了吗？"

说着，她脸上笑容慢慢消失，怔怔出神，表情看上去，竟仿佛有些出神起来。

金瓶儿在一旁为之哑然，一时不知这古怪的女人到底在想些什么，而前头李洵脾气再好，却也是被小白气得几乎要炸开了，怒道："我好言劝你，你若再不让开，可不要怪我们得罪了。"说罢，他冷笑两声，道，"单凭你刚才那几句挑战天下正道的话，我就可以将你擒下，你可不要不知好歹。"

小白慢慢抬眼，向李洵看了过来，深深看了看他，忽然道："那个小姑娘。"

金瓶儿一开始还没反应过来，直到小白喊了第二遍，这才怔了一下，愕然道："你在叫我？"

小白哼了一声，道："不是你我又是喊谁？"说着，她轻轻摆了摆手，走上一步，却是挡在了李洵等人与金瓶儿的中间，道，"你走吧，这些人我替你挡着。"

李洵等人登时勃然变色，金瓶儿却是大喜过望，一时竟有些不敢相信，连忙道："多谢……多谢前辈。"

说完生怕这古怪女人反悔，连忙闪身向前头黑暗中掠去，李洵等如何能让这杀人凶手再一次逃脱，刚要发力追去，却只见白色光辉一闪，瞬间一片光幕已然亮起，挡在了小白身前，将去路挡了个严严实实，片刻之后，金瓶儿的身影已然不见了。

李洵直气得咬牙切齿，回头对着小白怒道："你到底是什么人，为什么要帮那个妖女？"

小白微微一笑，似乎李洵的恼怒在她看来，反而更加令她高兴，悠然道："我？我是谁你管得着吗！至于说我为什么要帮她，不为别的，就因为我看你们这些焚香谷的人不顺眼。"

李洵和他身后所有焚香谷弟子都怔了一下，一时哑然，都说不出话来，李洵忍不住问道："这位姑娘，难道我们之前见过，又或者我们曾经得罪过你？"

小白摇了摇头，微微翻眼，眼波流荡，如水一般，嘴角间更挂着淡淡勾人魂魄般的笑容，道："我们没见过，你们也没得罪过我，可是我啊……"她微笑着，似乎很是高兴地说道，"可是我就是看焚香谷不顺眼，你能拿我怎么办吧？"

李洵等人当真是气得牙根都痒了，也不等李洵下令，早有焚香谷弟子怒喝着扑了上去，李洵也不阻挡，这女子如此辱骂和挑衅，若还不教训她一下，只怕焚香谷日后都无脸面做人了。

黑暗中，只见十几道人影，纷纷跃出，向着那片白色光幕，纷纷扑去，而光幕背后，小白的笑容依然，只是眼光之中，更多了几分嘲讽之意。

风，伴随着急速掠过的身影，化作尖锐的轻啸声在耳边不停呼啸，不知道有多少路途，在脚下纷纷消逝。陆雪琪飞驰在这古老黑暗的洞穴之中，向着前方那未知的神秘而去。

不知怎么，她虽然仍不知道，在前方等待着她的会是什么，可是在她心中，竟有种狂热情绪，在她如冰霜一般的心里熊熊燃烧，如最热烈的火焰。

于是她飞驰，再也不顾其他。

身后的人影早已消散，刚才掠过一个地方的时候，她几乎是下意识地感觉出，那里的黑暗中仿佛有个身影隐藏其中，只是这感觉转眼即逝，只在那电光石火之间，那暗中的人影仿佛有些异动，随后似发现了什么，竟然又消失了。

远远的身后，那阵阵呼啸而过的风中，不知是否有那么一声轻叹呢？

陆雪琪不知道。

这感觉她丝毫也不曾放在心上。

这样的一生，又会有多少事，或人，值得你这般不顾一切呢？

如果没有，或许是悲哀的吧？

如果有，那就不顾一切吧！

天琊神剑握在手间，绽放出越来越强烈的光芒，如同最澎湃的心潮，轰然闪动。

那一片，蓝色的身影，越飞越远，却又仿佛，越来越近！

风，还在刮着。

前方的路，依然还黑着。

只是，终究还会有个人，在这条路的尽头吧。

她飞驰，飞驰，飞驰着……

那一束，绿色的光芒，在前方缓缓亮起，陆雪琪终于看到了黑暗中第一束的光亮，远远地，在黑暗中，如一个寂寞的幽灵轻轻徘徊。

她忽然停下了脚步，瞬间，天琊神剑上所有的光辉都收敛了起来，如悄悄隐藏的害怕的女子。黑沉沉的黑暗缓缓涌上，将她的身影吞没，掩盖过去。

她在黑暗中，默默凝视那一束绿色之光，在那绿光的背后，会是什么等待着她？

是失望，还是他？

若是他，又怎样？

她竟为之而犹豫，而踌躇，那充盈心间的狂热如火焰，依然燃烧而不曾消失，只是那火焰深处，竟还有几分幽幽的酸楚。

她凝视了很久，很久，慢慢地，移动脚步，向后退了一步。

是畏惧吗，是退缩吗？

这一生，还有你不能面对的人吗？

不能，还是不敢？

缓缓地，有窒息的感觉，黑暗在周围狞笑着，谁在前方？命运从来不曾微笑，谁又能这般容易战胜自己。不曾畏惧生死，不曾害怕时光，可是谁能够，完全面对自己的心？

黑暗里，一片寂静。

她仿佛又要后退。

看不见的容颜，又是怎样的痛楚？

忽地，那炽热的热浪陡然出现，在那绿色的幽光背后，传来巨大的轰鸣。

赤色的火焰，仿佛狰狞的凶手，在这世间猖狂地狞笑，咆哮的声音，震慑着世间万物。脚下的大地与周围的岩壁，再一次开始纷纷震动，大概是因为接近的缘故，颤抖的大地震动得更加厉害，简直令人无法想象，在那火焰深处，又会是怎样的一番景象。

火光远远倒映，双眸在黑暗中霍然闪亮。

燃烧的，仿佛是眼眸吧！

淡蓝色的光辉，突然再次闪烁，从黑暗中迸发出来，热浪滚滚之中，那一个美丽身影迎风而立，秀发飞舞。

轰！

巨大的咆哮与大地的震颤如雷神一般让凡人惊惧，整座洞穴都仿佛在发抖，无数的落石在身边落如细雨，只是那个身影，却已经消失在了原地。

她飞驰，在那如末日一般的景象中，在越来越疯狂的落石之中，飞驰着，向着那火焰深处，最亮的地方，飞驰而去！

没人知道，在前方会是什么。

可是谁又在乎呢？

第二百一十二章
恐怖

坚硬的地面，在炽热的火焰灼烧之下，甚至开始有了融化的迹象，熊熊烈焰，从赤焰魔兽的巨口中不断喷射而出，简直有毁灭一切的气势，将这个巨大的石室空间，变成了一个恐怖的火海。

鬼厉的身影，从一开始就消失在了火光之中，再也没有出现过。

喷吐出一波如山火焰之后，赤焰魔兽那燃烧的双眼向着那火海深处狠狠地注视着，似乎在找寻着什么，暂时停顿了下来，炽热的火焰依旧在地面上燃烧着，周围的空气似乎也在沸腾。

然而，鬼厉与他肩头的那只猴子小灰，却同时消失不见了。

难道他已化为灰烬？

片刻之后，答案出现了。火海上空，竟凌空出现了鬼厉身影，刚才那瞬息之间，鬼厉几如妖魅一般，竟闪身到了赤焰魔兽的上空，完全闪开了那可怕的烈焰。此刻，在他的手中，重新现出那闪烁着青色光芒的噬魂魔棒，在一片火光中，他的脸色漠然而从容。

猴子小灰在他的肩头，对着下方那只巨大的魔兽，忽地龇牙，咆哮了一声，显然对着这个老对手，它也有些激动起来，纵然是猴子，但在鬼厉身边如此之久，那血液之中，多多少少也有那么一些噬血珠刚烈凶戾的气息吧。

赤焰魔兽发出一声惊天动地的吼叫，声音远远回荡了出去，仿佛雷鸣一般，随即，那巨大的身躯霍然腾空而起，瞬间周围的气息几乎都被灼热的烈焰炙烤殆尽，只剩下了酷热。那闪烁着凶戾火光的巨体，轰然而至。

这一次，鬼厉却没有闪避，看着那比自己身躯大了无数倍的上古魔兽，他的眼眶中似掠过奇异光芒。而在赤焰魔兽扑来的身躯背后，那诡异的八凶神像光圈，依然追随在它身后，缓缓转动，明亮不定，如一只神秘的眼睛，冷冷注视着这场搏斗。

噬魂魔棒顶端，噬血珠表面上暗红色的血丝在片刻之间，一丝丝全数亮起，迎着那飞扑而来的火躯，鬼厉非但没有后退，这一次竟当面迎上。

赤焰魔兽似乎也未曾想到这渺小的人类竟然与自己当面对抗，仅是身躯微微一滞，但随即火焰更甚，咆哮巨吼声中，一口咬下。

巨大的火花如天际落雨，纷纷而下，但落到鬼厉周身三尺时候，竟遇到无形屏障，尽数被弹了开去。与此同时，鬼厉依然掠至赤焰魔兽的身前，那一双燃烧着炽热火焰的巨目，几乎就在他的身前。

鬼厉在重重烈焰包围之中，身旁，小灰发出了一声尖啸，噬魂魔棒向前，对着赤焰魔兽的头颅，刺了过去。

那青色的光芒，瞬间大盛，如火光中迸发的灿烂莲花，随即，那莲花深处，竟似又开出如鲜血般艳丽无匹的红……

鲜红！

噬血珠在热烈的空气中，仿佛也在微微颤抖，灌注其中的力量，有多少年未曾如此强大，那青色的气息，在珠体深处急速旋转，仿佛咆哮着渴望杀戮。

那分明是一片火海，但周围的温度却在瞬间冷却，冰冷的气息从天而降，笼罩了赤焰魔兽，第一次，这只古老的守护神兽在惊愕之中本能地感到畏惧，但更强大的本能，却促使它发出更凶恶的咆哮，再次向着鬼厉咬下。

那巨头扑下之际，熊熊烈焰轰隆而落，便在这个时候，鬼厉将噬魂魔棒深深刺进了赤焰魔兽那嘶吼的口中。

巨大的身躯，在半空中停顿了下来，周围的空气依旧那般炽热，但一股冰寒，却仿佛是从人心深处，就那般散发出来。不知何时开始，小灰还是趴在鬼厉的肩头，身躯也没有变化，但那三只眼睛之中，仿佛受到了什么刺激，已经变成了红色，看上去刺眼至极。

而此刻看着赤焰魔兽在鬼厉噬魂一击之下，颓势瞬间闪现，小灰更是面露狰狞之相，向着那赤焰魔兽，露出獠牙，狞笑了一声。

转眼之间，周围的温度继续下降，赤焰魔兽身上的高温也随之退却，仿佛带着一丝难以形容的畏惧眼神，赤焰魔兽那燃烧着火焰的双眼中竟闪烁着恐惧。

凌空虚立的鬼厉，缓缓抬头，他手中的噬魂魔棒之上，红色的火光充斥了整根法宝，似乎正一点一滴毫不留情地将赤焰魔兽的精华，尽数吸来。

鬼厉面上似微微有痛楚之色，脸上也呈现出一层赤黄之光，但在闪现三次之后，随即被一层金色的光辉所掩盖。

赤焰魔兽再也无法支撑巨躯，从半空中颓然摔下，在片刻之前还不可一世的怪物，此刻竟然已变成了这般软弱景象，若不是亲眼所见，几乎难以置信。石室里的火焰在迅速地消散着，温度也下降得极快，取而代之的，是从鬼厉身上散发出来的极冰寒，且带着一丝邪恶气息的味道。

赤焰魔兽倒在了地上，身上原本熊熊的火焰此刻已然所剩不多，远远看去，这只守护魔兽似乎已经失去了绝大部分的力量，在充满恨意地注视着缓缓落下的鬼厉之后，赤焰魔兽终于发出了一声怒吼，然后巨大的身躯缓缓消散在空气之中。

只是它的身躯虽然消散，但半空之中那个神秘的八凶神像光圈，却没有消失，而且似乎根本没有受到刚才那场斗法的影响，已然明亮不灭，缓缓自转着，慢慢后退，最后，停留在了重新现出身影，依然坐在地上的兽神身前，那一盏古老火盆之上。

火盆中，火焰静静燃烧着。

在一片被鬼厉那噬血珠妖力笼罩而来的冰寒气息中，这是唯一的火焰与光明所在，它似乎完全不受鬼厉法力的影响。

鬼厉重新落到了地上，但他的脸上，却完全没有胜利的喜悦，望着那片依旧燃烧的火焰，他的瞳孔似乎还在微微收缩。

那神秘的光圈，缓缓转动着，八个凶恶狰狞的神像，依次亮起、暗淡又明亮，仿佛在神秘地诉说着什么。

光圈之下，是兽神那带着深深疲倦却依然微笑的脸庞。

"啪，啪，啪……"

兽神轻轻拍掌，温和地笑了，道："厉害，厉害，想不到你竟有如此道行和这等厉害的法宝，我虽然早料到你道行不低，但也没想到竟高到了这等地步。"他低低叹息了一声，仿佛有些自嘲，道，"我好像总是错的，不是吗？"

鬼厉望着他，缓缓道："这次出现的赤焰魔兽，虽然声势惊人，但威力却实比不上当日在焚香谷玄火坛里的那一次。"

兽神看着鬼厉，没有说话，但眼神之中，却慢慢有了赞许之意，点了点头。

鬼厉淡淡道："这赤焰魔兽，分明是这巫族传下的八凶玄火法阵的护阵灵兽，所以只要这阵法所在，尚能启动，便能召唤出这一等一的魔兽。只是赤焰魔兽乃是被拘禁在阵法之内的魂兽，阵法所含玄火之力越大，它的威力便也越大。"

他看了一眼兽神身前的那只火盆，道："这只火盆，可是传说中能聚天地离火精华的'聚火盆'？"

兽神笑了一下，道："不错，正是'聚火盆'。"

鬼厉点了点头，淡然道："有这'聚火盆'在，你便能以其中离火之力驱动玄火，启动法阵，召唤赤焰魔兽，但这法宝虽然神奇，却未必比得上在焚香谷玄火坛中地下，那炽热熔岩上千年的充实火力，持续不断地供给法阵，所以你此番召出的赤焰魔兽，虽然看上去威势很大，但只不过是空有躯壳罢了。"

"哈哈，好，好，"兽神大笑，拊掌道："好一句空有躯壳，说得好，可惜这世间能说这一句的，除了你，却不知还有何人？"

鬼厉深深看了他一眼，道："至少，将你打成重伤的那个人，有资格这么说话。"

兽神笑容忽地一敛，面色沉了下来，目光也变得阴冷，向鬼厉看去，鬼厉直视他的眼眸视线，坦然相对，却也感觉到一阵慑人气势，从那个看上去病弱的身体上散发出来。

兽神看着鬼厉，慢慢地开口，道："我听说，那个打伤我的人，似乎跟你也有几分过节吧？"

鬼厉脸色登时也为之一变。

两个男人对望着，都没有再说话，但这个石室之内的气息，却仿佛已降到了冰点。

就在这个时候，突然，他们二人似乎同时若有所觉，兽神微微抬眼，鬼厉却是转过身子，向这个石室的入口处，望着。

那一眼，在黑暗中如惊鸿掠过，在心间划下了痕迹……

赤焰魔兽已然消失，整座巨大的石室中，重新又陷入了黑暗，只有兽神身前那个火盆里，还有一团火焰静静燃烧，照亮着附近小小地方，发散着些许光亮和温暖。就连在火盆上方缓缓转动的八凶神像光圈，也没有那么耀眼。

可是，就在那个瞬间，在那黑暗的深处，一个身影，被淡蓝色温柔的光辉轻轻笼罩着，静静伫立在那里，熟悉的容颜，映入眼帘，一个怔然的片刻，就像已过了千年万年。

怔怔地，看着她。

一步，一步，缓缓走近。

陆雪琪的手，在黑暗微光里，显得很是苍白，不知是不是因为太过用力抓着天琊的缘故。但是她的容颜之上，却仿佛没有丝毫激动的情绪，一如当初见面时，那个冷若冰霜的女子。

她慢慢地，走近。

走到他的身旁，站下。

没有言语，她的眼眸之中，此刻只剩下了那团火焰倒映的光影。那一刻，又是过了多久的光阴？

兽神默默地看着这一男一女有些奇怪的举动，却什么也没有说，也什么都没有做，在他那永远也看不清的眼睛中，闪烁的复杂神情，却又有谁能够明白呢？

和他，并肩站着。

陆雪琪的眼，从走过来之后，就再也没有看过鬼厉，半晌之后，在静默已久微微有些怪异的气氛中，只听见她低低地，平静地，却仿佛那平静之中更有着一份说不出的情怀，道："原来……当真是你……"

鬼厉没有说话，他注视着面前这个女子那婉约而美丽秀气的绝美容颜，良久之后，他所做的，却只有一件事而已。

他向着她，慢慢——

微笑。

然后，他站到她的身旁，并肩站着，深深呼吸，那一股从胸膛深处回荡的火焰，仿佛温暖了整个心。

陆雪琪似感觉到了什么，徐徐地，她的脸竟有些苍白中隐隐的红，可是，她却没有任何的遮掩，她只是——在冰霜一样的容颜上，向着前方，向着那团热烈的火焰，倒映在她眼中的火焰，微微笑了。

那样，温暖的，笑容！

两个身影，并肩站着，看着兽神，面对着这当今世上不可一世的魔头。

兽神的眼中，却有痛楚一般的神色掠过，慢慢低下了头。

火焰静静地燃烧着，石室里的景象，似乎在火光中显得有些朦朦胧胧了，三个人的身影，伫立了许久。

直到，兽神重新抬起了头，目光在陆雪琪身上停留了片刻之后，落在了鬼厉身上，忽然道："你答应我一件事，行吗？"

鬼厉一怔，不承想他竟然会说出这样的话来，一时不知如何回答，只得道："什么？"

兽神的脸上有着很深很深的倦意，淡淡地道："你们两个无论是什么目的，反正都要与我一战，若是死于我手，自然没什么好说的，若是我败了，也不怪你们，只希望你出了这个古洞之后，替我做一件事。"

鬼厉道："你说。"

兽神默然了片刻，道："你记得洞口有一尊石像吧？"

鬼厉脸上掠过一丝奇怪的神情，缓缓点头，道："是。"

兽神声音变得低沉，幽幽道："若是你有机会出去，便替我采一束她当年最喜欢的百合，放在她面前吧。"

"百合……我知道了。"鬼厉慢慢点头，只是他的口气之中，似乎多了几分异样的情绪，陆雪琪感觉到了，却没有说话，只是默默地看了他一眼。

兽神摇了摇头，似乎自嘲般笑了一下，然后对着鬼厉，微笑道："不过你们呢，若是你们留在了这里，再也没有机会出去的话，又会有什么心愿呢？"他的目光从鬼厉身上又缓缓落在陆雪琪脸上，微微笑着，眼中仿佛还闪烁着异样的光芒，道："你呢，你有什么心愿吗？"

鬼厉沉默，陆雪琪也没有说话，过了片刻，陆雪琪悄悄向鬼厉看去，只见他的脸上，却是隐约复杂的神情，带着几分痛苦。

她深深呼吸，忽然道："我没有更大的心愿了！"

这一句话，她虽然口气平淡，但说得却是斩钉截铁，不给自己半分的回旋余地。

或许，她也真的不想，再也不想，给自己什么余地了吧？！

鬼厉的身子，震了一震。

然后，他看向身旁的那个女子。

深深凝望。

不曾言语。

兽神看着陆雪琪，眼中的异光却是越来越亮，忽然间，他双手一拍，虽然身子还有几分摇晃，但他依旧还是站了起来。鲜艳的丝绸衣衫在他身边席卷过去，恶兽饕餮也站了起来，在主人身边低声嘶吼。

"好，好，说得好！"

兽神对着陆雪琪，眼中慢慢散发出的，竟是一种莫名的狂热："就是这样，就是这样，这世间女子，果然还有如她一般的。"

他仰天大笑，状若癫狂，笑声末了，却犹如哀号，带着一点呜咽，随着他的身躯晃动，一股莫名的气息缓缓升腾，原本沉静而缓缓自转闪烁的八凶神像光圈，突然转速开始迅速加快，同时八个神像同时亮了起来。

那仿佛来自远古神魔的古老凶戾气息，与前番赤焰魔兽截然不同的恶魔咆哮，瞬间弥漫开去，那个古老火盆中的火焰，在妖力催持之下，再一次地，缓缓变大。

而这一次，那团燃烧的火焰，竟然缓缓离开了火盆，犹如镶嵌在那个神秘的八凶神像光圈之中的躯体，与八凶神像一起升到了半空，熊熊燃烧。

"你说得对，我召唤出来的赤焰魔兽的确因为玄火之力不足而不如玄火坛的那座法阵，"在光圈之后，兽神苍白的脸上涌现出红色的光晕，似乎因为这绝世妖力的降临，他也为之复苏，"但是这里的法阵，却是玲珑当年亲自布下，远胜过玄火坛那处遗迹的法阵，这奥秘之处，就让你们看看吧。"

他凄厉的大笑声中，整个身躯飘浮到半空，缓缓融入了那团越来越盛的火焰之中，终于消失不见，地面之上，饕餮大声咆哮着。

下一刻，那八面凶神的神像之上，陡然间，所有神像的眼睛如充血一般，都亮起了红色的光芒，如恶魔重新醒来，刹那之间，漫天神魔一起狂呼，尖锐啸声铺天盖地，震耳欲聋。

那团火焰越烧越烈，火焰深处，开始不停发出隆隆如雷鸣一般声响，焰心渐渐转为纯白之色，即使隔了老远，以鬼厉与陆雪琪之道行修行，竟也感到难以忍受的酷热。

而在漫天魔啸之中，回荡着神秘的咒语之声，那咒语晦涩而悠长，古老而艰深，仿佛远古的先民，膜拜着神明，用尽全身心的信仰灵力，召唤着那梦寐中的神明。

巨焰，焚烧！

那咒语突如疾风骤雨，撕裂人心，在声声如敲打心灵的咒语声中，突然，一股巨大而锐不可当的威势，从那巨大的火焰深处猛然散发出来，那威力竟是如此巨大，鬼厉与陆雪琪竟不能抗拒抵挡，被迫向后倒飞了出去。

是什么可怕的咒文，又是召唤来了何等恐怖的灵物，竟有如此的威力？

一时之间，鬼厉与陆雪琪齐齐为之变色，这哪里是人力可以抵挡的力量？

那火焰疯狂地焚烧，烈焰在半空中如妖魔狂舞，迎接着这火焰深处恐怖的到来。最炽热的地方，几乎是纯白的焰心，忽然，在剧烈的闪动之中，似某种生物，缓缓喘息，睁开了眼睛。

瞬间，周围古老坚硬的岩壁纷纷碎裂，地面上现出无数条巨大的裂缝，并从裂缝深处，透出赤红色的光芒，仿佛脚下，就是恐怖的火山熔岩，即将喷发。

而那喘息之声，犹如一声龙吟，在这个空间中，回荡！

第二百一十三章

八荒火龙

镇魔古洞，洞口。

玲珑巫女神像之前，黑木默然伫立，而凶灵黑虎似乎也沉默着，站在他的身后。陆雪琪等人已经进去很久了，更不用说之前鬼厉等人，而这么长的时间里，谁也不知道那个古老洞穴之中，到底发生了什么。

只是，他们兄弟两个，似乎都没有表现出关心的样子，在他们的眼中，似乎只有那一尊玲珑巫女的神像。

突然，在这一片静默之中，脚下的大地竟然开始微微颤抖起来，隐隐的轰鸣雷声，竟是从那镇魔古洞之中传了出来。黑木身子一震，转身与黑虎对视一眼，但还不等他们想个明白，更大的异变，已经发生。

原本黑沉沉的天空苍穹，笼罩在焦黑山峰上空的黑云层中，突然射出了一道金色的光芒，如利剑一般，从天而降，刺穿了沉沉黑暗。紧接着，厚厚黑色云层的边缘，都开始透射出淡淡的金色光芒，如同替这黑云镶嵌上了一层金色的光边。

隆隆雷声，千万年来，重新在这座被诅咒的山峰上空响起，云层开始疯狂地涌动，似乎有某种神秘莫测的力量，在不断地苏醒，让天地也为之动容。

黑木与黑虎怔怔望着这天地异变，忽然间，黑木一转身，迟疑了片刻，声音似乎有微微的颤抖，低声道："阴风……也消失了。"

黑虎巨大的身躯，凝视着那洞穴深处，深深黑暗里，再也没有了阴寒刺骨的阴风，取而代之的，是炽热翻滚的热浪。

"怎么回事，里面出了什么事？"黑木的声音隐隐有几分激动，但是被黑布笼罩的面容，看不清楚他的表情，只见他死死盯着那个镇魔古洞。

与他相反，黑虎面对这些异变，表情却十分地复杂奇怪，似乎有说不出的欢喜，可是那白色烟雾构成的脸上，竟然还流露着一丝哀伤。

"是火龙，八荒火龙！"他淡淡地，低声道。

"什么？"

黑木难以置信地疾转过身，盯着黑虎，道："你说什么，八荒火龙，这世上除了娘娘之外，如今怎么可能还会有人能够召唤八荒火龙？"

黑虎目光苍茫，慢慢转到那尊石像之上，半晌之后，道："本来是没有人的，因为那召唤的咒文与万火之精玄火鉴，都早已失落了，可是，"他笑了笑，然后用一种很奇怪的眼神看着黑木，道，"可是，这世上还有一个人曾经领悟了巫女娘娘她全部的巫法咒文，而娘娘生前唯一布下尚存并能召唤八荒火龙的八凶玄火法阵，又恰好就在这里。"

黑木怔了一下，没有说话，半晌之后，颓然摇头道："原来他……竟然还有这一手。可是八荒火龙乃毁灭万物之凶物，他召唤这只神兽，难道忘了当年娘娘就是用这火龙将他生生焚灭的吗？"

黑虎淡淡冷笑一声，道："谁知道，我只记得娘娘当初走的时候，弥留之际亲口对我说过的一句话。"

黑木一震，道："什么？"

黑虎脸上现出浓浓的恨意，霍然转身，看着那异变越来越明显，震动越来越大的镇魔古洞，冷笑道："娘娘交代过，日后无论再过多少年，一旦火龙复生，在此降临，便是这一场冤孽结束之时！"

黑木喃喃念了一遍："冤孽结束之时……"忽地，他脸色一变，道，"难道娘娘她早已预料到了？"

黑虎没有理会他，对他来说，在这炽热之风越来越烈，天际云层翻滚，金芒乱闪，天地乱象纷呈的时刻，他的眼中，却只有那尊石像。

他慢慢移到石像前，脸上所有的表情都消失了，低声道："娘娘，娘娘……我终于等到了这一天，您别着急，再等一会儿，等一切都结束的时候，黑虎就来找您，从此永远侍奉在您的身旁。"

黑木木然地望着这位前世的兄长，然后，他仰天眺望。

那天，还给他的，却是一个当头雷鸣！

轰隆！

风云更急了，大地震颤得越发强烈。

镇魔古洞甬道之中，曾书书后退半步，避开了一道闪烁冲来的白色光体，躲在一旁，但同时心中却是暗暗叫苦。自从李洵等人不知怎么就突然在这镇魔古洞之中惹到了一个白衣女子，偏偏这个看上去比金瓶儿还妖媚几分的女子，道行却是高得不可思议，李洵等焚香谷弟子一拥而上，却被她用一个古怪至极的道术尽数给挡了回来，而此刻全部的人都被这个女子施展的一个法术给困住了。

那是与小白困住金瓶儿所施展的一模一样的法术，神秘的白色光球向着人群冲去，焚香谷弟子们用各自法宝将之击飞，却不料这法宝竟然越打越多，刚开始还没什么，但过了一会儿之后，这洞窟之中已然到处都是白色光辉的笼罩范围之内。焚香谷弟子众多，随机应变之能又不如金瓶儿，那白色的光体几乎是一转眼间就衍生出了无数个，纷纷在半空之中横冲直撞，将这些刚开始还想将小白捉住好好责罚的焚香谷弟子，打得是叫苦不迭。

眼看着焚香谷弟子陷入困境，曾书书总无法袖手旁观，只得加入战局，无奈那白衣女子道行奇高，曾书书也无法追到她，相反很快也被许多白色的光球包围住了。不过曾书书毕竟机灵过人，才几个回合，登时便知道其中有异，连忙大声提醒旁边焚香谷弟子不可乱斩这些白色光球，众人这才醒悟过来。

只是虽然如此，这白色光体已经是漫天都是，将这些正道弟子围了个严严实实，东一个射来西一个撞，人人手忙脚乱。

小白慢慢从天而降，落到地上，看着前方白光闪烁，焚香谷众人狼狈不堪的样子，冷笑了一声，出了一口长气。她虽然得道千年，但决然不是什么慈悲为怀、虚怀若谷的仙家人物了，被焚香谷在玄火坛中禁锢了数百年，这一口恶气当日虽然轻轻放过，但不找焚香谷的人麻烦，已经是焚香谷弟子烧高香了，如今居然送上门来，偏巧她与鬼厉一席谈话之后，心情正坏，可谓撞到枪口之上。

也就是在这个时候，忽然，春风得意的小白心中竟是一凛，一股从未有过的心悸感觉，竟是从内心深处猛然冒起，心口更是不由自主地猛跳了几下。

一股古老而狂暴的力量，在前方，在这个镇魔古洞的深处，缓缓升起，仿佛沉眠了千年万年，终于第一次苏醒。而仅仅这苏醒的开始，竟然已让天地为之变色。

隆隆雷声，从大地深处缓缓传来，剧烈地震颤，随即从远方如波涛一般涌来，大地开始剧烈地颤抖，这一次，无数巨大的石块都开始纷纷落下，似乎根本无法承受这巨大的力量重压一般。

所有的人，大惊失色，仓皇之中，曾书书用尽全力，大声招呼李洵，喊道："李师兄，这里太过危险，我们还是先出去为妙！"

李洵脸色苍白，一剑击飞一枚冲来的白色光球，只是心乱之下用力稍大，那光球被他击飞数尺远后，却又分成一模一样的两个光球，重新在半空之中积蓄力量，眼看又要重新冲来。不过自从这异变陡生之后，小白似乎心有旁顾，催发道术也慢了许多，这些光球的速度也慢了下来。

一直被逼迫得紧的李洵脸上青白相间，忽然间一咬牙，大声喝道："都出去，我断后。"

说罢，飞身而起，登时剑芒大盛，一时将大部分白色光体都挡了下来，焚香谷众人向来对他敬重，闻言之后，再看看周围情况，的确并非久留之地，当下众人纷纷向洞口方向奔逐。只是李洵却似乎并没有走的意思，曾书书飞掠过来，替他连着挡下了数枚白色光球的撞击，大声道："李师兄，你怎么不走？"

李洵脸上闪过一丝犹豫之色，道："可是……陆师妹还在里面。"

曾书书眉头一皱，怒道："陆师妹她道行深厚，未必有事，你这般坚持，只怕误人误己！"

李洵脸色变了几变，却只见周围震动更加强烈，落石趋势经过这么许久，非但没有减弱的样子，反而更有加剧之势，他长叹一声，终于还是向后飞掠而去。

曾书书向那洞穴深处看了一眼，也随之出去了。

那些人的对话，每一句都落在了小白耳中，只是对她来说，仿佛除了淡淡冷笑，没有什么能打动心弦。空洞中的白色光球运动速度越来越慢，在李洵和曾书书身影也迅速消失之后，失去了目标的白色光球逐渐在半空之中停顿了下来，随后渐渐聚集，缓缓融合，逐渐重新结成了一个白色光球，向着小白飞来。

小白缓缓转身，向着洞穴深处凝望着。

那股古老巨大的力量，仍然在不断加强着，小白甚至可以清晰地感觉到，那一股蕴含着无比强大的毁灭之力。周边的岩壁仍然在不断颤抖中剥落下大大小小的石块，在轰鸣声中纷纷摔落在地上，只是在她身影三尺之内，并无一块石头能够击中她的身体。

白色光球飞回了她的身旁，如一个小小的精灵，在她身边飞舞旋转着，似乎在揣摩主人的心意。

而主人茫然若失的脸上，有的却只是担忧与失落。

那深深的黑暗之中，就在此刻，轰然迸发出一声怒吼，如巨龙长啸，龙吟震天。

那股神秘的古老力量，终于完全苏醒了！

巨大的石室，完全被强烈的火光所笼罩了，先前的黑暗被彻底驱逐出去，找不到一丝阴暗的地方。这光亮，远远超过了世间任何的光芒，甚至令人感觉，连天际烈日降临，只怕也不过如此。

曾经不可一世的赤焰魔兽，如果与之相提并论，简直如一点萤火而已。

在这恐怖的力量之中，最炽热的地方，无疑就是那个仍然存在并且急速转动，闪烁着诡异光环的八凶神像光圈了。那里，兽神曾经融入的火焰越来越白热化，漫天神秘的咒文，也越来越急。

不停扩张又微微收缩起伏的焰心，仿佛一个孵化的赤焰之卵，孕育着某种可怕之物，而随着周围温度的持续急速升高，那古老而神秘的所在，正一点一滴地凝聚着失去千万年的力量，重新降临到这个世界。

陆雪琪和鬼厉两个人，已经被完全挤压到了石室边缘的墙壁之上，太过强大的烈焰之力，仿佛正在烘烤着他们的身心，榨取着他们身体里每一滴的水分。

没有汗水，因为每一滴汗水还未流出便已汽化，熊熊烈焰之中，倒映着他们通红的脸庞。

陆雪琪忽然若有所觉，向身旁的鬼厉望去，那个男子，不知何时，握住了她的手掌。她没有任何的惊愕讶然，即使是在这绝望的火海面对那未知的神秘力量。

手心里，指尖上，传来了温暖。

曾经熟悉过吧，十年前曾经这样吧！

那一场黑暗中紧握的手的过往！

鬼厉身子移动，离开了两个人靠着的墙壁，挡在了陆雪琪的身前，淡青色的光芒，中间闪烁的是隐隐的金色光辉，从他手边闪起，形成了一道光壁，挡在了身前。

顿时，酷热之意减轻了许多，只是鬼厉的背部却是微微抖动了一下，然后，他深深吸气。

忽然，那只在他掌心的手，用力握住了他，从他的身后，淡蓝色的光辉泛起，起初，与那青色的光芒似还有些冲突，格格不入，但很快地，两道光芒融为一体，结成了更强大的光壁，抵挡着那恐怖赤焰的火芒。

男人的肩膀，男人的背，默默地站在身前，陆雪琪紧紧握着手，嘴角边，在那漫天火光之下，有淡淡的笑容。

突然，那冗长的咒文停止了，有那么一刻，仿佛一切都瞬间凝固住了，所有的火焰，漫天的火芒，鬼厉与陆雪琪奋力抵抗的身影，还有那半空中旋转不休的八凶神像。

最炽热的火焰深处，缓缓裂了开去，从一道细缝，慢慢变大，从一个人左右的缝隙，变成了数倍之巨的空洞，在这漫天的耀眼火光之中，那条裂缝里，竟仿佛是不可思议的最深沉的黑暗。

然后，似什么东西，在那裂缝深处，冷冷地，向着外面的世界注视了一眼。

一股凶戾之气充斥着让人发疯一般的绝望，瞬间掠过了这石室里的每一个角落。

下一刻，如受到最疯狂的刺激，全部的火焰瞬间迸发出最热烈的光芒，龙吟声越来越高，如一场狂欢不休不止，那火焰深处，龙吟声轰然而起，带着恐怖，带着绝望，那古老的神明灵物，从另一个世界降临其中。

巨大的头颅，慢慢伸了出来，如烈日一般耀眼而无法直视，那分明是沐浴在烈火之中的巨大古老的火龙，每一处地方，都是火焰。

巨大的龙头，仿佛就已经占据了所有的空间，鬼厉与陆雪琪目瞪口呆地望着这不可一世、几乎超越这世间存在的所有生物，甚至忘了抵抗，只是凭借本能，两人的法宝结壁勉力抵抗着那汹涌而来的火焰，只是，那令人窒息的威势，却仿佛已宣告了他们的命运。

八荒火龙！

南疆古老巫族传说之中，毁灭世间万物的可怕凶兽，八凶玄火法阵最终极的召唤灵物，终于在千万年之后，重现于人世间。

巨大的龙首，在烈焰之中缓缓转动着，并没有立刻毁灭什么的举动，被烈焰包围的它，从巨大的犄角到口中的獠牙，都呈现出一种在极度高温中才能闪现的神秘的红润透明之色。

巨龙每一次深深的呼吸，便带动了整座石室的剧烈颤抖，仿佛这个空间，对它这样强大的生物来说，不过是一个狭小的地方，甚至它连身子，到现在也仍未出来过。

在龙首的背后，那转动的八凶神像光圈，似乎隐没在八荒火龙耀眼的光芒之中了，若隐若现中，那巨大的光圈似乎也在微微颤抖着。

是因为这火龙那令人绝望的力量？

还是那附身其上悠久岁月的回忆？

没有人知道。

也没有人会再去想那个了，因为此刻，似乎慢慢适应了刚刚苏醒之后那异样感觉的巨大火龙，龙首之上，红润透明的巨大眼眶里，燃烧的烈焰缓缓升高，龙头也随之慢慢转动过来。

片刻之后，这恐怖的龙头，正对着这石室之中，那紧靠在角落里奋力抵挡的两个人影。

"吼……"

瞬间，巨大的轰鸣声响彻了整个天地！

第二百一十四章
末日

那一声嘶吼，仿佛是从很远的地方传来的，因为在漫天呼啸的热浪火焰之中，恐怖的八荒火龙的龙吟之声，听起来竟似乎有些遥远，而鬼厉与陆雪琪所直接面对的，是怒涛一般喷射而来的巨焰，还有脚下曾经坚硬的地面，此刻却完全崩溃了一般变成熔岩地狱，巨大的裂缝无数，赤红的岩浆在脚下奔腾咆哮，如浪花潮汐一般飞溅，打在残留的焦黑岩块之上，不停地灼烧着，发出"哒哒"的声音。

滚滚火焰，铺天盖地，转眼已到了面前。

在这绝望的气息中，仿佛已经无法呼吸。

鬼厉的脸庞被映得通红，额角似有青筋闪现，在那巨大的洪涛面前，他双目圆睁，大喝一声，噬魂魔棒离开了他的手掌，飘浮在他身前半空之中。与此同时，鬼厉双手结成类似佛家法印之结印，但从掌心中泛起的却并非天音寺佛门真法惯常所有的庄严肃穆金色光辉，而是略带了一丝诡异的暗红之光。

在他法力催持之下，噬魂猛然间直立起来，竖立于虚空之间，顶端噬血珠上，随着鬼厉手中法印结成，飘起了佛门金色的万字符。而在鬼厉胸前与噬魂之间的地方，紧贴着噬魂魔棒，在虚空中空气似缓缓扭曲，慢慢凝结成了一个太极图案。

而这个太极图案之间，闪烁的竟也非青云门道家真法的清光，而是混杂了魔教异术的种种异象。世间最强大的几门修真法门，终于第一次，同时在一个人身上融会贯通地施展出来了。

赤焰余光之下，陆雪琪默默站在鬼厉身后，凝视着这个全力以赴的男子，和他一起面对着前方，那恐怖的火龙！天琊淡淡的蓝色光辉，在鬼厉的身后散发出来。

她的秀发，在滚滚怒涛余风之中，飘扬！

下一刻，炽热无比的烈焰撞了上来。

瞬间，仿佛整个世界都变成了火的世界一般，如置身烘炉，身受炼狱之苦，无尽的赤焰在耳边轰然狂啸，仿佛无穷无尽的手从四面八方疯狂地拉扯着身躯，要将它粉身碎骨！

全身震颤！

然而，在狂涛一般的烈焰火海之中，却仍有一点异光，在被湮没之后，顽强地，在火海里挣扎闪现出来。

噬魂！

金、青、红三色光芒，同时从噬魂上散发了出来，凝结成无形之壁，在这末日一般的疯狂之海中，保卫着主人。

仿佛奇迹一般，这似乎应该毁灭一切的八荒火龙，竟被鬼厉挡了下来，甚至就连仍趴在鬼厉肩头的猴子小灰，也闪动着三只变得血红凶恶的眼睛，向着那只火龙，怒吼了一声。

只是鬼厉显然并不好受，被火焰映得通红的脸庞，瞬间变成了苍白，看不到一点血色，站在他身后的陆雪琪第一时间感觉到鬼厉身子在微微地颤抖，连忙扶住了他，只是伸手触及的时候，她已然大吃一惊。

鬼厉的整个身体，完全是异样的火烫，连陆雪琪这等修行的人物，竟也有种手心灼伤的痛觉，更不用说鬼厉自身了。更惊心的是陆雪琪扶住鬼厉双手的时候，立刻感觉到，虽然鬼厉仍保持着结成法印防御的姿势，但双手双臂之上，竟然是不由自主地颤抖着。

这一击之力，可怖如此！

不过这一击无功而返，前方的八荒火龙巨大龙首微微摆动，似乎也有些意外，在如山般燃烧的赤焰之中，巨大的龙首缓缓低下，并没有立刻再度发动攻击，而是向这两个渺小的人类望去。

龙眼之中，是那特有的红润透明的火焰！

"铮！"

清脆凤鸣，蓝光泛起，天琊从陆雪琪的手间翻然跃出，倒映着那个身影，踏上一步，将鬼厉的身子挡在身后，深深呼吸着，决然面对着那恐怖的存在。

黑色的发，还在风中飘舞。

有几缕发丝，在热浪中轻轻拂动，落在鬼厉的脸上，纵然是在这末日一般的炼狱，那曾经熟悉的淡淡幽香，却依然传入心田。

在你绝望的时候，有没有人可以与你相伴？

即使无路可走，还有人不曾舍弃吗？

那眼光在瞬间仿佛穿过了光阴，忘却了这周围熊熊燃烧的火焰，看到了当初少年时，曾经的过往。

黑暗深渊里的回忆，仿佛和今日一模一样，像是重新回到了那曾经天真的岁月。

原来，这一个身影，真的是，从来没有改变过吗？

那变的人，却又是谁？

八荒火龙龙首之后，那转动的神秘八凶神像光圈，突然开始闪烁了起来，各种诡异的符号若隐若现，在光圈之下，不停闪动。

八荒火龙的龙首突然一顿，强大如它，仿佛也受到了什么催促一般，再度发出了一声怒吼。

那龙吟，似山呼海啸，奔腾而来，瞬间，地面上所有的残存岩块都在剧烈震颤中迅速熔解变作了岩浆，只不过片刻之间，鬼厉与陆雪琪的脚下，已完全是一片灼热的熔岩之海。而随着八荒火龙的龙吟长啸，那岩浆之海，从原来无序的涌动，转眼间纷纷如受巨力拉扯，开始向着同一个方向迅速流淌。

岩浆洪流越涌越快，炽热的气体蒸腾而上，将这曾经的石室变作了真正的熔岩地狱。很快，太过巨大的力量，在这个岩浆之海上扯出了一个巨大的旋涡，毁灭一切的赤焰在岩浆上熊熊燃烧，如一场高潮的狂欢之舞。

旋涡越来越大，深深陷下，被狂奔激流扯动的那一股咆哮，从这旋涡深处，慢慢地散发出来，如雷鸣一般，逐渐响亮，到了最后，它已震耳欲聋，甚至盖过了半空之上的八荒火龙的龙吟之声。

当急速旋转的岩浆已经旋转到几乎疯狂的地步时，那个巨大的旋涡宽达数丈，从深深旋涡里，猛传出一声震天雷鸣：

"轰！"

刹那间，天摇地动，从巨大的熔岩旋涡里直射出一条炽热之柱，完全由岩浆组成，足有十人合抱之粗，带着无比的威势，向着与之相比脆弱渺小到不成比例的陆雪琪和鬼厉冲去。

横扫一切，睥睨世间！

仿佛这才是真正不可一世的力量！

火的力量，火之精华！

熔岩之柱未到，陆雪琪与鬼厉便感觉到身子一空，就在片刻之前他们还为之倚靠的最后一个石壁角落，在那疯狂的力量煎熬之下，化作了碎石纷纷散落，而展现在他们身后的，并非是更坚实的石壁，竟然也是逐渐龟裂而透出赤红熔岩慢慢熔化的碎岩。

而在他们的上方，是虎视眈眈的八荒火龙；四周，是一片疯狂燃烧的火海。

脚下，是以不可抗拒之势冲来的熔岩火柱！

火光里，喘息中，是什么在微微颤抖？

是什么，让手相握，不肯放开，紧紧相连？

那一剑，如悠远天边的吟唱，带着幽幽蓝光，从十年、百年、千年前一路传诵，直到今日，为了所爱的人，向前刺去。

风火呼啸！

她如投火的仙子，白色的身影在火光中霍然绽放，是那样鲜艳、难以企及的美丽，忘却了世间所有，只有手的边缘，那从来不曾忘却的温柔与坚实，陪伴在身旁。

有什么好害怕，有什么可畏惧？

那一剑！

她的身影，向前而去，迎风飞舞，有绝世的风姿。

在她身后，是低低的吟唱，曾经平凡无华的烧火棍，如今的噬魂，从后而至，闪烁着青色的光芒，追上了天琊，与蓝色的剑刃同时飞驰。

那一个身影，就在身旁，在这绝望的火海之中，紧紧相依。

天琊神剑微微颤抖，那剑刃之上的光华，刺穿了无数热浪风云，仿佛是在应和一般，与它同行的噬魂也发出了异样的尖啸，青光大盛！

青、蓝二色，在周围一片火海之中，从天而下，非但没有丝毫的躲避，反而向着那冲天而起势不可当的熔岩火柱，当头刺去！

有什么好害怕？

有什么可畏惧？

半空之中的火龙，猛然咆哮，龙吟长啸，隆隆不绝传了出去。四周的火焰，瞬间一起高涨，仿佛也在狂舞之中，看着这一场末世狂欢。

那仿佛融为一体的两个身影，融化纠缠在一起的青蓝光辉，似一枚流星毅然而下，与熔岩火柱撞在了一起。

那是怎样的一种灿烂，如巨大的赤焰之花轰然绽放，所有的熔岩之海瞬间沸腾溅起，高高冲上半空。巨大的火柱在这看来已经狭窄不堪的地方疯狂肆虐，烧毁了一切可以烧毁的东西，只是，那一道灿烂光华，却直射至火柱之中。

片刻之后，却又仿佛是过了很久，时光凝固，谁又知道呢？

高涨的熔岩缓缓落下，急速旋转的岩浆慢慢变缓，巨大的旋涡开始缩小，只有那可怕的火柱，似还停留在熔岩之海上空，静止了那么一刻。

一道青蓝相间的光辉，猛然从火柱一侧刺穿一个口子，射了出来，片刻之后，仿佛伴随着低沉的闷响，"咄咄"之声不绝，无数个细小口子不断涌现，青蓝色光辉不停欢快地喷射而出，片刻之后，一声轰鸣，巨大的熔岩火柱颓然倒塌，重新化作炽热的岩浆，落在了脚下的熔岩之海里。

半空之中，重新现出鬼厉与陆雪琪的身影。

他们的衣裳，到处都有被烧焦烧破的痕迹，甚至有些地方的皮肤，还有受伤的模样。他们的脸色，是说不出的疲倦，鬼厉的胸口、嘴角边，更是已经被鲜艳的血染红。

只是，他们相拥在一起，虽然虚弱，虽然明知是绝望，但手边的法宝——天琊与噬魂，却散发出不可直视的，从未有过的灿烂光华。

他们的手，还握在一起。

他们的身子，慢慢地升起。

缓缓升上了半空，重新地，站立在八荒火龙巨大的龙首之前。

两个渺小的人，面对着，默然伫立着。

八荒火龙燃烧的双眸，注视着这一对男女，从那神秘莫测的火焰中，根本看不出火龙的内心想法，又或者，强横如它一般的存在，又哪里会在乎人类的情感？

那神秘的八凶神像光圈，此刻似乎暗淡了许多，不知怎么，在这只巨龙龙首的背后，似乎连这八凶神像，也显得吃力得多。

或许，要掌握越强大的力量，所付出的代价，也应该越多吧！

这个道理，从古老的巫族直到现在，却又有几人明白呢？

明灭不定地闪烁着光芒，八凶神像上还有不断闪动的神秘符号，缓缓转动着。八荒火龙并没有立刻进攻，似乎对它来说，也在等待着什么。

鬼厉的身体，从强自忍耐的痛苦，终于开始无法自主地颤抖起来，胸口的那个血印，越来越大。陆雪琪默默地伸过手去，搂住他的腰，将他拉过几分，靠在自己的身上。

那熟悉的喘息声，在耳边轻轻回响，微微带着热气，在她苍白的脸庞边缘回荡。

有些痒吧。

她突然这么想。

然后，轻轻转头，看着他。

看到的，是鬼厉望着她的目光。

她慢慢点头，轻轻笑了。

鬼厉凝视着她许久，嘴角边，终于也是露出了那一丝，带着淡淡血痕的微笑。

旋转不休的八凶神像，突然再次明亮，而这一次，除了八面狰狞凶恶的神像大放光明之外，八凶神像光圈之中那团兽神融身其中的火焰，也第一次变得明亮无比，渐渐盖过了周围那些神像。

而整个转动的光圈，更是第一次，离开了八荒火龙的龙首背后，缓缓下沉，那团熊熊燃烧的火焰，随着光圈的移动，赫然降临到八荒火龙的头顶，慢慢融合了进去。

庞然大物八荒火龙，猛然发出一声怒吼，瞬间整个火海都似乎微微颤抖起来，是什么，竟能令如此强大的生物感觉到痛楚？

那团火焰缓慢地，却是不可阻挡地融入了八荒火龙的头颅。

随后，那八面闪烁着神秘符号的八凶神像，似乎顿时失去了光彩，再一次迅速地暗淡了下去。

八荒火龙停止了咆哮，仿佛微微低下了头，过了片刻，那巨大的龙首慢慢地重新抬起，令人绝望的那股毁灭气息，再度出现，笼罩了鬼厉与陆雪琪。

而这一次，不知为何，非但没有前两次攻击中可怖的景象，相反地，周围的温度反而下降了不少，脚下的熔岩之海虽然仍然炽热，但岩浆的流动也变得缓慢，整座熔岩地狱之中，似乎突然之间，那热火之精华都在被迅速地提炼而去。

八荒火龙，终于再一次凝视着那两个人影，这一次，它的眼眸之中燃烧的仿佛已经不再是那神秘红润透明的火焰，而是一双充斥了人类复杂疯狂情感的眼睛。

龙首抬起，仰大张口。

它仿佛是在，深深呼吸！

随着那动作，所有在半空中燃烧的火焰都仿佛失去了光芒，但笼罩在鬼厉与陆雪琪身上的压迫之力，却更是让人绝望得想要放弃。

从八荒火龙巨大的龙口之中，突然，闪过了一道光芒，不是炽热的火光，而是真正的纯粹的火焰。

没有任何杂质，没有任何喧哗，这世间最可怕也最纯粹，可以焚毁天地一切事物的"纯质之火"！

缓缓喷出！

没有一丝的热力外泄，只是一道细如人身大小浑圆的火柱，纯质如玉一般，向着鬼厉与陆雪琪飞来。

陆雪琪手中的天琊，慢慢垂下了，天琊旁边的噬魂，也缓缓回到了鬼厉手中。青色蓝色的光华，慢慢消退。

没有任何人力，可以在这无法抗拒的纯质之火中抵挡。

那火焰，一点一点逼近！

陆雪琪默默抬头，却已不再看着那边，此刻她的眼眸里，只有一个人影，只有那一张容颜。

她深深望着，嘴角边挂着淡淡笑意，一丝一毫都不肯放过，仿佛要刻在心中，刻入魂魄，直到千年万世之后，再也不能忘却。

那火焰，已逼近了！

鬼厉的袖袍，忽地没有丝毫的预兆，瞬间化作灰色粉末，散了开去，然后是他整只手臂的衣物。

而这只手，这副躯体，又还有多少的时间？

就这样了吧，他淡淡地想着，就这样死了吗？

只是，心愿却是终究无法了却了……

他低低地苦笑了一下，握紧了的，是那只柔软温和的手掌。

突然，那火焰闪动的光芒，如一道流星迸裂开去，有一点火光竟是猛然闪过他的脑海，瞬间一片混乱。

陆雪琪立刻感觉到了鬼厉的不妥，下意识地拉住了他的手掌，而几乎是在同时，那纯质之火，已到了他们身旁，眼看就要吞没他们的身躯。

死？

或生！

鬼厉在那片刻之间忽地一声大叫，用力一扯，将陆雪琪的身子猛然拉到自己的身后，陆雪琪一声惊叫，却丝毫没有单独逃生的意思，反将鬼厉的手抓得更紧。

而在那电光石火之间，鬼厉的手掌之间，突然多了一块似玉非玉的牌子，周围一圈翠玉环绕，中间是古老的火焰图案，正是玄火鉴！

下一刻，纯质之火，射在了玄火鉴上。

远处的八凶神像，猛然一颤，而巨大强横的八荒火龙，恐怖的龙头突然也为之一滞，所有的事物，仿佛突然间都停顿了下来。

然后，像是有一个来自幽冥的声音，温柔而舒缓地吟唱，悠悠回荡，仿佛是千万年前，那个温柔玲珑的女子。

玄火鉴亮了起来，正中的那团古拙的火焰图案，此刻仿佛如重生一般，在纯质之火的焚烧之下，如注入了无穷生机，贪婪地吸取着这世间最纯质的火焰精华。

"啊！"

忽地，鬼厉发出了一声轻呼，那玄火鉴已然炽热得令他再也无法握住，离开了他手心的玄火鉴，却没有向下落去，而是慢慢升到了半空之中，在八荒火龙的注视之下，缓缓闪动。

炽热的气息，缓缓从玄火鉴上散发出来，带着些许梦幻的白色烟雾，似乎是汽化了的周围空气，在玄火鉴周围凝聚，一股巨大的神秘力量，慢慢撕扯着这周围的空间，白色虚幻的烟雾里，慢慢凝结成一个美丽的女子身影。

那是一个衣着古朴的女子，手握着一根法杖，而面容竟然和守在镇魔古洞洞口之外的玲珑巫女石像一模一样。

"玲珑……"

仿佛是一声撕心裂肺绝望的呼喊，八荒火龙再一次露出痛苦神色，随后，那一团火焰从龙首上方慢慢脱出，随即火光消散，露出的正是兽神真身，只不过此刻看去，兽神全身枯槁，仿佛已是油尽灯枯。

只是，那样一双热切的眼眸，千万年来竟然从未变过，他忘却了世间所有，眼中只有那个烟雾之中的女子。

他向着那个虚幻，飞扑而去，眼中带着无比的满足。

玄火鉴默默旋转着，那个玲珑的幻象仿佛也在微笑，张开了双臂，向他拥抱。

眼看着，他们就要相拥在一起，但兽神身后，突然传来一声惊天动地的怒吼，失去了禁制的八荒火龙，第一眼便认出了敌人，曾经它所毁灭的躯体，令它本能地施展攻击。

深深呼吸，龙息绵长，远处的鬼厉与陆雪琪同时变色，但兽神却似乎早已忘了周围的一切，或者，就算他知道，又怎么还会在乎？

他扑了上去，那烟雾之中，竟非幻象，他竟然真的抱住了，那个躯体。

玲珑……

玲珑……

他低声呼唤着，如一个孩子般，满足地闭上眼睛。玲珑微笑着，用手轻轻抚摸他的头发。

巨龙怒吼，愤怒的火焰瞬间而至！

吞没了所有。

那两个身影，在火海之中，慢慢消失，只是，竟没有丝毫的哀痛，慢慢浮现的，反而是那异样的幸福。

火光之中，玄火鉴突然闪现，从半空中直落下来，正落在鬼厉手边。鬼厉在震动之中，下意识地伸手接住，而就在同一时刻，强横的八荒火龙所在之处，突然间似乎失去了某种力量的支撑，那道巨大的缝隙开始缓缓收缩。

八荒火龙再度发出愤怒的咆哮，充满了不甘，但以它之强横，却似乎已然无法阻挡自己巨大的头颅再一次被那神秘的空间吞噬。只是，在最后的时刻里，它满怀着毁灭一切的仇恨，向着这个空间，喷出了最后一道可怖之火。

天崩地裂！

刹那间，所有的熔岩一起沸腾爆炸，石壁完全熔解，巨大的空间如沙子一般纷纷倒塌，同时，无数道疯狂的岩浆洪流，向四面八方冲射而出。

鬼厉与陆雪琪颓然看着这末日景象，却再也无力逃生，但就在这个时候，玄火鉴上突然发出一道纯正温和的光环，笼罩了他们二人，将他们包裹在一个光罩之中，迅速向上方升去。

而在他们身下，所有的一切都化作了火焰。

整个广袤无垠的十万大山之地，无数的山脉峰岭，仿佛都在那一刻，听到了那一声疯狂的咆哮。耸立了千万年的焦黑山峰，在狂暴的岩浆怒涌之中，渐渐塌陷下去，而冲天而起的炽热岩浆，直插天际。

在这火一般的末日世界脚下，镇魔古洞的入口，黑木愕然不知所措，而凶灵黑虎却如发狂一般狂笑着，大声呼喊着："来了，来了，这一天终于来了啊！"

黑木瞪大了眼睛，怒喝道："你疯了吗？"

黑虎哈哈狂笑，但突然一滞，两个人身子同时大震，然后，就在他们的面前，那尊守护了这镇魔古洞千万年的玲珑巫女石像，竟然瞬间碎裂，散成无数小块，随即被涌来的热浪吞没，消失无踪。

黑虎仰天长啸，状如疯狂："娘娘，娘娘，你等等我，我就来了啊……"

而在他脚下，黑木隐藏在黑布之后的喘息声浓重而极其激烈，忽地他大声道："不，不，我不能就这样，我还有未了之事！"

说罢，他突然身形一转，竟是如飞一般闪了出去，离开了这个即将毁灭的地方。

黑虎却仿佛根本不曾在意黑木的离去，他巨大的身躯就这样守护在镇魔古洞的洞口，仰天狂笑。

很快地，无数坍塌的碎石和疯狂四溅的岩浆洪流，将他的身影吞没了。

大地仿佛也在颤抖，无数的猛兽飞禽惊慌失措，那一座高耸的山峰，在巨响轰鸣声中，在遮天蔽日的黑尘里，轰然倒塌！

天际苍穹，慢慢下起了雨。

火雨！

在十万大山之中，一直下了三天三夜。

千万年后，谁还记得那一段往事？

第二百一十五章
拥抱

焚香谷。

雄伟的山河殿上，此刻一片寂静，除了李洵等一批精英弟子进入那神秘的十万大山外，这个时候大多数的焚香谷弟子，要么在谷中值岗巡逻，要么便待在自己房中修行功课，很少会到这焚香谷主殿处来。这也是除了深夜之外，一天中山河殿里最是冷清的时候。

只是此刻，却有两个身影，站在山河殿大门里，默然仁立，向着遥远的南方天际眺望。

远方苍穹大际，神秘凶险的十万大山山脉深处，正有一道巨大无比的火柱，冲上天际，带着奔腾咆哮的赤红岩浆和黑灰色的浓浓云层，其中夹杂着无数岩石碎片，被巨大的力量送上高高天际，然后如迸发一样，向着四面八方溅射而去。

尽管相隔甚远，但仿佛依然能够感觉到那响彻天地之间的巨大怒吼，甚至在他们的脚下，也隐隐感觉到了大地在微微颤抖。千里之外尚且如此，那十万大山深处爆发之地，又会是怎样一种难以想象的场面呢？

没有人知道，至少，此刻站在山河殿里的两个人，都不知道。

云易岚的脸色看上去很冷漠，许久了，他连一个字也没有说，只是默默注视着那条虽然喷发许久，但一点也没有减弱趋势的巨大火柱。而站在他身后的人，是他的师弟上官策，此刻也正眺望着那条巨大火柱，但脸色却显得复杂得多，脸上的神情似乎也阴晴不定。

良久。

沉默中，黑暗悄悄到来，天色渐渐暗淡，其间有几个弟子经过这里，但很快就发现了这里的气氛有些不大对劲，便迅速地退了开去，到了后来，随着黄昏的最后一丝光亮也渐渐消失的时候，即使举目远眺，那远方天际的异象，也慢慢模糊不清了。

　　远处，焚香谷的某个角落，响起了低低的虫鸣声，有一声没一声的，或远或近，不知道在呼唤着什么，却更加衬托出偌大的山河殿里，那如冰雪一般地冷清。

　　云易岚在阴影里的身子，动了一下，然后慢慢转了过来。

　　上官策默默地向他看去，云易岚的目光与他接触了片刻，随即不知怎么的，却转开了，慢慢转身，向着山河殿里走去。上官策在心中暗暗叹了口气，最后看了一眼南方天际的方向，也转身向里走去。

　　低沉的脚步声，回荡在寂静的山河殿中，却显得那般地响亮！

　　沉沉脚步声，不知是踏在谁的心间。

　　云易岚在大殿正中的座位上，慢慢坐了下来，天黑了，但这里却没有点灯，并非焚香谷弟子偷懒，只是这样一个夜晚，却仿佛是与众不同的，他们都知趣地没有前来。

　　云易岚坐在黑暗之中，面容看上去，竟也有些模糊了，半晌过后，他忽然道："想不到，这世上竟然真的有人可以毁去镇魔古洞，可以杀死那个妖孽！"

　　上官策在云易岚的下手坐了下来，虽然他是云易岚的师弟，但看上去他的脸庞容颜，却是比云易岚要苍老了不知多少，只是此刻他的声音，却似乎比云易岚更加正常一些，淡淡地道："当日青云门道玄既然可以重创兽神，如今有人可以想出法子杀死兽妖，也不算什么太过惊讶的事了。"

　　云易岚沉默了许久，没有说话，但半晌过后，他忽然似苦笑了一声，摇了摇头，道："人算终究不如天算，百年心血，就这般前功尽弃了。"

　　上官策沉吟了片刻，似乎在暗自斟酌此刻应该怎么说话，徐徐道："或许，《焚香玉册》上还有什么其他的法子……"

　　云易岚哼了一声，上官策立刻住口不再说了，气氛微微显得有些尴尬，但云易岚显然此刻心情大坏，丝毫也没有想去缓和的意思，只是默然坐在那里，一声不吭。

　　上官策苍老的脸上，皱纹在黑暗阴影中似乎更深了些，眼中闪烁着复杂的光芒，却不知道他究竟在想着什么。半晌过后，云易岚忽然唤了一声，道："上官师弟。"

　　上官策怔了一下，道："什么？"

　　云易岚淡淡道："其他人不明白，但我焚香谷中的秘密，却只有你我二人最是清楚。当年祖师为何要在南疆焚香谷这荒僻之地开宗立派，你知道的吧？"

　　上官策叹了口气，语气中带了一丝沧桑，道："是因为祖师在此地发现了上古南疆巫族的遗迹'玄火坛'，并从中发现了奇诡强大的巫法之秘。"

　　云易岚缓缓点头，道："不错，正是因为如此，焚香谷一门这才在南疆荒僻之地生根发芽，开门立派，延续到如今的。古巫族种种神秘巫法，加上历代祖师传下的真法道术，这才有了我们焚香谷今时今日的地位声望。"

说到这里，云易岚的声音忽然带上了一丝苍凉，道："可是这数百年间，纵然是历代祖师耗尽心血，但南疆古巫族巫法之中，最强大的力量'天火'，我们却仍然只掌握了皮毛。"他的神情渐渐变得愤怒，冷然道，"当日我继承谷主之位时，曾在历代祖师面前立下重誓，必定要发现巫族天火之秘，让我们焚香谷一脉从此称霸天下，领袖群雄。可是不承想，如今非但没有如此，反而是连探索'天火'之力唯一的钥匙，巫族传下的八凶玄火法阵的阵图，都被毁了，更有甚者，连那重中之重的玄火鉴，竟然也丢失了！"

黑暗中，上官策的身子忽地震了一下。

"啪！"一声脆响，却是云易岚手边传来，他恼怒之下，手中用力，竟是生生将坐椅扶手给拗了下来。山河殿上，一时静默无声。

半晌过后，云易岚忽地一声长叹，缓缓站起身来，语调苍凉，道："当日困局之下，偶然从南疆古籍之中，知道这世上除了玄火坛，还有那镇魔古洞里尚存有一处阵图，所以才有了与虎谋皮、今日之事，可惜……唉。"

他发出一声长叹，脸上有说不出的疲惫。

凄清的山河殿外，除了低低的虫鸣声，便没有其他的声音了，那些焚香谷的弟子，大都平静地入睡了吧，谁又会知道，这样的夜色里，有两个老人默然坐在山河殿中呢？

云易岚今日心情似乎极不平静，往日的从容荡然无存，心意外露，显得心烦意乱，来回踱步了好些来回，终于仰天长叹之后，苦笑摇头，也不说什么，默默向着后堂走去。

上官策坐在原地没动，眼看着云易岚身影就要消失在山河殿那阴暗的后堂里了，上官策却忽然眼中异芒一闪，似乎在迟疑犹豫之中，终究做出了抉择，站了起来。

"帅兄！"

云易岚的身子顿了一下，转过身来，淡淡道："什么事？"

上官策慢慢地、似乎是每一个字都很小心地想过之后，道："我仔细想过之后，此事或许还有希望。"

云易岚双眉一挑，道："你说什么？"

上官策似乎觉得有些口干，喉结动了动，缓缓道："如今世间已知的两处尚存八凶玄火法阵阵图的地方，玄火坛与镇魔古洞，都已经损毁了，要想再从这阵图上钻研'天火'之谜，只怕前途渺茫。"

云易岚哼了一声，道："不错，那你怎么说？"

上官策沉默了片刻，道："我在想，阵图是死物，此路不通之后，或许，可以从人这里着手。"

云易岚有些不耐烦，道："什么人，还会知道……"突然，他双眼陡然一亮，神色转为凝重，沉吟片刻，慢慢道，"你是说'镇魔古洞'崩坏之后，南疆巫族竟然还会有人残存下来？"

上官策深深吸气，似乎有什么重担一直压在他的心口，但片刻之后，他还是说道："我现在没有十足把握，但据我猜测，镇魔古洞里一切灰飞烟灭之后，那几个非人非妖的巫族遗民，其中有一个人，只怕未必甘心就这般同归于尽的。"

他慢慢抬起头来，声调不知怎么有些苦涩，道："如果我所料不错，此人或许会幸存下来，若如此，此人便是当今世上，对古巫族巫法之谜知晓最多的人，我们从他身上，或许会有所得，也说不准的。"

云易岚默默沉吟，但脸上神情，却是缓缓变得开朗专注起来，半晌过后，他忽然一点头，道："不错，师弟你果然有见地，虽然此事希望不大，但总好过绝望了。既然如此，就劳烦你去十万大山里走一趟了，主要探访此事，顺便也看看洵儿等一行人如何了，他此番前去，遭遇大变，非事前所能预料，也难为他了。"

上官策在心中默默叹了口气，站了起来，点头道："是。"

云易岚向他看了一眼，忽地面上露出了微笑，道："师弟，刚才为兄的心情不佳，或许说话口气上有所不对，你不要放在心上。"

上官策摇了摇头，道："师兄你说哪里话，不会的。"

云易岚微笑着点了点头，随后转过身子，走进了山河殿后堂，消失在了阴影之中。偌大的山河殿上，只剩下了一个孤单影子，默默伫立着。

黑暗悄悄涌了过来，将他的身影吞没了。

南疆，十万大山。

响彻天地之间的巨大轰鸣，让大地颤抖的火山咆哮，终于在三日三夜的疯狂爆发之后，缓缓减弱了下去。如末日景象的漫天火雨，也不知何时停了下来，只是无数山峰河流大地之上，到处都是被灼伤的痕迹，举目远眺，仿佛仍有无数个火头，在这片苦难的土地上焚烧着。

只是，天际的黑云却终究缓缓散了开去，重新投下了和煦温暖的光辉，照耀着这片大地。

尽管站在远处，空气中也多少仍弥漫着那一丝带着暴躁的硫黄焦味，但这个时候，从远方天际吹下的轻风里，更多的，却是已经变得清新的味道。

一切，终究是要结束的。

一切，仿佛也将要重新开始……

日月旋转，穿梭不停；斗转星移，谁又看尽了人世沧桑？

繁星点点，明月初升。

夜风习习，树涛阵阵。

平静的夜，悄悄降临到这里。

低低的一声轻吟，如睡梦中的婴儿，她下意识地伸出手去，抓住了什么？

那是温暖的肌肤，安稳的所在，就在她的身旁，坚实而不曾离去。她的嘴角边，仿佛在梦中得到了些许的欣慰，有淡淡的笑意。

夜色里，星光下，轻风悄悄吹过。

秀发有些乱了，有几缕黑色的发丝，轻轻在夜风中抖动着，落在她如玉的脸颊上。她轻轻皱了皱眉，有孩子般天真的表情，那样凌乱中的美丽，仿佛却更是在平静里，慢慢渗进了灵魂深处。

鬼厉默默凝视着这张沉睡的脸庞，她就在他的身旁，仿佛从未这般接近过。她安静地睡着，呼吸着这南疆夜晚里清新的空气，风儿吹过，她的胸口缓缓起伏，她的嘴角微微笑着。

他忽然抬头，那一轮明月，正移上了中天，发射出柔和而温暖的光辉，照耀世间。

月光如水，洒在他们的身上。

衣似雪，人如玉！

这是十万大山里高峰上的一处断崖，孤悬出山峰一丈左右，因为离镇魔古洞所在的焦黑山峰较远，所以镇魔古洞崩塌之后所引发的巨大火山喷发，对此处波及不大，只有漫天火雨时落下的一些火焰和碎石中夹杂的少许熔岩，点燃了几处火头，但都很快平息了下去。

而在高高的断崖之上，依稀还可以望见那一场疯狂之后的所在，却只剩下了无数灰烬。

当日绝境之中的两人，被通灵神物玄火鉴以玄火灵罩救出之后，因为太过精疲力竭，很快二人都昏厥了过去，而当鬼厉再次醒来的时候，便发现自己和陆雪琪已经置身于这断崖之上了。

喧嚣过后，是这样一个平静清凉的夜晚。

忽地，身边传来一声轻呼，他转头看去，那个睡梦中的美丽女子，在一个淡淡微笑之后，缓缓睁开了眼睛。

清澈的、温柔的、倒映着他身影的那一双眼眸啊……

突然间，仿佛天地静止了，他灵魂深处，有某个地方悄然迸裂！

然后，深深凝眸之后，她微微地，仿佛还带着隐约的几分羞涩之意，微笑了。

那笑容，恍如深夜里黑暗中，清丽的百合花！

许久，却又仿佛是短短瞬间，那光阴变得失去了意义，谁又在乎？

鬼厉也笑了，温和地笑了，那笑容，仿佛是当年的那个少年。

她伸出手去，想握住他的手不再放开，却发现，原来两个人的手早已握在一起，不曾分开。她脸上闪过淡淡一丝红晕，慢慢地，坐了起来。

衣衫悄悄滑落，是鬼厉的外套盖在她的身上，她向鬼厉看了一眼，却什么都没有说，只是嘴角边，那悄悄的笑意，又似浓了。

夜风轻轻吹着，仿佛温柔的手掠过身畔，远处，山峰上树林里树涛阵阵，在夜色中悠悠回荡。

陆雪琪向四下看了一眼，离他们不远处，断崖边上，陆雪琪的天琊神剑倒插在岩石里，如秋水一般的剑刃，伫立在夜风之中，而在天琊旁边，鬼厉的噬魂此刻也静悄悄地横躺在地上。

两件法宝，此时此刻，仿佛都显得那般安静，谁又知道，它们有怎样的过往？噬魂上隐隐的青色光辉闪烁着，和它身旁的天琊淡蓝色的光芒交相辉映，这一对曾经纠缠千年的法宝，此刻看去，竟仿佛也有几分融合映衬的模样。

身后忽然传来一声低低的咆哮，二人转头看去，忽地一个巨大的身影从树林深处闪过，竟是当日跟随在兽神身边的恶兽饕餮，听起来它似乎有些烦躁不安，但是很快地，一个熟悉的"吱吱"声响了起来，似乎在安慰着它，片刻之后，饕餮变得安静了下来，再没有出声。

两人转过头来，对望了一眼，鬼厉微显迟疑，道："那是饕餮，我来就是为了它。明天，我应该就要……"

突然，他没有再说下去，因为这个时候，一只白皙的柔软的手掌，轻轻捂住了他的口。

他瞬间沉默了，身子仿佛也微微颤抖了一下。

夜风幽幽吹过，掠起了她的发丝。她的眼，在这样的夜色里，仿佛有些迷离。

可是，那嘴角的笑意，却始终不曾失去。

陆雪琪只是微笑，深深凝视着他，这个她梦里萦绕了无数次的男子，许久之后，轻轻地、低低地道："别管明天了，好吗？"

月色如冰雪，落入人间。

鬼厉怔怔地望着她，望着她那绝世的容颜和温柔的笑意，望着那笑容背后的执着与淡淡的哀伤，夜风还在吹着，她的发披在肩头，轻轻飘动，还有隐隐的幽香，在风中飘荡。

她的身影，此刻竟是如此的单薄，可是，那样一种美丽，却仿佛人世间无数的沧桑也不曾抹去。

别管明天了，好吗？

明月，繁星。

夜色正苍茫。

他悄悄握住她的手，握在掌心。

无尽的苍穹下，谁会在乎这世间微小的幸福？

单薄的身子，仿佛在夜风中轻轻颤抖，暗暗悸动的情怀，仿佛在岁月长河中徘徊了千百年的光阴。

天际之上，是否有人正微笑着遥望？

是欢乐吗？是痛楚吗？

不管了吧，明天是什么，明日会怎样，何必在乎呢？

拥抱入怀吧！

把你，轻轻拥抱，在我的怀中……

第二百一十六章
回归

青云山，小竹峰。

夜色深沉，苍穹如深墨般凝固了，只能隐约望见浓重的乌云在天上缓缓移动，从那无边的黑色之中，落下悄无声息的雨水。更远处的天边，隐约传来隆隆的雷鸣，不知道是否有更猛烈的风雨，即将而至。

青云门赴南疆的弟子，已经回来数日了，其中陆雪琪在见过师门长辈之后，便回到了小竹峰，再不曾出现过，甚至道玄真人与田不易神秘失踪所引发的暗流，仿佛她也不曾留意过。

峻峭秀丽的小竹峰，仍如过往千百年来一般的平静，漫山遍野的修竹，在这风雨之夜，依旧低吟着沙沙竹涛之声，默默凝视着这山头的人们。

小屋青灯，烛火如萤。

门扉轻合，窗子却还有一半敞开着，山间风雨悄然而至，雨丝不时飞入屋子，打湿了修竹所制的窗台，慢慢凝结成水珠，悄悄滑落，留下一道道水痕。从远处吹来的风，将窗子轻轻摇动，在这静默的雨夜里，发出轻轻的"吱呀"声音。

摆放在屋中桌子上的烛火明灭不定，好几次看似要被吹熄了，却总在挣扎之中，坚持到了山风减弱，缓缓复明，重新明亮起来。

夜色中，再无其他的光亮，离这一点烛火稍远的地方，便被一片阴影笼罩。

陆雪琪坐在灯下，默默地望着这点烛火。

青灯，红颜，在这样的夜里，仿佛凝结不去的忧郁，默默铭刻在了光阴中，却不知，又有多少时光，可以留住？

门外，响起轻轻的脚步，陆雪琪的头微微动了一下。一阵山风从窗口吹来，桌上烛火晃动消长，她鬓边秀发，也随风轻轻飘动着。

门，发出低沉的响声，被人推开了。屋外风雨，忽地大声了起来，仿佛风势瞬间变大，将要冲进屋中。所幸的是，在那片刻之后，来人已走进了屋子，反身将门关上，也隔断了屋外风雨，还给了这屋中一片宁静。

陆雪琪站起身来，微微低了低头，道："师姐，你怎么来了？"

来人正是文敏，她看了陆雪琪一眼，走到桌旁，微叹道："自从你回山之后，就难得见你出这房门，我若再不来看你，只怕都不知道你现在到底怎样了。"

陆雪琪抬头看向文敏，只见师姐嘴角挂着一丝微笑，眼神柔和，分明满是关怀之意。她低声笑了笑，道："我哪会有什么事呢，多谢师姐关心了。"

文敏看了她半晌，只见陆雪琪除了脸色稍显苍白之外，神气一如平常，这才慢慢放下心来，随即又道："师妹，你没事就好，不过做姐姐的，看你变成如今这个样子，着实心疼得很。还有，你回山之后，只在当日见了师父一面，便自闭于这小屋之中，再不曾去见她老人家，不管怎么说，你可不能在心中责怪师父，要知道，我们都是她老人家抚养大的。"

陆雪琪摇了摇头，道："师姐，你这是怎么说的，我决然是不敢存丝毫责怪师父的心思，我不敢前去拜见师父，只是自知不肖，害怕惹师父生气伤神罢了。"

文敏怔了一下，看着陆雪琪，半晌之后，脸色复杂，欲言又止，只低声叹息了一下，站了起来。

此刻天际远处，忽地一道闪电划过，随之而来一声惊雷，声如裂帛，回荡在头顶之上许久不散。

屋外风声，似乎又紧了几分。

文敏皱了皱眉，走到窗前，向外边看了一眼，道："看这天色，好像这雨又要大了。"

陆雪琪站起身子，也慢慢走到窗口，站在文敏身旁，向外看去。夜色里，两个苗条的身影，并肩站着，凝视着那沉沉黑夜和无尽风雨。

远处，沙沙竹涛，雨打竹叶之声，正幽幽传来。

一时之间，不知是否沉静在这片宁静里，两人都无言。

许久之后，文敏才深深吸气，微微一笑，道："说起来，我们也好久没这样一起看雨了吧？"

陆雪琪嘴角露出一丝微笑，道："是，其实我也记得，当年我上山，最开始便是师姐你照顾了我，那时候不懂事，每逢有风雨之夜，雷声轰鸣的时候，我便特别害怕。"她慢慢转过头来，眼光中尽是柔和，低声道，"每次都是师姐你带着我，一起坐在窗子旁边看雨，告诉我不用害怕的。"

文敏摇头失笑，伸出手轻轻抚摸陆雪琪肩上柔顺的长发，忽地发出一声感叹，道："一转眼，你已经长大了。"

陆雪琪感觉到了文敏的手掌轻轻拍在自己的肩头，仿佛从那里，传来了几分暖意。沉默了片刻之后，陆雪琪看向师姐，道："师姐，你有什么话，就对我说吧。"

文敏微怔了一下，微微苦笑，道："我知道你向来冰雪聪明，什么都瞒不过你……"她顿了一下，道，"师妹，其实以你的聪慧，远远胜过了我这做姐姐的，可为何你就看不穿、悟不透，徒然心中自苦呢？"

陆雪琪嘴角的微笑慢慢消失了，取而代之的，是一种熟悉的淡然神情。只是面对着文敏，她不再有那种冰冷的感觉。

"我不苦！"陆雪琪凝望窗外夜色，这般静静地道。

陆雪琪的目光远远飘去，不知望向这深深夜色中的哪里，只是她话中语气，却是再也明确不过了："我从来都不苦的，师姐。从来师门传道，便是要我们无牵无挂，心境自在，参悟造化，以求长生，不是吗？"

文敏点了点头，道："不错，其实在修行之上，我们道家与佛门倒有几分相似之处。"

陆雪琪把手轻轻扶在竹窗上，一阵冷风吹来，她仿佛有些寒意，身子缩了一下，但还是站着，白皙的手掌上，很快凝结了晶莹的水珠。

"可是，我要长生做什么？"

文敏微微张大了嘴，眉间皱了起来。

"我知道，青云门数千年以来，祖师传下的这些教诲，决然是不会错的，我等凡人欲要脱离轮回，以此修行，或可达成长生。从前，我也是这般想的，所以一心修炼。只是如今……"陆雪琪低声微笑，像是对着自己的心，道，"如果要我一生无情无爱，要我心若白纸而登仙，那这样长生，如此神仙，却又怎是我想要的啊！"

文敏讷讷道："师妹，你、你究竟在说什么？"

像是没有听见文敏的话，陆雪琪自顾自地说了下去："我知道你心里在想什么，师姐，你多半是骂我不懂事，不知这世道艰险，我心中所想所求，都难有结果，其实我又何尝不知？若说心苦，我也曾为此苦过。只是现在，我却是想开了，人家说世难容，不可恕，而我终究不能如他一般，破门出家。但即便如此，我也只求心中有那么一个人可以相思，而且我还知道，他心中也有我，只要这般，我也就心满意足了。"

文敏哼了一声，道："难道你不知，你们终究是不会有结果的吗？难道这你也不在乎？"

陆雪琪的脸上，第一次变了神情，黯然半晌，她才低声道："我当然在乎，若有可能，谁不愿长相厮守，谁不想天长地久？只是明知道难以达成，便不去想罢了。反正将来怎样，谁又知道，我却是终究不肯忘怀的。"

文敏深深看着眼前这清丽女子，夜色之中，她如百合一般美丽幽雅，在寂寞中盛放。她轻轻叹了口气，道："反正我也早知道是劝不了你的了，明日一早，你去见师父吧。"

陆雪琪怔了一下，转过头来，道："我并非不愿拜见师父，只恐去了，多半又是惹她老人家生气。"

文敏摇头道："今日是师父私下让我前来唤你的，所为的是正事，你放心好了。"

陆雪琪迟疑了一下，道："南疆一行，兽神陨灭，正道的心腹大患已去，还有什么事吗？"

文敏犹豫片刻，道："是魔教死灰复燃了。"

陆雪琪身子一震，同时眼里闪过一道复杂难名的神色，道："什么？"

将陆雪琪异样的神情都看在眼中，文敏心中叹息，但口中仍然平静地道："近日传言不断，当日在兽妖浩劫之中溃灭于兽神手中的魔教贼子，竟然仍有余孽，似有卷土重来之意。而且我们青云门此刻内忧外患，师父她似乎也是忧心忡忡，你知道她老人家一向最器重你，多半也是为了此事才叫你过去的。"

陆雪琪默然许久，点头道："是，那我明日一早就去拜见师父。"

文敏点了点头，道："那你早点歇息吧，我走了。"

陆雪琪也不多留，送到门口，文敏忽然顿住了身子，转身看了看陆雪琪，道："师妹，将来你若有事，一定不要憋在心中，若信得过做姐姐的，便和我说说，总比闷在心里强。"

陆雪琪缓缓点头，低声道："是，师姐，我知道的。"

文敏看着她的神情，料到她虽然答应，但以陆雪琪的性子，多半便是有了什么苦事，也是不会说的。当下只得苦笑了一声，转身走了。

倚着门扉，目送文敏走远了。

陆雪琪缓缓收回目光，只见夜色如墨，风雨潇潇，这天地静默，仿佛都透着一股萧瑟之意。

她一时竟望得痴了，许久许久，仿佛才从梦中醒来，默然转身，轻轻关上了房门。

天地风雨，也一并关在了门外。

正如青云门里暗中得到的消息一样，远在千里之外的狐岐山，曾经冷清的山里，突然之间再次热闹了起来。大批大批的魔教弟子，回到了鬼王宗的驻地，曾经封存的机关一一开启，废弃的哨卡也在有条不紊的指挥之下，逐一恢复。

在一个晴朗的白天里，魔教最后一支也是此刻最具实力的门派鬼王宗，在鬼王的率领下，重新回到了中土。

大大小小的包裹，一眼望不到尽头的长队，仿佛是一群远道回巢的蚂蚁，而在这个队伍之中，最引人注目的便是每隔数十丈，便会有上百个魔教弟子护卫押送的某个庞然大物，外面全部用厚重灰布遮盖，呈现巨大方形形状；而在布幔之下，不时传来令人心惊的低沉嘶吼，吼声中满含凶戾愤怒，但不知怎么，听起来多为中气不足，似乎是疲惫至极的某种怪兽。

这巨大神秘的事物，很快被这些看起来已然轻车熟路的魔教弟子运送进了狐岐山鬼王宗那世代经营的巨大山洞。空气中，只残留下渐渐远去低低回响的一声声不明怪物的哀鸣嘶吼，同时，不知怎么，一股异样的血腥气息，渐渐从周围泛起，在风中飘荡。

鬼王负手，站在山洞里的一侧，目送着最后一个神秘巨物被运送进洞穴深处，面无表情。一眼看去，他仿佛什么都没有改变，只除了发间鬓边，那曾经为了女儿而白的头发，又多了些。

在他的身后，站着两个人，一是幽姬，仍是那黑纱蒙面的模样，沉默不语；另一位更是全身笼罩在黑色阴影之中，正是鬼先生。

当魔教弟子几乎都进了这个洞穴之后，很快有数人跑上前来向鬼王低声奏报，鬼王默然听着，也未说什么，只是缓缓点了点头。那些魔教中人很快散开，在无声的命令之下，洞穴入口的巨石机关，缓缓落了下来，将外界的光亮挡在了外面。

鬼王在黑暗中，轻轻呼出了一口气。

这熟悉的、洞穴的味道。

幽深的洞穴甬道中，缓缓亮起了光亮，那是魔教弟子逐一点燃了挂在甬道上方的火炬，熟悉的昏黄火光下，影子也开始出现晃动。

身后，幽姬慢慢走上了一步，轻声道："宗主，你要不要去见一下鬼厉？"

鬼王的眼中仿佛闪了闪光，道："我回来之后，还未见到他，他人在何处？"

幽姬低声道："他一直都在碧瑶那里。"

鬼王正要迈步前行的身子，顿了一下，片刻之后，道："我过去好了，你们不必跟来了。"

幽姬应了一声，目送着鬼王走向远处，直到那个背影消失，回头过来，却突然一惊，自己身旁那个神秘的幽影，不知何时已经消失不见了。黑色面纱之下，幽姬两道柳眉，慢慢皱起，目光中闪烁着复杂的表情。

山脉洞穴深处的寒冰石室之外，与外面那一片热闹情况截然不同，这里没有喧嚣，仍如往昔一样的寂静，或许在有些人眼中，这里更多的，应该是寂寞吧。

鬼王在寒冰石室门外站了很久，面对着那扇石门，不知怎么他始终没有伸手打开，厚重的石门横亘在他的身前，但他的目光，却仿佛已穿透了这看去坚不可摧的石块。

石门之后，寒气森森的所在，女儿依旧平静地躺着吗？

坚强如他这般的人物，会不会也有软弱的一刻，不愿面对自己的女儿？

也不知过了多久，时光悄悄流逝，鬼王的身子动了一下，慢慢伸出手去，撤动机关，低沉的轰鸣声传来，石门在他面前，缓缓打开。

一股寒气，从石门后头扑面而来，隐隐还有丝丝袅袅的白气，在石室中飘荡。鬼王迈步走了进去，石门在他身后，重新关上。

一切，都没有改变。

那平静躺着的身影，甚至包括记忆中一直坐在一旁的那个男子。

鬼厉没有回头，哪怕看上一眼，他仍然只是望着碧瑶，而鬼王也没有说什么话，默默走到了寒冰石台的另一侧，凝视着女儿。

碧瑶仍旧是那般平静中带着一丝满足微笑的表情，静静地躺着。在她身前交叉的双手间，那枚神奇的魔教宝物合欢铃，正安静地放在她的手心里。

淡淡的、金色的光辉，仿佛从合欢铃的铃身上折射出来，散发出长短不一的光芒。寂静无声的石室里，不知怎么，总让人有那么一种错觉，仿佛从哪里发出低低回荡的、清脆的铃声，可是仔细听去，却总是找寻不到踪迹，只有那铃身上始终闪烁的淡淡光辉，仿佛是温柔的眼眸，注视着这石室中的两个男人。

"我不在的这些日子，她还好吗？"鬼王淡淡地道，他的视线，从进入石室开始，就一直在女儿的身上。

鬼厉慢慢抬头，向鬼王看去。鬼王也从碧瑶身上收回了目光，看向鬼厉。

两个男人的目光，在半空中交会，似有无声的风雷。

在他们之间，碧瑶手中，合欢铃上的光芒，轻轻流转。

"她很好。"鬼厉站起了身子，淡淡地道。

鬼王点了点头，道："有你在，我很放心。"

他顿了一下，又道："你此番前去南疆，可有寻获些许还魂异术的消息吗？"

鬼厉脸上掠过一丝黯然，摇了摇头。鬼王默然，低头看了碧瑶一眼，轻声叹息。

其实此番鬼厉前往南疆，主要便是追踪兽神以及受鬼王密令，抓捕兽神身边异兽饕餮，但此刻，二人似乎却早已将这事忘却了。

石室中，又是一阵沉默。

末了，鬼王面容一肃，淡淡道："我还有些事要与你说，不过此处不宜，我们还是出去吧。"

鬼厉点了点头，也不多说什么，最后看了一眼碧瑶，不知怎么，眼中闪过一丝愧疚之意，随即转身走了出去。鬼王跟在他的身后，走出了石门，厚重的石门缓缓落下，再一次将寂静截留，偌大的寒冰石室中，只留下了空自流转的合欢铃淡淡的光芒。

两个男人，并肩走在宽敞的甬道之中。一路之上，有遇上的魔教弟子，纷纷退让到两旁，低头行礼，脚步声声，轻轻回荡。

绕过几道拐角，二人来到了鬼厉所住的居所。鬼王向鬼厉看了一眼，似乎感觉到了什么。鬼厉眉头轻轻皱了一下，但是并没有看向鬼王，只是在略微犹豫之后，他伸手打开了房门。

两个人走了进去。

"吱吱，吱吱……"

"吼……"

猴子小灰熟悉的叫声中，还伴随着几声异样的吼叫。曾经是跟随在兽神身边的异兽饕餮，此刻正趴在鬼厉的房中地上，只是看上去它似乎精神很是萎靡不振，懒洋洋的样子，闭着它铜铃般大的眼睛，一动不动地伏在地上。

倒是猴子小灰仍如往日一般精神，在饕餮身边跳来跳去，左摸一下，右打一下，一会儿拉拉饕餮的尾巴，一会儿拍拍饕餮的脑袋，更有甚者，偶尔还把手伸到饕餮血盆大口上，拉开饕餮嘴巴，有几分好奇的样子向里面张望。

看小灰的样子，似乎是想让饕餮精神起来，一起玩耍，不过显然没什么效果。

鬼王和鬼厉走进来之后，饕餮视若无睹，依旧一副懒洋洋的样子趴在地上。猴子小灰发出一声欢叫，三下两下跳到了鬼厉身上，趴在主人的肩头。

鬼厉摸了摸小灰的脑袋，淡淡地对鬼王道："就是它了。"

鬼王没有说话，只是注视着趴在地上的饕餮。在他的嘴角边，慢慢露出了一丝淡淡的笑意，只是笑意里，却是多了那么一丝高深莫测。

第二百一十七章
心魔

鬼王向饕餮走了过去，步伐稳重而平和，坐在鬼厉肩头的小灰转过头来，看着鬼王的背影，"吱吱"叫了两声，突然安静了下来。

趴在地上的饕餮似乎感觉到了什么，巨大的头颅向一侧动了一下，抬了起来，巨目也随之睁开，两道凶光瞬间落到了走过来的鬼王身上，一阵低沉的吼声，从它大口中隐隐传荡而出。

"吼……"

房间中原本平和宁静的气氛，突然变得莫名紧张起来。饕餮头颅背后如铁皮一样坚硬的兽甲，一片一片紧绷了起来，大口缓缓张开，露出了可怕而尖锐的牙齿。

鬼王面对着这只可怖的异兽，面上却无丝毫惧色，眼神中反而闪烁着诡异的光芒，其中更有掩饰不了的狂喜与渴望。

他面对着看上去已然发怒的饕餮异兽，甚至连脚步都没有迟缓。而在他的身后，鬼厉望着他的背影，眉头已经微微皱起。

饕餮显然是无法忍受遭到如此的挑衅，凶相毕露，巨目中已渐渐转作红光，巨大的身躯缓缓地站了起来，做出了攻击的姿态。而反观鬼王，却似乎根本无视这只异兽的反应，全部的精神只是放在观察饕餮周身的情况上。

终于，鬼王接近了饕餮，一脚踏入与之三尺距离之内，饕餮再也忍耐不住，一声狂吼，登时震得周围石壁隐隐震荡，巨大身躯霍然腾空而起，张牙舞爪，向鬼王扑了过去。

原本平静的石室之中，狂风随着那个巨大的身躯陡然刮起，原本摆放整齐的桌椅瞬间直接被刮了出去，"砰砰砰"几声，砸到墙壁之上，断裂成了几块。说时迟那时快，巨大的兽躯已然扑临鬼王头顶之上。

远处，猴子小灰发出了几声叫唤："吱吱，吱吱……"只是听起来似乎并无担心的意思，反倒有几分幸灾乐祸，似乎这只早通灵性的猴子对此刻身陷险境的鬼王并无好感，巴不得饕餮一掌就拍死那个家伙。

不过鬼厉显然看法与小灰并不一致，原本微皱的眉头，此刻在眼中闪过几丝不易察觉的疑惑之后，皱得更加紧了，似乎在他眼中，那个瞬间，看到了他不曾预料的东西。

巨大的身躯夹带着狂风扑下，声势惊人。但只不过片刻之间，仿佛幽灵鬼魅，鬼王的身躯突然从绝无可能之地，就那么凭空消失了。饕餮声势万钧的一记扑杀，只落得了一个扑空的结果。

下一刻，鬼王灰色的身影陡然出现在一时惊愕的饕餮身后，伸出手掌，如闪电般抓住了饕餮后颈之上的皮肉。看他样子，竟似想要以自己法力，将这人人畏惧的异兽，当作家常小猫小狗一般拎起来。

这一抓看似不快，然而饕餮偏偏躲不过去。一声低吼咆哮，饕餮脖子上已然受制。饕餮毕竟是异兽，受制之下却无丝毫屈服之意，反似越发愤怒，大吼连声，周身铁皮登时全数紧绷，看去整个身躯竟是胀大了三分之多。鬼王脸色一变，同时感觉自己右手中竟是一阵刺痛，以魔教真法灌注保护的手心，看来竟不能抵挡这异兽怪力。

鬼王更不迟疑，松手之后连退三步。

鬼厉与小灰站在一旁，看得真切，只见饕餮原本刀枪不入的后颈铁皮上，竟有了五道红若鲜血的抓痕，而且伤口看上去决然不浅，鲜血已慢慢流淌出来。饕餮昂首大吼，已然陷入了狂怒状态，霍然回身，面对鬼王。而在一旁趴在鬼厉肩头的小灰，此刻也跳了起来，双爪乱舞，指着鬼王"吱吱"乱叫，状极恼怒，虽说这石室之中并无人知道猴语，但不问可知，此刻小灰口中的猴语，多半也是诅咒骂娘之词。

小灰骂了几句，貌似还不解恨，身子一纵，就要跳下地来，看来是要帮它朋友一把，将这个可恶的鬼王修理一顿。只是它身子才跃起半空，忽地身后伸过一只手来，将它抓住，硬生生又给拽了回去，正是鬼厉。

小灰有几分惊诧，又有几分恼怒，对着鬼厉"吱吱"叫个不停，鬼厉充耳不闻，只是紧皱眉头，看着场中，小灰才叫了两声，突然也转过头去，显然被场中某物给吸引了注意力。

饕餮巨大的咆哮声中，尖牙利齿的巨大身躯向鬼王扑了过去，而鬼王这一次，却没有闪躲的意思，只是扬起了手臂。

一道暗红色的光辉，从鬼王的衣袖之间划过，瞬间一股淡淡的血腥气息，弥漫在整个石室之中。一声更加低沉诡异的咆哮，在冥冥虚无的空间中迸发而出，并无裂帛之声，却仿佛将这石室之中的空间，都撕扯开去，纵然饕餮惊天一般的狂吼，竟也为之哑然。

暗红之光，瞬间大盛，已将鬼王整个身躯全数包围，闪烁不定。周围已经看不清鬼王身影，而饕餮似乎也感觉到了什么，愕然之中，竟有几分畏惧之色，不禁向后退了一步。

一尊样子古拙、看上去有点残破的古鼎，缓缓从红光深处升腾而起。随着这古鼎出现，石室中红芒如血，更无一物不为之惨红，而那股血腥气息，更是浓烈至极，闻之欲呕。

饕餮眼中畏惧之色更重，但在这股血腥气息的刺激之下，骨子之中隐藏的凶性竟也被引诱迸发出来，几番迟疑之下，竟没有转头逃走，而是一声大吼，向那尊古鼎扑了过去。

远处，鬼厉的眉头紧皱，身子忍不住动了一下，随即又强忍着顿住，一双眼睛只紧紧盯着那尊古鼎。

曾几何时，十年之前吧，东海流波山上，他也曾见过这上古神器，只不料今日再见，却仿佛已经完全变化了模样。

饕餮巨大的身躯扑向伏龙鼎，但只在那鼎身三尺之外。忽地，那伏龙鼎中一声轰鸣，似有低沉神秘咒文在虚无之间喃喃诵读，随即一道红光，当头罩下，将饕餮全身尽数笼罩其中。

饕餮顿时全身颤抖，面有极痛楚之色，仰天长啸，却仿佛被抽空了气力，从半空之中跌落下来。一旁的鬼厉脸色微变，这伏龙鼎威力之大，出乎他意料，显然早非当年可比。

其实眼下的伏龙鼎法力，在这十年中早已面目全非，鬼王在鬼先生协助之下，参悟鼎身铭文，搜集神鸟灵兽神力激活"四灵血阵"，眼下伏龙鼎内，已集聚夔牛、黄鸟与烛龙的灵力。饕餮虽然是异兽，但与其他三只神鸟灵兽灵力相比，显然是落了下风，更何况这伏龙鼎上古神器，本身就有诡异法力，神鸟灵兽灵力越强，其激发出来的四灵血阵之妖力越是强大无比。甫一对敌，饕餮登时就被压制住了。

此刻但见红芒闪烁，恍如实体，将饕餮巨大的身躯紧紧笼罩束缚，饕餮周身颤抖，状极痛楚，但丝毫动弹不得，甚至连口中吼叫，都迅速低微，只残留着喘息之声。

石室之中，血腥之气更重。鬼王看着匍匐在地上动弹不得的饕餮，眼中闪过狂喜之色，忽地仰天大笑，形状大异平常，如疯癫一般。

就在这异样时刻，忽地响起几声"吱吱"怒叫，被红光紧缚的饕餮也艰难地转过头看去，正是小灰，毅然跃出半空，跳到饕餮身旁，伸手想要相助，只是红芒看似虚无光辉，小灰手伸了过去，却是一声呼喊，跳了开来，看来是吃了暗亏。

小灰龇牙咧嘴，看上去愤怒至极，向着鬼王露出利齿，做挑衅状。鬼王不知什么时候，在那片闪闪如鲜血般的红光照射之下，双眼已然变得血红。此刻霍然回头，瞬间杀气大盛，更不多言，一股黑气霍然腾起，从红光中直扑出来，向小灰击去。

小灰自然也并非省油的灯，虽然恼怒，却也看出那黑气中凶芒颤动，不肯硬接，向旁边连跳几下，闪了过去。

一击不中，鬼王一声长啸，黑气速度瞬间快了一倍，同时看上去仿佛分作了几道出来，道道黑气如电，从四面八方劈了下来。

小灰爪脚并用，东躲西藏，在间不容发之际堪堪躲过，但已然险状毕露，好几次都差点被黑气击中。而鬼王此刻不知为何，对着这样一只猴子，下手竟也丝毫没有容情的意思，只见黑气之中，忽地又是一声低啸，风云啸聚，凭空凝结出一只血红手掌，当头打下。小灰适才已被黑气逼得左支右绌，此刻再也无路可退，眼看就要被这只血红掌印打中。

便在这要紧关头，忽地从旁边伸过来一只手臂，穿过风声凛冽杀气腾腾的黑气血芒，一把抓住猴子的尾巴，向外一扯。小灰身子顿时飞了起来，向后飞去，而在它身后拦截的那些凶戾黑气，不知何时，竟然被驱散开了。

小灰安然无恙地飞了出去，逃出生天。但隐匿在红芒深处的鬼王似乎发出了一声怒吼，煞气更盛，周遭黑气红芒瞬间凝固成形，一只巨大红色掌印，向这只突如其来的手臂拍了下来。而在红芒之后，伏龙鼎缓缓开始旋转，鼎身之内异芒流动，诡异咒文若隐若现，一片肃杀之意。

血芒耀眼，闪烁之间，面沉如水的鬼厉身影现身出来，正是他在千钧一发之际救了小灰一命。同时，他也转而开始面对鬼王不知为何开始催发就没有停下的伏龙鼎诡异妖力。

呼啸之声越来越凄烈，血红掌印中霍然隐约闪烁出古鼎模样的怪异符文，直扑过来。鬼厉眉头紧皱，但面对这绝世妖法，却并无退缩之意，双臂挥起，在快如闪电飞来的血红掌印到来之前，在身前虚无之处，画下了一个太极图案。

青光乍起，如一道清泉灌入深旱之土，满屋血杀之气，竟是为之一震，太极图清气缭绕，正是正宗纯粹之青云门神通妙法"太极玄清道"。

血色红印，下一刻轰然而至，撞在了太极图之上。

意料之外的是，竟没有想象之中震天的巨响与轰动，相反，如泥牛入泥潭，竟没有丝毫声息，只是那红色血印，被凌空逼住，不能再前行一寸，而鬼厉面上，瞬间变得通红，如欲滴出血来。

鬼厉双目锐芒闪现，向那红芒深处深深看了一眼，一声冷哼，脚下移动，向后退去。他每退一步，那红色血印就逼前一分。与此同时，鬼厉每退一步，双手手掌却是没有停顿片刻，手指屈伸，法印变换，双手之间太极图案青光灼灼，却没有丝毫变弱。

在他退到第三步时，手中结作宝瓶法印，面上异样血红神色已经缓和，太极图边缘已经开始散发淡淡金辉；当退到第五步时，他手中化作拈花法印，太极图金光青气交相辉映；而到他退了第七步之时，鬼厉已经是背靠石壁，再无路可退，但此时此刻，鬼厉面上已经恢复原状，更无异样血红。

双手一震，鬼厉已结为佛门金刚法印。

刹那之间，金光大盛，庄严法相四射，如有神佛在周遭轻诵佛经，低沉悦耳，太极图急速旋转，金芒璀璨，那红色血印渐渐被这太极图吞没进去，消失不见。

漫天金青之光耀眼，直冲而上，竟是将鬼王血芒压了过去。而在红芒深处，一声怒吼，显然那人已然盛怒。红光一阵摇曳，几声哀鸣，地上的饕餮被红光吸起，偌大的身躯竟被伏龙鼎吸了进去，转眼就消失不见。

而鬼王面容，渐渐在红芒之中透了出来，但见他白发飞舞，双目赤红，杀气腾腾，哪里还有平日沉稳模样，几如一杀人狂魔。而反观鬼厉，更无丝毫惧色，反而是大步欺身而上。

伏龙鼎旋转不停，鼎身内诡异铭文闪烁不休，红芒阵阵，鬼王右手擎起，偌大古鼎已落在他右手之上，看上去如天魔落世，极为可怖。而鬼厉周身光辉着身，显然也已将自身神通法力尽数聚起，便要在此决战。

两大高手彼此对峙，杀气腾腾，这场突如其来的争斗，似乎他们二人都早已忘了原因，只是在此刻，像是突然失去了各自心头压制多年的理智，全力扑杀，心魔乱舞。

鬼厉大步走上，离鬼王越来越近，而鬼王眼中煞气，越发浓烈，伏龙鼎在半空中缓缓倾转，对准了鬼厉身躯。

眼看着一场大战，即将爆发。

谁也不会想到，当今魔教最重要的两个人物，却是在这么一个偏僻石室之中，莫名其妙地陷入了生死决战里。

"轰！"

一声大响，从石室里传了出来。

鬼王与鬼厉，两个男人，仿佛都看到了对方眼角微微抽搐，但就在那么千钧一发之际，他们竟都没有动。

石室的门，缓缓倒了下去。门外，慢慢出现了一个身影，一个看上去浑身微微颤抖的身影。

"住手！"

那声音纤细，带着愤怒、不解与几分惊慌，黑纱蒙面的幽姬，同时也是魔教之中的朱雀，站在了门口。

看不见她黑纱之下的容颜神色，但分明那股愤懑之意，喷薄而出：

"你们……你们两个在干什么，你们都疯了吗？"

石室之中，一片静默，两个男人彼此对峙着，也沉默着，没有说话，空气里，那股杀气，仍然挥之不去。

"好，好，好！"幽姬似咬着唇从齿间愤怒地说话，她抬手，向着那个方向一指，"你们杀吧，杀吧，都死了算了，死了都清净。你们到底还记不记得，那里，那里……"

她的声音有几分哽咽："那个寒冰石室里，是不是还有人躺在石台之上？你们都忘了吗？

"你们谁还记得'碧瑶'这两个字！"

红色的血芒，悄悄散去了；耀眼的青光金光，逐渐收敛不见。

石室里流淌着的那股杀气与血腥气味，不知何时，如潮水一般退去。

只有沉默，依旧这般驻留在这里，不肯离开。

两个男人，彼此注视着对方，那眼神深处，仿佛有说不出的光芒在碰撞。

幽姬恨恨地跺了跺脚，转身头也不回地走了。看她去的方向，正是碧瑶所在的寒冰石室。而停留在石室之中的两个男人，似乎仍然在对峙中，悄悄窥探着某些秘密。

良久，鬼王忽地淡淡哼了一声，右手一摆，将伏龙鼎托在了手间，大步走出了这个房间。当他走过鬼厉身旁的时候，他的眼神里，锐利的光芒似要夺目而出。

而鬼厉的目光，在那一刻，却没有注意鬼王，而是落到了伏龙鼎鼎身之上。

古拙样式的古鼎，有许多细微残损的地方，但是深青带紫色的鼎身上，依旧可以清晰地看到，许许多多扭曲的神秘铭文，而在鼎身的背面，在那些铭文的正中，更是有那么一幅图案，映入了鬼厉的眼帘：

火焰熊熊燃烧，正在炙烤一尊巨鼎，巨鼎四周，有或鸟或兽的四种奇兽仰天长啸，而巨鼎上空，黑云翻滚，赫然是一张狰狞可怖的魔王面孔，正狞笑着注视人间。

这图案在鬼厉眼前不过一闪而过，但不知怎么，却已深深印入鬼厉的脑海，挥之不去。而在他印象之中，竟是对那个魔王面容，有几分熟悉，只是一时之间，他却无论如何也想不起来，到底是否曾经见过这个魔王的样子。

鬼王很快走出了这个石室，消失在门外，石室中恢复了平静。猴子小灰从一旁跳了过来，跃上了鬼厉肩头，慢慢坐下，但面上丝毫没有快乐之意，不时转头向门口看去，口中低低发出"吱吱"的叫声。

鬼厉默然，伸手轻轻摸摸小灰的脑袋，沉默片刻之后，他发出了一声轻叹，然后转身走出了这个石室，信步走去。

长长的甬道仿佛通向四面八方，就像人生的路谁也不知道该如何处去，或者说，就算你自己以为知道了，其实那条路，又会通向哪里，谁又能知道呢？

半个时辰之后，鬼厉停下了脚步，怔怔不能言语，发现自己停在的地方，是寒冰石室的外面。

厚厚的石壁，横亘在面前，可是他突然有些害怕，就算是面对鬼王伏龙鼎妖法的时候也不曾畏惧的他，此刻却情不自禁地害怕了。

那扇石门，就这么静静地，竖立在他身前。

微微颤抖的手，伸了过去。

石门像过往无数次一样，发出低沉的轰鸣声，开启了。

在最初打开的那么一个缝隙里，隐约中，他看见一个苗条的身影，站立在寒冰石台之前，空气里，似乎还有清脆而熟悉的铃铛声音。

他仿佛痴了。

第二百一十八章

万剑一

袅袅升起如轻烟的白色寒气,在寒冰石室中悄无声息地飘荡着。这一天,寒冰石室里的寒气似乎比平时浓重了许多,甚至看过去,竟有了几分朦胧的感觉,不再有往日一眼见底的清晰。

石门发出低沉的轰鸣,在慢慢地打开,只是那个映入眼帘的苗条身影,却不知怎么,有些模糊起来。

是幽姬吧?

鬼厉心中这般想着,迈步缓缓走了进去。寒冰石室之中,幽幽寒气飘散,丝丝缕缕,如梦幻一般,将他的身影笼罩起来。那个女子的身影,静静背对着他,站在寒冰石台之前,而在她周身,寒气似乎特别重,就连那片寒气凝结的白气,也如霜雪一般,让人看不真切。

空气中,那若隐若现回荡着的清脆铃声,仿佛近在耳旁。

不知怎么,鬼厉下意识地停住了脚步,许是今日之事,他面对幽姬多少有几分难堪,特别是在幽姬大声斥责并提起碧瑶之后。回想起来,鬼厉心中虽然对鬼王今日一反常态有几分惊疑,但对自己不假思索即全力反击的行为,却也只能是默然无语。

难道,在两个男人的心中,都早已深深埋藏着憎恨之意吗?

可是,这世上毕竟还有一个碧瑶,她正躺在这寒冰石室之中。

鬼厉向那个有些模糊、隐藏在寒气中的身影看了一眼,默默低头,半晌才道:"刚才我和鬼王宗主动手,是我不好,我也不知事情怎么会突然变成这样的。你莫要生气,以后我不会了。"

那个身影的肩头,似乎颤抖了一下,却并没有说话,还是保持着安静。周围的寒气,似乎流转的速度变快了些,就连这石室之中,似也冷了几分。只是这寒冰石室向来寒冷,鬼厉也没有在意。

他叹了口气，欲言又止，幽姬与碧瑶的关系他自然是知道的。在碧瑶母亲过世之后，鬼王着心于鬼王宗事务，幽姬多少便有了几分碧瑶母亲的角色，这一点从碧瑶向来称呼幽姬为"幽姨"便可知道。如今面对着她，特别还是在这寒冰石室之中，鬼厉竟有几分真实面对碧瑶的感觉，而他对碧瑶心中愧疚之深，今日更与鬼王动手相搏，几至生死相判，更是难以言表。

良久，他长叹了一声，低声道："我知道你心疼碧瑶，不愿看到我与她父亲再起争端，其实我本也并无此意，只是当时……"他皱了皱眉，脑海中又掠过适才鬼王异常的神态表情，摇了摇头，道，"总之我答应你，将来我看在碧瑶的面上，总是要让着他几分就是了。"

那个苗条的身影又似动了一下，不过还是没有转过身来，但是看她背影，倒似乎是默默点了点头的模样，意为赞许。

鬼厉默然无语，沉默片刻，长出了一口气，也不愿再多说什么，微微转过身子，想要向那寒冰石台走去，好好去看看碧瑶。

只是他脚步才欲迈出，忽地，他全身在那么一个瞬间僵住了，电光石火一般，他脑海中掠过一个念头，如惊雷响于脑海，轰然而鸣。

幽姬平日里从未离身的蒙面黑纱，为什么从后面看去这个背影，竟然看不到了？几乎就在同时，鬼厉纷乱的脑海中已随即想到，这背影的秀发发式，正是一个少女模样，与幽姬盘髻的妇人决然不同。

他如电般转过身来，大声喝道："你是何人？"

寒冰石室中的寒气，瞬间似冰寒刺骨，笼罩在那个背影周围的轻烟，竟是在瞬间急速旋转起来。鬼厉双目圆睁，竟有外人侵入这寒冰石室，对他来说这是绝不能接受的。

正在鬼厉将要有所动作的时候，忽地身后一阵低沉轰鸣之声传来，鬼厉惊疑不定之下，转头看去，只见原本在他身后合上的石门，又缓缓打开了来，门口现出了一个身影。

苗条高挑，黑纱蒙面，气质幽幽，不是幽姬又是何人？

幽姬打开石门，突然望见鬼厉面上神情古怪，双眼圆睁，面上肌肉扭曲，反倒是被吓了一跳，情不自禁退了一步，但她毕竟不是常人，随即便冷静了下来，寒声道："哼，你还有脸来这里见碧瑶吗？"

鬼厉深深盯了她一眼，突然面上神情一惊，似记起了什么极重要的事情，迅速转身看去，只是这一看之下，他却是全身一震，如呆了一般，怔怔站在原地，作声不得。

偌大的寒冰石室，他正置身所在的这个地方，突然之间，完全恢复了曾经的模样，异样飘荡的白色烟雾不见了，若隐若现的铃铛声音消失了，那个神秘的背影，竟也在这瞬间，消失不见了。

所有的一切，仿佛都是和原来一样，就像是一场梦，一场幻觉，飘过了，飘散了……

碧瑶静静地躺在寒冰石台之上，她的嘴角边依然有那熟悉的微笑，双手交合之间，合欢铃上闪烁不停的光芒，轻轻流转着，仿佛正注视着鬼厉。

鬼厉站在原地，全身紧绷，仿佛全身失去了知觉，一动不动。

慢慢走进寒冰石室的幽姬，很快发现了鬼厉有点不对劲，看了他一眼，皱眉道："你做什么？"

鬼厉的嘴角动了动，却没有说话，他只是默然抬头，怔怔打量着这间寒冰石室，除了那扇厚重石门之外，寒冰石室周围尽是坚硬的石壁，更无丝毫缝隙。只是此刻看去，那些冰冷的石壁似乎都带有了几分残酷的嘲笑，冷冷注视着看上去有些可笑的人。

飘忽的目光，慢慢收回，缓缓回到寒冰石室中，躺在石台之上的人儿身上。鬼厉的眼中，不知怎么，有了几分模糊，万千思绪，如潮水般奔涌而来，那目光，最后悄悄落在了碧瑶的秀发之上。

"你怎么了？"幽姬的声音中，已经有了几分不耐烦。

鬼厉合上了眼睛，许久之后缓缓睁开，低声道："你进来的时候，有没有看到这石室里有些异样？"

幽姬哼了一声，寒声道："有什么异样？还不是和以前一模一样，一张台子一个人。"

鬼厉眼角的肌肉，似抽搐了一下。

幽姬慢慢在碧瑶身边坐了下来，目光中露出怜爱痛惜的神情，看了半晌，口中缓缓地道："我知道你其实也不好过，只是望你多想想，若是碧瑶知道了你竟然与他父亲动手斗法，那她会是怎样的心情？"

鬼厉怔怔没有说话，片刻之后，忽地一甩头，长吸了一口气，道："你放心就是，我明白该怎么做。"

说罢，他又深深看了一眼碧瑶，转身大步走了出去。

看着他的背影，幽姬眉头微微皱起，直觉感到鬼厉似乎哪里和平日不大一样了，可是随即她又长叹一声，异样的人，又何止他一个？如今便是她追随多年的鬼王宗主，不也是越来越让她看不懂了吗？

她默默低头，陷入了沉思之中，寒冰石室里静悄悄的一片，只有碧瑶手中的合欢铃上，流光溢彩闪烁的光辉，如清澈的眼眸，闪烁不停，注视着这个世间。

青云山，小竹峰。

清晨，有清风徐徐吹过，满山的青翠竹林一起摇动，沙沙竹涛，声如天籁，让人心神宁静。昨夜一场大雨，如将天地之间都洗过一般，清新空气拂面而过，远山含黛，山水如画。

脚下的石径还是湿的，偶尔石头缝隙里，还有些昨夜积下的雨水。石径之上和两旁，掉落了许多飘落的竹叶，想来是被昨夜的风雨吹落的。时辰尚早，也还未有人来打扫。

白衣如雪，清秀出尘，陆雪琪孤身一人，走在这竹林小径之中。晨风微光中，她的秀发柔顺地披散在肩头，看上去吹弹可破的肌肤，雪白中却还有一抹淡淡粉红，如深山幽谷里，悄悄绽放的幽美花儿。

石径两侧，高高的修竹微微摇晃着，青绿的竹叶上，还有凝结而成的露珠，静静地滑过，悄悄地飞向大地。

她踏步而前，不曾回头，白衣飘飘，走入了青翠竹林深处。

石径幽深，曲曲折折，清晨的亮光从竹林茂密的缝隙间透了进来，竹影轻晃，照着她窈窕身姿。

前方一间朴素竹屋，渐渐现出身影，正是小竹峰一脉首座水月大师平日静坐修行之处。陆雪琪走到小屋之前，在门口处站住了脚步，迟疑了片刻，伸手轻轻拍打了一下用竹子做的门扉。

"师父，弟子雪琪拜见。"

"进来吧。"水月大师的声音从小屋中传了出来，无喜无悲，不带有丝毫感情，淡淡如水。

门"吱呀"一声，被陆雪琪轻轻推开了，陆雪琪走了进去，一眼就看到师父正盘坐在竹床之上，闭目入定，神态平和，看不出有什么因为自己的到来而变化的神情。

陆雪琪默默走到水月大师身前，跪了下去，低声道："师父，徒儿来了。"她顿了一顿，又接着道，"雪琪自知不肖，辜负了您老人家的期望，害得师父您伤心，请您责罚我吧。"

水月大师缓缓睁开眼睛，目光落在陆雪琪的身上，注视良久，随即叹息一声，道："我若是责罚于你，你肯回心转意吗？"

陆雪琪默然低头，不敢看师父面容，也没有说一个字出来，只是看她神情，却哪里有丝毫后悔的样子了？

水月大师摇了摇头，微带苦笑道："你既然已是铁了心肠不肯回头，我责罚你又有何用，罢了，罢了。你起来吧。"

陆雪琪贝齿微咬下唇，看上去似乎有些激动，但还是控制住了自己，站了起来。水月大师轻轻拍了拍身旁竹榻，道："你也坐吧。"

陆雪琪摇了摇头，道："弟子不敢。"

水月大师看了她一眼，道："这里就我们二人，有什么好计较的，莫不是你心里终究是记恨我这个做师父的，与我生分了吗？"

陆雪琪猛然抬头，急忙摇头道："师父，我……"

水月大师摆手微笑道："好了，好了，你是我一手养大教出来的，你什么性子，我还不知道吗？"她伸手将陆雪琪的手拉住，轻轻将她拉过坐在自己身旁，仔仔细细看了看陆雪琪那张美丽清雅的面庞，叹了一口气，道，"不管怎样，我这个做师父的，到底都是为你好的，你可要记住了。"

陆雪琪嘴角动了动，低声道："弟子明白的，其实都是弟子的错……"

水月大师摇头道："算了，事到如今，我们也不要再去争论谁对谁错了，问世间，情为何物？暮雪千山……这千山万水，却当真能有谁可以相伴一生呢？"

说到此处，仿佛水月大师自己也触及心事，一时怔怔出神起来。

陆雪琪不敢惊扰师父，只是感觉到握着自己手掌的师父，从她手心之中传来的温暖，却是久违的熟悉了。

也不知过了多久，水月大师忽地一震，从出神状态中惊醒过来，苦笑了一下，似乎有些自嘲，随即对陆雪琪道："唉，这些事我们以后再说吧，我昨晚让文敏叫你过来，所为之事，她都跟你说了吗？"

陆雪琪摇了摇头，道："师姐没说，只是告诉我清晨过来找师父，说有什么事的话，师父您自己会跟我说的。"

水月大师默然点了点头，道："也是，文敏那丫头虽然知道一些，但毕竟不多，还是我来跟你说吧。"

陆雪琪心中微微一震，看水月大师脸上有几分沉重，似乎有什么难事郁结心中，忍不住道："师父，有什么难事吗？如有需要弟子的地方，您尽管吩咐，弟子一定竭力去做。"

水月大师点了点头，微笑道："我当然相信你了，只是眼下的确有一件大事，却是事关我青云门气数的大事，偏偏又不能让太多外人，包括我们门中弟子知晓。我想来想去，门下弟子中还是只有你道行、处事能力最好，所以才叫你过来。"

陆雪琪眉头一挑，微微惊讶道："师父，难道本门发生了什么大事吗？"

水月大师苦笑一声，道："谁说不是呢？"

陆雪琪道："出了什么事，师父？"

水月大师沉吟了片刻，似乎也是在斟酌着，随后缓缓道："你掌门师伯，还有大竹峰的田不易田师伯，前些日子一起失踪了。"

陆雪琪全身一震，道："他们是一起失踪的？"

水月大师淡淡道："当日曾经有长门弟子看到田不易来到通天峰，并径直去了后山祖师祠堂，这段日子以来，谁都知道掌门师兄几乎都是在祖师祠堂里，而且从那以后，就再也没有人见过他们了。"

陆雪琪眉头紧皱，显然十分吃惊，水月大师顿了一下，又道："此事发生之后，因为干系太大，虽然现在通天峰主事的萧逸才不敢遮盖，但无论如何也不敢将此事公告出去，只是暗中知会了我们几脉的主事人。事后我也去过祖师祠堂察看，可是没想到那里居然已经……"

陆雪琪一怔，道："祖师祠堂怎么了？"

水月大师摇了摇头，道："祠堂大殿几乎都被毁了，一眼就能看出是被激烈斗法的法力所毁坏。"

"什么？"陆雪琪失声轻呼。

水月大师冷笑了一声，道："祖师祠堂是我青云门供奉历代祖师之所在，他们二人竟敢在这等庄严地界动手，真是无法无天了，而且还有更严重的事。"

陆雪琪吃惊之余，又是一惊，实在想不出还有什么会比这等毁坏祖师祠堂更严重的事了，忍不住追问道："还有什么？"

"昨日，萧逸才急急忙忙跑到我这里，"水月大师脸色变得凝重起来，眼中更多了几分担心，缓缓道，"据他所言，自从道玄师兄失踪之后，他竭力追查不果，就想查看他师父遗留之物，看看有何发现，不料这一找，却发现了一件大事。"

陆雪琪盯着水月大师。

水月大师闭上眼睛，仿佛有几分疲倦，道："萧逸才发现，本门的诛仙古剑，也失踪了。"

陆雪琪愕然无言，水月大师睁开眼睛，道："我知道你是个聪明人，自然知晓其中的干系与奥妙，虽说诛仙古剑已然损毁，但此事关系太大，而且外人多半不知此剑损毁之事，如果传了出去，只怕麻烦甚大；再说诛仙古剑之中，其实还有一个天大的秘密，更是关系重大，历来只有我青云门掌门等极少数人知晓，若是万一泄露出来，后果便不堪设想了。"

陆雪琪惊道："诛仙剑除了是本门神兵之外，难道还有什么秘密吗？"

水月大师默然，许久没有言语，陆雪琪也不敢说话，垂手站立一旁，半晌低声道："弟子无礼，刚才失态了。"

水月大师默默摇了摇头，半晌乃道："为师并非责怪你的意思，只是此间干系甚大，来龙去脉又复杂至极……"她说到此处，又停顿了一会儿，似在沉吟斟酌，片刻之后，道，"此事其实按道理，连我这小竹峰一脉首座，也是不能知晓的，只是百年前那场大乱，我们几个人才意外知道了一二内情。"

陆雪琪愕然道："几个人，莫非这等天大秘密，除了师父你还有其他人知道吗？"

水月大师淡淡道："当年那场大乱之中，参与其事者事后算来，当有五人，除我之外，还有道玄师兄、田不易、苏茹师妹……"

陆雪琪正在聆听，忽听水月大师停了下来，心中默算，忍不住道："师父，这里才四人，还有一人是？"

水月大师叹了口气，脸上掠过一丝淡淡惆怅，道："是你一位师伯，名叫万剑一。"

"百年之前，魔教猖獗，势力强盛，道消魔长，群魔狂妄之下，欲一举荡平正道，便入侵青云。经过一番惨烈搏杀，最后前辈祖师等奋力相搏，在青云山山麓之下请动诛仙古剑，祭出'诛仙剑阵'，终于反败为胜。"

水月大师口气平淡，陆雪琪脸上却是微微变色，只凭那一句"惨烈搏杀"，便可遥想当年那激烈残酷的战况了。只是水月大师似乎意不在此，很快接下去道："此战过后，虽然重创魔教，但我青云一脉也是元气大伤，多位道行高深的前辈祖师死的死，伤的伤，并无余力穷追不舍。在这个时候，却有一位师兄站了出来，自告奋勇，豪情万丈，要除恶扬善，追杀魔教余孽。"

陆雪琪心中一动，道："这位师伯，可就是万剑一万师伯了？"

水月大师缓缓闭上了眼睛，口中语气，也慢慢变得有些飘忽起来："便是他了。唉……当年情景，至今我还历历在目：当日那场恶战之中，他已然是立下大功，杀敌无数，一身白衣都染得红了。他站在诸位师长面前，神态激扬，不过就那么几句话，就几句而已……就让我们这些年轻的师弟、师妹热血澎湃，事后除了道玄师兄身为长门弟子，留守青云外，我、苏茹师妹、田不易、曾叔常、商正梁、天云、苍松等这些日后各脉的首座，尽数跟随着他，从此是纵横天下，远赴蛮荒，一路之上腥风血雨，刀光剑影，却从来也不曾畏惧退缩。"

水月大师的眼睛仍是闭着的，面上神情看上去那么专注，仿佛在她眼前，重新呈现出当年那段热血沸腾的青春岁月，甚至于她的脸颊两侧，有微微泛起的红色。

小屋之中，一时没有人说话，可是那气氛，似乎有些躁动不安，像是平静之下暗暗汹涌的激流，无声地掠过。

良久，水月大师忽地苦笑一声，摇了摇头，声音转为悲凉，道："罢了，这些旧事都过去了。当年我们一行人历经劫难，重创了魔教余孽，这才回到青云。可是就在此时，我们却无意中被卷到了本门的一个秘密之中。

"回到青云之后，苏茹师妹与田不易日久生情，我却委实不喜欢此人。一日深夜，他们二人又偷偷瞒着你师祖真雯大师跑了出去，被我发现之后，担心师妹吃亏，又不愿告发他们，否则你师祖生气起来，苏茹师妹便要吃苦头了，这便一路跟了过去。"

陆雪琪听到这里，心中惊诧之余，不免也有些好笑，只是面上无论如何也不敢表露出来，好在水月大师似乎也知道，在此也不过多停顿，径直便说了下去：

"谁知他们两人年轻胆大，为了避人耳目，竟然相约溜到了通天峰的后山，跑到了人迹罕至的祖师祠堂附近幽会去了。"

陆雪琪又是为之愕然，半晌之后才默然低头，眼前飘过大竹峰首座田不易的模样，暗道世间万象，果然人亦是不可貌相。

水月大师脸色不快，哼了一声，道："我看着他们那番模样，心中着实气不过，便现身出来，喝止他们。苏师妹与田不易自然吓了一跳，待看清了只有我一人之后，苏师妹便嬉皮笑脸过来拉我，田不易那厮居然还不给我好脸色看，我恼怒之下，正要发作……"

陆雪琪心中暗暗道："田不易师叔此刻若是还有好脸色，还是一副笑脸，那才怪了。"只是听水月大师忽然停顿下来，忍不住追问道："后来怎样？"

水月大师默然片刻，道："便在此时，忽地从原本凄清黑暗的祖师祠堂里，传出来一声怪啸，这声音如野兽嘶吼，满含痛楚，几乎不似人所发出的声音。我们三人大骇之下，下意识躲到一旁树林茂密之阴影处。片刻之后，我们就看到了那一个……秘密。"

陆雪琪紧紧望着水月大师，只见她脸上隐隐有痛楚之色，想来这秘密在她心中，当真是折磨了多年，甚至直到如今。

水月大师低沉的声音，听起来显得有些空洞，不过那字字句句，却仿佛落地惊雷，慢慢揭开了尘封的往事：

"一道人影，跌跌撞撞从祖师祠堂里冲了出去，全身衣裳破烂不堪，头发披散，遮住颜面，看不清楚面目，而且状若疯癫，口中时而大吼，时而痛苦呻吟，却又根本听不懂他在说些什么。我们三人又惊又怕，祖师祠堂这等重地，怎么会出现这样一个疯子样的人物？不过总不能就这样让他胡闹，我们三人刚想出去制止这个疯子的时候，忽然，祖师祠堂里又掠出了两道人影，落在了那个疯子一般的人物面前，齐刷刷地跪了下去。那一夜月色皎洁，我们三人看得清清楚楚，这两个人，赫然是我们这些年轻一辈平日里敬重无比的两位师兄，道玄师兄和万剑一师兄。"

陆雪琪失声道："什么？"

水月大师看了她一眼，淡淡地道："你也吃惊了吧？当年我们三人，那份惊骇与你相比有过之而无不及，都吓得呆了。接下去更是令人匪夷所思，道玄师兄与万师兄看上去俱是满面悲痛，竟是一人一边，每人抱住了那疯了的一条腿，紧紧不放，声音恳切哀求，口中叫唤的，却是'师父'二字……"

陆雪琪这个时候，已经是吃惊得连声音都发不出来了。

水月大师看去，似乎已经完全沉浸在往事之中，声音低沉，道："被他们这一叫，我们震骇之余，这才发现了那个疯子的身材相貌，竟然就是当时青云门掌门真人，这两位师兄的授业恩师，不久之前才在正魔大战中大发神威的天成子师伯。

"我们只看到这位掌门师伯丝毫没有了往日的尊严神态，口中胡言乱语，似乎在诅咒什么，但又听不仔细，而两位师兄看上去悲痛至极，泪流满面，紧紧抱住掌门师伯的腿哀声恳求，说的都是'师父醒来吧，师父醒来吧'这些话。可是掌门师伯不知为何，以他那样的修行道行，却是迷乱了心志，对他最得意的两个弟子的恳求充耳不闻，到了最后，反而回过头来，双目中凶光闪现，盯着这两个人，大吼一声，竟然是下了死手，双掌打了下去。"

陆雪琪听到此处，犹如身临其境，忍不住身子一抖。

水月大师道："当时我们三人在一旁偷窥，早已是乱了方寸，此刻眼见掌门师伯突然翻脸，对两位师兄下了毒手，更是不知所措。谁知眼看他们二人就要丧命在天成子师伯掌下的时候，忽然道玄师兄抱着掌门师伯的腿一转，整个人迅速无比地转到天成子师伯的背后，如闪电一般，他已然扣住天成子师伯的双臂，同时全身青光大盛，将天成子师伯牢牢制住。

"万师兄似乎没料到道玄师兄会如此，怔了一下。不料天成子师伯虽然疯乱，但道行仍在，双手被道玄师兄扣住了，却是飞起一脚，登时将万师兄踢飞了出去。万师兄直飞出了两丈许，一口鲜血就喷了出来。

"这时场面激烈变幻，我们三人都像是傻了一样，只是呆呆看着，完全不知道如何应变。只听道玄师兄大声喊道：'万师弟，你还不动手？'万师兄听了这话，全身都发抖起来，但仍然一动不动，双眼死死地盯着他师父和道玄师兄。

"天成子师伯道行高深，奋力反挫，道玄师兄虽然双手仍然扣住师父身躯，但只不过片刻之间，他脸色潮红，已是连喷了几口鲜血出来，同时身上青光迅速至极地暗淡了下去。显然当年他的道行，还是与天成子师伯有一段差距。便在此刻，眼看道玄师兄就要坚持不住，忽地一道白影瞬间飘过，正是万师兄……我们三人呆呆地、眼睁睁地看着，万师兄就这样发出一声狂吼，从远处猛扑过来，一声锐啸之后，手中已然多了柄斩龙剑，生生刺入了天成子师伯的胸膛！"

小屋之中，死一般的寂静，仿佛就像当年那个凄清夜晚，惨变之后的静默，杀意汹涌之后，残留的痛楚，归于无声。

陆雪琪脸色苍白，许久之后，低声道："门中记载，天成子师伯祖于百年前在……在祖师祠堂历代祖师灵位之前坐化，临终传位于道玄师伯。"

水月大师惨笑一声，摇了摇头，声音低沉，道："看到这一场门中惨变，而弑师的两个人，赫然就是我们平日最为敬重的两位师兄，我、苏师妹和田不易三人，都完全失去了主意，不知所措，甚至于苏师妹激动之下，还不小心弄出了一点声响。但他们二人也许是刚刚弑师，心情也是太过激动，竟然没有注意到我们这里。也就是他们二人，在对望良久之后，又慢慢跪在了天成子师伯的尸身之前，有了一番对话。

"从他们对话之中，我们三人这才知道，这一场惨变，究竟是为何而来。原来在本门里，从青叶祖师传下的无上神兵诛仙古剑，竟然有一个天大秘密，那便是这把神剑虽然诛尽妖邪，但也许是因为杀戮太多太盛，年深月久之下，此剑本身竟然有了一股诡异魔性，持剑之人一旦激发出了此剑全部灵力威势，便会遭到此剑魔灵反噬，逐渐控制心志，变得残忍好杀，纵然是道行再高之人，竟也不能抵挡。从青叶祖师当年临终留下训示开始，青云门历代掌门祖师，都知道这个秘密，所以也都是尽量不去使用这柄神剑，而天成子师伯因为当年正魔大战形势紧迫，不得已用此剑发动诛仙剑阵，之后虽然他立刻密封此剑，持心修道，竟然还是逃不过这一劫。

"在天成子师伯还清醒的时候，他便将这个秘密私下告诉了他最得意的两个弟子：道玄师兄和万剑一师兄。一来是他向来最信重这两个人；二来若是只告诉一人，只怕万一有变，天成子师伯只怕自己道行太高，其中一人难以制住自己。终究变成了这样一个结果……"

陆雪琪听到此处，忽地心中一震，猛然抬头，疾声道："师父，那如今……如今的道玄掌门师伯他、他莫非也……"

水月大师长叹一声，默默点了点头，陆雪琪愕然无语。

水月大师沉默许久，幽幽道："十年之内，道玄师兄两次动用诛仙古剑，尤其是此番兽妖浩劫，他更是将青云山七脉山峰的天机锁尽数打开，将诛仙剑阵的威力逼到极致。如此魔灵反噬之力，可想而知。其实我早已想到如此，只是十年之前，道玄师兄已然动用过一次，竟然可以不受魔灵反噬之力困扰，我便心存侥幸，以为他道行深厚，此番还能度过灾劫，可惜他……天意啊，天意！"

陆雪琪默然片刻，道："师父，这样一个天大的秘密，您为何要对弟子说，莫非是有什么大事，要吩咐弟子吗？"

水月大师面容一肃，看着陆雪琪，道："正是。"

陆雪琪微微低下了头，道："师恩深重，弟子九死难报，有什么事，就请师父吩咐吧。"

水月大师深深看了陆雪琪一眼，道："本来这个秘密，只有青云门掌门知道，但我这几日留心观察长门萧逸才，却发现他也分明不知。如此一来，这世上还知道这个秘密的人里面，田不易已经随着道玄师兄神秘失踪，苏师妹与田不易向来夫妻情深，此刻只怕已是方寸大乱，所以有什么事，也只有我来做主了。"

陆雪琪抬头看了水月大师一眼，迟疑了一下，道："师父，你的意思是？"

水月大师道："道玄师兄与田不易虽然失踪，但谁也不知道他们到底去了何处，是否离开了青云山，所以我必须留在山上，万一他们二人在山上出现，我也好临机决断。但是同时也一定要派人下山搜索，我门下弟子，心志坚定道行高深者，决无一人可与你相提并论，这个重担，也只有交给你了。"

陆雪琪脸色凝重，慢慢在水月大师面前跪了下来，她终究是冰雪聪明的人物，这中间干系，哪里会想不明白，片刻之后，她低声道："师父之命，弟子谨遵。只是……只是弟子不知，若要弟子下山搜索两位师长行踪，师父吩咐一声就是了，为何还要告诉弟子这个秘密？"

话说到后来，陆雪琪声音竟然微微有些颤抖。

水月大师脸色铁青，眼角肌肉似乎也在微微抽搐，沉默良久之后，她缓缓地道："田不易主动去见道玄师兄，显然是看出了道玄师兄已为魔灵反噬，他们二人之间，定然有一番激斗。你下山之后，着力寻找他们二人行踪，万一能够找到，发现他们二人当真斗法的话……"

水月大师的手掌，慢慢握紧，紧握成一个拳头：

"你便找寻机会，将那个被魔灵控制的人，一剑杀了！"

陆雪琪面色苍白如纸，却终究也没有说什么，只是慢慢地低下头去。许久许久，小屋之中一片死寂里，才听到她细微到几乎难以听见的声音：

"是。"

第二百二十章
血 阵

狐岐山，鬼王宗总堂。

鬼厉这一路之上，只觉得脑海中一片空白，只有那个神秘而模糊的女子身影，始终在他眼前徘徊不去，只是，他却分明知道，那应该是个幻觉吧？

难道不是吗？

茫然之中，他才发现自己不知何时已经走回了那间属于他的石室，石门打开着，从门外看进去，仍然可以看到里面乱成一片，正是刚才他与鬼王那场莫名其妙动手斗法的结果。

他看着那一片狼藉，默然许久，缓缓走了进去，在残破的桌子旁边，找了一把还算完好的椅子坐了下来，怔怔出神。猴子小灰从旁边跑了过来，看上去似乎仍然是情绪低沉，一言不发地爬上了鬼厉肩头，坐了下去，然后也是怔怔发呆。

也许它还在担忧饕餮吧。

一人一猴，就这般枯坐许久，一点声音都没有，整个石室显得异常沉闷，末了，忽地鬼厉身子动了一下，然后伸出手去，将小灰从肩膀拉下，举到身前。

猴子三只眼睛同时眨了一下，看着鬼厉，鬼厉低声道："小灰，你说我该怎么办？"

猴子小灰一声不吭，只是望着他，鬼厉似乎也没有去在意它的回答，只是低低自语着：

"这条路，我到底该怎么走……"

山中不知岁月，光阴如水消逝。

狐岐山山腹的最深隐秘处，巨大的血池之中，飘荡着强烈的血腥气息，这诡异的存在，悄悄躲在世人遗忘的角落，静静萌芽。

自然，除了两个人，鬼王与鬼先生。

巨大的血池里，仍然满盛着殷红的血水，无数的气泡不时从血池深处冒起，在水面上弹起又迸裂，溅起一阵细微的血花。

和以前一样的是，巨大的神鸟灵兽躯体，被囚禁在这血水之中，只不过除了夔牛、黄鸟之外，此时此刻，血池之中还多了两个身影，一个是正在奋力挣扎但终究无能为力的异兽饕餮，另一个身影，却是身躯异常庞大的一只怪兽，头如传说之中的龙类，身躯几乎比夔牛还大了一圈，因为大半掩盖在血水之中，具体形状看不清楚，但从几处突兀出水面的躯体部分，可以想象得到其必然就是魔教传说中的魔兽"烛龙"了。

夔牛与黄鸟受囚已久，早已奄奄一息，提不起精神来，烛龙看上去也是一蹶不振，毫无生气，只有饕餮因为是刚刚捉来的缘故，精神气力尚算完好，不时发出愤怒的咆哮，将身边血水不停激发出阵阵波涛，显然是极为恼怒。

只是这血池之中，似乎有一股异常诡异的力量，不但囚禁住了其他神鸟异兽，就是饕餮也挣脱不了，空自怒吼挣扎，终究无法脱困。此外，在血池的上空，比之从前，又多了一番异象。

那尊神秘诡异的上古神物伏龙鼎，此刻正虚悬在远离血池五丈之高的虚空之中，从鼎身之下四只古朴的鼎脚上，各自发射出一道淡紫夹红的异光，从上照下，正照射在神鸟灵兽身上，从远处看去，很明显地可以看到在这有若实体的四道光芒中，正有一股股若隐若现的充沛灵力，从神鸟灵兽身上被强行吸取了出来，归于伏龙鼎鼎身之中。

而因为不停地吸收着神鸟灵兽身上近乎无穷无尽的灵力，伏龙鼎原本古朴深涩的模样，也已经缓缓开始改变，整个鼎身，都被一股蒸腾而上的祥瑞之气笼罩其中，原本古朴的颜色正在缓缓消退，取而代之的，是一种温润如玉，渐渐变得带着几分透明的颜色。

一眼望去，几乎让人以为这是传说之中的仙家圣物，超凡脱俗，与其下那血腥味十足的血池更是格格不入。

只是，在这等仙气萦绕的外表之下，却终究还有一个异处，那便是鼎身铭文之上的那个神秘图案，神鸟灵兽的图像忽明忽暗，象征着伏龙鼎本身的那些巨鼎铭文，也在缓缓变幻着颜色，只有图案的最上方，那个狰狞的神像面孔，却是殷红如血，仿佛正贪婪地吸取着力量，就要活过来一般。

远离血池的高处平台上，鬼王与鬼先生并肩站立着。

鬼先生一身黑衣，整个人还是像笼罩在黑暗阴影里，就算站在他的面前，似乎也看不真切他的身影。此刻，他正用低沉的声音，对鬼王道：

"不错，伏龙鼎鼎身铭文果然确有其事，四灵聚齐而混沌即开，此刻'四灵血阵'已成，剩下的便是等待七七四十九日，待伏龙鼎将四灵灵力收聚完毕，混沌之力则足以开天辟地，重开'修罗之门'，如此宗主你便可驾驭天地无上之神威，再无敌手了。"

鬼王面色潮红，双眼异光闪耀，紧紧盯着半空中那个伏龙鼎，面上有掩饰不住的兴奋之色，忽地仰首向天，却是哈哈大笑起来。

笑声嘹亮而猖狂，带着狂妄与桀骜，仿佛他已君临天下，只是这狂妄笑声忽地中断了下来，鬼王双眉一皱，却是用手轻轻按住心口，同时脸上红潮瞬间退却，一阵苍白之色，但片刻之后，只见他面上金气闪过，不多时便已恢复了正常。

鬼先生站在一旁，将他的神情变化都看在眼中，以他的见识眼力，不禁怔了一下，微讶道："你与何人动手斗法过了，那人是谁，竟有如此道行？"

鬼王深深吸了一口气，面上神色已完全恢复正常，合上双眼片刻之后，他缓缓睁开眼眸，眼中冰冷寒光闪现，寒声道："'大梵般若'与'太极玄清道'……果然都是不世出的奇功妙法，虽然锋锐不及我魔教神通，但后劲之绵长充沛，当真可怕。"

鬼先生皱了皱眉，眼中闪过一丝异光，道："是他？你怎么好好地会与他动手了……"说到这里，他忽然像是想起了什么，道，"莫非是为了饕餮？"

鬼王哼了一声，却没有回答鬼先生的话，只是淡淡道："此子道行进境之快，实在出人意料，只怕将来……或成祸根也难说得很。"

鬼先生深深看了鬼王一眼，然后移开了目光，缓缓道："当下最要紧之事，还是以四灵血阵为先，其他之事能免则免吧。"

鬼王微微点头，道："不错，我晓得轻重，你放心吧。"

鬼先生沉吟了一下，道："不过以鬼厉现在高深莫测的道行，加上随着日后四灵血阵吸收灵力的加强，血腥异象必定难以掩盖，有他在此，不免多了几分变数。为免意外，你还是找个借口，将他派出去吧。"

鬼王沉默片刻，道："你说得是。"说罢，他微微皱了眉头，转过身去，负手在身后，慢慢走出了血池。看着鬼王的身影渐渐消失，鬼先生才缓缓转身，走到平台一侧，向下看去。

只见刚才还在拼命挣扎的异兽饕餮，似乎是在血池与伏龙鼎异光的双重震慑下，渐渐失去了抵抗能力，此刻也无力地倒在血水之中，不断地喘气。看着这一幕景象，鬼先生黑纱之下，缓缓发出了冰冷而不带感情的冷笑声。

"嘿嘿……修罗之门吗……"

脚步声在石门之外响起，听着颇为急促，显然来人是跑过来的，很是匆忙。不消片刻之后，一个身影出现在了鬼厉石室房门之外，半跪下来，大声道："副宗主，鬼王宗主传话下来，要你前去相见。"

话声颇为响亮，以至于在这个石室之中还有隐约的回音传来，只是却没有回答。来人怔了一下，却没有马上抬头，鬼厉在魔教鬼王宗内，向来有杀伐之名，普通教众难得也不敢接近于他，更不要说无礼了。

那人大着胆子，又提高声调说了一遍，只是仍然没有人反应，他这才抬起头向石室内看去，映入眼帘的，却是一派混乱场景，却哪里还有鬼厉和向来与他在一起的猴子小灰的身影？

那人叫了一声苦，摇了摇头，大步跑了开去。

此刻，鬼厉正走在鬼王宗漫长的甬道之中，猴子小灰安静地趴在他的肩头之上。鬼厉目光向前望着，虽然看不见这路的尽头，但他很清楚，这条甬道通往的尽头，是鬼王居所所在。

"不管怎样，我总不能在这里无所事事，对吧，小灰？"

他似乎在轻声自语，而猴子小灰也正在发呆出神，一点都没注意到主人的话语，而鬼厉也并不在乎："好几次了，都是眼看着有了希望，到了最后时刻，就这般功亏一篑，可是只要碧瑶还躺在那里，我就不能绝望，是吧？"他低低地苦笑一声。

"我知道你在担心什么，别着急，等我找到了医好碧瑶的法子，我自然向他要回你的朋友。"

猴子小灰的耳朵忽然竖了起来，然后"吱吱"叫了两声，鬼厉微微笑了笑，只是笑容却没有在他脸上停留多久，便又消失不见了。

他站在了鬼王石室的门口。

沉沉的石门外，响起了那个已经很是熟悉的声音，鬼王端坐在椅子上，脑海中不知怎么，掠过了女儿的身影。

一股复杂至极的情绪，正在他的脑海中浮沉。

石门打开了，现出了鬼厉的身影。

"你来了。"鬼王淡淡地道。

"是。"鬼厉缓缓点头，声音同样平淡。

两个男人，都沉默了下来，像是他们之间本来什么都没有发生过一样。

片刻之后，鬼厉道："有一件事，我想跟你说一下。"

"你说吧。"

鬼厉淡淡道："你已经带着教众回到此处，而我也将饕餮给你带了回来，如果最近没有其他的事，我想再出去一趟，看看能不能找到救碧瑶的法子。"

鬼王眉头一皱，向鬼厉看了一眼，便在这时，忽地门外响起了急促的脚步声，那个传令的教众跑了过来，急匆匆地正要说话的时候，忽地看到鬼厉与鬼王正面对面说话，不禁怔了一下。

鬼王静静地向那个人挥了挥手，那人迟疑片刻，弯腰行了一礼，悄悄退了下去。鬼王的目光，慢慢转到了鬼厉的身上，这个年轻人依然安静地站在那里，放眼魔教上下，此刻无论是谁，站在鬼王面前都必然是诚惶诚恐的，只有他，似乎从来也没有畏惧过。

这便是女儿倾心所爱的男子吗？

"你去吧。"鬼王的声音里，突然像是多了几分疲倦。

鬼厉默默点了点头，不久之前的那场斗法，虽然他们两人都装着没有这回事一样，但明显地，他们之间原本就不亲密的关系，似乎又疏远了许多。他转身向外走去，只是就在他将要跨出门槛的那一刻，忽地，他的身躯顿了一下。

一股莫名的诡异气息，不知从何而来，像是突然之间置身于万丈血水所聚之深渊，艰难而不可呼吸，又似巨涛转眼压过，血腥之气如灭顶之灾，在耳边剧烈轰鸣。

鬼厉脸色为之一变！

但这股诡异气息，如同一场幻梦，转瞬即逝，周围又安静了下来，恢复如常。

鬼王的声音在身后缓缓响了起来，平淡而不带有一丝感情："怎么了？"

鬼厉背对着他，伫立了片刻，淡淡道："没什么。"

说完，缓缓走了开去。

石门，在他身后缓缓合上，当与石壁完全合齿的时候，鬼厉忽地迅疾至极的一个转身，双眼之中精光闪现，深深地望着鬼王那个石门，他目光深邃难明，似乎还有几分困惑。

而石室之内的鬼王，也是面无表情地望着那石门许久，似乎在思索什么，但终于还是摇了摇头，转身走到石室的另一头。在石壁之上某处拍了几下，片刻之后，看似一块完整的石壁竟然向旁边移开了，露出了一个一人通行的密道，而一股浓浓的血腥味，也从那个密道之中散发出来。

鬼王面无表情走了进去，石壁在他身后，缓缓合上了。

中土某地，距离南疆已有千里之遥，倒是和青云山更近些。

此处是荒山野岭，人迹罕至，看上去山脉起伏，其中一条长河流淌而过。

若以地理志细细考量，则此处无名山脉，当属于庞大无比的青云山山脉的尾端一部，而崇山峻岭之间的那条长河，也算得上是河阳城外那条河流的上游支流之一。只是毕竟远离了青云灵脉所在，这里但见得猛兽出没，猿啼虎啸，却无一丝半分的仙气灵性了。

只是就在这天地遗忘之所在，却在今日被打破了沉静。

两道人影划天而过，前后追逐，前一人黑影罩身，后一人却是灰光闪现，彼此都快若闪电。黑影之人在空中或上或下，忽而又坠入荒林，曲折腾挪，极尽巧事，无奈他身后追逐之灰影却当真有不测神通，见招拆招，竟是紧紧追逐，不曾落下半分，眼看着还渐渐迫近了上来。

忽地，前头那黑影似乎知道暂时已无法摆脱身后之人的追逐，在迅疾如电的飞奔中忽地身躯猛然一顿，登时只见黑影颤动，竟是如钉子一般钉在原地。而几乎是在同时，黑影迅速无比地转过身来，右手凭空连点了五下。

只听"咄咄"之声冒起，这荒林之中，白日之下，竟现出了五点阴火，火焰之中隐现狰狞骷髅，呼啸风起，却是向身后追来的灰影扑去。

那灰影瞬间已到了跟前，却也是说停就停，只是看他全神贯注，却是如临大敌，显然对这五点阴火不敢掉以轻心。片刻之后，只见灰影人手边一阵寒光流转，却是祭出了一件晶莹剔透的两头尖锐的管状法宝。

这法宝甫一出现，登时周围附近的地面和荒木树枝之上都蒙上了一层白霜，周围的气温也顿时寒了下来。只见五点阴火如风而来，灰影人法宝在空中一个旋转，却是将这五点阴火尽数都吸在了法宝管身之上。

片刻之后，如火遇寒冰，五点阴火缓缓暗淡下去，终于消灭。

而黑光灰气，也逐渐散去。

"九寒凝冰刺……果然是不得了的法宝啊！"似感叹，又似赞赏，却浑然没有气恼的口气，那个黑衣人静静地道。

而站在他对面的是一个灰衣老者，赫然是南疆焚香谷的第二号人物，上官策，而在他手中的那件法宝，自然也是当年曾经让九尾天狐也有些忌惮的九寒凝冰刺了。

上官策干笑了两声，低沉着声音，道："能得到你巫妖夸奖，真是不容易啊。"

这个黑衣人，竟然就是当日在南疆镇魔古洞中逃生的巫妖，只不知为何他竟然与上官策变成这般追逐的境遇。

巫妖上下打量了上官策几眼，忽地叹了口气，道："老友，你我也并非是一两日的交情了，为何偏偏还要对我苦苦相逼？"

上官策淡淡道："我的目的早就与你说过了，没别的意思，就是我们焚香谷谷主想见见阁下，有些事情不妨深谈，所以请阁下移步焚香谷，就这么简单。"

巫妖摇头苦笑，道："你那位谷主师兄，心机太深，我虽然痴活世间不死，却自问比不上他。再说你们的来意我还不清楚吗，无非就是为了我们巫族的那些秘密吧？"

上官策哼了一声，道："你知道就好，如今南疆狼藉，五族纷乱，正需要焚香谷出来主持大局，何况我们也并非心存恶意，再怎么说，我们也比那穷凶极恶的兽妖好得多了吧？"

巫妖深深看了他一眼，道："巫族天火之秘，我实不知，老友你看在我们多年交情的分儿上，就放过我吧。"

上官策摇了摇头，道："我也是身不由己。"

说完，他手中九寒凝冰刺缓缓在半空划过一个半圆，散发出凛冽寒气，再度向巫妖逼上前来。巫妖站立不动，不知是不是已经了解了自己是不可能逃过上官策的追逐的，放弃了努力，只是淡淡道："老友，这世间之大，事事变幻无端，我当日没有追随娘娘和大哥于九泉之下，便是想趁着有生之年，再到中土看看这世间百态。难道连这个小小要求，你也不肯给我机会吗？"

上官策冷哼一声，不去理会，显然对此话一点也不相信，此刻他已逼近巫妖身前三尺，但就在此时，他忽然脸色大变，双眼紧盯着地下。

只见白日之中，阳光照耀而下，巫妖的身躯看似飘飘荡荡，却没有半点影子，而且身躯随风轻轻颤动，看着竟有飘起的迹象。

上官策身形一动，转眼已到巫妖身前，九寒凝冰刺当头劈下，登时只见一道寒光以无坚不摧之势，生生将巫妖从中间劈开两半，只是这两半身躯，转眼间竟成了黑色烟气，在空气中迅速飘散了。

上官策气得老脸发白，自知不经意间，竟然又中了巫妖一次障眼法。狠狠一跺脚，他拔身而起，跃至半空，四下眺望，只见一道黑影远远遁逃，却是向北方而去，当下更不多言，化作灰光，径直追逐而去。

第二百二十一章
故 乡

青云山下。

天高云淡,站在山脚之下仰首看去,只见得蔚蓝一片,徐徐微风吹来,令人精神为之一振。

陆雪琪看了好一会儿,周围无人,自然也不会有人发觉这僻静山脚下,有这么一个美丽女子在静静地看天。清风吹来,她披肩的秀发轻轻飘动,掠过她略显得清瘦的脸庞。

水月大师的临行叮嘱,在她的耳旁不绝回响:

"当年从道玄师兄和万师兄的对话里,我们知道原来历代青云门掌门真人,都会在自己还算清醒的时候,将这个秘密告诉下一代将要传位的弟子,而历代祖师传下的遗命,便是为了青云门的声誉和天下苍生,为了免造更多的杀孽,到了万不得已的时候,传位弟子可以弑师……

"今次道玄师兄不知为何,竟然没有告诉萧逸才这个秘密,依我推想,不外乎两个原因:其一,道玄师兄在下定决心告诉萧逸才这个秘密之前,已然被诛仙古剑之魔灵反噬;其二,便是道玄师兄自恃道行深厚,特别是十年前一场激战,他动用了诛仙剑阵但并未见心魔反噬,故而以为这次也可以抵挡过去,待到真正魔灵反噬其身的时候,已经迟了。

"只是虽然变故如此,但我们身为青云子弟,无论如何不能置身事外,田不易失踪,苏师妹方寸大乱,只有我来作此危难决断。只盼一切都在山上结束,你也不必参与其中,但若是果真竟在山下发现了他们,你也当尽心担此大任,青云历代祖师有灵,必然会庇护你我师徒二人的!"

陆雪琪缓缓睁开眼睛,深深呼吸。

转过头眺望,背后那片巍峨山川,俊秀挺拔,远山起伏含黛,近看危岩突兀,处处都是风姿，处处皆为风景。

高耸入云，凌绝天下。

是为青云！

她嘴角边，慢慢地浮现出一丝淡淡而温暖的笑意，这片山脉，终究是养育她长大成人的地方，有她尊敬的师长，亲密的师姐、师妹，还有曾经拥有的……回忆。

她转身，迈步而去，白衣正如雪，飘飘而动，天地如许之大，苍穹无限，纵然是绝世容颜，盖世英雄，也许只不过还是沧海一粟吧。

说来，也还是第一次，受了师长之命下山而来，却没有任何明确的地方可以去。虽然身负重责大任，可是不知道到底该去何处完成这个任务，想想倒有几分可笑。

天琊安静地握在手间，却没有熟悉的感觉，应该说早已成了身体的一部分了吧，淡淡的蓝色光辉，也已收敛在剑鞘之内。一人一剑，信步走来。

该向何处去呢？

天地如许之大！

眼前是一条三岔路口，陆雪琪停下了脚步，倒并非她不识路，青云门弟子之中，她算是下山较为频繁的人了，眼前一条平坦大路，她也走过了无数次，正是青云山向外最便捷的路途，直接通往青云山下最大的城镇河阳城。

而另外一条岔路，看去荒废了许久了，野草横生，也只有岔路口附近的一段依稀可见，远望过去，更远的地方早已被荒草湮没了。

其实这种小径山路，从青云山上下来不知有多少，有许多小径都是生活在青云山山脚下附近村庄的村民们，为了生计上山砍柴或是采摘野果走出来的，也有很多的路，由于种种原因，年深月久，便也成了这般荒废模样。

这条路，谁又知道通向何处，又有谁会记得，有什么人曾经走过呢？

陆雪琪微微摇头，在心中苦笑了一下，从南疆回来之后，与那个人分离至今，她的心境，真的已经改变了许多。

她轻轻甩了甩头，想要将这念头抛开，便要重新走上大路而去。这时，从大路那头走过来三三两两的村民，有老有少，看衣衫服饰，多是带了斧子、麻绳和扁担，看来都是附近村庄里要上山砍柴的樵夫。

走到近处，这些樵夫看到陆雪琪，一个个都侧身让开，面上露出尊敬的神情，青云门弟子在这方圆数百里内，原本就被人尊崇，何况陆雪琪绝世容颜，飘然若仙，更是令人不敢逼视。

陆雪琪站住脚步，向他们微微点了点头，算是回了礼，然后便打算离开，就在此刻，忽然其中一位看去已经头发发白但精神仍然矍铄的老樵夫，似乎很是热心的样子，呵呵笑道："姑娘，你是不认识路吗？"

陆雪琪身子微微一顿，停了下来，目光流转，看了那老樵夫一眼，迟疑了一下，轻轻摇了摇头，只是还未等她说话，那个热心的老樵夫已然说道："我知道你们这些青云门的修仙人厉害，许多时候都是飞来飞去的，不过要说这脚下的路嘛，有的时候反而没我们这些乡下人熟悉哦。"

旁边的几个樵夫闻言，都笑了起来，陆雪琪看着他们和善的脸庞，不知怎么心中忽地一阵暖和，本来要迈出的脚步，也再一次停了下来。

老樵夫呵呵笑道："你前面那条大路，是通往南边的河阳城的，那里是附近百里内最热闹的地方，你到了那边，再想去其他地方也容易得多。"说着，他又一指那条废弃的小径，道，"那条路你就别去了，好多年前也是个热闹的村子，不过现在都毁了，没人了。"

陆雪琪微微一笑，道："我明白了，多谢老丈。"

老樵夫挥了挥手，呵呵笑了两声，和其他人继续向着青云山上走去，同时旁边有一个岁数稍微比他年轻些的樵夫叹息了一声，道："本来那个村子里有个庙，听说挺灵的，十多年前我和老伴去过那里拜菩萨求子，结果果然有了，可惜现在也没了啊。"

老樵夫点头道："是啊，我也记得，那庙没了真是可惜了……"

话语声渐渐低沉，他们的身影也渐渐远去消失在了山林之中，远处吹来的轻风里，似乎还有他们开朗豪爽的笑声，陆雪琪转过身来，脸上的笑意还在，不知怎么，她的心情似乎也好多了。

笑了笑，她抬头迈步，向着那条大路走去。

脚步原本是轻快的，可是不知怎么，她的步伐突然变慢了下来，秀气的双眉，微微一皱，心底深处，像是突然掠过了某个重要的东西，却一时没有抓住。

回忆的深处，似乎有什么，悄悄苏醒了……

她站住了身子，静静地不动，刚才的画面，从她脑海中飞快地重演，樵夫们的话儿，再次回响：

"那条路你就别去了，好多年前也是个热闹的村子，不过现在都毁了，没人了……"

"本来那个村子里有个庙，听说挺灵的……"

陆雪琪忽然全身一震，片刻之后，她缓缓地转过身子，再一次地，看向那条荒草丛生、仿佛已经湮没在岁月残影中的小路……

十年光阴，可以改变多少事呢？

容颜、心情，或是仇恨？

谁都不能了解别人，甚至有的时候，连自己也不能真正了解。但只有这一条路，是真真切切地改变了。

因为这里已经没有了路。

茂密生长的野草，年复一年地生长，掩盖了过往的历史，见证了时光的无情。直到一个白色孤单的身影，悄悄走近了尘封的地方。

野草丛中，还依稀可以看到残垣断壁，迎面吹来的微风中，早已没有那曾经的血腥气息，有的只是野草略带青涩的芬芳味道。

走过了一扇又一扇残破的门扉，看着东倒西歪静静被青苔掩盖的石阶墙壁，那些生前曾有的笑语欢颜，曾经拥有的快乐，都随风散去了吧？

陆雪琪的脸色，微微有些苍白，修长而秀气的手，也将天琊握得更紧了。这废弃的村落里，仿佛有什么人的目光，悄悄注视着她。

她甚至有那么一种喘不上气的感觉。

但她一直没有停下脚步，就这么静静地走着，走过了每一间房子，曾几何时，谁还记得这里的人们？

直到，她看到那间破庙。

与周围环境不一样的，那间早已破败不堪的破庙周围，不知为何竟然寸草不生，说是一间屋子，其实不如说是几根柱子更为恰当，只不过倒在地上残留的三三两两的碎裂石块上，还依稀有神像的模样，才能看出这里曾经的所在。

陆雪琪缓缓走了过去。

没有野草，没有青苔，这里的一切都显得与周围格格不入，不知道到底是为了什么，连那么顽强生长的野草，也不愿进入这里。

还是说，曾经的怨念怨恨，都集聚在这个地方？

那么夜深人静的时候，会不会有人哭泣低语，倾诉往事？

陆雪琪猛然转身，不知何时，她眼中竟有泪光闪动。

草庙村！

这个早已湮没的地方啊……

她在墙脚悄悄地坐下，一动不动，仿佛在静静地聆听着什么，又或是感受着什么。

远处有风儿吹来，吹动她黑色的秀发，在鬓边轻轻飘动。

日升月落，晨昏日夜，朝朝暮暮，星辰变幻。

苍穹上白云如苍狗，消逝如流星，时光如水，终究这般决然而去，从不为任何人而停留。

远处的野草丛中，不知哪里传来了虫鸣的声音，除了风声，这是这里最有生机的声音了。也许，再过十年，这里会重新变作了人丁兴旺的地方吧？

又或者，还是一成不变的老样子。

谁又在乎呢？

三天了，陆雪琪在这荒僻的所在，静静地坐了三天，世间约束，重责大任，却原来只有在这样一个地方，才有了喘息逃避的所在。

悄悄地，就当是放纵一下，让自己躲藏起来。

只是，她终究还是要走的。

白衣晃动，悄然而来，陆雪琪的身影，重新出现，离开了那个破败的小庙，重新走过一间间残垣断壁下的小屋门扉。不知怎么，她看着这里的目光中，仿佛已经蕴含了依依不舍的深情。

远方天际，白云飘飘，云层隐约中，像是被风吹过，有一条白线悄悄划过天空。陆雪琪最后看了一眼这些房子，转身离去，再也没有回头，那白衣飘飘的身影，在荒草丛中静静地走远。

苍穹之上，白云依然无声。

只是从云层之中，忽地又掠出一条迅疾的微光，无声、快速而来，带着云层上几丝缠绵的白色云彩，在空中散了开去。很快地，这道光落在了这个废弃的小村之中。

"吱吱，吱吱……"

熟悉的猴子叫声，三只眼的灰毛猴子跳到地上，四处张望一下，显然来到这野外地方，远远比在狐岐山那山腹里让它感到愉快。不消片刻，猴子便自顾自跳了开去，钻入了茂密的野草丛中，也不知去哪儿玩去了。

鬼厉，默默站立在这个村子的中心，面无表情。

除了眼神里，那掩饰不了的疲倦与痛楚。

他怔怔地望着周围的一切，缓缓转身，曾经熟悉的地方，一切都在脑海中慢慢浮现，甚至连远处吹来的风，都带有一丝熟悉的味道。

故乡土地的芬芳……

而在他身后远处，茂密的野草丛后，那个白色而略显孤单的身影，终于消失在了远方。

他慢慢走去，曾经映入陆雪琪眼帘的事物同样地出现在他面前，残垣断壁，青苔石阶，最后，是那个残败不堪的小庙。

只是他并没有走过去，他只是远远地望着那个小庙，怔怔出神，就是在那里，改变了一个少年的一生！

他站了很久，也看了很久，但终究没有过去，许久之后，他转过身子，踩过地上的野草，在勉强还能分辨出屋子间距的小路上走去。他走得很慢，仿佛每一步都沉重无比，直到在第二排第三间的小屋前，他停了下来。

这是一间和其他残破屋子没有任何区别的房子，同样的门窗脱落，同样的荒凉废弃，就连石阶上的青苔，似乎也比其他房子更多一些。

鬼厉的嘴唇，开始轻轻地颤抖起来，多年以来，他眼中第一次难以抑制地流下泪来，慢慢地，他在这小屋前跪了下来，把头深深埋在这小屋前土地上的野草里。

那风中依稀传来的，是带着哽咽的挣扎着的低语声：

"爹，娘……"

河阳城。

兽妖浩劫过后，河阳城是元气大伤，死伤无数，但灾劫过后，日子总是要过的。从四面八方进城的人，还有逃难回家的人，都让这座古城渐渐热闹了起来。

在最热闹的那条大街上，全河阳城最好的酒楼，依然还是那座当年张小凡初次下山时曾经住过的山海苑，虽然因为灾劫的原因，看上去生意比十年前冷清了不少，毕竟人们死里逃生，也难得会再有多少心思来这里大吃大喝了。

不过这一日，山海苑里却是来了一位奇异的客人。此人是一位年轻女子，看上去美貌动人，这倒也罢了，偏偏这美丽容颜之下，一颦一笑，竟然有种摄人心魄的奇异感觉，仿佛只要被这女子如水一般的眼波一扫，周围的男子骨头便都酥软了三分。

正是南疆大变之后，与鬼厉、陆雪琪失散不知所终的九尾天狐——小白。

她这般大大方方、艳视媚行地走进了山海苑酒家，一时之间，上至掌柜下到小二，包括仅有的两桌客人，都看得呆了，竟没有人上来招呼她。不过好在小白似乎早已习惯了这种情景，也不生气，只微微一笑，道："没人招待吗？"

一语惊醒梦中人，掌柜的毕竟上了年纪，还勉强残留着几分定力，连忙定了定神，随即打了兀自站在一旁发呆的店小二后脑勺一下，怒道："客人来了，还不去招呼？"

店小二一个趔趄，不知是不是心里有鬼，走了上来，不敢正视小白，期期艾艾赔笑道："姑娘，您、您要吃饭还是住店啊？"

小白想了想，道："还是先吃些东西吧，你这里有雅座吗？"

店小二连连点头，道："有，有，您楼上请。"

小白点头，向楼上走去，口中道："你给我找一个靠窗安静的位置吧。"

店小二赔笑道："姑娘放心，楼上雅座只有您一个人，您要什么位置就给您什么位置，而且担保安静，不会有人来打扰你。"

小白微微怔了一下，道："怎么会没人呢，听说以前这里生意挺好的？"

店小二这时已经走到了楼上，闻言苦笑道："谁说不是呢，当初生意那叫一个好啊，全河阳城里人都兴上我们这儿吃酒来着。可是天杀的，前阵子闹了那个兽妖，搞得是人心惶惶，末了死伤无数，这样的时候，也不会有多少人会想来这里了。"

小白缓缓点了点头，轻轻叹了口气，道："原来是这样，这就难怪了。"

这时店小二已经将小白带到楼上靠窗子旁的一张桌子上坐下，正拿着随身带的抹布擦着桌子。小白坐在位置上向窗外看去，只见街上行人来来往往，还算热闹，但多数人的面上却很少有笑容，反而是愁眉苦脸的人更多一些。

小白默默看了片刻，忽然向店小二问道："小二，我问你件事，你老实回答我。"

店小二点头道："姑娘您请问吧。"

小白迟疑了一下，道："这河阳城里所有的百姓，当然也包括你了，心里都恨那个兽妖吗？"

店小二哼了一声，脸上登时现出愤恨之色，大声道："当然了，这河阳城里在那场兽妖灾劫之中，十室九空，您去街上随便找个人来问问，我担保他绝对有亲人死在那兽妖魔爪之下。可怜我们老百姓手无寸铁，反抗不得，不过幸好有青云山上的仙人，大发慈悲，大展神威，将那天杀的兽妖赶走了，这才让我们又过上了人过的日子。"

小白看着店小二激动的神情，在心中苦笑了一声，眼前不知怎么，又掠过那个在南疆镇魔古洞深处，残火之下苟延残喘的男子身影。

这世间对错，谁又说得清楚？

店小二似乎也发觉自己有些失态，脸上一红，退后了一步，低声道："这个、这个我也是随便说说，姑娘您别当真，您、您要点菜吗？"

小白笑了笑，道："好吧，不过也不用点哪个菜了，你下去告诉掌柜的，把你们这里拿手的小菜做三四盘上来就行，另外，你再拿十壶好酒上来。"

店小二一怔，愕然道："十壶？"

小白看了他一眼，点头道："十壶。"

店小二窒了一下，然后迟疑了半天，低声道："姑娘，请问您还有朋友要来吗？如果还有，我也好提早加些碗筷。"

小白笑道："你别多想了，就我一人，酒就要十壶，你快快端上来，其他就别问了。"

店小二诺诺而退，但眼神中显然是不可置信的神情，其实也不能怪他，常人最厉害的，酒量也不过一到两壶，能喝上四壶、五壶的海量之人，不是酒仙也是酒鬼了，只是这个娇媚无限的女子，显然是不能以常理度之的"常人"。

因为没有多少客人，很快地，店小二就已经将小白要的菜肴端了上来，摆放在桌子之上，而十个外面刻着山海苑的酒壶，不多时候，也整整齐齐地摆放在了酒桌的另一头。

这也还好是一个酒家生意清淡的时候，否则若是热闹的话，还不引来全酒楼的客人围观？不过纵然如此，小白只怕也不会在乎吧。

店小二很快下去了，雅座上只剩下小白一人。她自斟自饮，很快地，一壶美酒便已见了底，而她的脸颊之上，不过微微现出了淡淡的粉红颜色，不见有半分酒意，反倒是添了几分妖媚。

"唉……"

她忽然这么轻轻地叹了口气。

美酒清纯如琥珀，细细如线，从壶口中倾倒入酒杯之中，溅起细微的水花，小白凝视着面前的酒杯，看着那水面上，轻轻晃动的自己隐约的倒影。

然后她微笑，笑容中有那么一丝苦涩，将酒杯拿起，一饮而尽。

窗外的街头，人们发出各种各样的声音川流不息，熙熙攘攘而过，那些声音听起来，似乎很是遥远，仿佛是在另一个世界。

她将第六个空的酒壶，放在了一边。

脸颊上温柔的红，映衬着她永恒的美丽容颜，那双眼眸之中，依旧清澈。

从来酒醉人，不醉心！

她的皓齿，轻轻咬了下唇，一个人，低低地笑了，然后一甩头，抬手倒酒。

窗外街道之上，不知怎么，似乎喧哗之声突然大了一点，小白皱了皱眉，移到窗前，向街道上看了过去。这一眼扫去，她忽然一怔，只见楼下街道上，缓缓走来一位白衣女子，容貌清丽出尘，飘然若仙，却不是陆雪琪又是何人？

周围百姓似乎被陆雪琪的绝世容颜所吸引，却又为她的冰寒气质所慑，不敢直接上前，远远相聚围观，议论纷纷，却是这个原因。小白看着陆雪琪身影，嘴角边慢慢浮起一丝笑容。

"人生还真是无处不相逢啊……"她口中这般似笑非笑地自语了一句，便站起了身子，看着是想要主动向陆雪琪打招呼了，只是她身子才站了起来，忽然间神情却是一怔，目光转眼离开了街道之下的陆雪琪，飘向了河阳城远处一个偏僻的角落。

一个熟悉的黑色身影，极快地闪过，随即又没入另一个阴暗角落，而就在片刻之后，另一个对她而言也并不陌生的灰色人影，却是紧追而去。

小白怔怔看了那个角落一会儿，随即嘴角露出了一丝讥讽笑意："今日真是巧上加巧了，不去凑热闹的话，当真是对不起自己，更对不起那个上官老鬼了吧，嘿嘿，嘿嘿……"

冷笑声中，她的身影突然间如鬼魅一般，赫然从山海苑楼上的雅座消失不见了，许久之后，店小二上来收拾，只看到了桌上放着的一锭银子，还有六个空空的酒壶，其余的四壶，却已经消失不见了。

而在大街之上，陆雪琪的身影，不知何时，也突然从街道之上消失了。